O MAL ENTRE NÓS

MELISSA ALBERT

O MAL ENTRE NÓS

Tradução de Bruna Miranda

Rocco

Título original
THE BAD ONES

Copyright © 2024 *by* Melissa Albert.
Todos os direitos reservados.

Nenhuma parte desta obra pode ser reproduzida ou transmitida
por meio eletrônico, mecânico, fotocópia, ou sob
qualquer outra forma sem a prévia autorização do editor.

Direitos para a língua portuguesa reservados
com exclusividade para o Brasil à
EDITORA ROCCO LTDA.
Rua Evaristo da Veiga, 65 – 11º andar
Passeio Corporate – Torre 1
20031-040 – Rio de Janeiro – RJ
Tel.: (21) 3525-2000 – Fax: (21) 3525-2001
rocco@rocco.com.br|www.rocco.com.br

Printed in Brazil/Impresso no Brasil

Preparação de originais
MARINA MONTREZOL

CIP-BRASIL. CATALOGAÇÃO NA PUBLICAÇÃO
SINDICATO NACIONAL DOS EDITORES DE LIVROS, RJ

A127m

    Albert, Melissa
        O mal entre nós / Melissa Albert ; tradução Bruna Miranda. - 1. ed. - Rio de Janeiro : Rocco, 2025.

        Tradução de: The bad ones
        ISBN 978-65-5532-526-3
        ISBN 978-65-5595-334-3 (recurso eletrônico)

        1. Ficção americana. I. Miranda, Bruna. II. Título.

25-96197
                            CDD: 813
                            CDU: 82-3(73)

Meri Gleice Rodrigues de Souza - Bibliotecária - CRB-7/6439

Esta é uma obra de ficção. Todos os personagens, organizações
e acontecimentos retratados na obra são produtos da
imaginação da autora e foram usados de forma fictícia.

Para Sarah Barley e Kamilla Benko,
deusas do bem.

E para meu maravilhoso pai (e assessor de imprensa não remunerado), Steve Albert. Olha o que eu fiz para o seu aniversário!

PRÓLOGO

— COMPORTE-SE.

— Aham.

Chloe Park inclinou a cabeça para olhar as janelas do segundo andar da casa. Duas delas estavam acesas com luzes amarelas e emolduradas por cortinas claras. Aquele devia ser o quarto de Piper. Ela já conseguia imaginar: troféus e materiais de artesanato, pôsteres motivacionais em tons neon fofinhos.

— *Chloe!*

Sua mãe a chamou com tanta veemência que Chloe olhou para ela. As mãos da mulher mais velha apertavam o volante, com as unhas feitas e uma aliança tão delicada que mais parecia um fio de ouro.

— Comporte-se — repetiu ela. — Por favor.

— Tá bom, mamãe. — Chloe colocou a mochila no ombro e saiu do carro.

Piper Sebranek tinha olhos castanhos, cabelos de um castanho profundo e brilhante que caía pelas costas, e a reputação de ser muito simpática. Chloe tinha a sensação de que Piper havia sido a menina mais popular do ensino fundamental, mas tinha se tornado apenas mais uma caloura desconhecida no ensino médio.

Elas não eram amigas, claro, mas as mães das duas trabalhavam juntas em um escritório de advocacia na cidade. Dois dias atrás, na aula de literatura americana, Piper deixou um convite para uma festa de aniversário na mesa de Chloe, todas as informações escritas em letra cursiva num papel-cartão lilás.

Chloe deu uma olhada no convite e perguntou:

— Você não podia só ter *dito* tudo isso?

Piper simplesmente sorriu com os lábios brilhantes, os dedos brincando com o rabo de cavalo.

— Minha mãe que mandou te convidar.

É. Não tão simpática assim. Chloe sorriu de volta.

— Mal posso esperar.

Às oito da noite, já estava arrependida. Gostaria de fingir estar com sono e ir dormir cedo, mas Diahann, a amiga estranha de Piper que estudava em um internato, disse que ia desenhar um bigode na primeira pessoa que dormisse. Um *bigode*. Que ridículas.

Diahann levou um tarô, Anjali levou três cigarros em um saco plástico — dois quebraram, deixando o tabaco escapar. Ashley foi além e levou uma garrafa de Smirnoff Ice. Todo mundo — menos Chloe — bebeu um pouco; depois Diahann ficou só de sutiã, se deitou no chão e sussurrou, com uma voz estranhamente alta:

— Tá batendo!

Diahann foi a primeira a dormir. Piper estendeu um cobertor de microfibra por cima dela, colocou o filme *Fora de série* na TV e então virou uma bolsa de maquiagem imensa no tapete verde e azul. Chloe percebeu que só tinha coisa boa. Marcas da Sephora.

— Maquiagens! — Ashley aplaudiu como se as maquiagens tivessem dançado para elas. Em seguida, se aproximou de Chloe com uma escova de cabelo na mão estendida.

— Seu cabelo é *tão brilhante* — comentou.

Isso acontecia muito. As pessoas olhavam o tamanho, a beleza e a idade de Chloe, um ano mais nova do que todo mundo na turma, e pensavam: *Um bichinho de estimação*.

— Vai se foder — respondeu ela.

Depois disso, foi deixada em paz.

Quando o filme terminou, as outras meninas se abraçaram e foram, uma de cada vez, ao banheiro com seus nécessaires e os pijamas dobrados. Apagaram o abajur, e Chloe encarou a parede. Risadinhas baixas preencheram o ar e foram cessando aos poucos, até o silêncio finalmente cair sobre o quarto. Ela ficou imóvel por um tempo, sob a luz do abajur de Piper, ouvindo a respiração das meninas adormecidas.

Chloe se virou. Olhou para o rosto de Piper, certificando-se de que ela estava dormindo. Depois de alguns instantes, teve a sensação de que Piper sabia que estava sendo observada, e que estava gostando disso. Era como se, a qualquer momento, ela fosse abrir os olhos e lhe dar uma piscadela. Que esquisita.

Chloe se sentou. Apoiando as mãos com firmeza no chão, tirou as pernas do saco de dormir e se esgueirou até o tapete felpudo. Da pilha brilhante de maquiagens, escolheu um gloss escuro com sabor de amora, um delineador da NARS e um batom da marca Charlotte Tilbury, depois colocou tudo no fundo da própria bolsa.

As outras meninas continuavam a dormir. As respirações suaves, as pálpebras fechadas e tranquilas; seus sonhos bobos estavam, sem dúvida, repletos de namorados bonitos. Chloe se levantou.

Havia uma caneca de unicórnios cheia de canetas na escrivaninha entre duas janelas. Pegou uma caneta permanente preta e se agachou ao lado de Diahann. Desenhou um bigode nela, fazendo duas linhas grossas com as pontas viradas para cima, como o de um vilão de desenho animado.

As outras três meninas estavam encolhidas na cama. Chloe pensou no rosto delas, mas fazer o bigode em Diahann já tinha sido o suficiente. Então decidiu pegar seus celulares.

Os de Piper e Anjali tinham senha. O de Ashley usava reconhecimento facial. Chloe se inclinou sobre a cama, segurando o celular na frente do rosto relaxado da menina, e cutucou seu ombro. Então de novo, mais forte. Os olhos de Ashley se abriram por um segundo. Ela inspirou pelo nariz, piscou algumas vezes e se virou de lado, ainda dormindo.

O celular desbloqueou. Chloe se sentou de pernas cruzadas no chão e, sem pressa, leu as mensagens e DMs de Ashley, rolou pelas fotos... Nada demais, nada demais, nada demais, e então parou.

Duas semanas atrás, Ashley estava parada na frente do espelho no banheiro com uma das mãos no quadril e a outra na altura dos olhos, tirando uma foto do reflexo. Sua expressão era intensa, concentrada. Dava para ver que tinha tirado essa foto para si mesma. Estava nua da cintura para cima.

Chloe pensou por um segundo, impassível. Em seguida, mandou a foto para si mesma, apagou a mensagem enviada do celular de Ashley e o colocou de volta no lugar.

Analisou o quarto, inquieta. A atmosfera, que parecia tão viva há alguns minutos, ao mesmo tempo brilhante e sombria, cheia de possibilidades, havia morrido. Era como água com gás choca na língua.

Mas o resto da casa continuava vivo. Um pequeno universo no qual somente ela estava desperta.

Se o que sentiu ao sair pelo corredor fosse um som, seria uma nota tônica. Se fosse um cheiro, seria de fósforos e limão. Às vezes, tentava imaginar um futuro em que teria um estoque infinito disso, mas só conseguia pensar que estava fadada a invadir domicílios. Ou a se juntar a uma seita. As portas duplas do quarto principal, fechadas, pulsavam no final do corredor, chamando-a. Mas havia uma grande diferença entre arriscar-se e ser burra. Ela desceu a escada.

O térreo estava escuro. Chloe virou à esquerda, entrando no pequeno escritório ao lado da escada, um cômodo com poltronas grandes, uma lareira fria e um armário cheio de garrafas. Vinhos, licores e outras bebidas alcoólicas com nomes italianos. A única que reconheceu foi uma garrafa de Jose Cuervo pela metade. Pensou que seria engraçado esconder a tequila no quarto de Piper, em algum lugar em que a mãe dela encontrasse facilmente. A ideia se transformou em um plano. Chloe a colocou embaixo do braço e saiu do escritório em silêncio.

Uma luz se acendeu na cozinha.

Ela parou. Seu coração estava acelerado, como sempre ficava quando era pega no flagra, estava prestes a ser ou havia escapado por pouco. Chloe não percebeu, mas estava sorrindo. Com a garrafa de tequila em mãos, foi em direção à luz.

Então congelou ao ver uma menina desconhecida.

A garota estava em pé, de costas para a porta. Sua cabeça estava abaixada para a pia, mãos apoiadas na bancada que imitava mármore. Devia ser a irmã mais velha de Piper, mas Chloe não sabia seu nome. Ela ia vomitar? Talvez tivesse entrado escondida em casa, bêbada.

— Oi — disse Chloe em um tom animado.

A menina se virou depressa, e Chloe deu um passo involuntário para trás. A respiração dela era ruidosa, e as pupilas estavam dilatadas. Não, a menina não estava bêbada, estava drogada.

— Chloe — disse ela. A voz era estranha, e o rosto, um pouco familiar.

— Isso. — Chloe deu uma fungada exagerada. Havia um cheiro artificial e meio plástico na cozinha. Era a menina. — Sem querer ofender, mas você está fedendo.

A irmã de Piper assentiu em silêncio. Com os olhos fixos nos dela, moveu a cabeça de novo e de novo, até parecer um brinquedo. Chloe sentiu um desconforto, algo raro de acontecer, e cruzou os braços, abraçando a garrafa de Jose Cuervo. A outra menina nem comentou sobre a garrafa.

— Você está me encarando.

— Sinto muito — disse a menina, baixinho.

Ela *parecia* sentir muito mesmo. Tipo, de verdade. Isso deixou Chloe nervosa.

— Treze.

— O quê? — perguntou Chloe. Ela ainda estava parada no batente da porta e se forçou a dar um passo para dentro da cozinha.

— Você tem treze anos — explicou a irmã de Piper. Seus olhos estudaram o rosto de Chloe. Era como se, só de olhar para ela, a garota conseguisse sentir o cheiro de fósforo, ouvir a nota tônica. — É uma idade ruim para meninas.

Chloe sentiu um arrepio no pescoço. Ela revirou os olhos para disfarçar.

— Que seja. Eu vou subir. Talvez você deva ir tomar um banho.

— Pare — disse a menina.

Chloe parou. Mas por quê? Havia algo no jeito como a menina falou aquilo. A palavra foi uma ordem severa, sua voz queimando como uma chama acesa.

Então Chloe parou. Ela se virou e sentiu todos os seus superpoderes — crueldade e coragem, um estômago forte — se dissolverem como algodão-doce ao ver a escuridão se alastrando ao redor da cabeça da menina. Não eram sombras nem cabelo, nada que ela conseguisse descrever.

— Sinto muito — repetiu a menina.

Foi quando Chloe se lembrou: Piper era filha única.

Longe, muito longe dali. Mais de um quilômetro e meio de asfalto rachado pelo inverno com grama seca e congelada, até um carro estacionado torto em uma estrada bucólica de um bairro residencial. Benjamin Tate estava no banco do motorista.

Chorando. Apesar de ter mais de quarenta anos, não era um choro de adulto, e sim de criança: alto, descontrolado e cheio de ranho. Um vento quente soprava das saídas de ar, e as janelas do carro estavam embaçadas. O interior cheirava a aguardente, ácido estomacal e uma colônia tão popular no passado que uma geração inteira teria flashbacks ao senti-la. A música que ele colocou para tocar acabou e começou de novo.

Benjamin encostou a testa no couro do volante.

— O que eu devo *fazer*? — perguntou ao nada.

O carro era um Kia Soul verde, a cor pálida sob o luar. À direita, casas de dois andares estavam em silêncio. À esquerda, um imenso campo cinzento com algumas traves de futebol. Benjamin crescera ali. Para onde quer que olhasse, via fantasmas de si mesmo, mais jovem e melhor. Ali vinha um deles, arrastando-se pelo campo com uma calça de corrida larga, mais parecendo uma divindade local desmazelada.

— Jesus — disse ele. — Me ajude.

Estava, de novo, falando sozinho. Mas, daquela vez, alguém respondeu:

— Pare.

A palavra estava carregada de repulsa. O homem engoliu um arquejo preso no peito como se fosse uma pastilha para garganta. Sentiu um cheiro tão forte que abafou até o do Drakkar em seus pulsos. Era um cheiro de incêndio, de coisas que não deveriam ter sido queimadas.

Havia uma menina no banco traseiro. Seu rosto estava coberto por sombras, mas ele percebeu na hora que não era a *sua* menina.

— O que está fazendo no meu carro?

Vergonha estava substituindo o medo em seu coração velho e acabado. Vergonha, fúria e algum tipo de ansiedade. *O que ela viu? O que ela sabia?* Benjamin estava tão bêbado que não parou para pensar em como a garota tinha entrado no carro com as portas trancadas.

Por mais fodido que ele estivesse, as coisas ainda podiam piorar. Então respirou fundo e baixou a voz. Sua *voz*, o som rouco e cativante que ele costumava acreditar que o libertaria, o levaria adiante e o tiraria daquela cidade medíocre. Pelo menos ainda podia usá-la para ser convincente.

— Espero não ter assustado você — falou, embora ele mesmo tenha estado prestes a gritar. — Você... você está aqui para me dizer algo? Ela mandou você passar alguma mensagem?

A palavra *ela* saiu diferente. Isso fez sua vergonha crescer, e a vergonha se tornou raiva.

— E aí? *Fale.*

A menina se inclinou para a frente até sua boca ser iluminada pela luz do poste. O sorriso despertou nele um terror instantâneo e primitivo. Do tipo que ficava escondido no fundo do cérebro e só emergia quando você estava prestes a ver algo que mudaria a sua vida.

Saia do carro.

O pensamento era, ao mesmo tempo, eletrizante e paralisante. O máximo que ele conseguiu fazer foi estender a mão até a maçaneta.

— Pare.

E ele parou, hipnotizado pela coisa horrível acontecendo com a menina no banco traseiro. A escuridão aumentava ao seu redor, a sensação de algo *errado* escondida logo atrás. Como se ela pudesse se inclinar para o lado e revelar um buraco negro onde o assento deveria estar.

— Sinto muito.

Mas ela não pareceu sincera.

Ao norte, além da malha rodoviária, indo reto por cerca de um quilômetro. Até um cemitério.

Alastair e Hécate andavam entre as lápides, cuidando dos seus fantasmas. Desde o ensino fundamental, eles iam até lá colocar flores silvestres e guimbas de cigarro nos seus túmulos favoritos. Costumavam fazer isso toda semana, mas nos últimos tempos não tinham sido tão consistentes. Mentalmente, Alastair cumprimentou seus velhos amigos a sete palmos do chão. Leonora Van Cope. Lucas Tree. Mary Penney: uma flor que se foi cedo demais.

Hécate vestia um casaco preto bordado que ia até os pés, e Alastair, a camisa de botão que precisava usar enquanto vendia celulares no shopping. Hécate revirou os olhos quando o viu com a roupa de trabalho. Ele, por outro lado, pensou em como devia ser bom ter um pai bancando você.

Alastair passou tanto tempo apaixonado por ela, de um jeito tão óbvio e sem expectativa de reciprocidade, que era estranho perceber que o amor havia sumido. Não foi se desgastando nem pressionado até se quebrar, apenas *sumiu*. Como se alguém tivesse aberto um ralo e o amor tivesse escorrido pelo buraco.

Tudo era mais sombrio do lado de lá do amor.

— Conversei com a minha nova colega de quarto ontem — disse Hécate. — As amigas dela parecem incríveis. Vamos ser, tipo, uma casa de artistas.

Alastair costumava buscar esses momentos a sós com ela. Registrando cada minuto, cada olhar, cada toque, acidental ou não. Isso o deixava apreensivo. Toda vez que eles se encontravam, ficava cada vez mais claro como ela era fútil. Como não o levava a sério. Como ela era *igual a todo mundo*.

E o que isso dizia sobre ele? Que estava sozinho. Mais do que pensava.

Além disso, Hécate era *chata*. Desde que tinha sido aceita na Escola de Design de Rhode Island, não parava de falar nisso. Cada comentário fazia sua dor aumentar.

— Ei. Alô?

Ele levantou o olhar. Hécate estava em frente a uma lápide gasta, fazendo biquinho.

— Você não está prestando atenção em mim. — Ela apertou os lábios como se fosse dar um beijo silencioso.

Ela tinha percebido, nos últimos tempos, o desaparecimento do amor não correspondido. Isso a incomodou o suficiente para começar a flertar um pouco, lhe dar migalhas de atenção, que antigamente ele teria buscado como um animal faminto. Agora, ele olhava para seu rosto com um fascínio distante.

— Você tem que ir me visitar em Providence — disse ela, pouco convincente. — Só espera até, tipo, outubro, para eu conhecer uns lugares legais pra te levar.

— Vou precisar usar meu dinheiro pra pagar o aluguel — respondeu Alastair, seco. — Aqui. Lembra?

Ela mexeu no vestido feito à mão, checando o decote. Era muito talentosa. Seu futuro era brilhante.

— Bom. Se você bancar o voo, eu pago metade da comida. — Ela riu. — É engraçado: minha colega de quarto também começou a usar um nome inventado quando estava na escola. Ela achou fofo a gente se chamar de Alastair e Hécate.

Ela disse os nomes com o sotaque zombeteiro de gente rica. O medo agarrou a espinha dele como uma mão cheia de calos.

— Você disse a ela nossos Nomes Verdadeiros?

— Ah, qual é. — Ela ainda estava sorrindo, mas teve o bom-senso de parecer envergonhada. — Não os chamamos de nossos *nomes verdadeiros* desde... Kurt, era coisa de criança. Temos quase dezoito anos.

Alastair se levantou de repente, desejando estar usando algo mais dramático do que o uniforme de trabalho debaixo do casaco aberto.

— Vai se foder, *Madison* — bufou Kurt e saiu andando pela escuridão.

Ela o chamou, mas só uma vez. Mesmo tomado pela raiva, ele andou em meio às lápides sem tropeçar. Conhecia o cemitério tão bem quanto a porcaria da casa onde cresceu, cheia de manchas de nicotina e de galinhas decorativas. Fodam-se sua mãe e sua maldita coleção de galinhas. Foda-se Hécate — Madison — e sua vidinha perfeita em Providence. Foda-se...

Ele tropeçou. Bateu o joelho em uma pedra que não deveria estar ali e saiu capotando pela escuridão. Quando se levantou com os olhos úmidos e o joelho latejando, não sabia ao certo onde estava.

* * *

Não que estivesse *perdido*. As estrelas brilhavam e a lua cheia era como prata no céu, mas tudo o que iluminavam parecia estranho. Não era o paraíso de Alastair, e sim o reino de uma morte indiferente.

Ele se virou e a raiva se transformou em medo. Madison estava em algum lugar, escondida pela escuridão. *Perdida pra mim*, pensou ele, dramático. *Ela já era pra mim.* Em seguida, ele olhou para a frente, orientando-se pelo Anjo Sem Olhos, uma figura com as asas abertas no topo do velho mausoléu Petranek.

Alastair se empertigou e começou a seguir naquela direção. Ia descansar à sombra do Anjo, ver se Madison se daria ao trabalho de segui-lo. Talvez ele fizesse aquela velha brincadeira de se esticar e segurar os dedos de pedra do Anjo. Mas parou antes de chegar lá, seus pés escorregando em uma lápide de pedra úmida.

Alguém já estava sentado nos degraus do mausoléu. Uma menina, os cabelos caindo no rosto, as mãos sem luvas abertas sobre a pedra. Sua postura lhe dizia que ela estava com muito frio. A pele de Alastair ficou arrepiada em antecipação. Ela parecia uma lenda urbana.

— Oi — disse ele.

A menina se virou um pouco, o rosto escondido pelos cabelos.

Alastair achou que a menina parecia chorar. Ele também estava, um pouco. Aproximou-se dela devagar. Havia um cheiro azedo e químico no ar ao seu redor que o fez pensar em fundos de armários e inseticidas.

— Você está bem?

Algo ficou preso na garganta dela. Uma tristeza. Ou uma risada.

— Tive uma noite difícil.

— Eu também. — Alastair hesitou, depois tirou o casaco dos ombros e o ofereceu a ela. — Você parece estar com frio.

A menina falou baixinho:

— É muita gentileza. Obrigada. — Mas não pegou o casaco.

Ele só percebeu que estava nevando quando viu os flocos brancos no cabelo dela. Flocos grandes caindo de um céu aberto. E talvez fosse por causa desse milagre trivial, ou pelo ato incomum de cavalheirismo de oferecer seu casaco para uma estranha no meio da noite, mas algo mexeu com ele.

Enquanto as estrelas congeladas caíam e derretiam até sumir, ele entendeu, clara e completamente, que teria uma vida após Madison. Após o ensino médio, após sua mãe, que contava os dias até ele não ser mais problema dela. A névoa iria se dissipar e o corredor sombrio teria fim. Em algum lugar, havia uma luz o esperando. De repente, ele ficou tão certo disso e tão aliviado, que poderia se deitar nas pedras e chorar.

Entretanto... Algo estava acontecendo. Uma escuridão densa se formava atrás da menina. A pedra do mausoléu se dissolveu, curvando-se como papel sendo devorado pelo fogo. Ele apertou os olhos e se afastou para o lado a fim de tentar ver melhor.

Aquela coisa estava saindo da menina.

Alastair deu um passo para trás. E mais um. Então pensou: *Madison, não venha. Fique longe daqui.*

— Pare — disse a menina.

Ele sentiu o peso daquela palavra.

— O que... o que é isso?

Ela inclinou a cabeça para vê-lo, tirando os cabelos do rosto.

— Sinto muito.

O futuro brilhante que ele tinha em mente se desfez como uma nuvem ao vento.

— Espera aí. — Ele esticou a mão para manter esse novo destino longe. — *Espera. Eu conheço você. Eu sei quem você é.*

Então um sorriso surgiu no rosto dela.

— Não. Não sabe.

CAPÍTULO UM

A MENSAGEM DELA CHEGOU POUCO antes da meia-noite.

Eu te amo

Só isso. Eu li com os olhos arregalados em meio à escuridão. Respondi numa pressa ansiosa:

Oi

Também te amo

Tá, tentei te ligar. Me avisa se vc tá bem

Becca??

Tô indo aí

Tive que ir a pé. Em pleno inverno. À noite. Enquanto caminhava, meu humor alternava entre o medo e a fúria. A mensagem era estranha, mas também era muito a cara de Becca jogar um verde para ver se eu caía.

Agora eu estava em pé, meio tonta, em frente à casa dela, toda escura. Há quanto tempo estava parada ali? O tempo parecia passar diferente e a noite parecia infinita. Meu corpo doía por causa do frio e por ser tão tarde.

Ignorei a sensação e fui em direção à entrada da garagem. Havia um portão barulhento na lateral. A última vez que eu e minha melhor amiga nos falamos foi três meses atrás. Segui até a janela do quarto dela e bati usando nosso toque especial. Aquele que dizia: *Acorda, vem aqui. Não é um assassino em série, sou eu.*

A luz continuou apagada. A cortina não se mexeu. Becca tinha o sono de um pássaro ansioso — qualquer barulho a fazia acordar. Se ela estava ali, me ignorava de propósito.

Bati a mão no vidro e cruzei o quintal, meus sapatos amassando a camada de neve fresca. Subi os degraus do deque que o pai dela construiu ao redor da piscina e me sentei na espreguiçadeira menos molhada. A piscina parecia um caldeirão. Ano passado, Becca e sua madrasta não a cobriram antes do Dia de Ação de Graças. Este ano, elas nem se deram ao trabalho.

Havia um cheiro estranho vindo de algum lugar. Era forte e fazia minha garganta coçar. Olhei para a água e mandei uma mensagem.

Tô no deque. Vem aqui, tô congelando

Uma luz piscou abaixo de mim. Olhei e peguei o celular de Becca entre as espreguiçadeiras. A tela acendeu com a mensagem que eu tinha acabado de mandar. Abaixo, um monte de mensagens que eu havia mandado antes, não lidas.

Olhei para a casa silenciosa e senti um calafrio na nuca. Voltei a me virar para o deque. Havia uma caneca verde manchada e meio cheia ao lado de onde encontrei o celular. Algo me fez pegá-la e cheirar o conteúdo.

Em seguida, ri um pouco, revirando os olhos. Café com vodca cítrica. Agora a mensagem aleatória fazia sentido: Becca sempre foi uma bêbada emotiva. E uma bêbada com a bexiga pequena. Ela devia ter ido lá dentro fazer xixi.

Observei o vidro escuro da porta dos fundos, esperando-a sair. Eu estava nervosa, mas preparada. Nas tábuas, perto dos meus sapatos, havia uma mancha de cinzas pretas. Usei o pé para desfazê-la. Passei as pontas dos dedos sobre a palma da mão — áspera e dolorida, machucada graças à minha caminhada noturna no frio. Depois de um tempo, me deitei para olhar as estrelas.

Estava deitada na tranquilidade do divisor de águas da minha vida: o antes e o depois. O medo se aproximava, tão escuro quanto nanquim. Mas, agora que havia parado, percebi como estava cansada. A exaustão me dominou como um animal sem fôlego.

E as estrelas estavam tão vívidas naquela noite, brilhando frias.

Eu caí no sono.

CAPÍTULO DOIS

Eu estava sonhando. Era um daqueles sonhos que desaparecem assim que você acorda, deixando apenas um gostinho para trás. A questão é que, na verdade, era uma lembrança. Eu já tinha sonhado isso antes.

No sonho, eu não conseguia respirar. A água se fechava ao meu redor como as paredes de um caixão de madeira. Geralmente, no sonho, a água era verde e quente como saliva, mas desta vez estava tudo escuro e frio. Senti meu coração desacelerar, minha visão ficar cada vez menor, até sumir. Depois, ouvi a voz dela. Becca.

Nora, sussurrou ela. *Sinto muito, Nora.*

Eu queria responder, mas sentia tanto frio… Minha mandíbula estava travada, meus pulmões pareciam flores murchas, e pensei: *Não vá embora. De novo não. Não me deixe, Becca, por favor…*

Algo me cutucou. Acordei em um mundo com céu branco, ar seco e as ripas de plástico da espreguiçadeira se dobrando sob o meu peso.

A madrasta de Becca estava em pé ao meu lado, bloqueando o sol. Ela me cutucou com dois dedos.

— Nora. *Nora, acorde.*

Meu cotovelo escorregou pelos buracos quando tentei me levantar.

— Des… desculpa. — Uma leve camada de folhas secas estava presa no meu casaco como se fosse plástico-filme. Nunca tinha sentido tanto frio.

— Meu deus. — Miranda estava enrolada num roupão grosso cor-de-rosa que parecia algodão doce. Sua expressão era de medo. — Há quanto tempo você está aqui?

Minha boca tinha um gosto metálico e meu cérebro parecia ter sido esterilizado. Como se alguém o tivesse removido do meu crânio e o esfregado com palha de aço.

— Eu estava esperando. Pela Becca.

— Você poderia ter morrido congelada — disse ela, seca. — Venha, entre.

— A Becca já acordou?

— Não que eu saiba. Você vai esperar lá dentro enquanto eu aqueço o carro.

— Ah. — Cerrei as mãos em punhos. — Não, obrigada. Eu vou andando.

Miranda pareceu impotente por um instante, seus cílios pálidos brilhando sob o sol frio.

— Está falando sério?

— Aham.

Senti um calafrio descer pelo meu corpo. Me arrependi do instinto que me fez recusar a carona. Mas eu e Becca ainda estávamos brigadas, eu acho. Não sabia se podia me dar ao luxo de ser pega sendo legal com sua madrasta.

Antes que eu pudesse decidir, Miranda deu uma risada seca.

— Como quiser. Divirta-se na sua caminhada.

— Espere. — Eu entreguei o celular que achei debaixo da espreguiçadeira. — Becca deixou isso aqui fora.

Ela já estava andando pela grama.

— Deixe aí.

Eu a vi desaparecer dentro da casa. Depois que ela sumiu, me levantei, rígida, e todas as minhas articulações estalaram como papel-alumínio sendo amassado. Era tão cedo que os pássaros ainda estavam começando a cantar. O amanhecer fazia a piscina parecer mais nojenta do que ontem à noite. E havia alguma coisa no fundo.

Meu coração acelerou. Eu me inclinei para enxergar melhor sob a camada de folhas mortas. O que quer que fosse, formava um pequeno volume no fundo de concreto. Era preto e do tamanho de um animal pequeno. Talvez *fosse* um animal, um esquilo ou um gato selvagem. Provavelmente Miranda e Becca iriam deixar aquilo ali até se decompor.

Pulei do deque para a grama congelada, tentando acordar meus pés. As árvores velhas ao redor do quintal suspiraram. Logo em seguida, o vento que as soprou me atingiu e fez o cheiro ruim que senti ontem à noite ressurgir. Ele tinha se impregnado no meu cabelo enquanto eu dormia.

As cortinas do quarto de Becca estavam fechadas. Era bom mesmo que ela estivesse dormindo ali, e não espiando entre os tecidos enquanto eu falava com sua madrasta, pensando: *Antes ela do que eu.* Eu dei a volta pela casa, pisando firme até a entrada. Todo o meu corpo começou a despertar e a doer. Como diabos eu caí no sono ontem? Como eu *continuei dormindo* com tanto frio? Tirei meu celular do bolso para checar a hora.

Então xinguei e senti que estava acordando de verdade. Eram sete e meia da manhã de um domingo, e minha tela estava cheia de ligações perdidas da minha mãe.

Escutei a primeira mensagem da caixa postal; era de 6h34.

— Nora, cadê você? — Sua voz estava nervosa. — Me liga assim que...

Interrompi a mensagem e liguei. Ela atendeu na metade do primeiro toque, e comecei a falar:

— Mãe, oi, desculpa, eu...

— Onde você está? — Era o meu pai. A voz dele estava seca e firme. Parecia *assustado*.

— Estou saindo da casa da Becca. Desculpa não ter avisado que ia sair, é que...

— Venha para casa — disse ele, sucinto. — Agora.

— Espera. — Coloquei uma das mãos ao redor do pescoço. — Aconteceu alguma coisa? Pai? *Pai*.

Ele desligou.

CAPÍTULO TRÊS

SE VOCÊ SEGUISSE PELA CICLOVIA que atravessava a reserva florestal, iria da casa de Becca para a minha em doze minutos. Nós sabíamos disso porque cronometramos.

Eu cheguei em dez. Enquanto corria contra o vento, meu corpo vibrava, elétrico, e suava debaixo do casaco. Cortei pelo caminho que se bifurcava na nossa rua sem saída, despontando a meia quadra da entrada da minha casa. Então senti um frio na barriga.

Havia duas viaturas da polícia estacionadas na frente da casa. *Mãe*, pensei. Uma confusão com os remédios, um derrame, uma queda. Não, espera aí. Eu ouvi a mensagem dela. Então devia ser a minha irmã mais nova. Cat costumava ter convulsões. E ela era corajosa, aquele tipo de gente que não nega um desafio.

Todos esses pensamentos tomaram conta da minha mente na fração de segundo que levei para ver o terceiro carro. Era escuro e discreto o bastante para ser uma "viatura disfarçada" e estava estacionado na frente da casa vizinha.

Não era a nossa casa. Não era com a gente.

Meu pai já estava abrindo a porta quando passei pela nossa caixa de correio. Com uma das mãos no batente e a outra gesticulando para eu me apressar, era como se quisesse que eu atravessasse o quintal sem ser vista. Ele era o tipo de homem que achava inapropriado nós seguirmos com a nossa vida normalmente enquanto algo ruim acontecia com os vizinhos.

— O quê... — comecei a falar, e ele fez um gesto rápido, me cortando. Quando entrei em casa, ele fechou a porta e me esmagou em um abraço forte.

— Você *precisa* nos avisar quando sair de casa. Você *precisa* atender o celular quando estiver onde não deveria estar.

— Eu sei — respondi, falando contra o seu peito, meus braços nas suas costas. — Sinto muito. O que está acontecendo?

Ele soltou um longo suspiro enquanto me abraçava. Então disse:

— Seu casaco. — Ele me mostrou os dedos manchados por cinzas escuras.

Encarei aquilo e me lembrei da mancha no deque. Devia ter algo na espreguiçadeira também. Senti meu estômago embrulhar. O que Becca estivera queimando ali?

— Nora? — Minha mãe me chamou do quarto dos meus pais. — Venha aqui.

Ela estava deitada no chão do quarto com os joelhos para cima e o cabelo meio escondido entre o tecido da saia da cama. Noite ruim para a coluna dela. Vê-la assim faz meu estômago embrulhar ainda mais.

— Oi. — Me agachei ao lado dela. — Você está bem?

Ela segurou minha mão, os olhos me analisando como se quisesse ter certeza de que era eu ali.

— Uma menina desapareceu da casa dos Sebranek ontem à noite. A polícia veio aqui há cerca de uma hora para ver se sabíamos de algo.

Levei um instante para processar o que ela disse.

— Meu deus. Que menina? A Piper?

— Uma amiga dela. Uma menina chamada Chloe Park, caloura na Palmetto High School. Você a conhece?

Neguei com a cabeça.

— Eles disseram o que aconteceu?

Minha mãe piscou enquanto olhava para o teto, seu rosto aparentando cansaço.

— Piper chamou algumas amigas para dormir lá. No meio da noite, ela acordou com um barulho no primeiro andar. Chloe não estava no quarto, então Piper achou que fosse ela. Mas só encontrou uma garrafa de bebida quebrada no chão da cozinha. — Ela ficou sem fôlego. — Havia sangue. No vidro quebrado. Como se alguém tivesse pisado sobre os cacos.

Eu estremeci.

— Mas provavelmente a menina estava tentando roubar a garrafa, né? E entrou em pânico quando ela quebrou? Talvez ela tenha voltado pra casa, ou ido pra casa de outra pessoa.

— Rachel ligou para os pais dela. Chloe não está lá. E todas as coisas dela ainda estão na casa dos Sebranek. O celular, o casaco, as roupas. Os *sapatos*. Onde quer que esteja, ela está descalça e de pijama. Com os pés sangrando. No inverno.

— Caramba — falei com a voz rouca. — Eles acham que alguém entrou na casa e a *pegou*?

— Não há sinal de invasão. — Minha mãe usou a mão livre para esfregar os olhos, ansiosa. — Não consigo parar de pensar que ela deve ter deixado alguém entrar. Seja lá quem for. Um predador sexual que conheceu on-line? Ela tem treze anos.

Lágrimas rolavam pelas laterais do seu rosto até as orelhas. Apertei seus dedos, ainda aquecidos de mexer na bolsa de água quente nas costas.

— O que mais eles disseram?

Meu pai se mexeu no colchão.

— Não muito. Eles acham que Chloe desapareceu entre meia-noite e uma da manhã.

— A Cat já sabe? — Minha irmã mais nova também era caloura no ensino médio. Eu não conhecia a menina que desapareceu, mas talvez ela conhecesse.

— Ela ainda está dormindo. — Minha mãe pressionou uma das mãos no chão como se fosse se levantar. — Querida, você consegue preparar alguma coisa para mandarmos pra eles? Um bolo ou... Meu deus, que ideia foi essa? Bolo, não. Algo salgado.

— Sim, claro.

Mas comida era para momentos de doença ou luto. De perda. Não eram nem sete da manhã, e festas do pijama sempre eram um caos. A menina poderia ter pegado um par de sapatos de Piper e saído para caminhar.

Mas eu não acreditava nisso. Havia algo no ar, uma sensação ruim que fez minha pele arrepiar. Não era só o horário, o choque das camas vazias e as viaturas da polícia. O que quer que tenha acontecido ontem à noite deixou algo no ar.

Ou talvez fosse coisa da minha cabeça.

Minha mãe me encarou, atenta.

— Então você passou a noite na casa da Becca?

— A gente fez uma noite do pijama. — Tentei forçar um sorriso em vão.

— Noite do pijama — disse ela calmamente. — Não me diga. Você dormiu?

— Não muito bem.

Minha mãe costumava ser muito protetora com a minha melhor amiga. Ela conhecia Becca desde quando estávamos no segundo ano do ensino fundamental e a viu perder os dois pais em menos de três anos. Em algum momento, decidiu que era eu quem precisava de proteção.

— Nora. — Ela parecia meio preocupada, meio irritada. Eu sabia o que viria a seguir. — Tem certeza de que era isso que estava fazendo ontem à noite?

Aquela pressão familiar nas minhas têmporas veio imediatamente. A sensação de estar mentindo se espalhou em mim, apesar de ser uma meia-verdade. Eu desviei o olhar.

— Meu deus, mãe. Claro que tenho certeza.

A voz dela ficou mais irritada.

— Não me venha com essa de "Meu deus, mãe". Você nos assustou de verdade. E acho que tenho um bom motivo para...

— Laura — disse meu pai, firme para os padrões dele, tão cortante como uma faca velha de manteiga. Em seguida, mudou de assunto: — Como está a convivência entre Becca e Miranda?

Eu sorri de leve.

— O mesmo de sempre. Vou tomar banho, tá?

Minha mãe me lançou um último olhar severo antes de me chamar para perto e me dar um beijo na testa.

— Vá. Vá se limpar.

Meu pai bagunçou meu cabelo.

Quando fiquei sozinha, comecei a escrever uma mensagem para Becca, só que mudei de ideia e resolvi ligar. Minha raiva murchou e desapareceu; agora só queria saber se ela estava bem. A ligação foi direto para a caixa postal, como se ela não tivesse buscado o celular no deque e ele tivesse descarregado.

— Becca, cadê você? — Parei de falar, como se realmente estivesse esperando uma resposta, e então continuei: — Você não pode me mandar mensagem assim e sumir. Não pode... — Quando parei para respirar, consegui ouvir minha voz tremer. — Quer saber, esquece. Só... Tchau. — Tirei o celular da orelha e depois o coloquei de volta. — E agora estou preocupada com você. Algo estranho aconteceu com os vizinhos, e isso está me deixando nervosa, e você precisa me ligar, ok? Você precisa me ligar assim que ouvir isso.

SEIS MESES ATRÁS

Becca irrompeu da floresta.

Usava um vestido verde curto. O celular estava no sutiã, a câmera pendurada no pescoço. Sangue escorria do seu joelho esquerdo e se acumulava no tecido do tênis de cano alto.

Duas horas atrás, ela entrara na reserva florestal para fotografar. Não pensara duas vezes antes de sair sozinha com a câmera no meio da noite e se afastar cerca de um quilômetro de casa. Ultimamente, ela não se preocupava muito com a própria segurança e, além do mais, o que poderia machucá-la em seu próprio bosque?

Se ela tivesse fôlego, talvez risse disso. Ficou parada nos trechos de grama entre as árvores e o estacionamento, a cabeça latejando com o que tinha acabado de ver. Era assustador e grotesco. Incrível e impossível.

Quando avançou em direção ao estacionamento, ela gritou. A adrenalina estava passando, e agora Becca conseguia sentir a dor do joelho que ficara todo machucado depois de ela ter caído ao fugir. A dor não importava: ela conseguia aguentar. Mas quanto barulho fez quando caiu? Será que a ouviram?

Provavelmente. Com certeza. Beleza, mas será que a *viram*?

Pensar nisso deixou sua mente alerta. Mancando, ela se virou para olhar as árvores e encarou as sombras. Havia um zumbido nauseante em seu cérebro, como se abelhas estivessem rastejando ali dentro, perguntando: "O que você viu, o que vai fazer, para quem vai contar?"

Quem, não. Ela só contava coisas para Nora. A questão não era para quem ela ia contar, e sim *se* ia contar.

Claro que ia contar. Becca se sentou no cascalho, encarando as árvores, e ligou para Nora.

O som da sua voz depois de cinco toques era como uma mão fresca no rosto.

— *Becks*. Eu estava dormindo. Droga, derramei minha água. Que horas são? Becca. Alô?

Becca apertou o celular. Absorveu a voz da melhor amiga, balançou a cabeça como se Nora estivesse na sua frente. Ela não imaginava que sua garganta iria se fechar.

A voz de Nora ficou completamente desperta em um piscar de olhos.

— Becca.

— Oi. Ei. — As palavras finalmente saíram. — Hum. Você pode vir me buscar?

— Aham. Chego aí em quinze minutos. Doze.

O tom quase clínico de Nora preencheu Becca com um misto de vergonha e irritação afetuosa. Nora ainda não sabia o que fazer com a melhor amiga enlutada. Nada a acalmava mais do que uma ordem direta.

Becca se atreveu a olhar para o joelho e depois de volta para a floresta.

— Não estou em casa. Pode vir me buscar no terreno Fox Road?

Ela ouviu Nora hesitar, e logo em seguida:

— Por que você está...

— Vem me buscar. Por favor?

Ela estava esperando agora. O cascalho a espetava do tornozelo à coxa, e cada movimento das árvores a atingia como um choque elétrico. Era uma noite de verão tranquila, silenciosa; mas, mesmo se sua cabeça não estivesse zumbindo, Becca ainda estaria sendo bombardeada por toda a informação. Quando estava chateada, não conseguia *esquecer*.

Ao fechar os olhos, tudo vinha como uma avalanche nauseante. Terra molhada e resina, o perfume verde-amarelado de clorofila e dente-de-leão. O barulho estridente de um morcego, o coaxar alto de um sapo. Sua boca tinha um gosto metálico de língua mordida e refrigerante de framboesa.

Ela cuspiu no cascalho. Abriu os olhos, mas isso não ajudou. A visão estava inquieta como sempre, tentando focar alguma coisa, achando lugares onde a luz fizesse algo que parecesse magia.

Magia. Imediatamente ela pressionou a palma da mão suja de poeira no joelho machucado. A dor a fez suspirar e a trouxe de volta para o momento.

O carro de Nora apareceu alguns segundos depois, os faróis banhando Becca de luz branca. Ela estacionou em uma curva, os pneus espalharam cascalho, e Becca logo soube que a amiga vira sua perna ensanguentada.

Becca se enxergou de longe, como se fosse uma fotografia. Não era uma garota escapando da escuridão da floresta, e sim uma criatura que pertencia a ela. Lenta e sigilosa, banhada em seu próprio sangue.

Foi assim que soube. Mesmo quando Nora abriu a porta do carro com força e esmagou o cascalho com os chinelos. Mesmo quando ela abriu os braços e sua boca formou o nome de Becca, ela *soube*. A coisa que ela tinha visto entre as árvores pertencia a ela. Por enquanto. Por mais algum tempo. Ela precisava de tempo e da escuridão da sua mente para entender o que isso significava.

Nora se agachou diante dela, com os lábios rachados, as pontas duplas do cabelo e um rosto que mostrava tudo, todas as emoções, o que costumava fazer dela a pior mentirosa do mundo.

Becca mentia menos, mas mentia melhor. O segredo é ser breve. Então ela usava mentiras simples. Não dizia nada até estar preparada.

Becca deixou sua melhor amiga abraçá-la e não comentou nada do que viu na floresta.

CAPÍTULO QUATRO

O DIA CLAREOU E ENTÃO ficou opaco de novo. Eu tomei banho, me vesti e preparei um prato quente para os Sebranek. Comi panquecas porque meu pai as colocou na minha frente e observei os carros dos vizinhos irem e virem. Deixei meu celular perto de mim o dia inteiro, o volume no máximo para quando ela ligasse. Estava começando a parecer amaldiçoado — uma pedra silenciosa e obsoleta. Eu o desliguei e liguei de novo.

Disse para mim mesma que o que estava acontecendo na casa ao lado exalava um ar de paranoia que me deixava nervosa. Contudo, não conseguia ignorar a sensação que tive ao receber a mensagem dela, de que precisava ir até ela, precisava *correr*. Foi bom achar o café com álcool e me convencer de que estava prestes a receber um pedido de desculpas bêbado. Mas parecia *real*?

Eram cinco horas da tarde quando finalmente cedi. Encontrei meu pai na garagem mexendo em algo que ele desmontara sobre uma lona manchada. Ele nunca iria consertar aquilo, fosse lá o que fosse. Só gostava de ter o que fazer.

— Pai — falei baixinho, só que algo na minha voz o fez virar o olhar rápido enquanto limpava as mãos em um pano sujo de graxa.

— O que foi?

— Ontem à noite, com a Becca. Não foi uma festa do pijama.

— Ninguém acreditou que foi, Nor — disse ele com um tom neutro que me encheu de culpa.

Eu não mentia mais como antes e disse isso para meus pais, mas por que acreditariam em mim agora?

— Ah. Desculpa. — Estalei os dedos enquanto falava. — Becca mandou uma mensagem ontem à noite, do nada, dizendo que... — Engoli em seco. — Dizendo que me amava. Isso me deixou... preocupada. Liguei e mandei várias mensagens, mas ela não respondeu. Por isso fui lá. Passei a noite toda no deque, mas ela não apareceu. E agora ela não atende.

Meu pai estava vestindo uma calça de moletom, um par de tênis New Balance surrado e uma camisa com estampa de tartaruga comprada numa viagem feita havia tanto tempo, que se tornou uma mancha brilhante e ensolarada na minha memória. Me senti profundamente grata quando ele se levantou e acreditou em mim.

Ele apontou a cabeça para o carro e disse:

— Vamos.

Quando ele estacionou na entrada da casa de Becca, tive a sensação de que ela não estava lá. Talvez fosse pelo aspecto vazio da casa. A propriedade lembrava um celeiro, as persianas se assemelhavam a sobrancelhas e a garagem torta parecia estar se desfazendo pela falta de cuidados. A decadência se acelerou ao longo do ano e meio desde a morte do pai dela.

Meu pai abriu a porta do passageiro e apertou meu ombro quando saí. Fiquei nas pontas dos pés para espiar uma das janelas da garagem.

— O carro dela está aqui.

Isso deveria ser reconfortante.

Não era.

Miranda abriu a porta vestindo calça jeans e suéter, sua expressão era séria e o cabelo molhado estava preso. Ela falou com meu pai pela tela da porta.

— Paul. Como posso ajudar?

— Miranda. Viemos ver como está a Becca.

Ela franziu o cenho.

— Por quê?

— Nora passou o dia tentando falar com ela e não conseguiu. Ficaremos mais tranquilos se ela vier dar um oi.

Miranda finalmente olhou para mim. Encontrei seu olhar e me senti culpada pelo que aconteceu naquela manhã.

— Ela não é uma prisioneira aqui, Nora. Quando quiser falar com você, ela vai ligar.

Pensei em como Becca costumava arregalar os olhos e levantar um dedo quando Miranda a irritava, o que queria dizer *só mais um ano*. Um ano até Becca ir embora. Seu pai deixou dinheiro para isso, mas ela não poderia usá-lo até fazer dezoito anos. Agora só faltava um mês.

— Mas você a viu hoje, não viu? — perguntei. — Não preciso falar com ela, só quero ter certeza de que você sabe onde ela está.

Miranda fez um gesto de desdém com a mão.

— Você sabe melhor do que eu. Eu que deveria perguntar isso.

Meu pai olhou para ela e depois para mim. Não havia dito aos meus pais quanto as coisas pioraram entre minha melhor amiga e sua madrasta desde a morte do pai dela.

— Uma menina desapareceu da casa dos nossos vizinhos ontem. — Sua voz ficou mais grossa, um sinal de que estava furioso. — Treze anos. Desapareceu de uma festa do pijama. Isso mexeu conosco. Então quero ter certeza da situação: você sabe onde ela está ou não?

Miranda levou os dedos até o pescoço. Olhou para a esquerda, para o corredor onde ficava o quarto de Becca.

— Ainda não a vi hoje.

Mas meu coração sabia. Minha pele sabia e estava fervendo com o arrepio que se espalhou. Agarrei a maçaneta da porta de tela, abrindo-a de repente.

— Posso entrar? Só pra checar. Por favor.

Ela pressionou os lábios antes de responder.

— Tire os sapatos.

Meu pai ficou à porta enquanto eu tirava os sapatos e corria pelo carpete bege. A luz do corredor estava fraca e havia um cheiro de casa mal-assombrada no ar que devia ser madeira apodrecida. Abri a porta do quarto de Becca com força, fazendo-a bater na parede; estava vazio, a cama praticamente feita. Só as flores secas e suas fotos em preto e branco nas paredes criavam uma sensação estranha de movimento no ar.

— Ela não está aqui — murmurei. Depois repeti, mais alto: — Pai! Becca não está aqui!

Miranda tinha me seguido e me empurrou para passar, colocando-me de volta no corredor. Fiquei parada ali enquanto ela ia em direção ao guarda-roupa, abrindo-o com força, depois até a janela, movendo a cortina. Estava fechada e coberta por uma fina camada de gelo.

— De novo essa merda. — Ela me encarou. — Está me dizendo que ela não está na sua casa?

— Óbvio que não!

— Não é tão óbvio — retrucou ela em um tom seco.

Miranda tinha razão. Becca ia escondida lá para casa quase todo dia, até minha mãe impor a regra de "conte para Miranda antes". Acho que Becca nunca a perdoou de verdade por isso.

— Não é isso — insisti. — Ela não está comigo. Não tive notícias o dia todo.

Miranda sorriu discretamente para mim.

— E eu deveria acreditar em você?

Dei um passo para trás, ofendida com a leve ênfase no *você*. Meu pai se juntou a nós e disse com um tom gentil:

— Consegue pensar em alguém para quem possamos ligar? Onde possamos procurar?

Miranda suspirou.

— Ah, por favor, Paul. Está quase na hora do jantar. E ela já fugiu de casa milhares de vezes.

Meu pescoço ficou quente e vermelho.

— Não fugiu, não. *Nenhuma* vez. Ela sempre estava na nossa casa.

Mas a dúvida estava florescendo. Ao voltar a esta casa depois de três meses, senti o quanto era mais frio ali sem o pai de Becca por perto. Talvez, sem poder me usar como válvula de escape, Becca tenha chegado ao limite.

Meu pai colocou uma das mãos no meu ombro.

— O carro dela está na garagem. Nora disse que ela deixou o celular aqui. Você sabe que não é o tipo de coisa que adolescentes fazem — disse ele em um tom leve.

— Becca tem vontade própria, como um gato. — Miranda não olhou para nós; na verdade, nem parecia estar falando com a gente. — Não consigo fazer isso. Não consigo fazer isso sozinha.

Enfiei os dedos na palma da mão, quase tremendo. Sabia como as coisas estavam entre Becca e Miranda, mas até aquele momento eu não sabia *de verdade*.

— Você provavelmente está certa — disse meu pai. — Ela deve estar emburrada em algum lugar.

Olhei para ele com uma expressão incrédula.

— Mas, se ela não voltar até hoje à noite, acho que você deveria ligar para a polícia. Caso algo tenha acontecido. Por precaução.

— Becca tem dezessete anos. Vai completar dezoito em um mês. — Miranda ainda estava bloqueando a porta do quarto de Becca, mantendo a mim e meu pai no corredor. — Ela sabe muito bem que uma pessoa não é capaz de se esconder quando leva o celular. E ela odeia ficar aqui, Paul. Ela me odeia.

Fico surpresa com a emoção em sua voz.

— Ela não... te odeia.

— Pense um pouco — insistiu meu pai, baixinho. — Sem celular, sem carro...

Miranda juntou as mãos com força. O gesto foi tão decisivo, sua expressão tão séria, que ele ficou em silêncio.

— Rebecca deixou bem claro que não tem interesse em ser minha responsabilidade — declarou. — Ela vai voltar quando decidir voltar. E, onde quer que esteja, tenho certeza de que é exatamente onde quer estar.

CAPÍTULO CINCO

Quando chegamos em casa, a residência dos Sebranek estava escura. A entrada da garagem, vazia; e a porta, fechada. Pensei em mandar uma mensagem para Piper, mas não éramos de fato amigas. Ela iria achar que eu estava tentando conseguir informações.

Minha irmã mais nova estava esperando na escada quando atravessamos a porta da frente.

— Ainda não encontraram Chloe Park — anunciou. — E agora a Becca sumiu também?

Seus olhos estavam arregalados e entusiasmados com a fofoca. Foi a primeira vez que a vi o dia todo.

— O quê? — falei, irritada. — Não sumiu nada. Ela só... — Não sabia como terminar a frase. — Ela está bem.

Cat me observou, alerta como um pássaro.

— Certo, mas ela conhece Chloe Park? Porque as pessoas estão dizendo que...

Eu a interrompi:

— As pessoas. *Quais* pessoas?

Ela hesitou e apertou os lábios.

— Que merda, Cat. Pra quem você contou?

— Só pra Beatrice — murmurou ela.

— Mentira. Você mandou no grupo de mergulho, não foi?

Ela não disse nada, mas olhou de relance para o celular. Peguei o aparelho e o joguei na sala de estar.

— Vê. Se. *Cresce*.

— Eleanor Grace! — disse meu pai ao mesmo tempo que Cat falou:

— Adivinha quem vai comprar um celular novo pra mim?

— Caiu no carpete. — Subi a escada batendo os pés e fui até meu quarto.

Minha mãe apareceu logo depois. Meus olhos estavam fechados, mas eu conhecia a cadência de seus passos, o peso do seu corpo na beira da minha cama. Ela colocou uma das mãos no meu joelho, tremendo de leve por causa da amitriptilina. Quando não abri os olhos, ela se deitou ao meu lado.

— Querida. — Senti o aroma da pastilha para tosse em seu hálito.

— Não vou pedir desculpa pra Cat — falei.

— Não estou pedindo que o faça.

Mantive os olhos fechados.

— Como está a coluna?

— Melhor. — Ela sempre dizia isso.

Meu pai ligou no caminho de casa para atualizá-la da situação, com a voz embargada de raiva. O tempo todo fiquei olhando pela janela do carro, pensando: *Eu fiz isso. É minha culpa.*

— Becca fugiu por minha causa.

Ela suspirou.

— Ah, meu amor. Por vocês estarem brigadas? Amigas brigam, é normal.

Apertei o rosto contra o travesseiro, mas não consegui chorar. Me virei de novo.

— Foi ruim, mãe. *Muito* ruim. Não foi... não foi só ela. Fomos nós duas.

— A maioria das brigas são assim. É por isso que se chama briga.

Ela não tinha visto Becca naquela noite. Não a tinha ouvido. Não tinha dado as costas para ela.

— Acho que sim, mas eu me afastei dela depois. Só precisava... Mas nunca achei que iria chegar a este ponto.

— Não é sua culpa. O que quer que tenha acontecido. É Becca quem decide o que faz. Não você.

Acho que nem ela acreditou nas próprias palavras. Nunca contei para minha mãe o motivo da briga porque ela teria ficado furiosa, só que ela sabia o suficiente para acreditar que eu tinha razão.

— É mais do que isso. Ela estava agindo de um jeito tão *estranho*. Antes mesmo de a gente parar de se falar. Desde...

Desde aquela noite no verão, quando ela me ligou e pediu que a buscasse na reserva florestal. Só que eu nunca contei isso para minha mãe. Porque era preocupante e porque eu tive que pegar as chaves do carro de dentro da bolsa dela à uma da manhã.

Ela assentiu.

— Desde a morte do pai dela. Eu sei.

— É — respondi. — Então ainda não encontraram Chloe Park?

— Ainda não.

Lágrimas se acumularam nos meus cílios. Eu podia me permitir chorar por causa disso.

— Meu deus. Só de pensar nos pais dela...

— Eu sei.

Ficamos em silêncio por um instante. Vi que ela estava escolhendo as palavras, uma ideia estava se formando. Por fim, colocou o cabelo atrás da orelha e disse:

— Entendo que você esteja preocupada com a Becca. Sei que você quer fazer as pazes. Mas, querida, por favor, não deixe isso abalar você. Não a deixe fazer... aquela coisa da Becca.

— *Coisa* da Becca?

— Sim — disse ela, firme. — Sei que ela passou por algo difícil. E sei que ela sempre vai ser parte de você. Mas tenho observado vocês nestes últimos meses. Você precisa entender que um pouco de espaço é bom. Você está fazendo coisas novas. Está fazendo novos amigos. Por deus — acrescentou em um tom seco —, você até entrou em um clube.

Revirei os olhos. Ela ficou orgulhosa demais quando entrei na equipe da revista da escola.

— Meu amor, você está florescendo. — Ela segurou meu queixo. — Está deixando sua luz brilhar por trás das nuvens.

Olhei seu belo rosto. Os lábios grossos cobertos por hidratante labial de morango, olhos amendoados cansados. Becca dizia que ela parecia uma cantora de cabaré dos anos 1950. Como era possível ela não entender que eu queria ser gentil com minha melhor amiga? Minha mãe estava *bem ali*, do meu lado. Becca não tinha ninguém. Ninguém além de mim.

— Ela só tem a mim, mãe.

Pensei nisso um milhão de vezes. Dizer em voz alta me deu uma satisfação dolorosa, como arrancar a casquinha de um machucado.

— Não, Nora — disse ela, baixinho. — Ela tem Miranda. Tem a mim, seu pai, Cat. Bom — inclinou a cabeça, repensando —, talvez a Cat não conte muito.

Respondi do jeito mais gentil que pude, porque ela estava tentando melhorar as coisas, mas de que adiantava mentir? Eu sabia melhor do que ninguém que era impossível fugir da verdade.

— Não, mãe. Sou só eu.

Há um ano e meio, eu não podia imaginar como seria me tornar a única pessoa na vida de alguém.

A mãe de Becca morreu atropelada quando tínhamos doze anos. O que aconteceu depois foi um pesadelo: surreal e infindável. Pelo menos eu entendi o que precisava fazer. Fiquei de luto com Becca, segurei sua mão e a abracei quando ela chorou.

O que eu não entendi foi que o pai dela assumiu a pior parte. A maior parte. Só vi o luto e a raiva de Becca depois de terem sido polidos pela presença e pelo amor constante dele. E, quando ele adoeceu três anos depois, doente tipo estágio quatro em um piscar de olhos, parecia tão cosmicamente injusto que não consegui acreditar que ele poderia mesmo morrer. Até acontecer de fato, alguns meses antes do começo do nosso segundo ano.

Becca era a filha única de filhos únicos. Seus avós já tinham morrido. Tudo o que lhe restou foi uma madrasta enlutada, uma casa cheia de fantasmas e eu.

Eu não estava preparada para o sofrimento diário do seu luto. Não sabia como ajudá-la quando sua vida se encolheu, quando *ela* se encolheu, às vezes ficando tão retraída que suas pupilas se contraíam, como se a sua própria tristeza fosse uma luz ardente. Outra pessoa poderia ter sabido o que fazer, como trazê-la de volta. Mas eu, não. Falhei com ela, falhei comigo mesma. Não fui o bastante e estava aterrorizada ao ver minha melhor amiga cruzar um vale das sombras que eu não conseguia alcançar.

Depois daquele ano terrível, ela começou a voltar. Mas parecia que só tinha conseguido voltar pela metade. Lembrava as meninas em contos de fadas que andavam pelo vale da Morte sem morrer de verdade. Que respiravam aquele ar obscuro e eram transformadas por ele. Seus passos se tornando mais leves, a pele manchada pelas trevas do submundo.

Às vezes eu achava que estava sendo dramática com tudo isso. Minha melhor amiga ainda ria, fazia arte, comia pizza e consertava o delineado borrado. Parecia estar ansiosa para o futuro, mais do que antes. Mas também parecia tão *vazia*. Como se a perda a tivesse transformado em uma espectadora. Além disso, era inconsequente, colecionando cortes e hematomas como se fossem flores silvestres. Eu tinha uma sensação terrível de que ela precisava se colocar em perigo só para sentir que estava viva.

Eu temia que o que quer que tivesse acontecido naquela noite, quando ela me ligou da margem da floresta, fosse o causador de tudo isso. Logo em seguida, veio um verão longo e úmido, com um céu amarelo assustador e quedas repentinas de pressão. Assim como o clima, ficamos sempre fora de sintonia, o ar entre nós estático com coisas não ditas.

Então veio o outono e a nossa briga. Quando nós duas falamos demais.

CAPÍTULO SEIS

Tinha certeza de que nunca iria dormir. Mas tive a impressão de que pisquei uma vez e comecei a sonhar. Era um daqueles pesadelos turvos, mais textura do que conteúdo. Tive uma sensação de sombra, pedra e silêncio absoluto.

Quando abri os olhos, demorei muito para entender que estava acordada. Havia nevado enquanto eu dormia, a luz refletida na neve pintou as paredes de branco. Meu quarto ficou iluminado de um jeito estranho, como no sonho. Então despertei um pouco mais e pensei: *Becca*.

Olhei para o celular. O relógio mostrando 5h55 cobria nossos rostos na foto de plano de fundo. Por reflexo, fiz um pedido.

Meus pais estavam dormindo, minha irmã já estava indo para o treino de mergulho. E Becca. Às quase seis da manhã de uma segunda-feira, em um bairro residencial silencioso e coberto de neve, onde ela poderia estar?

Torcia para que ela estivesse de volta à cama. Mas não. Se ela tivesse voltado para casa, talvez mesmo se não tivesse voltado, estaria a caminho da sala escura da escola.

Eu me levantei.

Já lá embaixo, vesti meu casaco — ainda manchado após as minhas tentativas de limpar as cinzas. Pelo menos ele era azul-escuro.

Eram seis e vinte da manhã quando deixei um bilhete para meus pais e entrei no mundo preto e branco. Ainda não havia nenhum sinal do alvorecer, apenas um tom acinzentado no topo das casas. Era cedo para mim, mas não para Becca. Ela era uma coruja e madrugadora ao mesmo tempo, uma daquelas pessoas que fazem dormir parecer uma escolha.

Os limpadores de neve não haviam passado ainda. O carro da minha mãe escorregou e guinchou sobre os montes de neve até a escola. O vento entrou pela janela do motorista, soprando no meu ouvido. Coloquei música para tocar e desliguei pouco depois. O som fazia tudo parecer mais vazio. A visão estranha do mundo coberto de neve me deu a sensação perturbadora de ainda estar dentro do meu sonho. Ou de que ele ainda estava em mim.

Esse pensamento me fez inclinar a cabeça sem pensar, como se ela pudesse cair.

Pelo menos o estacionamento estava sem neve. Parei na vaga mais próxima e fui até a porta lateral, a única destrancada antes das sete da manhã. O segurança acenou para mim com um copo de café na mão.

A Palmetto High School era um lugar estranho. A questão não eram as pessoas — eu não achava que as dali eram piores que as do resto do mundo —, mas sim o prédio. Ela começou como uma escola de oito salas nos anos 1910. Em vez de ser demolida e reconstruída à medida que o corpo discente crescia, foi expandida aos poucos. A estrutura original ainda estava lá dentro, o cerne frágil da PHS. Armários antigos, madeira manchada, uma atmosfera inquietante com o zumbido das velhas luzes fluorescentes. As aulas de arte eram nas oito salas originais — agora cinco, porque derrubaram algumas paredes para ficarem maiores.

Era impossível ignorar o fato de que os alunos de artes tinham sido exilados para a área do prédio com maior probabilidade de ser mal-assombrada. Mas eu gostava dessa parte velha. Era um pouco desproporcional; andar ali era como andar no País das Maravilhas. Até a luz do sol que entrava pelas janelas parecia antiga.

Nesse momento, porém, a manhã cinza e escura cobria as janelas como cortinas, e eu andava o mais rápido que podia sem começar a correr. Me apressei ao descer a escada até o departamento de arte.

Então comecei a correr de verdade porque a porta da sala escura estava aberta. As luzes estavam acesas. Corri até lá com o peito borbulhando de alívio. Não via ninguém, mas a lâmpada vermelha fora da sala estava acesa, me dizendo que Becca estava lá. Bater? Esperar? Abrir a porta de uma vez e danem-se os negativos das fotos? Seria uma boa lição.

A lâmpada piscou. A porta se abriu. Meu coração batia contra as costelas quando me aproximei para encontrá-la.

Mas a pessoa que saiu dali, olhos fixos nas fotografias impressas, era alguém com quem eu nunca tinha falado antes. Moletom preto, cabelo escuro caindo nos ombros, a barra da calça jeans se desfazendo nos tornozelos. Ele levantou o olhar pouco antes de esbarrar em mim. Por reflexo, levantou as duas mãos, deixando as fotos caírem e pegando meus ombros de surpresa.

Seu cabelo estava emaranhado. Mesmo através da camisa, senti o calor da sua pele. Havia manchas escuras ao redor dos seus olhos assustados. Processei tudo isso na fração de segundo que ele levou para abaixar os braços e dar um passo para trás.

— Meu deus — disse ele. — Achei que estava sozinho aqui.

Ele se agachou para pegar as fotos. Fiz o mesmo, e nossas cabeças colidiram no meio do caminho.

— Ai — murmurei, me apoiando nos calcanhares. — Desculpa.

— Tudo bem. — Ele juntou as fotos, que caíram viradas para baixo, em uma pilha.

— Não queria te atropelar, só estava procurando a Becca Cross. Você a viu por aí?

Quando disse o nome dela, ele levantou o olhar. Suas mãos congelaram e os olhos ficaram nervosos.

— Por quê? Ela...

Me aproximei.

— O quê?

— Sei lá. — Ele balançou a cabeça. — Não a vi.

— Mas você a conhece?

Ele olhou de novo para suas fotos, alinhando-as.

— Sim.

Foi quando lembrei seu nome: James Saito. Ele era o menino novo na escola ano passado. Sabia quem ele era porque todo mundo sabia. Mas não o *conhecia* porque ninguém o conhecia.

— Ei. James. — Sua boca tremeu, como se estivesse surpreso por eu saber quem ele era. — Preciso muito encontrar a Becca. Você sabe onde ela está?

Ele hesitou por tempo suficiente para que minha curiosidade se transformasse em desconfiança. Em seguida, disse:

— Ei. Nora. Eu não sei, de verdade.

Ele se levantou e voltou para a sala escura. A porta se fechou e a luz vermelha se acendeu. Fiquei no chão por mais um tempo, me perguntando por que Becca havia lhe dito meu nome. E o que mais ela havia dito sobre mim.

Eis o que eu sabia sobre James Saito.

Ele se mudou para cá ano passado, quando estávamos no segundo ano. Me lembro exatamente do dia, porque era a segunda-feira após as férias de primavera. Voltamos depois de um típico feriado com a garoa horrível do centro-oeste e nos deparamos com um cara novo circulando pelos corredores. Um rosto impressionante, cabelo preto, pele lisa como a de um influenciador de beleza. A aura inconfundível de uma cidade maior e melhor irradiava dele igual ao calor de uma fogueira. Todos que compraram uma roupa nova ou algo assim durante as férias e acharam que isso contava como se reinventar perceberam o quanto isso era fútil ao verem James.

Um pequeno esforço, e ele teria desestruturado toda a ordem social. Mas ele nem se deu o trabalho. Parecia que estava cumprindo uma pena, contando as horas para voltar para sua vida *real*, em Manhattan, Milão ou na Terra-média. Se alguém me dissesse que ele era um vampiro antigo sendo forçado a passar pelo ensino médio pela milésima vez, eu teria acreditado. Fazia sentido.

Na verdade, James parecia meio surreal. Ele não era arrogante nem tímido, só não era *presente*. Em poucos dias, ele foi de "misterioso" a... não sei o quê. Ruído de fundo. Na verdade, era meio inspirador. Ele realmente não estava nem aí para as pessoas ou para o que pensavam dele.

Mas aparentemente ele também era um fotógrafo que, como Becca, usava a sala escura de manhã. E a expressão em seu rosto, quando eu disse o nome dela, não tinha sido neutra.

À medida que os corredores foram se enchendo de gente, fiz o que mais gostava de fazer: reinventei a realidade, transformando-a em algo melhor do que era. Uma história que eu pudesse controlar, como um filme.

No meu filme, James e Becca se conheceram enquanto revelavam fotos. Conversavam toda manhã, no escuro. E, quando decidiu ir embora, ela só contou para James. Talvez ele até a tenha ajudado.

CAPÍTULO SETE

Estive tão concentrada em Becca que quase me esqueci de Chloe Park, a menina que realmente desapareceu. Não precisei de muito para lembrar. Conforme os corredores se enchiam, era possível literalmente ver a história do seu desaparecimento se espalhar.

Alunos se reuniam em grupos de fofoca com as cabeças abaixadas como leões sobre uma carcaça. Havia garotas passando de um lado para o outro com olhos úmidos e expressões de choque, livros apertados contra o peito, tentando se conectar à possível tragédia.

Lá estava uma delas, sob o relógio do corredor: uma veterana bonita, com um vestido preto longo. Ela tinha amigas dos dois lados tentando confortá-la como se fosse uma viúva de guerra. Seu rosto estava inchado com lágrimas *de verdade*, e a pele entre o nariz e a boca estava quase em carne viva. Devo ter encarado por tempo demais, porque uma das amigas me lançou um olhar atravessado e tirou a menina do meu campo de visão.

Me perguntei quantas pessoas realmente conheciam Chloe. Acho que não muitas, mas, no fim das contas, as pessoas fazem qualquer coisa para chamar a atenção. Ainda mais se a roubarem dos outros.

Ouvi trechos de conversas quando fui para a aula.

— Era para a minha irmã estar lá, mas minha mãe achou vodca na bolsa dela. *Ainda bem.*

— Parece que foi debaixo do Anjo. Aquela coisa é amaldiçoada.

— Duas pessoas desapareceram na mesma noite? Isso parece coisa de assassino em série.

Parei. Voltei até a garota que disse a coisa sobre um assassino em série. Era uma veterana com cachos ruivos e um moletom que dizia "Bowie" em uma fonte esportiva.

— Duas pessoas desaparecidas? — Minha voz pareceu falhar. Eu iria matar minha irmã se sua boca grande tivesse enfiado Becca no meio disso, comparando-a com Chloe Park. — Você disse duas?

Os amigos da Bowie — um cara com óculos grandes e cachos caindo nos ombros, e uma menina chamada Jordan que fez o papel de Miss Trunchbull no musical de outono — me encararam. Bowie revirou os olhos e disse:

— Não ficou sabendo?

— Não, eu sei. Sei da Chloe Park e... Só quero saber o que *você* soube.

A expressão da Bowie ficou mais focada e séria.

— Do Kurt Huffman.

Senti um calafrio se espalhar.

— Kurt Huffman — repeti. — O que tem ele?

— Ele é a outra pessoa que sumiu? — disse ela, transformando a afirmação em uma pergunta, dirigida a uma pessoa particularmente tapada.

— Ah. Acho que eu não fiquei sabendo — falei quase sem fôlego. Mas a lembrança que me prendia e segurava ali era brilhante como um pedaço de gelo. Me livrei dela, ainda encarando o trio de veteranos cuja paciência comigo estava acabando. — O que aconteceu com Kurt Huffman?

Bowie olhou para Jordan como se dissesse: "A gente vai mesmo perder tempo com essa criança esquisita?" Jordan deu de ombros e teve pena de mim.

— Soube por uma amiga do Kurt, a Madison Velez. Os dois estavam juntos quando ele desapareceu. Você a viu? Ela está arrasada.

— Ela sempre foi caótica — murmurou o cara de óculos, mal movendo os lábios.

Madison. Esse era o nome dela, da garota de vestido preto que estava chorando. Jordan continuou:

— Então, eles estavam no cemitério sábado à noite. Aquele no alto da colina, o que tem o Anjo Sem Olhos. Eles meio que brigaram, e o Kurt saiu andando em direção à estátua. Tipo, dois minutos depois a Madison foi atrás. Ela achou o casaco dele no banco em frente ao mausoléu, aos pés da estátua do Anjo. Mas o Kurt havia... sumido.

— Sinistro — sussurrou o cara de óculos.

Pensei na pequena Chloe Park desaparecendo numa noite de inverno. Ela também deixou o casaco para trás.

Jordan estava se divertindo. Só faltava uma lanterna embaixo do seu rosto.

— Madison disse que era impossível. O Anjo fica quase nos fundos do cemitério, e os portões, do lado oposto. Não dá para pular a cerca. Se o Kurt tivesse ido embora, ela o teria visto. Além disso, o carro dele ainda estava onde ele deixou. — Ela parou por um instante e estudou minha expressão. — Hum. Você parece meio... Você está bem?

— Estou — respondi. — Eu só... Preciso ir.

Me virei e fui embora. Tentei, melhor dizendo. O primeiro sinal tocou, mas a multidão estava se movendo devagar, ainda fofocando. Não queria ouvir o que estavam dizendo. Precisava pensar, precisava de alguns minutos a sós, em silêncio, para *pensar*.

Becca e Chloe Park não se conheciam. Duvido que já tenham se falado antes. O desaparecimento de Chloe e a fuga da minha melhor amiga foram dois eventos distintos, de gravidades diferentes, que não tinham nada a ver um com o outro.

Mas Kurt Huffman... Se ele realmente desapareceu, poderia dizer o mesmo deles dois?

Porque não era totalmente verdade que Becca e eu não nos falávamos desde o outono. Nos falamos uma vez. Há duas semanas, ela veio falar comigo. Eu estava procurando alguma coisa no meu armário quando ela parou perto de mim, apoiando a mão esquerda no armário ao lado.

Parei o que estava fazendo, mas não me virei. Apenas olhei seus dedos. Estavam cobertos por anéis com ágatas azuis e as unhas estavam com um esmalte brilhante, mexendo na grade do armário. Nunca tinha visto aqueles anéis nem aquele esmalte. Aquela não era uma mão que eu reconhecia.

Olhei para a mão de Becca e soube na hora que *devia* ter ligado para ela no Natal e no Ano-Novo, algo que pensei em fazer por muito tempo e, no fim, desisti. Eu estava me preparando para ser xingada quando ela finalmente disse:

— Está vendo aquele menino?

Foi tão repentino que enfim olhei para ela. Depois de semanas sem contato, foi um choque ver seu rosto tão perto do meu. O visual tão sério e a aura de impenetrabilidade descuidada me deixaram realmente triste.

— Que menino?

Becca manteve o olhar em mim por tanto tempo que achei que ela esperava algo a mais. Depois, olhou em outra direção, e entendi que não era o caso. Ela gesticulou com a cabeça para um cara no final do corredor, agachado para mexer na mochila. Um veterano alto com cabelo loiro e uma camiseta do Bob's Burgers, o tipo de pessoa que, quando estava em pé, conseguia ser, ao mesmo tempo, imponente e invisível. Kurt Huffman.

— O que tem ele? — murmurei.

A voz de Becca estava fria e distante, mesmo quando ela se aproximou o bastante para eu sentir o cheiro de alcaçuz no seu hálito. Ela era a única pessoa não idosa que gostava de bala de alcaçuz.

— Preciso que você fique longe dele.

— Por causa... daquilo que você disse? Naquela noite? — perguntei baixinho.

Aquela noite em outubro, quando brigamos. Ela sabia do que eu estava falando, e sua indiferença virou agressividade.

— Eu não quero falar sobre aquela noite — sibilou.

Quando ela se virou para ir embora, eu deixei.

A notícia sobre Chloe e Kurt mudava conforme se espalhava. Foram surgindo detalhes infundados e teorias aleatórias, até todo mundo ter versões diferentes do que aconteceu. Pelo menos ninguém estava falando de Becca. No quarto período, na aula de escrita criativa, eu já me encontrava em um estado de relativa calma.

A srta. Caine nem tentou conquistar nossa atenção. Ela colocou *Sociedade dos poetas mortos* na TV e ficou mexendo no celular. Todo mundo fez o mesmo ou começou a sussurrar. Me debrucei sobre minha mesa e prestei atenção.

— Não consigo parar de pensar nisso — disse Athena Paulsen em um tom choroso. — Eu estava sozinha em casa no sábado. Poderia ter sido eu! — A menina ao seu lado revirou os olhos e lhe deu uns tapinhas nas costas.

O cara do meu lado se virou na hora.

— Vocês acham que o Kurt fez alguma coisa com a Chloe Park? Tipo, algo ruim?

— Está na cara que o Huffman sequestrou a caloura bonitona — disse um menino com um ar de Timothée Chalamet. — Mas e a outra menina?

Prendi a respiração. Esperei, minha cabeça apoiada na dobra do braço. Tracey Borcia estava sentada na mesa na frente dele com os pés entre suas pernas.

— Que outra menina?

— Aquela da câmera. Que parecia uma Sininho sem graça.

Tracey riu.

— Fala sério. A órfãzinha sumiu também? Acho que ela finalmente se matou.

Me levantei tão rápido que minha cadeira arranhou o chão e caiu.

Até a srta. Caine levantou o olhar. Chalamet e Tracey me encararam com uma irritação entediada, uma interrupção rápida na sua dança de acasalamento. E o que eu poderia dizer? Algo superoriginal e corajoso como *vão se foder*?

— Ahhhh, sinto muito. — Os olhos de Tracey brilharam de malícia. — Vocês eram amigas, né?

Algo estranho aconteceu antes que eu pudesse responder.

Não vale a pena, disse meu cérebro. *Eles não valem nada. A vida deles vai ser tão insignificante...*

Minha visão brilhou e eu vi: Tracey com vinte, trinta, cinquenta anos, o sorriso em seu rosto se transformando em linhas permanentes. E Chalamet. Bonito e preguiçoso o bastante para isso ser sua ruína. Floresceu cedo demais e apodreceu antes da hora.

Me apoiei na mesa antes que eu tropeçasse. Em silêncio, arrumei a cadeira caída, peguei minha bolsa e murmurei "banheiro" para a srta. Caine ao sair.

Foram os *meus* pensamentos que me impediram de dizer algo. Minha teoria de que meus colegas medíocres estavam no auge da própria vida.

Mas tive uma sensação bizarra de ter ouvido esses pensamentos com a voz de Becca.

CAPÍTULO OITO

MANTIVE O OLHAR BAIXO ENQUANTO lavava as mãos. Ignorei os pensamentos terríveis. Meu reflexo no espelho do banheiro estava me assombrando. A ansiedade escureceu meu olhar e deixou meus lábios pálidos. E a voz de Becca ainda soava nos meus ouvidos, tão clara que minha pele arrepiou. *A vida deles vai ser tão insignificante...*

Não era difícil imaginar aquelas palavras saindo de sua boca. Ela sempre fora desdenhosa com o restante do mundo.

Nos conhecemos no primeiro ano. Becca era uma daquelas novatas raras que entravam no meio do ano escolar — não de outra cidade, só de outra escola local.

Na época, eu era completamente excluída. Desde o jardim de infância eu tinha a reputação de ser mentirosa, e no começo do primeiro ano uma mentira terrível selou minha ruína social. Quando Becca apareceu, vi a oportunidade que tinha na minha frente: uma chance de fazer amizade com alguém que não me conhecia.

O problema era que todo mundo a queria para si também. Rebecca Cross tinha olhos escuros, cabelos brilhantes e era pequena como a Polegarzinha. Parecia uma criatura que você encontrava em um livro de contos de fadas.

Além disso, era sagaz para uma menina de seis anos. Durante um mês, fez todas as meninas brigarem por sua atenção. Becca flutuava entre elas como se fosse Scarlett O'Hara, ganhando presentes tão pequenos e delicados quanto ela: borrachas em formato de fruta, potinhos de gloss brilhante. Eu morria de inveja. Teria trocado de lugar com qualquer uma delas, inclusive com a borracha de morango que ela usava para corrigir o dever de casa.

Um bom tempo depois de eu ter desistido, Becca me procurou durante o intervalo. Eu estava jogando basquete sozinha quando ela se aproximou, usando um dos vestidos excêntricos feitos a mão pela própria mãe e que destruiriam a popularidade de uma criança menos confiante. Parecia uma flor voando até mim. Mexi no cós da minha calça da Carter's e me concentrei em acertar a bola na cesta. Mantive a expressão séria quando ela passou direto pela tabela.

Becca observou a bola e depois prestou atenção em mim.

— Soube que você disse para a Chrissie P. que ela vai morrer em um acidente de carro no seu aniversário de dezesseis anos.

Meu coração murchou. Essa foi a mentira que me arruinou.

Pouco antes do Halloween, fiz uma jogada desesperada para ganhar popularidade e fingi que podia ver o futuro. Algumas crianças estavam quase acreditando, até Chrissie P. estragar tudo. *Ninguém acredita nem gosta de você*, foi o que ela disse.

A verdade fez meu estômago afundar. E daquela escuridão profunda que eu nem sabia que estava lá, a mentira jorrou. Vinha de uma mistura de contos de fadas e mágoa, e não achei que ela ia *acreditar* em mim. Meu estômago ainda doía quando vi sua expressão de escárnio se transformar em lágrimas. Nossos pais foram convocados, houve uma reunião. Eu já era.

Claro que os outros contaram para Becca. Tinha certeza de que os veria sussurrando se me virasse. Fingi não ter ouvido e fui atrás da bola.

— Mas... — prosseguiu ela, fazendo uma pausa dramática. — Também ouvi dizer que você é uma mentirosa.

— E daí? — respondi irritada e me virei. — Chrissie e suas amigas idiotas mentem o tempo todo. Elas só estão com inveja porque as minhas mentiras são *interessantes*.

Becca sorriu, e percebi que nunca a vira fazer isso antes. Teria me lembrado. Seus dentes tinham o mesmo brilho perolado de uma boneca de porcelana.

— Me diz qual é o futuro — pediu. — Me diz o que vai acontecer com todo mundo.

Semicerrei os olhos. Em seguida, me virei devagar, procurando por Chrissie e sua tropa. Estavam todos do outro lado do pátio, pulando corda. Conseguia ouvi-las cantando no ritmo da corda... *Comece a contar, você vai me escolher quando o dia acabar?*

— Tudo bem — respondi. Senti meu peito inchar com uma esperança cautelosa. — Está vendo aquele menino ali?

Ela me deixou falar pelo resto do intervalo e em todos os intervalos naquela semana. Nunca tive uma ouvinte como Rebecca Cross. Seus olhos brilhantes e seu silêncio me levaram a outro patamar, criando histórias de horror ainda piores. Na sexta-feira, já tinha previsto que metade da nossa turma estava caminhando em direção a um destino terrível. E Becca era minha. Fomos classificadas como estranhas juntas.

Juntas! Algumas meninas tratavam suas amizades como atletas se classificando para as Olimpíadas, sempre subindo e descendo em um ranking. Mas nós levávamos muito a sério o título de "melhor amiga", tão permanente como uma tatuagem. Inventamos códigos e apertos de mão secretos, fizemos vários pactos de sangue. Arranhávamos os braços uma da outra com agulhas de pinheiro e tomávamos poções que inventávamos nos jardins de nossos pais, com um desejo ambíguo, mas ardente, de provar nossa devoção. Escondíamos roupas nas gavetas uma da outra para que, quando alguém perguntasse (e ninguém nunca perguntou), pudéssemos dizer que morávamos juntas.

Nossas mães sussurravam no telefone, preocupadas com a intensidade da amizade, que poderia deixar as duas de coração partido se um dia acabasse. Elas marcavam encontros para brincarmos com outras crianças, que nunca nos convidavam de novo. Nossos pais não entendiam. Eles não acreditavam que era possível encontrar a sua alma gêmea aos seis anos de idade.

Parada no banheiro da escola, evitando meu próprio reflexo, senti uma pontada de saudade. Não de quem Becca era agora, e sim da menininha corajosa com cabelos ruivos cujo amor conquistei com mentiras.

Já tinha checado meu armário, na esperança de que ela tivesse colocado um bilhete pelas frestas. Agora estava atravessando o prédio até o armário dela. Talvez tivesse deixado algo para mim, ou talvez eu só precisasse relaxar olhando sua bagunça de sempre. Girei o disco do cadeado até a porta se abrir com um estalo.

Por um momento desconcertante, pensei ter aberto o armário errado. A bagunça de ilustrações, suéteres de segunda mão e livros que ela mal usava não estava mais lá. Os potes de vidro cheios de filmes de câmera, cartões-postais de Francesca Woodman e o boneco Funko Pop! do Décimo Doutor, que era do seu pai, sumiram. A porta, os ganchos e as laterais de metal amassado estavam vazias.

Mas o armário não estava completamente vazio. Havia uma foto em preto e branco presa no fundo.

Na foto havia uma menina de barriga para cima, boiando em um grande corpo d'água. Seu vestido branco estava molhado e pesado, parecendo ser cinza em algumas partes e ameaçando levá-la para o fundo. Os braços e as pernas estavam relaxados e submersos. Apenas seu rosto oval despontava na superfície.

Tudo na foto parecia um símbolo de rendição, exceto aquele rosto. Os olhos úmidos e abertos fitavam a câmera com uma expressão de desafio. O contraste com o resto da imagem dava arrepios. Na borda da foto havia algo escrito em grafite: *A Deusa da Impossibilidade.*

A garota era Becca. A foto era a última de uma série que fizemos juntas: nossa série de Deusas. Era uma parceria que começou quando tínhamos dez anos, inspirada por um interlúdio estranho na floresta. Eu escrevia histórias sobre deusas que achávamos que deveriam existir, ela fazia as fotos, e nos revezávamos interpretando uma deusa.

Essa foto, tirada no verão antes do segundo ano no ensino médio, foi a última. Foi pouco depois de o pai de Becca adoecer, quando ele precisava da intervenção de algo impossível. No dia em que ele morreu no hospital, colocamos nosso panteão inteiro na fogueira do quintal deles. Todas aquelas divindades brilhantes e poderosas que ostentavam nossos rostos desapareceram em uma nuvem de fumaça química.

Becca devia ter guardado os negativos das fotos e reimprimiu essa. Outro segredo. O que mais ela estava escondendo de mim?

Havia mais uma coisa no armário, repousando na prateleira: um canivete dobrável prateado, a lâmina recolhida com cuidado. Ele tinha sido colocado ali com a precisão de alguém que sabia exatamente quem iria encontrá-lo — e como eu me sentiria quando fizesse isso. Já tinha visto esse canivete antes, anos atrás, em um evento no final do verão.

A lembrança voltou como uma onda sensorial. Calor intenso, pôr do sol roxo, o cheiro de madressilvas e ferrugem. Uma Becca bronzeada segurando o canivete, sangue escuro manchando a lâmina.

No final do corredor, a porta de uma sala foi aberta de repente e uma professora saiu. Só depois que fechei a porta do armário percebi que estava sorrindo. Porque essa lembrança com o canivete não era *ruim*. Era uma das melhores que eu tinha.

Quando a professora sumiu, abri o armário para colocar a foto e o canivete na minha bolsa. Aqui estava minha primeira prova concreta de que a fuga de Becca no sábado à noite não fora um ato impulsivo, algo temporário ou, deus me livre, um sequestro. Ela já sabia, pelo menos desde a semana passada, que não iria voltar naquela segunda-feira.

CAPÍTULO NOVE

O SINAL DA ESCOLA TOCOU, os corredores ficaram lotados, e eu não conseguia me lembrar para qual aula devia ir. Tudo que não tinha a ver com Becca parecia congelado no tempo. Ela parecia ser a única coisa viva na minha mente.

Então vi Madison Velez. Seus olhos estavam caídos e seu vestido preto se arrastava. Ela também parecia estar cheia de propósito agora. Se Kurt havia desaparecido e Becca sabia algo sobre ele, algo ruim, talvez Madison também soubesse. Então a segui.

Ela caminhava cheia de elegância, exalando sofrimento. Os corredores começaram a esvaziar, mas ela estava ocupada demais em meio à sua tristeza para me notar. Não se virou nem quando éramos as únicas cujos passos ecoavam escada abaixo. Não tentei chamar sua atenção, apenas a segui até a porta do banheiro feminino, onde hesitei por um instante antes de entrar.

Madison já estava em uma cabine. Não conseguia ouvi-la fazendo xixi nem nada assim, mas podia ver a sombra do seu vestido no chão. Me posicionei em frente ao espelho para esperar. Meu reflexo parecia mais díspar do que antes. Olhar vazio com bordas inconsistentes. Como se houvesse um problema com o espelho, mostrando meu reflexo duas vezes.

— Meu deus — disse Madison do outro lado da porta. — Vim aqui para fugir de você. Não era óbvio?

Fiquei vermelha, murmurei um pedido de desculpa e saí.

Depois disso, fiquei na minha. Fui para a aula, depois almocei no meu carro para evitar conversas. Ao longo do dia, as mesmas perguntas deram voltas e voltas na minha mente. Onde Becca estava se escondendo? Por quanto tempo ela ia fazer isso? O que ela sabia sobre Kurt Huffman?

Eu devia ter deixado o canivete no carro, mas o peso dele na minha bolsa me ancorava. Me deixava alerta e agitada, pronta para fazer *alguma coisa*. O problema era que eu não sabia o quê. Depois do último sinal, atravessei o estacionamento pensando nas minhas opções. Voltar para a casa de Becca? Checar sua cafeteria favorita, que era tecnicamente um sebo que servia café ruim?

Ou a reserva florestal. Ela poderia estar lá, com sua câmera em mãos. Mas não achava que encontraria Becca entre as árvores congeladas. Apenas infinitos ecos da minha melhor amiga ao longo dos anos e mil versões de mim mesma ao lado. Já me sentia assombrada o suficiente, não queria ir à floresta.

Decidi ir à cafeteria/sebo. Precisava mesmo de café.

Então vi Ruth. Ela estava encostada na porta do passageiro do carro da minha mãe, me observando à medida que eu me aproximava. Ela era boa nisto: a destemida editora da revista literária da escola sabia como manter sua expressão indecifrável. Era uma pessoa intensa e inflexível, e usava óculos grandes, como Gloria Steinem, calça de tweed de cintura alta e um casaco macio masculino. Seu cabelo estava afastado da testa pálida e preso na lateral porque ela estava deixando a franja crescer. Era seu único sinal de fraqueza.

— Você não almoçou no refeitório — falou. — E aí ouvi um possível rumor bizarro sobre a sua amiga, a Rebecca Cross?

Acho que minha expressão me denunciou. Quando me aproximei, Ruth me deu um abraço apertado.

— Então é verdade. Sinto muito. Queria que não fosse. — Ela me deu dois tapinhas nas costas. — Vai ficar tudo bem.

A banalidade daquilo quase ajudou. Tudo que Ruth dizia parecia ter sido pesquisado e comprovado. Em seguida, ela se afastou, com a boca franzida, e voltou ao modo jornalista. Em outra vida, Ruth era a pessoa bem-vestida e observadora que ficava pelos cantos de uma festa ligando para seu editor a fim de contar o último furo de notícias. A única razão para tocar a revista literária em vez do jornal da escola era que o jornal fora cancelado por falta de recursos.

— A Rebecca e os outros alunos que sumiram. Tem alguma coisa...

— A Becca fugiu — eu a interrompi. — Sozinha.

Ruth arregalou os olhos.

— Certo. Bom, estou aqui para arrastá-la pessoalmente para a sala da Ekstrom. Você não foi almoçar, então achei que ia tentar fugir da revista também.

É verdade. Era dia de reunião. Considerei a alternativa: furar para ficar escondida nos fundos do sebo, esperando alguém que, no fundo do meu coração, eu sabia que não iria aparecer. Bebendo café até meu estômago queimar, folheando livros usados.

Segui Ruth. Não estava muito empolgada para analisar o simbolismo dos pássaros num poema de término de algum aluno do segundo ano hoje, mas qualquer coisa era melhor do que ficar sozinha.

CAPÍTULO DEZ

SÓ DE ENTRAR NA SALA da srta. Ekstrom eu já me senti melhor. Plantas cobriam o topo das janelas e se aglomeravam no peitoril, ofuscando e diminuindo a luz do dia. Havia um cheiro de tangerina e papel no ar, uma série de pôsteres vintage de bibliotecas cobria as paredes — todos com celebridades aleatórias segurando livros. Metade delas parecia fazer isso pela primeira vez na vida.

Ekstrom era nossa orientadora. Sua equipe tinha quatro pessoas: Ruth e Amanda, veteranas que entraram no primeiro ano, além de eu e Chris, do penúltimo. Eu poderia fingir que éramos poucos porque éramos uma elite, mas acho que Ruth espantava as pessoas com a sua dedicação.

Ela encarava Chris com os braços cruzados e um olhar que indicava que sua paciência ia acabar. Ele estava encostado nas janelas, entre uma monstera e uma espada-de-são-jorge, segurando um texto.

— "Eu voltei para meu quarto sem graça" — declamou. — "Com certeza era o dia da desgraça!"

— Você vai para o inferno! — disse Amanda para Chris, ao se levantar e tentar pegar o papel.

Ele o tirou de seu alcance.

— Espere a parte em que ele rima *cancelaram o lacrosse* com *leite sem lactose*.

Chris tinha um rosto redondo e rosado que fazia de tudo para esconder: deixou o cabelo crescer até o queixo e o tingiu de preto, pintava as unhas de preto, tinha um guarda-roupa infinito de camisetas retrô de bandas — pretas, claro — estampadas com nomes como Nightwish e Mastodon. O resultado foi ele ficar parecendo um vilão adolescente em um filme de terror.

Também era o único de nós que não tinha o pavor cármico de zoar a escrita de alguém. A srta. Ekstrom cuidava das submissões e nos entregava cópias impressas sem os nomes dos autores. Hoje ela cometeu o erro de deixar uma pilha de textos na sua mesa, e ele pegou o que estava no topo.

Chris limpou a garganta e continuou a ler de um jeito pomposo:

— "Minha mãe cozinhou para mim, esperando que minha tristeza chegasse ao fim."

Ruth o imitou limpando a garganta e disse com o mesmo tom arrogante:

— "Como dentes de um zíper, eles se juntam e se separam. Delinquentes enfileirados."

O rosto de Chris ficou mais vermelho, mas sua voz continuou firme.

— É. Eu escrevi isso. Aonde você quer chegar, Rude?

— A questão é que tudo parece vergonhoso quando você lê com essa voz de merda. As pessoas *confiam* na gente. Todas essas submissões são de escritores que tiveram a coragem de se expor. Não caçoe deles.

— *Escritores*. — Ele fez um joinha. — Claro.

— Tenho uma novidade pra você, Christopher — retrucou Ruth, impaciente. — Não é você quem decide o que é bom ou não.

Ele olhou ao redor com um ar dramático.

— Na verdade, decido, sim. É literalmente isso que fazemos aqui, não é?

— O clima aqui está péssimo hoje — comentou Amanda, baixinho.

Os olhos castanho-claros dela pareciam um pouco elétricos contra a pele de um tom mais escuro e estavam com olheiras de estresse. Ela aguardava novidades sobre o processo seletivo para a faculdade com uma obsessão sombria que não combinava com uma rotina de sono.

Levantei a mão.

— Sou eu. Eu estou pesando o clima.

— Não, com certeza é o Chris — disse Ruth, mas a expressão no rosto de Amanda pareceu comprovar o que eu disse.

— Está tudo bem — respondi. — Vocês podem falar do que está rolando. Sei que querem comentar.

Chris reagiu rápido.

— Beleza, eu não ia perguntar, mas já que você disse que posso... O que diabos está acontecendo? A sua amiga disse pra onde foi? Ela, o Kurt e aquela novata fugiram *juntos*? É uma espécie de seita adolescente? Hum. — Ele inclinou a cabeça, pensativo. — Seita Adolescente.

Chris estava sempre procurando um bom nome para a banda que ele não tinha.

Dei de ombros e respondi:

— Não faço ideia.

Ele sorriu para mim.

— Maravilha. Que bom que me deixou perguntar.

— Está preocupada com ela? — perguntou Amanda e logo depois suspirou. — Claro que está.

Eu evitei a pergunta.

— O que é bizarro é o quanto as pessoas estão *investidas* nisso tudo. Como se fossem parte de uma série de TV.

— É a coisa mais interessante que vai acontecer na vida de metade delas — comentou Ruth. — E elas nem têm nada a ver com isso.

Chris bufou.

— Por que você pode zoar as pessoas e eu não?

— Você fala mal da *arte* delas. Eu só tiro sarro das ideias ruins delas e das coisas idiotas que dizem, e de basicamente todo o resto.

Eu ri alto e todo mundo olhou para mim.

— Estou curtindo a misantropia hoje. Obrigada, gente.

Nessa hora, a srta. Ekstrom entrou, seu cabelo parecia uma nuvem cheia de estática e seu casaco longo cheirava a cigarros e neve.

— Olá, jovens. Desculpem o atraso. Tive uma reunião de última hora.

Ela olhou para mim quando disse isso, e seu olhar fez minha pele enrijecer. Imaginei que a reunião fosse sobre os alunos desaparecidos e me perguntei o que tinha sido discutido.

Ekstrom estava na Palmetto High School desde os anos 1970. Ela era um ícone da Palmetto que amava viajar e sempre voltava com presentes comestíveis: Kit Kat de wasabi, macarons cor-de-rosa, blocos de halva.

Nesse dia, a tigela na sua mesa estava cheia de balas de caramelo de lichia. Ekstrom se sentou e seu cabelo se espalhou pelos ombros como uma placa de prata felpuda. Achei que ela fosse nos fazer falar sobre o que estava acontecendo, mas tudo o que disse foi:

— Temos uma pilha pequena hoje. — Discretamente, Chris colocou o que estava lendo embaixo da monstera. — Ruth, pode distribuir os papéis?

Ruth andou pela sala, dividindo as folhas entre nós, viradas para baixo. Quando terminou, Ekstrom colocou os óculos e disse seu bordão:

— Alguém leia algo de bom para mim.

Ruth leu primeiro. Isso também era de praxe. Era um poema sobre inverno que comparava gelo com dentes de monstros e tinha rimas imperfeitas bem-construídas. Todos votamos para que avançasse para a próxima etapa.

Amanda foi a próxima, com um pastiche exagerado de *O corvo* sobre — adivinha? — um término. Términos e amores não correspondidos eram os carros-chefes dos textos que avaliávamos. Trocamos olhares em silêncio.

— Gaveta especial? — arriscou Chris.

Amanda amassou a folha de papel e a jogou no lixo. Ekstrom franziu os lábios, mas não falou nada. Na maior parte do tempo, ela ficava em silêncio, mantendo a civilidade e raramente nos dando sua opinião. Mesmo quando quebrávamos a regra de "discutam antes de descartar".

Depois de quatro textos ruins, dois bons e um poema que eu saberia ser de Chris mesmo se ele não tivesse passado a leitura inteira com as orelhas de um vermelho-neon, meu ânimo se acalmou. Aquela rotina me tranquilizou, assim como o calor da sala. Quando não havia mais nada para ler, Ruth trouxe a caixa que ficava no fundo da sala, embaixo de um quadro com ENVIE SEU TEXTO! escrito em tinta roxa. A ideia era inspirar gênios tímidos a enviar seus textos espontaneamente. Na maioria das vezes, só inspirava nossos colegas de classe a enviar desenhos de pintos, mas Ruth não perdia a esperança.

Ela destrancou a caixa com a mesma cerimônia de sempre e sorriu, triunfante.

— Temos uma. Nora, acho que é a sua vez.

O papel estava dobrado como uma bola de futebol, e ela o jogou para mim. Enquanto eu o abria, Amanda esticou os braços com as palmas abertas, balançando-as como numa apresentação de jazz, e disse:

— Hora de ver pintos!

Ainda rindo, comecei a ler:

— "Deusa, deusa, comece a contar. Você..."

Parei e senti minha pele arrepiar.

— O que foi? — perguntou Ruth na hora.

Estava segurando o papel, mas não conseguia vê-lo. Vi o sol do meio-dia transformando os cabelos dos meus colegas em mechas brilhantes como nuvens coloridas. Senti o cheiro de borracha do playground, ouvi um coro de vozes de meninas.

— Não é uma submissão de verdade.

— Como assim? — A expressão de Ruth ficou séria. — É plágio, não é?

— Espera. — Amanda passou uma das mãos pela cabeça raspada. — Lê de novo?

Eu não queria fazer isso. Não era para eles ouvirem. Era outra mensagem para mim, de Becca, entregue de um jeito inusitado. Primeiro o canivete e a foto no armário, agora isso. O que ela estava planejando?

Mas todos estavam me olhando e esperando. Ekstrom também. Com a voz firme, li o poema inteiro:

Deusa, deusa, comece a contar
Você vai me escolher quando o dia acabar?

Deusa, deusa, conte até dois
Quem você vai escolher depois?

Deusa, deusa, continue a contar
Você vai me escolher se eu me comportar?

Deusa, deusa, conte até quatro
Quem está batendo à porta do quarto?

Deusa, deusa, continue a contar
Pela manhã, quem é que vai sobrar?

Deusa, deusa, conte até seis
Quem vai ajudar com o que você fez?

Deusa, deusa, chegamos a termo
Quem vai levar pro descanso eterno?

Todos ficaram em silêncio quando terminei. Nada além dos cliques da srta. Ekstrom mexendo nos próprios colares. Chris se afastou do peitoril da janela para nos ver melhor.
— Alô? Alguém?
— Esqueci...
Amanda começou a falar, mas Ruth a interrompeu:
— Por que alguém iria enviar *isso*? Acharam que não íamos reconhecer?
Chris parecia irritado.
— *Eu* não reconheci.
Ela o olhou com desprezo.
— Era uma brincadeira da hora do recreio. Você devia estar ocupado demais tacando fogo nas coisas para perceber.

No recreio da terceira série, pegaram Chris passando a chama de um isqueiro nos tijolos da Palmetto Elementary. Isso foi há oito anos, mas as pessoas ainda o chamavam de Foguinho.

— É uma cantiga de pular corda. É assim. — Amanda pegou o papel e leu a primeira linha no ritmo da música. — Deu-sa, deu-sa, comece a contar. Ouviu?

Eu ouvi. O barulho rítmico de tênis no concreto acompanhando a rima infantil. Duas pessoas pulando, duas cordas. Era uma rima para brincar de pular corda dupla.

Ruth fez careta.

— Eu não era boa em pular, mas uma vez brinquei da versão do mal.

— Como alguém não é bom *pulando*? Que versão do mal?

— Do jogo da deusa — disse ela, impaciente. — A lenda urbana, sabe?

— Lenda suburbana — Amanda a corrigiu. — Fala sério, Chris, você nunca ouviu a história da deusa? Tem assassinato e vingança. Você iria adorar.

Ruth estava mordendo a parte interna da bochecha.

— Não, é mais sobrenatural do que assassinato.

Amanda se virou para mim com um olhar curioso.

— Nora? Você já brincou do jogo da deusa?

— Não — menti. — Eu não era uma criança malvada como a Ruth.

— E você? — Amanda perguntou para Ekstrom com um sorriso discreto no rosto, como se não conseguisse imaginar nossa professora sendo criança e brincando.

Mas Ekstrom assentiu em resposta.

— Sim. — O brilho das luminárias fazia as lentes dos seus óculos parecerem duas luas cinza. Em seguida, seu tom ficou sério quando bateu no quadril antes de continuar: — Lá na Idade da Pedra, quando meu corpo ainda tinha as partes de fábrica.

As orelhas de Chris ficaram vermelhas de novo, talvez pelo lembrete de que existia um corpo debaixo de todas aquelas camadas de suéteres.

— Alguém vai me contar a história ou estão se divertindo me deixando no vácuo?

Ekstrom balançou a cabeça.

— Na semana que vem. Acabou o nosso tempo.

— Carrega a minha mochila e eu te conto no caminho — ofereceu Amanda, sorridente.

Era uma boa troca. O peso da mochila de livros fez Chris se curvar como o Bowser do *Super Mario*.

— O que diabos tem aqui? — perguntou ao segui-la porta afora.

Me perguntei qual versão da história Amanda iria contar. Antes que eu pudesse ir atrás deles, Ekstrom tocou no meu pulso de leve.

— Nora. Pode ficar um instante?

— O quê?

Mas concordei logo em seguida, tentando disfarçar a minha irritação.

Sabia que ela queria falar de Becca. Em algum momento, a srta. Ekstrom deve ter percebido que éramos amigas. Era sempre engraçado lembrar que os professores também nos conheciam. Que eles provavelmente sabiam de todos os crushes, amizades, brigas e términos, nossas dores e alianças expostas para todos verem.

Ruth demorou para sair, talvez esperando poder ouvir um pouco da conversa. Entretanto, Ekstrom esperou que fosse embora para se virar para mim e dizer:

— Rebecca Cross.

Depois de uma pausa constrangedora, respondi:

— Pois é.

— Como você está? Tem algo que eu possa fazer por você?

— Estou bem. Não, acho que não. Mas obrigada.

Ela assentiu.

— Se precisar falar com alguém, me avise, está bem? Ou, se só precisar de um pouco de espaço, minha sala costuma estar vazia.

Fechei o punho ao redor do papel com a cantiga da deusa, que eu tinha dobrado em um quadradinho quando ninguém estava vendo. O que ela iria pensar se eu dissesse que foi Becca quem colocou esse texto na caixa? Ficaria irritada? Curiosa? Acharia que eu estava sendo paranoica?

Mas Ekstrom falou antes que eu pudesse responder:

— Você sabe onde ela está? — Suas palavras saíram rápidas e acompanhadas de um sorriso empático. — As pessoas estão espalhando absurdos por aí.

Que decepção, pensei, ver minha professora fingindo compaixão para conseguir ouvir umas fofocas. Minha resposta foi seca:

— O que quer que estejam dizendo, não tem nada a ver com a Becca. Ela fugiu de casa.

Ekstrom piscou para mim, incrédula.

— Fugiu. Tem certeza?

— Sou a melhor amiga dela — falei, irritada. — Eu saberia, não é?

— É verdade — respondeu, e em seguida sua expressão ficou triste. — A velha Palmetto, hein? Não é difícil querer fugir daqui.

Fiz careta. Adultos raramente admitem os contras da vida suburbana.

— Mas você ficou.

Não parecia algo rude até eu dizer em voz alta. Ela não se ofendeu, apenas riu.

— Fugi várias vezes, na verdade. Minha melhor amiga e eu nos revezávamos. Éramos muito dramáticas.

Seus olhos suavizaram quando disse isso. Aposto que ela não estava me vendo. Aposto que estava imaginando duas adolescentes rebeldes vestindo calça boca de sino ou algo do tipo, passeando pela cidade de patins. De repente, senti uma inveja inexplicável. Os anos rebeldes de Ekstrom foram há muito tempo. Ela havia construído uma vida inteira aqui.

Quando eu e Becca sonhávamos com nosso futuro juntas, eram sempre em outro lugar. Nova York, Los Angeles, Londres... Lugares cujos nomes evocavam uma onda sensorial e um gosto na boca: café, luz do sol, fumaça. Pela primeira vez na vida, nos imaginei envelhecendo na cidade onde crescemos. Trocando livros, ervas e garrafas de cerveja pela cerca; nossos parceiros e talvez nossos filhos no fundo. Naquele momento, a possibilidade de viver em Palmetto não parecia tão claustrofóbica.

Eu estava prestes a dizer algo cheio de autopiedade. As palavras estavam na ponta da língua, mas quando olhei para Ekstrom, algo na sua expressão me fez parar. Havia uma curiosidade intensa ali que me fez questionar se eu tinha realmente visto alguma leveza antes.

E isso me fez pensar que ela não acreditou em mim quando eu disse que Becca fugiu.

Talvez ninguém acreditasse. Talvez todo mundo, menos eu, já estivesse pronto para aceitar a situação: um mistério, um sequestro ou algo pior.

Lancei um sorriso largo e falso para a minha professora e saí da sala, deixando nossa conversa no ar. Assim como todo mundo, ela poderia pensar o que quisesse. Era *comigo* que Becca estava se comunicando. Eu só tinha que descobrir como ouvi-la.

CAPÍTULO ONZE

Ainda no carro, eu liguei para a minha mãe.

— Oi, querida. — Ela parecia estar distraída. Conseguia ouvi-la digitando enquanto falava. — Desculpa, perdi a noção do tempo. Como estão as coisas? Quer que eu pergunte para a Miranda se tem alguma novidade?

— Ah. Sim, mais tarde. Mas, mãe, você já brincou do jogo da deusa?

O barulho de teclas parou.

— O jogo da deusa. Aquele jogo de festas do pijama?

— Isso. Ou... É.

— Quer saber, brinquei sim. — Sua voz parecia reflexiva. — De vez em quando. O que fez você pensar nisso?

— Estava pensando na Becca. As coisas que a gente fazia juntas.

— Ah — disse ela, baixinho. — Está vindo pra casa?

— Daqui a pouco. — Hesitei antes de continuar: — Você lembra como aprendeu? O jogo?

Minha mãe fez um ruído que não chegava a ser uma risada.

— Como alguém aprende essas coisas? Na vida.

Só que eu sabia exatamente como tinha aprendido o jogo da deusa. A versão do mal, a única que importava.

Becca e eu dizíamos para nossos pais que íamos brincar no parquinho. Então passávamos direto e entrávamos na floresta. Lá, brincávamos por muito tempo um jogo de faz de conta divertido e longo, que era interrompido pelo jantar, pelo sono e por nossa vida além das árvores, mas que, ao mesmo tempo, era infinito.

Nesse momento, eu podia ver o que a reserva florestal de Palmetto realmente era: uma selvageria cultivada. Uma área verde e recreativa para ciclistas, corredores e pais com carrinhos. Mas a nossa floresta já tinha sido selvagem. Quando éramos crianças, ela era o mais selvagem possível.

Eis algo que aconteceu com a gente em um daqueles dias ferozes de verão.

Estávamos brincando na clareira perto da nossa árvore, um carvalho retorcido e maravilhoso com um buraco no tronco. Nós gostávamos de esconder coisas ali, coisas pequenas: doces e bijuterias de macramê e bilhetes. Naquele dia, o jogo era o mesmo de sempre: O Reino. No Reino, a clareira era a sala do trono, e éramos cavaleiros mágicos de uma Rainha exigente que sempre nos mandava em missões: encontrar objetos mágicos, lançar feitiços, despertar pessoas sob um encantamento de sono. Estávamos naquela idade em que o jogo tomava conta da nossa mente, nos isolando por inteiro do mundo real. Esse tipo de brincadeira não iria durar para sempre.

Naquela época, não pensava no meu rosto e no meu corpo como inimigos ou amigos, eu só vivia a vida e me concentrava em Becca. Olhava mais para ela do que para mim mesma. Mas consigo nos imaginar se eu tentar.

Becca no verão, com dez anos: brilhante como uma faísca vestindo shorts sujos e uma variedade de regatas, com os ombros sardentos e o cabelo emaranhado. Mulheres adultas ficavam emocionadas de vê-la.

E eu. Até onde sei, nunca fiz uma estranha se emocionar desse jeito. Tinha o mesmo cabelo que tenho hoje: um corte repicado entre o queixo e os ombros, de um tom castanho escuro o bastante para chamar de preto. Usava tênis slip-on da Vans e camisetas tão grandes que cobriam completamente meus shorts. Becca era minúscula e eu era alta. Tenho certeza de que era fofo de ver. Uma bruxinha e sua fiel escudeira.

Naquele dia estávamos analisando um pergaminho da nossa Rainha, falando uma versão imaginária de inglês antigo. Estávamos a sós na clareira e, de repente, o lugar ficou cheio de meninas.

Elas nem deviam ser tão mais velhas. Talvez estivessem no oitavo ou nono ano. Mas eram mais velhas, de toda forma, cheias de colares de metal, usando biquínis e camisetas cortadas de jeitos irreparáveis e mais legais. Eram cinco, eu acho, mas elas se moviam de um jeito que era difícil de contar. Conseguiam parecer diferentes e idênticas, como pássaros da mesma espécie. Falavam de um jeito musical, cada voz intercalava com a outra.

— Meu deus! Olha que fofinhas!

— Vocês são tipo bruxinhas, né?

— Amei! Cheias de poções e tudo mais. — Elas pegaram e analisaram o almofariz e pilão que peguei na cozinha dos meus pais, agora cheio de folhas de amieiro. — Vocês são tão mais legais do que a gente. Podem fazer um feitiço pra mim?

— Façam um feitiço do amor.

— Cala a boca, eu quero um feitiço de *dinheiro*.

Fiquei em pé, como se fosse realmente a escudeira de Becca, e uma delas esbarrou em mim com o ombro.

— Olha como ela é alta. Quantos anos você tem?

Outra menina mexeu no cabelo de Becca, primeiro de leve e depois enfiando a mão de verdade nele.

— Aff, que bonito. Posso, tipo, te usar como chaveiro na minha bolsa?

A atenção delas era vibrante, desconcertante e um pouco nauseante, como um brinquedo em um parque de diversões. Cheiravam a um também: a pele com o aroma de doce barato; o hálito quente e azedo. Havia algo de hipnotizante na confiança delas de que o que tinham a dizer precisava ser dito.

Uma se agachou ao lado de Becca. Eu tentei esconder o papel que estávamos lendo, que tinha sido mergulhado em chá para parecer um pergaminho, mas a menina foi mais rápida e o pegou.

— Ah, o que é isto aqui?

Sua boca formou um sorriso, e meu corpo inteiro ardeu de vergonha quando entendi o que ela iria fazer.

Ela limpou a garganta.

— "Por proclamação da Rainha da Floresta, estes meus fiéis cavaleiros podem circular livremente pelo Reino e suas seis terras vizinhas, em uma busca incansável por..."

A menina leu tudo. Suas amigas riram sem parar, e Becca se escondeu atrás de mim, ambas tomadas pela vergonha. Enquanto ouvia aquela estranha recitar as palavras que escrevi com tanto orgulho, senti o Reino se desfazer. As florestas tombaram, os oceanos secaram até virar sal, os campos viraram cinzas.

Quando ela terminou de ler, a melhor época havia chegado ao fim.

— Isso é tão legal. — Ela soltou a página. — Nós seríamos *supermelhores* amigas se fôssemos da mesma idade.

Ela achava que, porque eu era mais nova, não iria perceber o jeito como sorria para suas amigas atrás de mim.

— Ei, sabe o que a gente deveria fazer? — As outras meninas foram até ela de um jeito quase natural, o que me deu a certeza de que era a líder. — Deveríamos ensinar o jogo da deusa.

— A gente conhece o jogo da deusa — murmurei.

— Você conhece a rima de criança — disse ela, com desdém. — Estou falando do jogo *de verdade*. A versão fodida.

O palavrão me atingiu como uma gota de óleo quente. As meninas estavam posicionadas imóveis na nossa clareira, estiradas na grama ou em um tronco caído, arrancando punhados de trevos.

— Ai, meu deus, temos que fazer isso!

— Elas sabem a história?

— Todo mundo sabe.

— Criancinhas não sabem.

— Chelsea, conta você.

A líder, Chelsea, se sentou na grama.

— Tudo bem — disse ela com a voz arrastada. Tirou um cantil prateado do bolso do short e o balançou no ar. — Querem um gole?

— Você vai corromper as bebês!

— Não tem o bastante nem pra *gente*.

Chelsea deu de ombros.

— O Benny é louco por mim. Ele vai comprar mais pra gente.

O cantil foi passando de mão em mão, e cada menina tomou um gole. À medida que se aproximava, minha ansiedade aumentava. Quando olhei para Becca, vi na expressão dela que seu espírito tinha fugido para outro lugar. Isso acontecia às vezes quando se sentia sobrecarregada. Ela juntava as mãos, seu rosto tão neutro quanto uma tela em branco. Mas, quando a garrafa chegou até Becca, fiquei surpresa de vê-la tomar um gole, sem hesitar, antes de passá-la adiante.

A luz estava densa como mel, insetos voando como flocos em um copo de chá preto. Espantei um deles e tomei um gole, determinada a não tossir. O que quer que elas tivessem colocado ali era absurdamente doce. Me lembrava um xarope de tosse de antigamente.

— Bom trabalho, querida — disse a menina ao meu lado quando passei a garrafa.

— Então, a história da deusa... — Chelsea começou a falar. — Há muito tempo, tipo, uns oitenta anos, uma menina morreu na escola.

Uma das amigas, sentada de costas para a nossa árvore, balançou a cabeça.

— Foi há uns cinquenta ou sessenta anos.

— Cala a boca, Tegan — censurou Chelsea com a confiança de um gato prendendo um rato com a pata. — Enfim, foi há muito tempo. Logo depois do funeral, as amigas dela entraram na escola no meio da noite. Elas queriam fazer um ritual onde ela morreu. — Ela se inclinou para a frente. — Um ritual para trazê-la de volta. Então fizeram uma fogueira no meio do corredor e queimaram um monte de coisa. Tipo, o diário da menina morta e umas ervas especiais, o anel de pérola dela, sua chave de casa, um de seus dentes, o vestido que ela usou no baile da escola e...

— Como conseguiram um dente dela? — interrompi.

— Roubaram do caixão — respondeu ela sem hesitar. Eu assenti. Uma mentirosa mostrando respeito por outra. — Aí cada uma jogou uma mecha do próprio cabelo e rezou para ela voltar à vida.

— Não foi assim — disse Tegan, teimosa. — Minha avó estudava na PHS quando isso aconteceu, e uma vez ela ficou superbêbada com vinho barato e me disse...

— *Cala a boca*, Tegan, que merda. Sou eu que estou contando a história.

Furiosa, Tegan arrancou um pedaço da casca da árvore que estava se desfazendo e ficou em silêncio.

— Como estava dizendo... — Chelsea revirou os olhos. — Aconteceu uma coisa quando estavam lançando o feitiço. No meio da reza e tal, elas pararam de rezar para deus. — Ela se aproximou, seus olhos azuis ficaram mais intensos. — E começaram a rezar para *a menina*. Como se *elas* estivessem enfeitiçadas. E aí... a menina apareceu.

O cantil havia voltado para mim. Era enjoativo, mas aqueceu minha garganta.

— O que ela disse, Chels? — perguntou uma das meninas quando ficou claro que ela precisava de uma deixa.

— Ela flutuou acima do fogo. Parecia exatamente como era antes de morrer, aos dezesseis anos. Seu fantasma estava usando o vestido que elas queimaram e o anel de pérola. E, hum, sapatos de dança acetinados.

Olhei para Tegan. Ela estava de braços cruzados e fazendo careta.

Naquele momento, os olhos de Chelsea pareciam quase tristes.

— Ela disse que *não queria* ser ressuscitada porque era muito divertido estar morta. Disse que, quando queimaram todas as suas coisas favoritas, a libertaram da única tristeza que tinha: a saudade da sua vida. Depois, disse que foi muito bom quando rezaram pra ela. Segundo a menina, era como se estivesse em um jogo de videogame e seu corpo consumisse moedas de ouro.

Ninguém perguntou como um fantasma de oitenta ou sessenta anos atrás poderia ter feito essa analogia. Estávamos concentradas demais.

— Ela disse que, se rezassem por mais tempo, ela ficaria com o corpo cheio de ouro e viraria uma deusa. Porque um dia poderia enjoar de ser um fantasma, mas nunca enjoaria de ser uma deusa. E, se continuassem rezando e fazendo oferendas, queimando coisas e tal, ela poderia conceder um desejo a cada uma. Então foi isso que as meninas fizeram. E ela também.

— E quais foram esses desejos? — perguntou Becca de repente.

Ela tinha ficado sentada e imóvel durante a história, só se mexendo para pegar o cantil. Parecia estar completamente presente agora, seu espírito renovado graças à história de fantasma.

Chelsea aliviou a tensão de forma dramática.

— Ninguéééém sabe. — Aposto que ela não queria inventar um monte de desejos naquela hora. — E ninguém sabe se a deusa morreu quando as meninas morreram, ou se simplesmente deixou de existir quando elas pararam de rezar e se esqueceram dela, ou se ainda está por aí, esperando que alguém volte a acreditar nela para realizar um desejo.

— Se ela *tivesse* voltado à vida — perguntei, corajosa —, acha que ficaria com raiva de as meninas terem pegado um dente?

— O quê? — Chelsea fez uma careta para mim. — Por que você está tão obcecada com o dente?

Eu também não sabia. A história era como um caleidoscópio para mim: peças interessantes demais para analisar de uma só vez. Minha cabeça também estava... confusa. Estranha. Exatamente como as palestras sobre consumo de álcool falaram que eu me sentiria se bebesse. Senti meu coração apertar e tentei pegar a mão de Becca, mas ela não percebeu.

— Então, qual é o jogo? — perguntou ela. — Você disse que tem uma... versão diferente.

Chelsea sorriu. Ela moveu as sobrancelhas; era a garota mais confiante que eu já tinha visto. Fiquei impressionada com a maneira como ela conseguia realizar algo de que nunca fui capaz: fazer as pessoas acreditarem em suas mentiras.

— As amigas da deusa tentaram trazê-la de volta dos mortos — explicou. — Da *terra*. Elas a transformaram em imortal com o poder de sua fé. Para invocar a deusa, duas pessoas precisam provar que sua conexão é *tão forte* quanto isso. É como um jogo de confiança. Mas não essas brincadeiras idiotas de se jogar para trás e torcer para que sua amiga te segure.

Becca fez uma careta, confusa.

— E a rima? O que tem a ver com a história?

Deusa, deusa, comece a contar. Você vai me escolher quando o dia acabar?, cantei na minha cabeça.

Chelsea deu de ombros.

— A música pergunta pra deusa quem ela vai escolher. Para conceder um desejo. Então, acham que a amizade de vocês é forte o bastante para trazê-la de volta?

Becca já estava em pé e tirando o cabelo dos ombros.

— Sim. Vamos jogar.

Chelsea abriu um sorriso largo, brilhante e especial.

— Alguém me passe uma venda.

Uma das meninas tirou a regata e a jogou.

Chelsea se ajoelhou na minha frente, tão perto que consegui ver manchas azuis nas suas íris. Ela torceu a regata até virar uma faixa fina e cobriu meus olhos. O tecido era áspero e deixou a luz mais brilhante. Ainda conseguia sentir o calor da pele da menina ali.

— Fique em pé. Espere aqui — sussurrou Chelsea no meu ouvido.

— Mas como é o jogo?

Ninguém respondeu, e logo em seguida me levantei. Assim que fiz isso, os dois goles de álcool pareceram ser dez.

Tudo ficou em silêncio por um tempo. Um silêncio com vozes sussurradas. Em seguida, fiquei confusa e achei que o barulho fosse as folhas e o vento. No entanto, havia uma risada baixinha. A alfinetada de palavras sussurradas.

Becca falou em algum lugar atrás de mim.

— Vire — disse com a voz rouca. — Um pouco para a esquerda. Aí, pare. Agora dê seis passos para a frente.

Estiquei as mãos, me sentindo mais perdida do que antes.

— O que estamos fazendo? Qual é o jogo?

— Confie em mim. Esse é o jogo.

E eu confiava mesmo nela, então segui suas ordens.

Às vezes ela parecia estar mais longe, às vezes do meu lado. Tropecei uma vez e machuquei um joelho, e um galho bateu com tanta força no meu rosto, que eu não sabia se estava sangrando ou não. Sabia que Chelsea estava por perto, nos guiando, mas não sentia sua presença. Não sei dizer quanto tempo depois Becca me mandou parar.

— Estique a mão — falou.

Devagar, segui o comando e meus dedos encontraram a casca enrugada de uma árvore. Bordo? A sensação familiar era como um farol em uma noite escura.

— Há um galho bem em cima de você. Agarre-o.

Segurei de leve. Ouvi um sussurro e o suspiro de Becca.

— Segure *firme* com as duas mãos. Agora... suba.

Arregalei os olhos cobertos pelo tecido branco de algodão e subi. Cada galho parecia perigosamente fino, cada movimento era como um pequeno ato de fé. De devoção. Talvez Becca sentisse cada um deles como moedas derretendo no seu corpo.

— Aí. Pare.

Sua voz estava ofegante.

Seguindo suas instruções, me arrastei, de barriga para baixo, para um galho longo e grosso. O jeito como o vento se movia ao meu redor fazia meu corpo parecer insignificante.

— E agora?

— Tire a venda. — Sua voz parecia um sussurro. — Mudei de ideia, não quero mais jogar.

O galho embaixo de mim arqueou com um rangido.

— Mas... como a gente ganha?

— Você precisa cair. Pular, sei lá, da árvore. Mas não importa — respondeu ela, furiosa. — Já somos melhores do que as meninas idiotas da história. Eu não deixaria você morrer, pra começo de conversa.

— Eu sei — falei e me deixei cair.

Eu sabia que havia água embaixo? Ou só acreditei que o amor de Becca iria me pegar, independentemente de onde eu caísse? Pensei sobre isso depois e nunca soube responder com certeza.

Tudo aconteceu ao mesmo tempo. O ar rápido, a pressão da água morna, a lama sob meus pés. Em seguida, meu corpo inteiro ficou submerso, deitado no fundo macio do riacho, e senti uma dor aguda e estranha na cabeça.

Com certeza apaguei por alguns segundos. De verdade. Por algum milagre, prendi a respiração. A venda caiu, cobrindo minha boca e meu nariz, e quando abri os olhos, vi um mundo verde e nebuloso. Em seguida, houve uma explosão ao meu lado: era Becca pulando na água.

Depois, fiquei maravilhada com a rapidez com que pensei em tudo.

Fechei os olhos e os mantive assim enquanto ela colocava os braços ao meu redor e me puxava para cima, enquanto meu rosto chegava à superfície, enquanto ela tocava a pele machucada na minha nuca e soltava um gemido angustiado.

Com os dedos, apertei Becca onde as meninas não pudessem ver, puxando-a para perto. Ela obedeceu e aproximou a cabeça como se estivesse checando a minha respiração.

— Siga a minha deixa — sussurrei sem mover a boca.

Becca inspirou e se empertigou. Ela passou os braços pelo meu peito e me arrastou da água até a margem cheia de pedras. Uma ponta afiada traçou um corte na minha coxa, mas ainda assim me mantive em silêncio. Devagar, ela colocou minha cabeça em uma parte macia. Fiquei imóvel.

Uma das meninas falou num tom preocupado:

— Ela está bem?

— Claro que está. — Mas a confiança inabalável de Chelsea havia se quebrado. — Ela está bem, só está fingindo.

— Isso parece fingimento pra você? — perguntou Becca, parecendo assustada. Depois ela me disse que mostrou os dedos manchados com o sangue da minha cabeça.

— Ai, meu deus! Ai, meu deus!

— A gente devia fazer um... Como é mesmo? Um torniquete.

— Na *cabeça*?

— Fodeu, porra! Qual o seu problema, Chels?!

— Vai pra ciclovia e pede ajuda. Alguém liga pra emergência!

Então me sentei. Rápido. Com os olhos arregalados, o cabelo colado no rosto e no pescoço formando linhas pretas. Meu braço estava esticado na direção da voz de Chelsea.

Duas das meninas gritaram. Chelsea caiu para trás como se eu a tivesse empurrado.

Minha cabeça estava latejando. Pensei em como ela havia destruído nosso Reino em menos de um minuto. Ela e suas amigas eram apenas um grupo de folgadas e mentirosas, intrusas na nossa floresta. Elas queriam brincar? Então eu ia brincar também.

— Eu voltei da terra dos mortos — falei com a minha melhor voz sombria de cavaleiro mágico. — E, lá, falei com a deusa.

— Hum... — disse a menina à minha esquerda. Eu a ignorei.

— Meu coração é puro — continuei. — E ela me concedeu um desejo. Mas *você*. A deusa está irritada com você.

A boca de Chelsea se mexeu.

— Mas... O que eu...

— Você transformou sua morte em uma piada com as suas mentiras. Durma bem — concluí com um tom assustador. — A deusa vai te encontrar nos seus sonhos.

Por uma gloriosa fração de segundo, acho que ela acreditou. Depois, revirou os olhos e disse:

— Vocês são *ridículas*. Faça bom proveito da pancada na cabeça!

E saiu correndo pela ciclovia.

As outras meninas a seguiram. Uma delas se virou para mim.

— Você está bem mesmo?

A menina chamada Tegan ficou para trás.

— Sinto muito — falou antes de ir se juntar às amigas. — E isso foi incrível.

Quando foram embora, olhei triunfante para Becca.

Ela não estava sorrindo. Estava *tremendo*. Tinha os olhos arregalados e marejados, e estava sentada sobre as pernas, com as mãos espalmadas sobre as coxas.

— O que foi? — perguntei, nervosa.

— Era verdade?

Toquei na minha nuca. A ferida estava escondida pelo cabelo. Antes do pôr do sol, eu iria ao pronto-socorro levar pontos ali.

— O quê?

— O que você disse. Sobre falar com a deusa.

— A deusa? — Limpei o sangue dos dedos na grama. — Não tem deusa nenhuma, é só uma brincadeira. Eu estava fingindo. Como no Reino.

— O Reino já era — murmurou ela.

Eu assenti. Já sabia, mas doeu ouvi-la dizer em voz alta.

Becca sacudiu o próprio cabelo. Parecia uma sereia nervosa.

— Por que você pulou, Nor? Poderia ter *morrido*.

Minha cabeça estava zumbindo como uma colmeia. Se eu tivesse caído com mais força, se aquela coisa tivesse cortado mais fundo na minha cabeça...

— Você nunca me deixaria morrer — respondi.

Vi seu corpo absorver minhas palavras e seus olhos brilharem.

— Eu nem gostei da história dela. Você conseguiria contar uma bem melhor.

Concordei com a cabeça.

— Com certeza. Por que as meninas colocaram um *dente* em uma fogueira? Todo mundo sabe que dentes não queimam.

— Você deveria. *A gente* deveria.

— Deveria o quê?

A agitação tinha passado, e sua postura havia mudado.

— Criar a *nossa* deusa.

— É — falei, cautelosa. — Acho que sim.

A dor, no entanto, estava consumindo a minha sensação de vitória. Quando cheguei em casa, estava tonta e com os olhos marejados; e Becca, pálida.

Depois disso, meus pais ficaram de olho em mim por um tempo. Eles sabiam que devia haver algo a mais na história de como machuquei a cabeça, e, de qualquer forma, era preciso descansar depois de uma concussão. Só voltamos à reserva florestal dias depois.

Quando enfim voltamos, soube que foi bom termos esperado. A floresta estava tão bonita aquele dia, tão verde e densa. Havia um vazio deixado pelo Reino, mas isso não nos deixou tristes. Esse vazio parecia um bom ouvinte.

Nós o preenchemos. Juntas, inventamos uma deusa que nos protegeria, que nos manteria seguras na terra das brincadeiras. Posei para a foto com minha fantasia favorita, e Becca usou uma lente de longa exposição para transformar meu rosto em uma sequência de expressões embaçadas. Inspirada pelo livro ilustrado de mitologia mundial que ganhei de aniversário, escrevi uma história para acompanhar a foto. Nós a chamamos de deusa do faz de conta.

Fizemos um altar na floresta para a nossa primeira deusa. Nele, queimamos o último pergaminho da Rainha e a regata que usei sobre os olhos quando segui a voz de Becca pela floresta até cair na água.

Às vezes, nos meus sonhos, eu a usava de novo, a água turva entrando no meu nariz e na minha boca enquanto eu me afogava.

CAPÍTULO DOZE

CHEGUEI EM CASA DEPOIS DAS 16h, e o céu estava tão branco quanto uma folha de papel sulfite. Contra ele, as árvores secas pareciam peças de um cenário nada convincente. Quando virei na minha rua, havia um carro estranho estacionado do lado da nossa garagem: uma van cor de mostarda. James Saito estava sentado no capô.

Eu ri. Fazia isso quando estava nervosa.

Apesar da luz fraca, ele estava usando óculos escuros e uma daquelas jaquetas com golas felpudas que tinham cheiro de chuva. Sua postura estava relaxada e, com os óculos, ele parecia completamente indiferente ao mundo. Mas não devia estar, não é? Afinal, ele estava ali.

James não falou nada enquanto eu seguia em sua direção. Acho que estava me olhando, mas não consegui ver nada atrás das lentes dele. Parei a alguns metros de distância.

— Ei.

— Oi. — A voz era grave, com um tom calmo. O tipo de voz que soaria tranquila mesmo gritando. Ele permaneceu completamente imóvel, exceto pelos dedos da mão esquerda, que mexiam na bainha desgastada da calça jeans. — Teve notícia da Becca?

Eu o encarei.

— Agora você quer falar dela.

— Sim ou não?

— Não.

— Faz alguma ideia de onde ela esteja?

Ele não se mexeu, sua voz não ficou mais alta, mas senti a intensidade aumentando.

— Não. E *você*?

Ele balançou a cabeça como se a pergunta fosse irrelevante.

— Quando foi a última vez que você a viu?

Sua urgência estava me afetando. Meu pescoço e minhas têmporas começaram a esquentar.

— Por que está me perguntando isso?

— Você devia ter me dito que ela tinha desaparecido quando te vi hoje de manhã — falou, de repente. — Eu não sabia. Teria ajudado, se soubesse.

— Tudo bem. Pode ajudar agora?

Ele tirou algo do bolso. O objeto se encaixava perfeitamente em sua palma: um pacote mais ou menos do tamanho de uma bola de pingue-pongue, preso com um elástico de borracha.

— Achei isso nas minhas coisas no laboratório de fotografia. Becca deixou pra mim.

— Pra você — repeti. Eu não tinha realmente acreditado em mim mesma naquela manhã, quando imaginei que ele poderia saber aonde ela tinha ido. Agora não tinha mais certeza. O que esse rapaz *significava* para ela?

James tinha mãos bonitas. Mãos de artista. Brutas e práticas de um jeito inexplicável, feitas para trabalhar. Ele tirou o elástico e desembrulhou o papel, revelando um rolo de filme. Em seguida, me entregou o papel. Era um bilhete de Becca escrito à mão, com pontas compridas e serifas exageradas.

diz pra Nora que fui jogar o jogo da deusa

Tive certeza de que ele vira meus ombros se erguerem, a maneira como escondi o papel com o corpo para bloquear sua visão. Também sabia que ele já tinha lido a mensagem. Quando levantei o olhar, ele estava meio virado, como se estivesse tentando me dar um pouco de privacidade.

— Por que... — comecei a falar. Mas havia perguntas demais. Escolhi a mais fácil: — Quando ela deixou isso pra você?

— Pode ter sido a qualquer momento depois da última aula, na sexta-feira. Foi a última vez que olhei minhas coisas lá.

— O que tem no filme?

Ele deu um sorriso fraco, um jeito educado de dizer: "Não foi revelado, sua tonta."

— Não sei ainda. O que ela quer dizer com essa mensagem?

Balancei a cabeça. A deusa, de novo. Já era a terceira vez que aparecia. Minha frustração estava beirando a fúria: sim, Becca, eu estou te ouvindo, mas o que você *quer dizer*?

Só jogamos aquilo duas vezes: uma vez na floresta, quando éramos crianças. E a outra vez foi três meses atrás, no dia em que brigamos. Tive um flashback do rosto de Becca naquela noite, logo depois de deixá-la, e senti um calafrio.

Dei um passo para a frente e segurei seu braço. Para mantê-lo ali, me ancorar. Bati o joelho na ponta torta da placa do carro dele.

— Você a conhece. Você *conhece* a Becca. Não é?

Com o braço livre, ele empurrou os óculos escuros até o cabelo, como se soubesse que eu precisava ver seus olhos para confiar nele. Eram castanho-claros, confiantes e focados.

— Ela é difícil de conhecer. Mas, sim, acho que sim.

— Só de saber isso, que é difícil se aproximar dela, já é mais do que a maioria. E eu não sei o que fazer. Não sei o que pensar. Ela está me deixando essas... dicas, eu acho, e isso é muito a cara da Becca, e... — Engoli em seco. — Então. Você veio aqui só pra me entregar este bilhete? Ou veio porque se importa e está disposto a me *ajudar*?

Durante todo esse discurso, me segurei no seu braço como se fosse um colete salva-vidas. Quando percebi o que estava fazendo, soltei. James se inclinou para a frente e apoiou os cotovelos nos joelhos.

— Eu quero ajudar — respondeu com a voz calma. — Hoje de manhã, quando você estava procurando por ela, eu meio que sabia que tinha acontecido alguma coisa. Acho que estava esperando.

— Pelo quê?

Ele não respondeu, mas disse:

— Ela tem estado estranha. Ou talvez estivesse agindo normalmente, só que um pouco a mais. Altos e baixos, como se tivesse se perdido no meio. Não que ela tivesse um meio-termo.

Assenti e absorvi as informações. Nunca tinha ouvido alguém explicar o jeito de Becca. Para mim, ela só *era assim*, como o clima.

Ele continuou:

— Geralmente a gente falava sobre o que estávamos criando. Foi assim que ficamos amigos: sendo as únicas pessoas na sala escura de manhã. Mas nos últimos tempos ela só falava sobre...

Sua pausa fez com que eu me inclinasse para a frente, curiosa. Ele apenas suspirou e disse:

— Ultimamente ela só queria falar sobre você.

Senti um gosto amargo na boca.

— Eu.

— Era legal. — Ele afastou uma mecha do cabelo preto do rosto. — Não estou reclamando. Ela me contou um monte de coisas sobre quando vocês eram crianças. Mas era o *jeito* como ela falava.

James estava me olhando o tempo todo. Naquela hora, o olhar mudou. Ele estava olhando *de verdade*: sua atenção focada em mim de um jeito que fazia minha pele zumbir, elétrica.

— Até hoje, não tinha pensado sobre isso. Mas o jeito como ela falava... era como se fosse alguém bem mais velho. Alguém refletindo sobre a vida — disse ele em um tom completamente gentil. — No fim da vida.

Demorei um segundo para entender o que ele queria dizer. Quando isso aconteceu, meu sangue correu mais rápido, fazendo minhas têmporas latejarem.

— Ah. Não. Não é isso... Nossa, não é isso que está acontecendo. Não é isso. Você... — Mostrei o bilhete. — Você não acha mesmo que esta frase fajuta seja um *bilhete de despedida*, não é?

Até a sua mão ficou firme. Um rubor tomou conta do rosto dele.

— Não sei.

— Não, você não sabe. Você disse que a conhecia. Sabe o que ela pode fazer, quão talentosa é. *Como* ela é. Sua vida vai ser... — Fiz um gesto no ar. — Maior. Maior do que isso.

Mas havia a sua imprudência. A ousadia despreocupada que tomou conta dela após a morte do pai. E aquela mensagem tarde da noite. *Eu te amo*. Não estava com raiva porque James despertou um medo em mim. Ele apenas abriu a porta atrás da qual o medo estava se escondendo.

Ele assentiu para mim.

— Tudo bem.

Minha cabeça estava zumbindo, intoxicada. Naquele momento, acho que o odiei.

— *Tudo bem?*

— Sim — repetiu ele, tranquilo. — Tudo bem.

Eu o encarei. Tentei manter minha raiva viva, mesmo sentindo-a se dissipar como uma nuvem ao vento. Não era dele que estava com raiva. Ou por quem temia.

Ele ergueu o rolo de filme no ar.

— Queria conversar com você antes de fazer algo com isso. Devo levar para algum lugar e revelar logo? Ou esperar e fazer isso eu mesmo?

Senti meu estômago revirar só com a ideia de entregar os negativos para um estranho. As fotos poderiam ser qualquer coisa. Poderiam ser fotos nuas.

— Você mesmo devia revelá-las — concedi. — Por precaução.

— Boa ideia. Quer me encontrar na sala escura amanhã? Tipo, umas seis e meia?

Assenti envergonhada por ele saber que eu iria querer estar presente. Quando colocou os óculos de volta no rosto, pensei: *Vampiro. Vampiro bonitão*. Depois, paranoica com a ideia de que ele poderia ter me ouvido, disse a primeira coisa que veio à minha mente:

— Como você sabe onde eu moro?

— Becca me mostrou. A gente passeava de carro, às vezes.

Aquilo fez meu coração doer, tão palpável quanto um hematoma. Fiquei feliz que ela tenha tido alguém consigo nos últimos meses. Isso aliviou um pouco da minha culpa crescente.

— Obrigada — falei enquanto ele abria a porta do próprio carro. — Por vir falar comigo.

— De nada? — James parecia indiferente.

— Tipo, porque você não fala com ninguém. — Eu corei. — Digo, você não se *importa* com ninguém. Não que precise! Mas você não se importa. — Parei de falar e cerrei os lábios.

Ele me olhou de um jeito engraçado.

— É, eu não sou muito bom com... escola. Com todas essas coisas de escola. Não estou acostumado com isso.

Imagino que "escola" signifique escolas públicas grandes e sem orçamento. A nova teoria que inventei na hora: James foi transferido de uma daquelas escolas preparatórias de filme de suspense, cheias de escândalos de gente rica. Ele deve ter sido expulso depois que sua sociedade secreta matou o diretor.

Enquanto eu perdia tempo cultivando minhas teorias, ele entrou no carro. Nossos olhares se encontraram no retrovisor, um lampejo de castanho-claro, e então ele se foi.

SEIS MESES ATRÁS

BECCA VIU UM FILME SOBRE uma mulher que descobre que tem um *doppelgänger*.

O que isso queria dizer, pelo menos no filme, era que em algum lugar do mundo havia alguém que se parecia com ela, tinha cérebro e alma como os dela, era exatamente igual a ela. Contudo, elas viviam vidas completamente diferentes.

Depois daquela noite na floresta, Becca se dividiu em duas. Ela se tornou sua própria *doppelgänger*.

Havia a pessoa que ela conhecia. A que queria contar tudo para Nora, resolver a briga, seguir no caminho que já conhecia. Essa versão tentava esquecer o que ela viu na floresta. Ela virou o rosto para o sol.

E havia o *doppelgänger*. A Becca que vinha à tona tarde da noite, quando ficava sozinha. Essa garota era compulsiva e irracional. Ela vira algo que não podia ser explicado, e isso parecia uma coceira que não conseguia aliviar. Sua vida se resumia a pesquisas noturnas e um medo constante. Ela precisava ir além, precisava *saber*.

Essas duas versões se chocavam, se sobrepondo como uma foto tremida. Nora sabia que tinha algo errado, mas não disse nada, só esperou que aquilo passasse, como sempre. Becca lutou sozinha.

Uma semana depois *daquela* noite, Becca acordou com uma certeza em mente. O conflito entre as duas versões de si mesma se resolvera durante o sono. Ela havia tomado uma decisão. Entretanto, antes de seguir para um futuro alterado, estava decidida a ter um bom dia de verão.

Buscou Nora cedo pela manhã. Elas compraram cafés gelados e croissants de amêndoas e foram à praia. Era um daqueles dias raros em que o lago Michigan estava límpido como o Mediterrâneo: cheio de peixinhos e pedras polidas. Quando cansaram de ficar no sol, voltaram para Palmetto e se moveram no ritmo preguiçoso do verão: experimentando anéis e óleos de patchouli na loja hippie de bijuterias, vendo livros na livraria Mais um Capítulo. E então se encheram de chocolate num cinema tão gelado que mais parecia um frigorífico.

Quando saíram, a luz estava baixa e azul, e o estacionamento do cinema, cheio de pais. Reunindo, abraçando, brigando, colocando lanches em bolsas espaçosas, balançando pequenos corpos entre suas mãos apertadas. Nora também viu. Era como se houvesse um pedaço de gelo entre elas, derretendo lentamente no calor do verão.

Drive-thru do Taco Bell, milk-shakes do Dairy Queen, vaga-lumes brilhando na grama. As mãos de Becca grudaram no volante. Movida pelo açúcar, cheia de uma ousadia intensa, ela dirigiu até o estacionamento na margem da floresta.

Elas não tinham chegado nem perto da reserva florestal desde a noite em que Becca caiu. Devagar, tocou a ferida que se tornaria uma cicatriz no joelho. Ela e Nora se sentaram no capô do carro com as costas viradas para o para-brisa. A música que saía dos alto-falantes do carro era como uma canção de outro planeta, e o estacionamento parecia um grande bloco de luz roxa. Se você fechasse as mãos ao redor do rosto para bloqueá-la, quase conseguiria ver as estrelas.

Becca pensou: *Me pergunte, Nora. Se você perguntar, eu conto.*

Ela as via em preto e branco. Duas meninas no capô do sedã velho, os sapatos largados no concreto. Os cabelos molhados pela água do lago, as peles macias e brilhantes graças à juventude e às comidas processadas. Era um sonho de verão de uma cidadezinha americana.

Se você olhasse com atenção, veria a tensão entre elas como uma pergunta no ar. O acordo silencioso de olharem não uma para a outra, e sim para a frente. Era isso que deixava a cena interessante.

Nora fez uma piada. Becca voltou para o próprio corpo. Foi um dia bom. Um dia praticamente livre da escuridão. Sua melhor amiga só queria que continuasse assim.

Ficaram no estacionamento até o céu escurecer e uma viatura com um policial entediado se aproximar pelo cascalho. *O parque fechou, meninas.*

Mesmo assim, elas prolongaram a noite. Becca dirigiu até o telefone de Nora vibrar no painel. Ela suspirou e disse:

— Toque de recolher.

O carro estava com cheiro de lago, patchouli e fast-food, e de repente tudo parecia insuportavelmente doce. Becca parou na entrada da garagem de Nora, algo que nunca fazia, e por isso a amiga ergueu as sobrancelhas e disse:

— Ora, ora.

Em seguida, saiu do carro com a cabeça baixa, procurando as chaves de casa. Quase sem querer, Becca disse:

— Nora.

Sua melhor amiga olhou, assustada com o tom.

— Eu te amo.

— Eu sei — disse Nora, descolada como Han Solo.

Depois, pareceu mudar de ideia, deu três passos largos em direção ao carro e, pela janela, deu um abraço forte e rápido em Becca. Então sumiu na escuridão da casa, no calor de uma vida em que sua mãe manda mensagem às onze e quarenta e cinco, lembrando que você tem um toque de recolher à meia-noite.

É por isso, disse sua *doppelgänger* com um tom sombrio. Essas coisas não pertenciam mais a Becca. Mas adivinha: havia coisas que não pertenciam a Nora.

Ainda assim, era como se seu peito fosse feito de balas amassadas. Se ela chorasse agora, sairiam pedacinhos açucarados de morango. Em vez disso, bebeu o café gelado que Nora nunca terminava e que, depois de horas, já estava quente, imaginando a cafeína preenchendo suas veias como soldadinhos. Já passava da meia-noite. A versão diurna de Becca era um feitiço que acabava quando o relógio batia doze horas. Agora era a vez da *doppelgänger*.

Ela dirigiu pelas ruas silenciosas até uma casa à qual nunca tinha ido. Antes daquele momento, era apenas um endereço que ela havia descoberto e memorizado. Na verdade, era um chalé, pequeno e organizado, azul-claro com persianas pretas. E o único lugar no quarteirão com uma luz acesa. Duas luzes: uma na varanda e outra lá dentro.

O que Becca estava fazendo era tão idiota e tão perigoso que ela riu enquanto ia em direção à casa. Então entendeu o motivo de ter demorado uma semana para ir ali, de ter precisado se preparar psicologicamente para dar o primeiro passo no processo de se livrar de vez de sua antiga versão. Ela precisava chegar ao ponto em que *não saber* era pior do que qualquer outra opção.

E quem diria: a porta se abriu antes que ela pudesse bater.

CAPÍTULO TREZE

Entrei em casa com o bilhete de Becca na mão.

A casa estava escura, todas as luzes apagadas.

— Olá? — Minha voz saiu fraca. — Alguém em casa?

— Aqui.

Enfiei o bilhete no bolso e segui a voz da minha mãe até a cozinha. Ela estava sentada à mesa, na sua velha cadeira de trabalho, o rosto iluminado pelo brilho azul da tela do laptop.

— Oi, Nor — cumprimentou quando me viu. — Você está bem?

Eu *estava* bem, mais ou menos, até vê-la.

— Ah, meu amor — disse ela quando meu rosto se desfez e eu estiquei os braços.

Atravessei o cômodo para me aconchegar nela, devagar para não machucar sua coluna. Ela cheirava a Vick, café e ao óleo de banho francês que eu e Cat lhe dávamos todo Natal.

— Eu não devia ter deixado você ir para a aula hoje? — falou contra o meu ombro. — Julguei mal?

Eu poderia ter me deixado levar e chorado de verdade naquela hora. Aquele tipo de choro que deixa você com dor de cabeça e fome. Mas tive um pressentimento de que não devia; como se o fato de chorar por Becca confirmasse que realmente havia um motivo para chorar. Respirei devagar até conseguir falar sem a voz tremer.

— Mãe. Você acha que a Becca faria mal a si mesma?

Fechei os olhos com força. Ouvi seu suspiro rápido e senti seus lábios tocarem na minha cabeça.

— Não.

Sua voz era tão confiante que senti uma onda de alívio.

— Por que não?

— Porque... — Ela parou de falar e acariciou meu cabelo. — Porque Becca já sofreu muito. Já perdeu demais. Essa menina não vai abrir mão de mais nada. Não sem lutar. — Ela deu um sorrisinho irônico. — E ela luta sem se importar com as regras.

— Eu não sei o que fazer — confessei.

— E é você quem precisa fazer algo?

— Se não eu, quem mais?

E, nossa, como eu queria que ela tivesse uma boa resposta para aquilo. Ela suspirou e disse:

— A polícia vai fazer algo, Nor. Se Becca não voltar para casa logo, eles vão assumir o caso. — Sua voz ficou mais fria antes de continuar: — Não que eu tenha muita fé na polícia de Palmetto.

Meus ombros murcharam.

— Por causa do que aconteceu com a mãe da Becca.

— Bom, sim. Isso e... Você se lembra do que eu te contei sobre Logan Kilkenny?

Pensei um pouco antes de responder:

— Acho que sim?

— Estudávamos juntos e, no último ano do ensino médio, ele desapareceu. Era gente boa, todo mundo gostava dele. Tirava boas notas, jogava beisebol, atuava em musicais da escola. Não é o tipo de pessoa que você diria que simplesmente some. — Sua boca ficou tensa. — Não que exista esse tipo de pessoa.

— Eu entendi o que você quis dizer.

Kurt Huffman era esse tipo de pessoa.

Logo em seguida, percebi que meus colegas de classe achavam o mesmo de Becca.

— Enfim, a polícia insistia que ele tinha fugido. Levou muito tempo para o considerarem desaparecido e *começarem* a procurar. O que mais me lembro do meu último ano é uma sensação pesada. Uma paranoia. Todo mundo inquieto, cheio de teorias. Havia brigas nos corredores. Era diferente na minha época, não vivíamos on-line. Só pensávamos no que estava bem na nossa frente.

O comentário sobre a internet me fez revirar os olhos mentalmente.

— Eles nunca o acharam, né?

— Não.

Ela respondeu baixinho e pareceu arrependida de ter tocado no assunto. Quando não disse mais nada, atravessei a cozinha até a geladeira.

— Por que você está no escuro?

— Fuxiqueiros — respondeu minha mãe.

Tirei uma travessa de pudim da geladeira.

— Fuxi o quê?

Ela deu uma risada irônica e fechou o laptop.

— Pode ligar a luz. Venha se sentar aqui comigo.

Acendi as luzes e me sentei com o pudim. Minha mãe me olhou, séria.

— Há alguns curiosos circulando por aqui. Carros estranhos parados na rua. Algumas horas atrás, vi uma menina passando pela janela com o celular na mão, filmando algo. Indo em direção ao quintal dos Sebranek. Então apaguei as luzes.

— Aff. Você ligou pra sra. Sebranek?

— Eles saíram da cidade por alguns dias. Mas prometi a Rachel que ficaria de olho na casa, então chamei a polícia. Disseram que vão mandar uma viatura para patrulhar a rua.

Olhei para o espaço entre as casas, com canteiros de flores dos dois lados.

— O que as pessoas acham que vão encontrar? Uma pista largada no chão?

— Acho que precisamos ser mais realistas. — Sua voz parecia cansada. — Com relação a quanto as pessoas podem se interessar pelo que está acontecendo.

O pudim tinha gosto de nada. Mesmo assim, continuei comendo. Cada garfada preenchia, por alguns instantes, o vazio no meio das minhas costelas.

— Sim, eu sei.

— Não estou falando só de idiotas locais. Eu ainda tenho muita esperança de que a Becca vai voltar logo para casa. Que está só passando um tempo longe, sem a Miranda por perto. Mas, somado ao desaparecimento dos outros alunos... esse é o tipo de história que se espalha. E eu não quero que seu nome faça parte dela.

Meu garfo arranhou o fundo da travessa. Eu havia comido tudo.

— Meu nome? Por que meu nome faria parte disso?

Ela me olhou, cansada.

— Você é a melhor amiga da Becca desde o segundo ano do fundamental. Você estava lá, na casa dela, na noite em que ela... foi embora. Quantas pessoas sabem disso?

Abaixei o garfo e de repente me senti enjoada.

— Só a Miranda. Mas a Cat já deve ter contado pra cidade inteira.

— Não contou, não — disse minha mãe. — Conversei com a sua irmã. Ela sabe que vou ficar puta da vida se um jornalista de merda tentar colocar você no meio disso.

— *Mãe.*

— Ah, não seja tão puritana. — Ela fez careta, como se não fosse nada de mais.

Abaixei meu olhar. Mesmo agora, ciente de que ela precisava saber pelo menos parte da história, não queria quebrar a confiança de Becca e contar sobre as pistas que ela havia deixado para mim.

— Eu sinto como se ela estivesse tentando me dizer algo — falei, cautelosa. — Tipo... beleza, Becca está fazendo uma coisa muito típica dela, mas ela quer que eu descubra o que está rolando. E eu estou *travada*. Não sei onde nem quando ela vai...

Minha garganta se fechou no meio da frase.

— Nora. — Minha mãe colocou uma das mãos sobre as minhas. — Eu entendo. De verdade. Você já tem muito com o que se preocupar. Mas preciso que tome cuidado. Nós não estamos nos anos 1990. E não é só um menino dessa vez. Três adolescentes da mesma escola? Isso pode virar um caos.

CAPÍTULO CATORZE

ELA ESTAVA CERTA, É CLARO. Pesquisei na internet, e ainda não havia nada sobre os desaparecimentos, mas era uma questão de tempo. Em breve, a história não seria apenas nossa.

Eu precisava pensar, precisava começar a decifrar as coisas *agora*, antes que as ideias dos outros mexessem comigo. Entretanto, até então, Becca só me dera fragmentos do nosso passado. A foto, a rima, o canivete. *Fui jogar o jogo da deusa*. Se havia alguma explicação ali, não a encontrei.

Meu laptop estava aberto. Refleti por um instante e digitei: *logan kilkenny palmetto*. Estava curiosa sobre esse "bom garoto" com quem minha mãe estudou e que nunca foi encontrado. Ainda bem que o *Palmetto Review* tinha um acervo on-line das edições antigas, porque não encontrei mais nada. Me aproximei da tela para ler o PDF borrado do artigo sobre seu desaparecimento.

Em outubro de 1994, Kilkenny foi de carro com a namorada e outro casal para o baile de volta às aulas no ginásio da PHS. De acordo com os amigos, ele foi ao banheiro e nunca voltou. Nenhum dos monitores nas saídas o viu deixar o local. Isso não significava muita coisa — os monitores não eram exatamente guardas treinados —, mas era estranho que a última vez que Kilkenny foi visto tenha sido dentro da escola. Li o artigo inteiro duas vezes e depois analisei a foto da turma.

Mesmo embaçado e em preto e branco, Logan Kilkenny era muito bonito. Ele tinha sobrancelhas escuras e maçãs do rosto angulosas. Seu sorriso era discreto, mas parecia sincero. E, ao olhar para ele, senti tanta aversão que meu estômago revirou.

Não sei por quê. Sim, ele tinha um corte de cabelo de boyband dos anos 1990 — dividido bem no meio, na altura das orelhas —, e seu colar de conchas em macramê parecia nojento. Mas eu podia pegar leve com o cara, né? Seu final não deve ter sido feliz.

Ainda assim, não gostei de olhar para ele. E me perguntei se ele era tão legal quanto minha mãe lembrava.

Pesquisei um pouco mais, mas não encontrei nada interessante. Naquela hora, meu pai chegou em casa com pizza, e eu deixei meu laptop de lado.

CAPÍTULO QUINZE

Horas depois, após o jantar e o dever de casa, eu ainda estava pensando naquela foto de Logan Kilkenny: desaparecido havia trinta anos e, em retrospecto, parecendo condenado. Daqui a alguns anos, qual impressão eu terei das fotos de Becca? E de Chloe? E de Kurt?

Lembrei da foto que achei no armário dela e a tirei da mochila de novo. Talvez Becca tivesse escrito algo atrás que pudesse me dar alguma ideia.

Quando a peguei, percebi algo: não era uma foto, e sim duas. Estavam coladas uma na outra, como se tivessem sido empilhadas ainda molhadas. Enquanto separava as fotos com cuidado, meu coração começou a afundar no peito. Sabia o que estava escondido ali.

A única das nossas deusas que eu gostaria de que nunca tivéssemos criado.

O dia em que pulei na água só fortaleceu minha conexão com Becca. E o projeto das deusas que começamos logo em seguida fez com que nos isolássemos ainda mais no nosso mundinho particular.

Lemos tudo que encontramos sobre mitos de criação, invocações, paganismo. Nós amávamos que havia deuses de coisas específicas, como o silêncio, e grandes, como o mar. A deusa podia envolver o universo inteiro ou se disfarçar em uma forma humana.

Mas ninguém criava entidades para as coisas que estávamos vivendo, o que estávamos sentindo. E achamos que, se podia haver uma deusa das febres e dobradiças de portas, uma deusa para cada hora do dia, um deus do cocô — literalmente —, por que não podia existir uma deusa de crushes, de mentirinhas ou uma deusa da madrugada?

O talento de Becca cresceu, assim como o livro no qual guardávamos nossas deusas. E a minha necessidade de mentir foi canalizada para a criação de mitos. Passamos duas semanas felizes. Em seguida, no meio do nosso sétimo ano, pouco depois das nove da noite em um dia de semana, a mãe de Becca foi atropelada e morreu quando voltava de bicicleta para casa.

O pai de Becca instalou uma bicicleta fantasma onde ela foi atropelada, a cerca de quatrocentos metros da casa deles. Um modelo cruiser com três marchas pintado de branco com tinta spray preso a uma placa de trânsito.

Minhas lembranças dos dias seguintes à sua morte também eram sem cor, alteradas por noites insones, luto e confusão. O jeito como minha mãe gritou quando recebeu a ligação, a feição estoica do meu pai enquanto chorava. Essas são as lembranças que consigo suportar. Há outras, com Becca presente, com as quais ainda não consigo lidar.

Graças a uma mistura de negligência e muita sorte do motorista, não havia uma gravação do carro que atingiu a sra. Cross. Haveria um processo depois, que acabaria num acordo financeiro que o sr. Cross depositou em um fundo de investimento para a filha. Só que a Becca não estava nem aí. Ela não se importava com o dinheiro.

Dois meses depois da morte da mãe, Becca me disse que íamos adicionar mais uma deusa ao panteão. Uma que pudesse assumir quando a polícia não resolvesse as coisas.

Lembre-se de que tínhamos doze anos. Éramos velhas demais para acreditar em magia. Já tínhamos passado da época em que acreditávamos que o mundo podia ser moldado como queríamos. Ela não diria algo assim por nada, mas também não devia estar falando sério. Ou estava?

Eu sabia que era uma má ideia. Que iria prejudicar o que nossos pais estavam chamando discretamente de "seu processo de cura". Os limites internos de Becca entre o que era real ou não sempre haviam sido meio turvos — era isso que a fazia ser uma boa fotógrafa e uma amiga leal. Mas até eu achei que a ideia de invocar uma divindade inventada para ajudar a resolver um assassinato de verdade não era muito saudável. As deusas eram protetoras do *nosso* mundo, não do mundo real. Eram um projeto de arte em que a gente se fantasiava e brincava de faz de conta, em que podíamos ser crianças por um pouco mais de tempo.

Ainda assim... Eu faria qualquer coisa para ajudá-la. Qualquer coisa que ela pedisse.

Essa nova deusa foi retratada, óbvio, pela Becca. Ela tinha uma visão em mente, e eu ajudei a trazê-la à vida. O rosto inteiro dela foi pintado de branco como a bicicleta fantasma. Ela me mandou pintar pontinhos pretos em suas pálpebras fechadas, como se fossem as íris de um olho maligno. Em sua boca pintada, desenhei uma linha vertical vermelha que parecia a lâmina de uma adaga. Mesmo na imagem em preto e branco, você conseguia perceber quão vermelha era a linha. Passei um bom tempo arrumando o cabelo dela para fazer o penteado que ela queria.

Nós a chamamos de deusa da vingança.

Depois de conseguirmos tirar a foto, Becca colocou três velas na base da nossa árvore. Ela as acendeu com a mão esquerda, e com a direita queimou uma foto diferente em cada chama: sua mãe quando era adolescente, então grávida aos trinta anos e depois abraçada com o sr. Cross, com uma Becca bebê entre eles.

Quis perguntar se eram cópias. Se ela não iria, um dia, se arrepender de queimá-las sem motivo. Mas nunca tive a oportunidade.

Três dias depois, o sr. Cross recebeu uma ligação. Encontraram a motorista que matou sua esposa. Seu nome era Christine Weaver, ela tinha cinquenta e quatro anos e morava em Belle Pointe, um bairro residencial próximo. Quinze minutos antes de acertar a bicicleta da sra. Cross, ela estava fechando a conta em um bar no centro de Palmetto. A polícia concluiu que era ela não com base nisso, mas pela confissão de seu marido, que cedeu enquanto falava com eles sobre outro caso. Outro acidente, que levou os policiais até a porta dele.

Menos de setenta e duas horas depois de criarmos a deusa da vingança, o carro que matou a mãe de Becca ficou preso nos trilhos de uma encruzilhada. Ou talvez a assassina tenha estacionado ali. Porque a culpa a estava consumindo, ou porque ela estava bêbada, ou, ou, ou, ou. O trem de carga que a atingiu não descarrilou nem pegou fogo. Apenas cortou seu carro perfeitamente e parou a oitocentos metros de distância. Christine Weaver foi a única vítima.

Não contamos para ninguém sobre a deusa que criamos. Meus pais só sabiam que eu chorei sem parar. Que eu dormi na cama deles todas as noites. Aninhados entre o ronco leve da minha mãe e a máscara de apneia do meu pai, meus pensamentos subiam entre nós em uma nuvem de perguntas e de medo do meu poder imaginário.

Uma vez, eu os ouvi conversando:

— Não sinto pena daquela mulher e também não me sinto mal por isso. Parece justiça poética — disse minha mãe.

— Não chamaria isso de poético — retrucou meu pai.

— Ah, você me entendeu. — Ela parecia irritada. — Está sendo muito difícil para a Nora.

— Ela é muito jovem — disse ele. — Primeiro o atropelamento e agora isso? Passar duas vezes por esse tipo de brutalidade aleatória. Como ela vai acreditar quando dissermos que vamos mantê-la sã e salva?

Brutalidade aleatória, repeti para mim mesma. Brutalidade. Aleatória.

E eu sabia que era isto — aleatório, quero dizer. Mas uma coisa era acreditar com a cabeça, durante o dia; acreditar lá no fundo, com o seu sistema nervoso, quando se estava acordado à uma da manhã, era bem diferente.

Claro que minha melhor amiga mudou de diversas formas após a morte da mãe. Pelo ocorrido, pelas circunstâncias, pelo jeito como as pessoas a tratavam depois de saberem disso.

Mas não foi apenas a perda que a mudou. Eu era a única pessoa que sabia o resto da história. Como parte de Becca realmente acreditava no que eu não conseguia. O que eu me recusava a admitir: que a divindade vingativa que criamos realmente nos ajudou e usou seu poder divino para guiar uma mulher à morte.

CAPÍTULO DEZESSEIS

Escondi as fotos nas páginas de um dos meus velhos livros ilustrados e me deitei na cama.

As imagens marcavam o terrível histórico de perdas de Becca. Uma foi criada para vingar a mãe e a outra, para salvar o pai. Mas o que ela queria dizer ao deixá-las para *mim*? De um jeito angustiante, ela estava me dizendo algo, me guiando para algum lugar. Eu só tinha que pensar.

Meu quarto vibrava ao meu redor com coisas feitas pela metade que tinham sido importantes na semana passada. Dois livros com marcadores de página na minha mesa de cabeceira, um caderno cheio de começos de histórias que eu talvez termine um dia. Uma série de abas abertas no meu laptop: sites de universidades, listas de programas de escrita criativa e uma página sobre empréstimos estudantis.

Fechando os olhos, afastei tudo. Meus próprios medos e os da minha mãe. O boa-noite gentil do meu pai através da porta e o som da minha irmã chegando tarde em casa, subindo a escada e parando em frente ao meu quarto. O que ela poderia ter para me dizer? Não importava, porque ela não chegou a bater à porta. Afastei isso também.

Na minha mente vazia, desenrolei um mapa preto. Nele, marquei todos os lugares mais importantes para Becca. A cada novo ponto brilhante, ele se transformava mais e mais em uma constelação torta.

Nossas casas. A sala escura. O parquinho e a floresta onde brincávamos, os lugares que ela gostava de fotografar. Receosa, coloquei no mapa os lugares onde Chloe e Kurt sumiram: A casa vizinha. O cemitério.

Foi isso que chamou a minha atenção. A cidade adormecida dos mortos, vigiada pelo Anjo Sem Olhos. Seu mármore brilhava contra o escuro da minha mente, cada vez mais forte, ofuscando o restante do mapa, até fulgurar e estourar como uma lâmpada velha.

Me sentei, ofegante. Quando chequei o relógio no meu celular, vi que havia passado mais de uma hora com os olhos fechados. Tinha cochilado. Devo ter sonhado, porque me peguei piscando para afastar uma imagem fantasmagórica: Kurt Huffman tirando o casaco dos ombros debaixo das asas elevadas do anjo. Havia um toque surrealista de alta definição na imagem. Conseguia ver as sombras sob seus olhos, a expressão de desinteresse de sua boca.

Tive uma sensação muito, muito forte de que, se fosse ao cemitério precisamente nesse exato minuto, encontraria Kurt ali, me esperando.

Era uma ideia ridícula. Então não parei para pensar, só comecei a me mover. Me levantei da cama e troquei de roupa. Saí pela porta e cruzei o gramado. Minha bicicleta estava com o pneu vazio, então tirei a bicicleta empoeirada de Cat do galpão no quintal.

A noite estava mais amena do que o dia. A neve formava parapeitos ao longo do meio-fio e a estrada era uma faixa preta molhada. O vento carregava um cheiro forte e selvagem, sacudindo meu cabelo enquanto eu descia a rua sob uma lua que parecia ter saído de um conto de fadas.

Pedalei cada vez mais rápido, como se estivesse em uma corrida, como se pudesse deixar parte de mim para trás. Me senti mais perto de Becca do que havia sentido o dia todo. Ela estava do meu lado, sorrindo para a lua cheia e brilhante.

O pneu da frente da bicicleta da minha irmã cortava o asfalto até chegar aos pés da colina Liberty Hill. Lá, eu parei e senti que a coisa da qual estava fugindo finalmente me alcançou.

O cemitério esperava no topo da colina, seus limites escondidos pela neve acumulada na grama. Respirei fundo e pedalei ladeira acima. Quando cheguei ao topo, os portões estavam abertos. Não muito, só o bastante para eu passar. Encostei a bicicleta no metal velho e entrei.

Eu e Becca íamos ali às vezes. Quase todo mundo em Palmetto ia. Quando se passava dos portões, havia um milhão de lugares para se esconder e de coisas que não era permitido fazer em casa. E no meio do cemitério havia o marco branco e frio em torno do qual todo o resto girava: o Anjo Sem Olhos. Asas abertas, palmas para o alto, cabisbaixo, com cachos de pedra moldando seu rosto romano. Debaixo das sobrancelhas pálidas havia dois buracos vazios. Há rumores de que originalmente havia duas órbitas de safira ali para representar os olhos azuis da mulher cuja morte o anjo lamentava. É claro que as pedras logo foram roubadas.

O Anjo era o protagonista de centenas de histórias de terror e alvo de vários desafios. Todos que iam ali, em algum momento, se esticavam para tocar em seus dedos, com o coração martelando. Se caíssem lágrimas dos buracos, a pessoa tocando a mão dele estava predestinada a morrer jovem.

O Anjo estava logo à frente. Eu conseguia ver as pontas das suas asas. Depois, a base do mausoléu. Tinha ido ali esperando encontrar Kurt. Ainda assim, meu coração entrou em choque e minha visão ficou turva ao ver alguém vestindo um casaco escuro agachado em frente às portas de ferro do mausoléu.

A figura se levantou. Não era Kurt. Era Madison Velez.

Estava usando outro vestido preto. Esse tinha uma camada de renda que ia até suas mãos e tocava o topo das botas. O batom vermelho estava impecável e havia covinhas em suas bochechas que apareciam mesmo sem sorrir. Madison não estava sorrindo. Ela esperou que eu me aproximasse, sua postura tão tensa e ansiosa que achei que fosse sair correndo. Quando cheguei perto o bastante, seu olhar estava frio como gelo.

— Então você está me seguindo.

— Achei que o Kurt estaria aqui — respondi sem pensar.

Ela ficou em choque.

— O quê? Por quê?

Balancei a cabeça antes de continuar.

— Desculpa. Eu tive um sonho bizarro. Sou amiga da...

— Eu sei quem é a sua amiga. — Ela me encarou, me estudando. — Então é verdade. Sobre a Rebecca Cross. Você sabe o que aconteceu? Estava lá?

Minha mãe gostaria que eu dissesse que não. Mas havia uma certa dor nas perguntas de Madison que não consegui ignorar.

— Cheguei pouco depois. Acho que ela tinha acabado de partir.

— Então você não viu. Não teve nada a ver com isso.

Dei uma risada amarga.

— Não disse isso.

Sua postura relaxou. Ela gesticulou para a coisa no chão em frente às portas do mausoléu, praticamente invisível sob a luz da lua. Um tabuleiro Ouija de madeira com o indicador de plástico parado sobre o "adeus".

— Tentei falar com ele — disse Madison. — Mas não consegui.

— Ah — respondi, involuntariamente. — Meu deus. Então você acha... que ele...

— Não — disparou ela, furiosa. Em seguida, sua expressão de raiva se desfez. — Eu não sei.

Estremeci. Me senti como Tracey Borcia, como a srta. Ekstrom, todos os curiosos tentando conseguir informações que não pertenciam a eles.

— Então... por que o tabuleiro Ouija?

— Eu não *sei* — repetiu ela num tom triste. — Só sei que... o que aconteceu é impossível. Porque o que aconteceu foi que ele *desapareceu* quando eu estava a poucos metros de distância.

Olhei para a bagunça de pedras e mausoléus abandonados ao nosso redor, todos cobertos de neve derretendo. Parecia haver muitos lugares ali para alguém desaparecer de vista.

— Mas ele poderia...

Ela me interrompeu. De repente, estava energizada e mudou de postura.

— Fiquei com raiva quando Kurt saiu correndo, porque ele faz esse tipo de coisa, sabe? Eu nem ia segui-lo. Mas aí... — Madison ergueu o queixo antes de continuar: — Começou a nevar. E foi estranho, porque não tinha uma nuvem no céu. Olhei pra cima, e era como se estivesse dentro de um globo de neve. O céu estava completamente escuro, e alguns flocos de neve aleatórios caíam. Você percebeu?

Me lembrei de quando estava parada na frente da casa de Becca, congelada em um transe.

— Não tenho certeza. Acho que sim.

— Há um nome pra isso, pra quando a neve cai e o céu está limpo. Chamam de pó de diamante. — Madison parecia reflexiva. — Bonito, né? O Kurt que me contou. Ele é obcecado por meteorologia. Então meio que pareceu um sinal, sabe? Que a gente ia ficar bem. Mas não o encontrei. Primeiro achei que ele estava zoando comigo, mas, quando cheguei ao Anjo, soube que havia algo de errado. O ar estava com um gosto e um cheiro estranhos, e ele deixou o casaco pra trás. Tem noção de quantas horas o Kurt trabalhou na loja de celulares pra comprar aquele casaco idiota?

— Não — respondi baixinho.

— Eu estava *bem aqui*. O Kurt tinha sumido. Olhei pro Anjo Sem Olhos e pensei no coitado do Alexander Petranek.

Petranek foi um dos dois corpos enterrados debaixo do Anjo. De acordo com a história, sua noiva faleceu com dezenove anos. Ele encomendou o Anjo em sua homenagem e entrava no mausoléu toda noite para proteger o corpo. Numa manhã, as portas emperraram e ele faleceu ao lado dela.

— Lembrei do que aconteceu com ele e acho que perdi a cabeça. Comecei a gritar e bater nas portas do mausoléu, como se o Kurt estivesse lá dentro. — Madison fechou os punhos e os mostrou para mim. Estavam cobertos de hematomas pretos e azuis. — Mas ele não está lá — concluiu. — Não está em lugar nenhum. E quem vai acreditar nisso? Nem *você* acredita. — Ela sorriu para si mesma. — Nora Powell, a mentirosa compulsiva da Palmetto Elementary.

Fiz careta em resposta.

— Como é que é?

— Desculpa. — Ela balançou a mão no ar como se pudesse apagar o que disse. — Escuta, eu estou acostumada a proteger o Kurt. A tentar convencer as pessoas de que ele não é o que parece. E agora todo mundo está cansado de ouvir isso de mim. Ninguém acredita quando digo que o que aconteceu *não era possível*. Nem meus pais acreditam. Muito menos a mãe do Kurt. — Ela cuspiu no chão, literalmente. — Então, não. Eu *não acho* que o Kurt morreu, e não sei o que estou fazendo, mas estou tentando fazer *alguma coisa*. E você?

— Eu também! — respondi alto demais. — Mas com a Becca é diferente. Ela não desapareceu: ela fugiu. Por *minha* causa. Porque as coisas estavam uma merda entre a gente.

— Acha que as coisas não eram complicadas entre mim e o Kurt? Ele era meu melhor amigo no mundo até decidir que estava apaixonado por mim. Passou dois anos me *punindo* por não retribuir o sentimento. Sabia que ele nem se deu o trabalho de me chamar pra sair? Ele se odeia tanto que só começou a se lamentar. — Ela olhou para baixo e mexeu as mãos machucadas. — Mas o Kurt mal tem família. Todos os nossos amigos são meus amigos. Se eu o largasse, ele não teria ninguém.

Seu olhar era uma mistura de cansaço e rebeldia, um olhar tão familiar que perdi o fôlego ao reconhecê-lo. Às vezes, era difícil me lembrar de que eu não era a única pessoa que se sentia confusa, como se carregasse uma bola emaranhada de esquisitices, tristezas e desejos impossíveis.

— É, eu entendo.

Havia um banco pequeno em frente ao mausoléu. Dei alguns passos hesitantes e me sentei ali.

— A Becca me disse uma coisa antes de ir embora. Duas semanas atrás. Como eu falei, a gente não estava muito bem na época, mas ela veio até mim no corredor da escola. Ela apontou pro Kurt e disse... disse pra eu ficar longe dele.

Madison ficou tensa.

— Acha que eu não passei o dia todo ouvindo isso? O Kurt é um cara. A Rebecca e a Chloe são meninas. Ela não era a única na escola que não gostava dele. Ele é *reservado*. As pessoas que não o conhecem não entendem.

Fiquei um pouco desconfortável. Kurt *era* meio sinistro com seus olhos cansados e observadores, e sua vibe meio Mr. Cellophane, do musical *Chicago*. De repente, percebi que não tinha considerado a possibilidade de Kurt ter feito algo com Becca. Estranho, não era? Mesmo sabendo que ela devia ter algo contra ele, ou saber de algo, isso não tinha passado pela minha cabeça. Por algum motivo bizarro, só pensei se *ela* teria feito alguma coisa com ele.

— Não estou dizendo que Kurt fez alguma coisa — respondi. — A questão é o timing, né? É possível que Becca saiba alguma coisa sobre ele que...

— A sua amiga fugiu. — Madison me interrompeu de novo. — Foi o que você disse, né? E, se você prestou atenção no que *eu* disse, saberia que o Kurt estava aqui. Ele desapareceu *aqui*. Não teve nada a ver com ela.

— Eu sei, não disse que teve. Sinceramente, só estou tentando...

— *Pare*. — Ela enfiou os dedos nos ouvidos como uma criança. — Eu vim aqui pra ficar *sozinha*. Vim aqui pra pensar no meu amigo, não no que os outros acham dele. Você precisa parar de me seguir, entendeu? Me deixe em paz.

— Entendi.

Madison piscou para mim como se esperasse mais resistência. Em seguida, soltou um suspiro longo e lento, e o vapor saindo de sua boca escondeu parte de seu rosto.

— Escuta, eu estou triste. E muito cansada. — Seus olhos estavam fechados. — Meu plano idiota não funcionou. Eu vou pra casa pensar em mais planos idiotas.

— Boa sorte. De verdade.

Ela me lançou um sorriso fraco.

— Pra você também. Mas é sério: pare de me seguir.

Conforme ela se afastava, percebi como estávamos sendo idiotas. Ambas andando sozinhas à noite no lugar onde Kurt, segundo Madison, havia desaparecido do nada. Mas não me atrevi a chamá-la de volta.

Quando foi embora de vez, fiquei em pé e olhei novamente para o mausoléu. Me aproximei e estiquei o braço para tocar nos dedos do Anjo. Ao inclinar a cabeça para olhar seu rosto, o luar preencheu um dos buracos no lugar dos olhos. Parecia já estar cheio de lágrimas.

Deixei meu braço cair sem tocá-lo. Em seguida, corri de volta para a minha bicicleta.

CAPÍTULO DEZESSETE

Eu tinha certeza de que teria mais sonhos sinistros com o cemitério depois do meu passeio noturno. Em vez disso, sonhei com um salão de pé direito alto, com decoração de má qualidade e corpos dançando. Era o ginásio da Palmetto High School, cheio de suor, risadas, perfume barato e música alta.

Eu estava no meio da multidão de pessoas dançando. Entre elas, vi um garoto pulando com uma camisa social branca. O nó da gravata estava solto; o cabelo de skatista, colado nas bochechas. Na foto que vi, ele estava em preto e branco, e eu não gostei dele. No meu sonho, o cabelo de Logan Kilkenny era castanho, desbotado pelo sol, e havia algo de errado com seu rosto.

Não era o formato nem a expressão. Era algo que pairava sobre ele, como uma sombra se fundindo com o que havia embaixo.

Eu o observei levar dois dedos à boca, imitando um cigarro, e lançar um olhar inquisitivo para a menina bonita ao seu lado. Ela balançou os cabelos loiros e continuou dançando.

Logan estava vindo na minha direção, cruzando a multidão com a postura de um rei que caminha entre seus súditos — um aceno aqui, um aperto de mão ali. Não parecia ter me visto, mesmo ao passar do meu lado. Eu o segui pelas portas duplas.

Fora do ginásio, o ar estava frio e silencioso. Uma menina chorava, um casal se beijava e um menino ainda de casaco estava sentado no chão. A julgar pela atenção que ninguém me deu, eu poderia ser um fantasma. Talvez eu *fosse* um fantasma. As portas que levavam ao estacionamento estavam bloqueadas por um professor cochilando em uma cadeira dobrável com os braços cruzados.

Mas não havia ninguém vigiando o corredor que ia até a parte velha da escola. Foi para lá que Logan seguiu.

Eu estava logo atrás dele. Andando, flutuando, sonhando; mas parecia tão real. Eu o vi pegar um maço de cigarros de um bolso da calça e um isqueiro do outro. Ele estava indo para a escada do corredor de artes, estava começando a descer, estava...

Meu despertador tocou, me arrancando do sonho.

Encarei o teto enquanto tentava recuperar o fôlego. O sonho não sumia. Era tão vívido quanto um filme. A porta do meu quarto se abriu e levei um susto.

Meu pai estava parado ali, grande e bagunçado como um urso saindo da hibernação.

— Não são nem seis da manhã, filha. Desligue esse alarme.

— Ah, merda. Digo, droga. — Peguei o celular e o cutuquei até parar. — Desculpa.

Ele passou uma das mãos pela barba por fazer.

— Você está bem, querida?

— Estou, sim.

Sorri até ele dar um passo para trás e fechar a porta.

Tinha que me levantar agora para ir me encontrar com James. Mas olhei para o nada, tentando adivinhar com o que eu misturei a foto de Logan Kilkenny do jornal para criar um sonho tão vívido. Uma comédia barata dos anos 1990 ou o clipe de "Smells Like Teen Spirit".

Fui tomar banho. O sonho continuou preso em mim, cobrindo minha pele feito óleo. Quando saí, o espelho estava embaçado. Estiquei a mão para limpá-lo. Então parei.

Meu rosto sob a névoa era uma mistura inexpressiva de luz e sombra. Abaixei a mão e me aproximei, e as sombras que formavam meus olhos aumentaram. Minha boca — onde ela deveria estar, quase invisível no espelho — sorriu.

Pulei para trás. Toquei meus lábios.

Que idiota. Eu mal podia *ver* o meu reflexo. Tirei minha toalha do gancho e fui me secar no quarto.

Não tinha tempo para comer. Fui de carro até a escola de cabelo molhado e com o estômago roncando. Às seis e trinta e cinco, estacionei ao lado do carro cor de mostarda de James.

Achei que fôssemos nos encontrar no laboratório, mas o encontrei apoiado na parede logo depois do balcão de segurança, me esperando. Aquele visual decadente que ninguém conseguia bancar funcionava muito bem para ele. Como se ele tivesse acabado de sair de uma vala. No entanto tinha um cheiro limpo e incrivelmente doce. Como lírio-do-vale. James estava com um copo de café em cada mão, da cafeteria boa do centro da cidade. Levantou-os um de cada vez.

— Café puro e café com leite e açúcar. Não sei de qual você gosta. Eu vou lá todo dia de manhã mesmo — explicou rapidamente, como se estivesse preocupado de eu achar que tinha outras intenções com aquele café.

Peguei o copo com leite e açúcar.

— Obrigada. Não sabia que eles abriam tão cedo.

— Não abrem. Mas se acostumaram comigo porque eu moro bem do lado.

— Ah — respondi enquanto imaginava um barista de bom coração que abre sua cafeteria mais cedo só para o belo James Saito tomar seu café matinal. — Então você mora no centro?

— Sim. No Palm Towers.

Bebi um gole do café e desejei que tivesse mais açúcar ali.

— Palm Towers? Achei que era um...

— Lar para idosos, sim. Estou uns cinquenta anos abaixo da idade mínima. Mas a minha avó, não. É a primeira vez que ela quebra uma regra.

— Que legal — disse, tentando conter a surpresa.

— Pois é. Olha isso. — Ele levantou a mão e a girou até um bracelete amarelo aparecer, brilhando sob as luzes. — Ganhei no bingo sexta-feira passada. Era isso ou um molde gigante de moeda. Que eu sinceramente não sei pra que serve. Mas minha avó ficou chateada. Ela queria o molde.

— Uma escolha difícil — murmurei.

Aos poucos, fui percebendo que James estava nervoso e que ele falava *muito* quando ficava nervoso. Achei que ele fosse descolado demais para ter esse tipo de reação.

Também não achei que ele passasse as sextas-feiras jogando bingo com senhorinhas idosas com viseiras verdes. Minha impressão dele continuava a mudar.

— Vamos... — Ele gesticulou com a cabeça na direção do pavilhão de arte.

Nossos passos ecoavam pelo corredor vazio. Comecei a falar porque também fazia isso quando estava nervosa.

— Então, você chega cedo todos os dias?

Ele assentiu.

— Foi assim que eu e Becca nos conhecemos. Sempre ficávamos sozinhos aqui.

Fazia sentido. Do seu próprio jeito, James parecia tão reservado quanto ela. Não me impressionava que essa amizade tivesse florescido depois de várias horas em silêncio no laboratório. Espiei seu rosto de canto de olho e pensei que talvez não tivesse sido só amizade.

Passamos pelas portas trancadas do ginásio. Visto pelas janelas gradeadas, iluminado apenas por luzes de segurança, o ginásio parecia um mar laranja-escuro. Por um segundo, eu o vi exatamente como no meu sonho, cheio de música e balões, então desviei o olhar.

— Isso aqui é assustador de manhã cedo — comentei.

— Pois é. Ainda mais depois que Becca me contou as merdas que já aconteceram aqui.

As luzes fluorescentes zumbiam sobre nós.

— Que merdas?

— O menino que desapareceu e a menina que morreu aqui um tempo atrás.

— A menina que morreu — repeti. — Na *escola*?

— É. Nos anos sessenta, eu acho.

Parei de andar.

— A Becca te contou isso?

James também parou.

— Sim. Isso é… estranho?

Franzi o cenho. Me lembrei da história que ouvimos sete anos atrás, sobre a menina que morreu na escola e foi transformada em deusa. Nunca pensei que poderia ter sido baseada em algo real.

— Qual o nome da menina?

— Becca não disse.

— Ela disse como a menina morreu?

— Foi encontrada no banheiro com… sei lá, Quaaludes? Qualquer que seja a droga que usavam nos anos 1960. Disseram que foi overdose. Só que a Becca disse que todo mundo sabia que era mentira. Que havia… Diziam que havia marcas na boca da menina. Como se alguém tivesse colocado uma fita sobre ela. — Ele estremeceu. — E depois arrancado.

Uma dor cálida se espalhou pela minha cabeça.

— Não pode ser verdade. A polícia teria visto algo assim.

— Com certeza viram.

Ele falou com um tom muito apático, e eu o encarei por um instante.

— Isso é… terrível. De onde ela tirou uma história dessa?

— Ela não disse. Acho estranho as pessoas não *conhecerem* essa história. Os anos 1960 não foram há tanto tempo.

— Tem razão.

Tomei um gole do café. Talvez a história não tenha nada a ver com o jogo da deusa. Talvez nem seja verdade. Mas Becca acreditava nisso. Ela não teria contado para alguém se não acreditasse.

Quando chegamos ao meio da escada que levava ao corredor de artes, tive um pressentimento. Se uma garota morreu na escola naquela época, isso teria acontecido lá embaixo, nas salas originais.

Uma explosão de som quebrou o silêncio. Veio do laboratório de fotografia, fora do nosso campo de visão: uma estática e uma voz de mulher, tão distorcida que não dava para entender. James e eu nos entreolhamos, preocupados, então descemos correndo os degraus. Ao chegar ao pé da escada, paramos de repente.

A professora de fotografia, a srta. Khakpour, estava sentada no chão abraçando os joelhos, de costas para a porta fechada do laboratório. Quando nos viu, ela xingou baixinho. Nunca vi um professor fazer isso.

— James, sinto muito. — Seu cabelo escuro, com um corte tipo o da Cleópatra e geralmente impecável, estava armado e ondulado. — Você *não pode* ficar aqui agora.

O laboratório estava fechado e escuro, mas uma luz escapava por debaixo da porta aberta do ateliê ao lado. James gesticulou com a cabeça para lá.

— O que aconteceu? O sr. Tate está lá dentro?

Tate era o professor de pintura, e o ateliê era seu território. Mas Khakpour estremeceu ao ouvir o nome.

— Não — disse ela de forma sucinta.

O som de estática saiu de novo do ateliê e fez meu corpo arrepiar, como se estivesse coberto de Pop Rocks. Conhecia esse som. Era um rádio da polícia. Comecei a ir naquela direção, mas dei de cara com a srta. Corbel na entrada.

Corbel era a responsável pela secretaria e, apesar de não ter o cargo oficial, administrava toda a PHS. Seus cachos grisalhos estavam presos em um coque e ela vestia um dos seus ternos coloridos, mas os olhos pareciam cansados. Ela os semicerrou quando nos viu, como se estivesse puxando um arquivo mental.

— Srta... Powell. Sr. Saito. Preciso que saiam do corredor.

Me aproximei e inclinei o corpo para ver o que estava atrás dela: um policial agachado atrás da mesa do sr. Tate, mexendo em uma gaveta.

— Srta. Powell — repetiu Corbel em um tom severo. — *Afaste-se*.

Dei um passo para trás.

— O que está acontecendo? Isso tem a ver com a Rebecca Cross? Ela costuma vir de manhã. Pra sala escura.

O policial olhou para mim, talvez em reação ao nome de Becca. Corbel suspirou.

— Vocês precisam sair daqui. Os dois. Agora.

Ela deu um passo para dentro do ateliê e fechou a porta.

— Srta. Khakpour... — James começou a falar

Ela não levantou o olhar.

— Agora não.

— James — murmurei e gesticulei para o final do corredor.

Olhei para trás, me certificando de que Khakpour não estava nos vendo, e o guiei pela escada. Passamos pela velha redação do jornal, com seu cheiro tênue de tinta, até chegarmos ao ponto em que o setor de arte terminava em um beco sem saída. Estava escuro ali embaixo, o painel fosco no teto cheio de bocais com lâmpadas queimadas. Havia uma porta à nossa direita. Eu a abri e acenei para que James me seguisse.

CAPÍTULO DEZOITO

Depois de ligar o interruptor ao lado da porta, demorou um segundo inteiro para as luzes se acenderem e preencherem o espaço.

Era um antigo banheiro feminino, raramente usado. O teto marrom estava com manchas de chuva, as paredes tinham o tom de verde esmaecido de um restaurante antigo. O batente de uma das janelas cobertas de neve estava tão torto que não fechava por completo, deixando o frio entrar por uma fresta do tamanho de um dedo. Se você pressionasse o rosto contra a madeira e fechasse um olho, poderia ver um pouco do estacionamento.

Becca e eu costumávamos ir ali às vezes para evitar o refeitório, ver suas fotos ou só fazer xixi em paz. Tomamos posse do lugar porque parecia que ninguém lembrava que ele existia.

James estava com uma expressão assustada, sua pele parecia esverdeada sob a luz fraca.

— Merda. O que você acha que eles estão procurando?

Resisti à vontade de me abraçar.

— Não sei. Se tiver algo a ver com a Becca, por que o ateliê, e não a sala escura?

— Talvez eles vão pra lá depois. Por isso que a srta. Khakpour está lá.

Não respondi. Me olhei no espelho e, por uma fração de segundo, não reconheci o que vi. Mesmo quando levantei uma das mãos para conferir se ela se mexia, tive uma sensação estranha.

Desviei o olhar daqueles olhos no espelho.

James olhou ao redor como se tivesse acabado de perceber onde estávamos.

— Isso é... Por que estamos aqui?

— Queria te mostrar, porque eu tenho quase certeza de que este é o banheiro.

Ele me encarou, confuso.

— Com certeza é o banheiro.

— Não, *aquele* banheiro. Onde a menina morreu.

Eu o observei processar a informação.

— Certo — disse ele devagar. — Por que acha isso?

— Essa parte da escola costumava ser a escola inteira. Acho que esse era o único banheiro feminino que havia nos anos 1960.

— Você acha que isso é... — ele refletiu por um instante — relevante?

Mordi o lábio e tentei organizar os pensamentos.

— Uma vez, Becca e eu ouvimos uma história. Sobre uma menina que morreu na PHS muito tempo atrás e suas amigas tentaram ressuscitá-la. — Ri um pouco. — Uma menina mais velha disse que era a origem do jogo da deusa. Não acreditamos nela, claro, mas agora eu me pergunto se foi baseado em algo real. Ou *alguém* real, e se Becca a encontrou.

O fato de Becca não ter dito a James o nome da menina morta era irritante. A história era exatamente o tipo de injustiça que ela teria carregado consigo como uma pedra no sapato, até abrir uma ferida e sangrar. Não era do feitio dela minimizar a pessoa no centro da história.

A menos que ela tenha omitido o nome de propósito.

Refleti sobre essa teoria enquanto subia no peitoril da janela. Estava coberto de rabiscos e marcas de cigarro de quando o banheiro devia ter sido um esconderijo para fumantes. James fez o mesmo; eu o encarei enquanto ele se erguia com a elegância de um atleta, depois fingi estar ajustando minhas lentes de contato.

— E aí — falou. — O jogo da deusa. O que é isso?

— É só uma brincadeira boba.

Ele me lançou um olhar cético.

— Isso eu já imaginava.

— Certo — respondi, sem rir. — Então, existe uma rima de pular corda que é bem popular aqui. Corda dupla. Começa com deu-sa, deu-sa, comece a contar... Enfim, é uma contagem. Vai até sete e é sobre a deusa escolher *você*.

— Como uma invocação.

Me viro para ele.

— Isso. Exato. Aí, quando você fica mais velho, em algum momento, alguém ensina o *verdadeiro* jogo da deusa pra você. A rima é, tipo, coisa de criança. O jogo *de verdade* é uma daquelas brincadeiras de festas do pijama. Tipo verdade ou consequência, ou aqueles jogos de confiança. Mas é algo que só fazem aqui em Palmetto. Pelo menos até onde sei. Dizem que é baseado em algo que aconteceu aqui há muito tempo, que eu achei que não era verdade, mas... agora estou questionando isso. As pessoas contam de vários jeitos. É sempre sobre uma menina que morreu e suas amigas que foram vingar sua morte. Ressuscitando-a como uma deusa, ou invocando uma, ou se *transformando* em uma, tanto faz. O objetivo do jogo é que você tem que impressionar a deusa o bastante para ela *te escolher*, assim como na rima, e aparecer. E realizar seu desejo, sei lá.

— Deusas realizam desejos?

Dei de ombros.

— De acordo com adolescentes bêbados em festas do pijama, sim.

— Como você impressiona uma deusa?

— Atos de devoção.

— Certo. — Ele respirou fundo e apoiou as mãos nos joelhos como alguém fazendo ioga. — Me mostra como se joga.

— Tudo bem — respondi, corando —, é o seguinte, você precisa conhecer muito bem a pessoa com quem vai jogar. Porque você joga colocando a sua vida nas mãos dela.

James fez uma careta meio confusa, meio sorrindo.

— Você... *Como* se faz isso?

Então ela *não contou* para ele o que aconteceu na noite em que brigamos. Minha voz ficou mais confiante ao saber disso.

— De vários jeitos. É só um nome que as pessoas dão para qualquer jogo de confiança arriscado que fazem. Tipo um grupo de teatro que faz aquelas quedas para construir confiança antes de um show. Ou coisas mais idiotas, como o jogo do desmaio. A versão feliz e fofinha é que a deusa recompensa o poder da amizade e da confiança. — Minha voz estava descontraída, e fiz o gesto de um arco-íris se abrindo no ar. — A versão pesada diz que a deusa só vai aparecer se acreditar que você estava disposto a morrer por aquilo.

Senti seus olhos se fixarem nos meus. E sabia que estávamos os dois pensando no bilhete de Becca. *Fui jogar o jogo da deusa.*

Depois de alguns instantes, ele disse:

— E isso é uma coisa que só fazem em Palmetto.

Engoli em seco.

— Quase com certeza. É uma brincadeira bem velha. Minha mãe disse que já brincou disso.

— Merda. — De repente, James ficou tenso. — Acho que a minha mãe também.

— A sua mãe é de Palmetto? Espera. Você *conhece* esse jogo?

— Então... não. Achei que não conhecia. Mas me lembrei agora de algo que ela disse. Sobre uma coisa que fazia quando estava no ensino médio. — Seus olhos estavam vagos e ele mexia na pulseira dourada. — No meio da noite, ela e a melhor amiga saíam no carro de uma delas. Uma dirigia, e a outra cobria os olhos da motorista e a guiava. Elas viam até onde conseguiam ir antes de subir na calçada ou bater em uma caixa de correio. Ou, tipo, matar alguém. Com certeza ela chamou isso de *jogo*.

— É. É o jogo da deusa.

— Ei. — Seu tom estava tão baixo que senti um arrepio começar nos meus ombros e atingir meu estômago como se eu tivesse bebido um destilado. — Vamos revelar o filme. O que quer que esteja ali pode ser a chave para encontrarmos a Becca.

Tentei pensar no que seria. Becca segurando um mapa com uma seta. ESTOU AQUI.

— Talvez.

Ficamos em silêncio, absortos em pensamentos que podiam ou não ser parecidos. Ele estava passando os dedos sobre os entalhes na tinta grossa do peitoril. Pouco depois, começou a ler em voz alta:

— "Annie + Miriam". "R.E. coração P.D.". "Sublime é d+". Bem, se você diz. "Cuidado na saída?"

Embaixo da frase havia um desenho bem realista de uma bunda. Afinal, era o setor de arte.

Apontei para o número de telefone parcialmente escondido por uma mancha de esmalte, entalhado logo abaixo da frase: LIGUE SE QUISER SE DIVERTIR.

— Uma vez a gente ligou.

Ele arregalou os olhos.

— Vocês se divertiram?

— Uma mulher atendeu. Perguntou se a gente queria ouvir uma história. — Senti minha pele arrepiar. — Ela já estava falando quando atendeu. Como se estivesse no meio de uma conversa. Aí a Becca disse "alô", e ela parou. Então perguntou: Você quer ouvir uma história?

— Me diz que vocês disseram que sim.

Eu o encarei.

— Claro que sim. Mas não me pergunte qual era a história. Não lembro.

Era verdade. A história dela era como chuva em um dia quente: refrescante e doce, e então sumiu. Queria escrever histórias assim. Que preenchiam algo nas pessoas, como uma boa refeição ou uma música que adoravam. Uma mentira *boa*.

A mulher do telefone inspirou parte da nossa série das deusas: eu, deitada em um lençol branco, rodeada por telefones velhos que achamos em brechós. Meu corpo preso por fios de telefone e um livro de contos de fadas aberto nas minhas mãos. A deusa dos finais abertos.

James fez careta.

— Palmetto é uma cidade estranha. Bem mais do que aparenta, para uma cidade que só tem dois McDonald's.

— Aquele na rua Oak não funciona mais — respondi de imediato. — Só não tiraram a placa ainda.

Ele sorriu.

Sorri de volta. Foi involuntário. Era difícil ficar tão próxima dele. De perto, James era ainda mais bonito porque parecia mais real. Lábios secos, uma parte da barba que esqueceu de fazer. Ele tinha duas pintas no canto da boca e outra no queixo e no pescoço, uma, duas, três, quatro. Me aproximei e notei, pela primeira vez, uma faixa dourada na sua íris esquerda. Ele me viu encarando e tocou no canto do olho.

— Beijo de fada.

Fui pega de surpresa.

— O quê?

— A descoloração. Era o que minha mãe costumava dizer. — Ele parecia meio surpreso também. Como se não esperasse dizer isso, mas agora já tinha começado. — Ela dizia... hum. Dizia que alguém me roubou do hospital quando nasci e, quando ela me pegou de volta, eu estava com essa faixa amarela porque uma fada tinha me pegado e beijado meu olho. — Ele balançou a cabeça. — É o tipo de coisa que minha mãe faz. Falar algo artístico e mágico quando estou morrendo de medo.

— Sua mãe é artista? De que, hã... tipo de mídia?

— Mentiras — respondeu ele, sem hesitar. — É bem lucrativo se você for bom nisso.

— Ela é boa? — perguntei em um tom leve, tentando saber quão lucrativo.

— A melhor.

Suas palavras não tinham um tom de brincadeira, só resignação.

— Eu também era uma artista de mentiras. — Sorri para ele. — Becca contou pra você?

Ele inclinou a cabeça como se estivesse tentando me ver melhor. Seus olhos eram tão castanhos que me deixaram com fome. Aquela faixa de mel brilhante.

— Becca me contou muito sobre você.

Não sabia dizer se ele estava fazendo aquilo com a voz de propósito: fazer com que tudo soasse como se tivesse seis significados diferentes. Podia ser só o jeito como falava. Abaixei o olhar.

— O beijo não é amarelo — falei, apontando para sua íris. — Está mais para dourado.

Não havia muito espaço no peitoril. Estávamos mantendo nossos corpos cuidadosamente separados. Acho que teria ficado menos constrangida se permitíssemos que nossos joelhos se tocassem, que nossos pés se enroscassem. Mas não conseguia parar de sentir todos os lugares em que quase nos tocamos brilhando como um mapa de calor. James tomou um gole do café puro, a cabeça jogada para trás.

Desviei o olhar e apertei os dedos no peitoril. O ar lá fora entrou e gelou minhas pernas. Quando voltou a falar, sua voz estava em um tom neutro.

— Por que a Becca diria aquilo no bilhete?

Enchi minhas bochechas e assoprei.

— Ela disse que a gente brigou, não disse?

— Contou que brigaram, não os detalhes.

— Foi por isso que brigamos.

Eu estava simplificando demais, beirando a uma mentira. Achei que ele ia tentar me fazer falar, mas não.

— Achei que o bilhete tivesse algo a ver com a série da deusa.

Senti uma onda de... O que era? Não era traição, exatamente, mas surpresa. Apenas nossos pais, além de nós duas, sabiam sobre esse projeto. Agora, só os meus pais.

— Ela te contou disso?

— Um pouco. Quando estávamos falando sobre nossos projetos favoritos. Mas ela disse que acabou se perdendo.

— Se perdendo — repeti baixinho. Lembrei das chamas que cobriram o nosso livro das deusas, de como senti que estavam queimando um pedaço de mim. — Ela fez coisa muito melhor depois disso. Paramos de fazer as deusas quando...

— O pai dela. Eu sei — disse ele em um tom gentil.

Ele sabia de muita coisa. Puxei meus joelhos para mais perto de mim e mais longe dele. Me perguntei mais uma vez se os dois eram apenas amigos.

— Tiramos a ideia do jogo, mas as deusas eram nossas. — Deixei minha voz leve. — Um jeito de continuar brincando de faz de conta depois de ficarmos velhas demais pra isso.

Então olhei para baixo, refleti e tentei mais uma vez. Com mais sinceridade, dessa vez.

— A gente queria *tanta* coisa, sabe? Inventar nossa própria religião foi a nossa grande ideia. O único jeito que a gente achou de conseguir o que queríamos. Ou de fingir.

Algo brilhou em seu olhar. Uma onda de emoção que eu não sabia descrever.

— O que você queria?

Eu não sabia o que me fazia falar tão a sério com ele. Talvez fosse seu olhar firme, como um raio-x capaz de revelar meus segredos. Ou talvez porque, por enquanto, era o jeito mais fácil de me sentir próxima de Becca.

— O que todo mundo quer? — falei. — Talento. Poder. Amor. E aí... a vida da Becca mudou. E não parecia... não era mais divertido.

Me perguntei se ela contou sobre a morte da mãe e o que aconteceu depois. Eu o observei, me perguntando, e ele me encarou de volta. Depois de um tempo, olhei para baixo.

— E qual foi o seu?

— O meu o quê?

— Seu projeto favorito. Que você já fez.

— Posso te mostrar. Um dia.

O primeiro sinal do dia tocou. Nenhum de nós se moveu.

— Será que a polícia ainda está lá?

Estremeci e senti uma inquietação crescer no peito. Tinha quase me esquecido da polícia.

— Nossa, espero que não. Todo mundo vai ficar em polvorosa.

Não sei quanto tempo teríamos ficado ali se o sinal não tivesse nos lembrado do mundo lá fora. James suspirou, colocou a mochila no ombro e, antes que pudesse se levantar, eu falei:

— O que mais a Becca disse sobre mim?

Sua mandíbula travou. Eu me dei uma fração de segundo para passar os olhos pela linha de pintas, da boca ao pescoço, depois inclinei a cabeça para ver as ondulações na garganta. Ele estava decidindo o que me contar, escolhendo entre as opções de respostas. Finalmente, disse:

— Ela me contou que você era obcecada pelo programa *A quinta dimensão*.

Eu o encarei.

— O quê?

— *A quinta dimensão*. Sabe, aquele...

— Programa ridículo de ficção científica dos anos 1960 — eu o interrompi. — Eu o conheço porque *a Becca* adorava esse programa, não eu. Ela gostava porque o pai dela fazia a gente assistir com ele nos fins de semana em que chovia. Gostava da produção barata e da atuação ruim e de como as pessoas sempre achavam que era, tipo, um *Além da imaginação* de segunda categoria, mas que de certa forma conseguia ser ainda *melhor*.

James inclinou a cabeça antes de responder:

— Beleza, mas parece que você também gostava.

— É — respondi baixinho. — Um pouco.

Ele não sorriu, mas eu estava começando a entendê-lo melhor. Havia um sorriso ali.

— Tem mais uma coisa que Becca me falou sobre você. — Sua voz ficou grave e havia uma tensão ali. — Ela me contou que você salvou a vida dela. Depois que o pai dela morreu, ela disse que você a manteve viva.

Meu estômago congelou.

— Ela disse isso?

Ele arregalou os olhos, percebendo que talvez não devesse ter dito isso.

— Sim. Desculpe se eu... Me desculpe.

— Por quê? — Deslizei do peitoril, e minhas botas bateram no chão com um baque surdo. — É algo bonito de se dizer.

— Sim, mas...

Ele deixou o silêncio completar a frase. Eu odiava quando alguém fazia isso. Eu devia fazer isso o tempo todo.

Lancei um sorriso tímido para ele.

— Preciso ir pra aula. Me avise quando puder tentar ir à sala escura de novo, tá? Não importa a hora.

Por um instante ele pareceu confuso, quase magoado. Mas mudou logo em seguida, de volta ao seu estado normal, aquele que anda pelos corredores como um eterno turista.

— Claro — disse, tranquilo.

Eu me sentiria culpada se tivesse cabeça para isso. Mas só conseguia pensar naquela frase terrível. *Ela disse que você a manteve viva.*

CAPÍTULO DEZENOVE

Vamos supor que você seja alguém que salvou a vida da sua melhor amiga. A pessoa que, ao que parece, *a manteve viva*. Com seu amor e sua presença. Ignorando deliberadamente as piores partes de quem ela é. Como o jeito dela de agir como se vocês fossem as únicas pessoas no mundo.

Em seguida, vamos dizer que ela tenha mudado do dia para a noite. Se tornado ausente, imprevisível, tratado o amor que você tentou dar de maneira altruísta como se fosse uma prisão. Até você chegar ao limite e retirar sua presença constante. Privá-la do seu amor. Vê-la por quem ela era e *lhe dizer* isso com todas as letras.

O que acontece a partir daí? O que acontece com a vida dela quando você se cansa de salvá-la?

Ouvi a voz de Becca no meu ouvido, me tirando do sono.

— Acorda. Vamos jogar o jogo da deusa.

Foi assim. Três meses atrás, a noite em que brigamos e nos afastamos. Acho que estava esperando por isso. Algo tinha que mudar.

Queria fingir não ter ouvido. Estalar os dedos e ver o sol nascer três vezes mais rápido, afastando a noite. Mas seus dedos frios apertaram meu braço, e seu cabelo tocou meu ombro nu, e, de qualquer forma, ela iria continuar a me sacudir até eu abrir os olhos.

Meu deus. Vamos voltar mais um pouco. Não foi sempre assim.

Seria de esperar que tivéssemos conversado sobre aquilo: a morte violenta de Christine Weaver, três dias depois de termos criado a deusa da vingança. Em vez disso, fingimos que nada aconteceu. Fiz isso porque não queria que fosse verdade. Becca o fez porque ela via quanto aquela coincidência tinha me afetado. Como isso fez com que eu me afastasse um pouco.

Eu não a amava menos. Só estava explorando além dos limites no nosso mundinho particular. Às vezes eu queria ter a normalidade brega que eu acreditava que meus colegas de escola tinham: treino, McDonald's, ligações sussurradas com fofocas sobre quem pegou quem. As dancinhas idiotas que aprendiam sozinhos, um ritual do qual Becca zombava com uma frieza perturbadora. Para *mim*, parecia divertido. A questão era que estávamos com quase treze anos, e nossas obsessões mudaram pouco desde os nossos seis anos. Apenas ficaram mais intensas.

Eu não sabia como dizer isso, e quando teria a chance? Um ano após a morte da mãe de Becca, seu pai voltou a ter contato com uma amiga da faculdade, uma assistente jurídica sardenta chamada Miranda. No ano seguinte, eles tiveram a audácia de se casar. Menos de um ano depois, ele morreu.

Em meio a tudo isso, ela se fechou mais no nosso estado natural de sempre. Eu ainda a amava, claro. Amava nosso mundinho estranho. Só que às vezes ficava sem ar só de imaginar quanto ela ficaria magoada se eu tentasse mudar.

Então *ela* mudou em um piscar de olhos. Tudo começou depois que machucou o joelho na floresta. Não foi o machucado que a fez ligar para mim. Tenho certeza de que, naquela noite, Becca estava com *medo* de algo.

Por cerca de uma semana depois daquela noite, ela ficou pensativa, um pouco retraída, mas ainda era ela mesma. De repente, mudou. Tornou-se distante, quase fria. Ignorava minhas ligações, deixava mensagens não lidas por horas a fio. Me tratava com impaciência, apesar de insistir que não havia nada de errado. Como se pudesse me convencer de que era *eu* quem estava estranha. Depois de todos aqueles meses — ou melhor, anos — me desdobrando para ser quem ela precisava que eu fosse, sua rejeição parecia a coisa mais cruel do mundo. Me senti enganada e de coração partido.

O verão passou e as aulas voltaram. Avançamos devagar, sem falar sobre o que não estávamos falando. Então veio aquela noite de outono.

— Acorda. Vamos jogar o jogo da deusa.

Não consegui me conter e fiquei tensa na hora. Não adiantava fingir que estava dormindo.

Estávamos deitadas em cobertores na sala de estar. Meu pai tinha acendido a lareira para nós, pela primeira vez na estação. Ouvimos a trilha sonora de *O estranho mundo de Jack* e fizemos nossa tradição anual de assar marshmallows. Mas eu estava o tempo todo alerta para seu humor sombrio, como um marinheiro monitorando a linha preta no horizonte.

A sala estava laranja-escuro, colorida pelas brasas perdendo força. Além do crepitar do fogo, ouvi o barulho familiar do aquecedor e a chuva batendo em ondas contra a porta de correr. O céu estava escuro e esverdeado.

Coloquei um braço sobre os olhos.

— Volte a dormir.

— Não consigo voltar a dormir, eu não dormi. Eu nunca durmo. — Ela soltou um suspiro estranho. — Preciso te contar uma coisa.

Puxei uma ponta do cobertor sobre o rosto. Um medo premonitório se espalhou pelo meu corpo como as ondas agitadas do mar. Mas, quando ela falou de novo, o tom selvagem havia sumido.

— Vem, Nora — pediu. — *Nora*. Eleanor Grace Powell, sua linda filha da mãe, levanta. — Uma pequena pausa. — Se você se levantar, eu compro uma raspadinha pra você.

— Está frio demais pra tomar raspadinha — respondi, reclamando, mas já estava sentada.

Quando colocamos o casaco sobre o pijama e saímos de casa, tinha parado de chover e o ar estava leve, com cheiro de outono. A lua dourada estava cercada de nuvens. Quando chegamos à ciclovia, Becca tirou seu cachecol e o esticou para mim sem falar nada.

Fingi não entender.

— O que é isso?

— Vamos jogar o jogo da deusa. Igual àquela vez.

Recuei um pouco.

— Aquela vez que eu tive uma concussão? Não, Becs.

— É por isso que estamos *aqui*.

O humor dela parecia se equilibrar em uma corda bamba. Se fosse muito para um lado, correria o risco de cair. Quando não obedeci imediatamente, sua expressão ficou tensa.

— Você está agindo estranho. Está chateada comigo.

Eu reconheço *essa* Becca. O lado ruim da nossa conexão mental era que tudo o que ela fazia ou sentia, ela me acusava de fazer ou sentir. Becca tinha dificuldade de me ver como outra pessoa. Na sua cabeça, estávamos misturadas em uma coisa só.

— Me diz — falei com cautela — por que eu estaria chateada com você?

Ela engoliu em seco. Seus olhos estavam marejados.

— Eu sei. De verdade. Só... por favor.

Foi a primeira vez que ela admitiu que eu não estava inventando isso. Que ela estava agindo diferente. Acho que foi por isso que a deixei amarrar o cachecol sobre meus olhos, transformando o mundo em um frio que faz o nariz escorrer e em um caminho que parecia se mover sob mim quando não conseguia mais vê-lo.

— Ande em linha reta — ela falou com um tom sério que eu não ouvia desde a primeira vez que jogamos. E eu obedeci.

Eu costumava fechar os olhos no carro e tentar acompanhar cada curva do trajeto, apostando comigo mesma que, quando os abrisse, estaríamos na frente de casa. Mas sempre errava. Nem tentei acompanhar quando a Becca me guiou pelo asfalto, grama e asfalto de novo, o chão subindo e descendo sob meus pés.

Tropecei algumas vezes, mas não caí.

— Não vou deixar você cair.

Não respondi. Quando falava, o cachecol fazia cócegas nos meus lábios.

— Nora. Você me ouviu?

— Ouvi, sim.

Em algum lugar no céu, escondida por uma nuvem branca, a lua fazia sua rotação solitária. Se pudéssemos ouvir isso, como seria? Pedra raspando contra pedra. Uma porta velha se fechando. Você teria que chegar bem perto para ouvir em meio aos ruídos das estrelas.

Tropecei de novo, e isso me fez voltar à Terra. Meu coração batia rápido por nenhum motivo aparente. Ainda.

Quando falou de novo, a voz de Becca parecia ser a mesma de antes. De quando éramos crianças, e ela não tinha perdido tudo.

— Quero te contar uma coisa. Está prestando atenção?

Seu cachecol cheirava a xampu de jasmim e fogueiras de outubro, e eu estava muito cansada. Andando de olhos vendados pelo bairro deserto, invejando a lua por sua solidão. Mas o amor pode fazer isso. Pode fazer muita coisa. Você faz sacrifícios pelas pessoas que ama.

— Estou ouvindo.

— Deite-se.

Fixei os pés no chão, flexionando os dedos para me firmar no asfalto. Minha teoria era que estávamos no estacionamento, ao lado das quadras de pickleball. Elas ficavam trancadas à noite, com correntes e tudo.

— Aqui? Por quê?

— Confie em mim.

Afinal, esse era o jogo. Ela segurou minha mão enquanto nos deitamos juntas. O cascalho rangeu debaixo do meu cabelo, e o nó do cachecol deixou minha cabeça torta. Sabia que estava nublado, mas imaginei uma imensidão de estrelas sobre nós, brilhando como sal em uma toalha de mesa preta. A sensação da sua mão na minha era a mesma de quando tínhamos seis, dez, catorze anos. Apesar de tudo, o silêncio entre nós era confortável, um lugar onde podia descansar e dizer a mim mesma: "As coisas eram tão boas entre a gente. Elas voltarão a ser." Mas eu sabia que estávamos à beira de um precipício, a um passo de cair onde eu não queria ir.

— Tudo bem — disse ela. E depois: — Lembra aquela noite, quando você foi me buscar na floresta?

Sem querer, apertei sua mão, e logo em seguida relaxei de novo.

— Sim.

Sua respiração estava acelerada. Ela estava se preparando.

— Nora.

Mas eu não estava mais ouvindo porque tinha acabado de reconhecer um som que fez meu corpo inteiro vibrar como um alarme. Já o tinha ouvido milhares de vezes, mas o fato de estar deitada de costas me deixava tão desorientada que não consegui identificá-lo de imediato.

A assovio de pneus na estrada molhada. Primeiro o som, depois a vibração. Subindo pelo meu peito, pela palma da minha mão no chão. Comecei a me sentar.

— Espera. — Ela segurou minha mão mais forte, me firmando ali. Me prendendo. — *Espera.* Agora! *Vai!*

Eu não sabia para onde ir. Mesmo com o tecido, conseguia ver os faróis. Em seguida, ela estava me esmagando, jogando seu corpo contra o meu com um gemido silencioso, nos tirando da rota de colisão. Ouvi o som prolongado da buzina de um carro passando ao nosso lado, senti o calor do escapamento. Ele nem tentou frear. O motorista não deve ter nos visto até o último segundo.

Achei que Becca estava sem fôlego; mas, quando tirei a venda do rosto, vi que estava *rindo*. Seu rosto estava vermelho, os olhos brilhando. Linda. Ela parecia um maldito demônio.

Não estávamos deitadas em segurança em um estacionamento. Estávamos na sarjeta da estrada entre o Walmart e a floresta. Por confiar nela, me deitei, de olhos vendados, no meio da rodovia norte.

Tentei me levantar, mas minhas pernas estavam fracas, e caí. A calça do meu pijama tinha subido até a altura dos joelhos e minha pele brilhava onde foi arrastada. Mais tarde iria encontrar assaduras nos quadris, nas costas e em uma das pernas.

— Está tudo bem, estamos bem. — Becca sorriu para mim, trêmula. — Nora, estamos ótimas.

Ela esticou os braços para mim, e eu a empurrei com toda a energia que tinha, fazendo-a cair de novo.

— Não toque *em mim*!

— Ei. — Ela parecia estar surpresa. Isso me deixou com mais raiva.

— O que você... o que você... — Eu mal conseguia formar uma frase. — Está tentando *nos matar*?

— O quê? — De novo, ela se aproximou. — Não, não é isso...

Afastei sua mão para longe.

— Eu disse pra *não tocar em mim*.

Seus olhos ficaram sombrios.

— É o jogo, Eleanor. É assim que se joga.

Outro carro passou. Nem perto de nos acertar, mas, mesmo assim, dei um passo para o lado.

— O jogo é para saber se vamos morrer ou não?

— *Não!* Não coloque palavras na minha boca. Eu disse, tenho uma coisa pra...

— *Cala a boca.* — Balancei a cabeça sem parar. — O que você quer de mim, Becca? Depois de meses mentindo, me tratando como se eu fosse *nada*, o que quer de mim? Porque tudo é sempre do seu jeito, não é? Quando precisa de mim, eu venho correndo. Quando não me quer por perto, tchauzinho pra mim. É uma vergonha, isso sim. É patético. Eu sou *patética*.

— Estou tentando te contar uma coisa! — Ela estava quase gritando. — Acha que não tem um motivo por trás de tudo isso?

Todo aquele medo, a adrenalina e a fúria tinham se transformado em algo mais puro. Uma das matérias-primas de que sou feita: o desejo de sobreviver.

— Eu sei que existe um motivo: fazer coisas idiotas e ver se a gente sobrevive. Bom, eu não quero mais isso. — Gesticulei para a noite, a estrada, o lugar onde quase fomos atropeladas. — Eu te amo, Becca, mas não vou *morrer* com você.

A chuva deslizou pelo rosto dela até a boca aberta. Escorregou pelas pontas do cabelo.

— Eu *nunca* deixaria você morrer.

Ela disse cada palavra como se estivesse estampando-as no ar. Era um eco do que eu disse na primeira vez que jogamos o jogo da deusa. Mas eu não era mais criança. Minha pele parecia estar queimando onde os faróis a iluminaram.

— Parece ótimo, mas não significa nada. Você não é Deus, Becca. Você não decide quem vive e quem morre.

— Deus, não. *Deusa*.

Eu a encarei, sentindo um medo surgir, parecido com o que senti quando soube da morte da mulher que atropelou a mãe dela.

— Que merda isso quer dizer?

— Não se faz de idiota, Nor. — Sua cabeça estava abaixada, parecendo um touro. — Você está perguntando, mas quer mesmo saber a verdade?

Me senti... fora do meu corpo. Não queria estar ali, não queria pensar ou falar sobre aquilo. O que quer que fosse.

E se ela estivesse falando *a verdade*?

Considerei a possibilidade de ela estar me protegendo de algo por entender que eu não podia me aprofundar nesse mundo sombrio como ela, por entender que eu estava presa à vida que levava, diferente dela, que havia perdido suas âncoras.

Só de pensar nisso, comecei a me odiar demais. Então enterrei o sentimento bem fundo.

— O que quer que você esteja tentando me contar — falei —, quase nos matar não é o melhor jeito de fazer isso. Não entendo o que está acontecendo com você, Becs. Nem te entendo mais. Às vezes sinto como se nem te *conhecesse* mais.

— Você é — disse ela, séria — a *única* pessoa que me conhece. A única pessoa viva.

Em outros tempos, essas palavras horríveis seriam um elogio para mim. Ou pelo menos me fariam mudar de ideia, me lembrando do que estava em jogo. Naquela hora, elas me embrulharam o estômago.

— Você acha que isso é *bom*? Faz ideia de como é ser a única, ser *apenas eu*, ser a sua...

A expressão dela naquela hora fez as palavras morrerem na minha garganta.

— Não. Espera. — Ergui a mão. — Isso foi... uma merda. Eu não quis dizer...

— Não, não acho que é algo bom. — Quando falou, seus lábios estavam brancos. — Sim, eu faço ideia de como deve ser horrível pra você, de quanto deve ser difícil. Quanto deve ter te custado lidar comigo quando podia muito bem fazer *novas* amigas que fariam sua vida ser bem mais fácil.

— Eu não quero algo fácil! *Você* é minha única amiga. Você acha que eu teria essa vida se quisesse algo *fácil*?

— Sim, eu acho. Senão você teria dito tudo isso anos atrás. — Ela franziu os lábios. Por um segundo, achei que ia cuspir em mim. — Se tem tanta pena de mim, por que não foi embora antes? Não tem coragem, Eleanor? Eu jurava que tinha. Disse que não me conhece, bom, e quanto a você? Desde quando se importa tanto em agradar todo mundo?

O choque fez meus ouvidos zumbirem. A dor explodiu como pimenta nos meus olhos.

— Aprendi com *você*! Aprendi depois de passar metade da minha vida me desdobrando pra *agradar você*!

Nos encaramos. O ar entre nós estava pesado. Ambas ficaram chocadas, eu acho, com quão longe havíamos ido. Becca sacudiu a cabeça, sem jeito. Quando voltou a falar, parecia surpresa.

— Não sei por que eu disse isso. Tudo isso. Não foi o que quis dizer, de verdade. Nunca iria te machucar. Eu te *amo*. O problema é o resto do mundo. Há tantas pessoas andando por aí como se fossem inocentes, mas são malignas. São todas *malignas*, Nora.

Sua boca ficou aberta como um buraco negro. Eu conseguia ouvi-la puxando o ar para respirar. Parecia uma estranha descontrolada.

A chuva caiu na minha boca e parecia água suja.

Do que você está falando?

— Você fica me perguntando, mas ainda não quer ouvir. — Ela fechou os olhos com força, como se doesse olhar para mim. — Nora, eu juro. Se você soubesse o que eu sei, não me olharia assim. Eu estou tentando ficar bem, Nor. Juro. Mas tem tanta... — As palavras pareciam não vir. — Tanta *gente ruim*.

Meu coração estava acelerado, batendo descontrolado. Luzes brilhantes apareceram no meu campo de visão.

— Becca — falei, tímida. — Alguém fez alguma coisa com você?

Ela cerrou os dentes.

— Comigo? Você não tem que se preocupar comigo.

Eu a encarei, surpresa com a mudança de atitude.

— Eu... *O quê*? Claro que me preocupo com você! Estou preocupada agora mesmo. Mas você não pode esperar que eu leia a sua mente!

A dor em seu rosto era genuína. Como se ela fosse a vítima, não a pessoa que quase nos fez virar panquecas no meio da rua.

— Você sempre conseguiu ler a minha mente. — Então outra mudança de assunto, e sua voz começou a tremer. — Mas eu juro que não deixaria você se machucar. Juro que tem um motivo para isso. Queria contar pra você, mas acho que estraguei tudo. Foi isso, Nora? Eu estraguei tudo?

Eu sabia o que tinha que falar. *Claro que não, claro que você nunca faria isso.* Mas eu estava cheia de adrenalina. E, por trás disso, havia uma suspeita crescente de que tudo que eu não sabia era mais do que eu poderia suportar. Deixei de lado todos os bons motivos que me levaram a proteger minha melhor amiga em luto e me levantei com as pernas trêmulas.

— Quer saber, Becca? Estragou, sim.

Então a deixei lá, sozinha na beira da estrada.

Nos dias que seguiram, minha raiva se transformou em algo mais complexo. Becca estava passando por algo difícil, mas ela me amava. Não era possível que ela realmente quisesse me *machucar*.

Mas, quando eu fechava os olhos, lá estavam os faróis daquele carro me esperando. Eles me queimavam de dentro para fora. Eram um resumo da imagem que me tirava o sono: as luzes do trem de carga que matou Christine Weaver se aproximando.

Pela primeira vez, eu precisava resistir. Ser aquela que recebia o pedido de desculpas. Algum reconhecimento de que ela entendia o tamanho do próprio erro. Uma *mensagem de texto* que fosse.

Nada. Quando nos cruzávamos no corredor, minha respiração ficava presa no peito. Parecia a Becca que eu conhecia desde aquele primeiro dia no recreio. Confiante e elegante. Tão distante de mim que me perguntei se estava me lembrando bem do que ela disse naquela noite. Como esta e aquela Becca podiam ser a mesma pessoa?

Eu me perguntava o que ela queria me contar, qual era o motivo de arriscarmos a nossa vida. Mas a dúvida foi ofuscada por esta estranha bifurcação no meu cérebro: metade de mim ansiava por ela, temia por ela. A outra metade vibrava como um membro morto voltando à vida.

Eu sem Becca: uma pessoa da qual mal me lembrava. Achei que valia a pena lhe dar uma chance. Era nela que eu estava me concentrando, até minha melhor amiga desaparecer.

CAPÍTULO VINTE

Eu parecia estar voltando à Terra ao deixar James para trás e sair pela porta do banheiro. Não fui longe. O corredor de artes estava praticamente vazio: havia apenas a srta. Corbel trancando o ateliê; porém, quando me viu, fez um gesto firme para eu me aproximar. Fui até ela, caminhando o mais devagar possível.

— Você deveria estar na aula — falou —, mas isso me poupa de ter que ir procurá-la. A polícia quer conversar com você.

Minha boca ficou seca.

— Então eles estão mesmo aqui por causa da Becca Cross.

Corbel continuou andando sem responder. Eu a segui até a escada.

— Você vai ficar no escritório do sr. Pike — explicou por cima do ombro. — Ele estará presente durante o interrogatório.

O sr. Pike, assistente social da escola, estava esperando na porta do seu escritório. A sala sem janelas parecia um closet disfarçado a duras penas. Em uma parede, ele pendurou um trio de pinturas desbotadas do pôr do sol que, diziam os rumores, eram originais dele. Um pequeno jardim de suculentas morreu no topo de uma estante cheia de uma mistura de livros de autoajuda, dissertações e títulos para jovens adultos. Vi uma capa de violão no canto e desviei o olhar, como se sua seriedade fosse contagiante. Em cima da mesa circular havia uma caixa de lenços e uma margarida cor-de-rosa em um vaso. Atrás, dois policiais uniformizados sentados à mesa.

Do lado esquerdo, uma mulher negra de meia-idade com bochechas cheias de sardas e cabelo curto. À direita, o policial que vi no laboratório de fotografia: um homem branco cuja idade eu não conseguia adivinhar, pois seu rosto jovem fazia um contraste com o cabelo curto e grisalho e os olhos cinza.

A noção de um interrogatório policial não parecia real até os ver ali. O terrível maquinário dos desaparecimentos estava trocando de marcha, passando para outra magnitude de realidade. Uma realidade feia, cruel e cercada por fita policial.

A mulher falou primeiro.

— Sou a oficial Sharpe. Este é o oficial Kohn. Obrigada por concordar em conversar conosco.

Concordar? Achei que tinha sido coagida a ir ali.

— Claro.

— Queremos fazer algumas perguntas sobre Rebecca Cross. Soube que vocês são boas amigas.

Os meses separadas eram nada diante do peso dos nossos anos juntas.

— Melhores amigas — respondi, firme.

— Certo.

O jeito como ela respondeu deixou claro que não sabia qual era a diferença. Eu ainda estava em pé, e o sr. Pike deu um passo à frente, gesticulando para a terceira cadeira.

— Pode se sentar, Eleanor. — Ele falava tão devagar que parecia ter tomado um relaxante muscular, mas dava a impressão de estar nervoso. — Vou estar bem aqui. Me ignore.

Quando me sentei na beira da cadeira, a oficial Sharpe falou com um tom sério, deixando claro que o papo-furado acabara:

— Eleanor, obrigada mais uma vez por concordar em conversar conosco. Tentaremos ser breves.

— Tudo bem — respondi rápido. Percebi que essa conversa poderia ser uma via de mão dupla. Havia coisas que *eu* queria saber. — Duvido que alguém esteja prestando atenção na aula mesmo.

— Imagino. Tenho certeza de que os últimos dias não têm sido fáceis para você.

Ela parou de falar como se esperasse uma resposta minha, então continuou:

— A última vez que Rebecca foi vista foi sábado à tarde, pela madrasta. Estamos investigando o caso de forma mais agressiva do que o normal por causa das... — ela parou de falar para pensar, os olhos focando algo acima do meu ombro — ... circunstâncias especiais.

— Três pessoas desaparecidas na mesma noite?

Ela fez um gesto engraçado: inclinou a cabeça e apertou os lábios, como se fosse me corrigir. Mas só disse:

— É incomum.

Me aproximei um pouco.

— Vocês encontraram alguma conexão entre os três?

O oficial Kohn resmungou. Suas mãos, que pareciam mais velhas do que seu rosto e cujos dedos não traziam uma aliança, estavam sobre a mesa.

Sharpe o ignorou.

— Aposto que você tem se perguntado isso. Alguma coisa lhe veio à mente?

— Não. — Era uma mentira inofensiva. — A Becca não conhece a Chloe Park *nem* o Kurt Huffman.

— Não os conhece ou não era amiga deles?

— Nenhum dos dois. Ela não é próxima de ninguém. Além de mim.

A oficial Sharpe inclinou a cabeça para o lado, como se eu tivesse dito algo interessante. De repente, meu pescoço parecia estar em chamas.

— Por quê?

— Nenhum motivo em especial. Ela é assim.

— Assim como?

— O tipo de pessoa que não precisa de muitos amigos — respondi. — Ela é fotógrafa. Então isso a mantém muito ocupada.

— Hum. — Sharpe focou o olhar em mim, mas sua mente estava em outro lugar. — Ela estava namorando alguém? Na vida real ou on-line?

Senti meu pulso acelerar nas minhas têmporas, no pescoço e no fundo da garganta. Tinha quase certeza de que ela não estava saindo com James.

— Não.

— A saúde mental dela — disse Sharpe, como se estivesse colocando uma carta na mesa. — Tem algum motivo para acreditar...

— Não — repeti.

— Como era a relação dela com a madrasta?

— Ruim — respondi, sem hesitar. — Mas não... *Miranda* não é uma pessoa ruim. Elas só não são próximas.

— Isso eu percebi. Alguma vez a Rebecca comentou sobre ter problemas sociais? Bullying, incidentes, mesmo sem ter dado nomes?

— Não ter um monte de amigos não significa ter problemas sociais.

Nós duas percebemos o quanto eu estava na defensiva.

— Não, claro que não — concordou Sharpe. — Só estou tentando entender a situação. Qualquer coisa que puder nos dizer será útil. Um comportamento estranho, um comentário bizarro. Alguma vez que ela não pôde se encontrar com você e não disse o motivo. Qualquer tentativa de entrar em contato desde sábado.

Comportamento estranho e comentários bizarros eram só o que Becca fazia. E o bilhete que deu para James, e o filme não revelado? Isso contava como tentativas de entrar em contato?

— Ela não tentou entrar em contato comigo.

— E antes de sábado? Ela comentou algo sobre seus planos de fugir?

— Nada.

Fechei minhas mãos debaixo da mesa.

O oficial Kohn limpou a garganta.

— Você estava lá na noite em que ela sumiu. — Foi a primeira vez que ele falou. Sua voz tinha uma neutralidade inquietante. — Miranda Cross nos disse que encontrou você naquela manhã, segurando o celular da Rebecca.

— Sim. — Isso me pegou despreparada, mas não deveria. Claro que Miranda lhes contou isso. — Fui até lá no sábado à noite. O celular dela estava no deque com uma xícara de chá, como se Becca tivesse estado lá há pouco tempo. Era pouco depois da meia-noite. Pode checar a última mensagem que mandei para ela para saber o horário exato.

— Já checamos — respondeu Kohn.

Eu o encarei, me perguntando o que acharam da última mensagem de Becca. Minha cabeça começou a lembrar dos nossos anos de mensagens. Até onde leram?

— Isso é legal?

Ele apontou para Sharpe com um polegar.

— É desse tipo de informação que ela estava falando quando perguntou se você sabia de algo útil.

Meu rosto estava pegando fogo.

— Bom, vocês já sabiam disso.

Sharpe se inclinou sobre a mesa para desviar minha atenção do seu parceiro.

— Me conte a sua versão dos eventos. Tudo que aconteceu antes e depois de chegar na casa da sua amiga.

Com os lábios dormentes, contei sobre a noite no quintal de Becca, a manhã gelada, a volta horas depois e o quarto vazio.

— E ela também esvaziou o armário. Seus livros e outros pertences sumiram.

— Nós checamos o armário.

Respirei fundo, aliviada por ter encontrado a foto e o canivete primeiro.

— E o ateliê hoje de manhã? O que vocês estavam procurando?

A oficial Sharpe passou uma das mãos sobre a mesa.

— Pelo que entendi, Becca passa muito tempo no departamento de arte, mesmo depois das aulas. Certo?

— Sim. Como eu disse, ela é fotógrafa.

A voz de Sharpe era neutra, e seu rosto não me dizia nada. Entendi, num nível subconsciente, que a pergunta seguinte era aquela para a qual ela estava se preparando durante todo esse tempo.

— Alguma vez a Becca comentou com você algo sobre Benjamin Tate?

Levei um segundo para processar esse nome e perceber que ela estava falando sobre o sr. Tate. Fiz uma careta.

— O professor de pintura? Não.

— Nem por alto?

— Não. Nunca. Tipo, ela deve ter tido aula de Introdução à Arte com ele, porque todo mundo que quer usar o laboratório ou o ateliê precisa fazer essa aula, mas desde então ela só fez aula de fotografia. Com a srta. Khakpour.

— Ela já foi para reuniões do clube de arte?

Tinha certeza de que Tate era o orientador desse clube. Não consegui resistir a fazer um som de desdém.

— Ela não é do tipo que participa de clubes.

Sharpe abaixou o olhar, como se estivesse lendo notas invisíveis.

— E Sierra Blake? Becca já falou sobre ela?

Eu estava realmente perdida. Sierra era uma veterana completamente assustadora que usava calças de alfaiataria, camisas sociais masculinas e prendia o cabelo com um pincel. Com base no que vi de seu trabalho na exposição de arte anual, ela era a única pessoa na escola no mesmo nível de Becca.

— Não — respondi. — Ela nunca mencionou nenhum deles. O que eles têm a ver com isso?

Sharpe olhou para o oficial Kohn. Ele assentiu de leve e ela voltou o olhar para mim.

— Benjamin Tate também desapareceu sábado à noite.

O ar ficou rarefeito e um pouco amargo.

— O quê?

— Ele parece ter desaparecido na mesma janela de tempo que os três alunos. — Ela tamborilou os dedos na mesa. — Então preciso que você *pense bem* se Becca tem alguma conexão com esse homem. Mesmo que seja um segredo entre vocês. Mesmo que seja algo que você não devesse saber. É crucial que compartilhe conosco tudo o que souber.

De repente, parecia que a sala estava encolhendo. Até ficar pequena demais. Podia ver o sr. Pike pela minha visão periférica, pronto para saltar e me oferecer um lenço ou tocar uma música no seu violão. Eu não ia chorar. Não ia.

— Do que você está falando? O que acha que ele fez?

— Algumas coisas foram descobertas — informou Sharpe. — Sobre Benjamin Tate.

— Que coisas?

— O sr. Tate não é uma boa pessoa.

A simplicidade infantil dessa frase me deu calafrios. Não parecia o tipo de coisa que um policial podia dizer. Mas essa mulher estava completamente no controle da situação. Ela me lembrava um pouco de Ruth. Tudo o que me dizia era exatamente o que queria que eu ouvisse.

— O que ele fez? — perguntei, minha garganta seca.

— Nada que eu possa revelar.

— É sério isso? — Meu rosto estava em chamas. — Você não pode simplesmente sugerir que minha melhor amiga foi... *sequestrada* por um professor e depois mudar de assunto. É inaceitável. É *doentio*.

Nessa hora, comecei de fato a chorar. Era isso que Becca ia me contar na noite em que brigamos? Será que o sr. Tate era uma das *pessoas ruins* das quais ela estava falando?

Todo mundo na escola amava o sr. Tate. Ele era extrovertido, engraçado e apaixonado pelo que fazia. Uns vinte anos atrás, tocou em uma banda que teve seus quinze minutos de fama. Ainda dava para ouvir a música mais famosa deles em algumas trilhas sonoras. Usava Vans com estampa xadrez, camisetas justas e cardigãs velhos que ele puxava até os cotovelos para mostrar as tatuagens. O sr. Tate era o crush de vários colegas de sala.

Mas não de Becca. Nunca de Becca. Mesmo enquanto as lágrimas caíam, sabia que isso estava errado. Eu não tinha dúvida. A oficial Sharpe estava em um beco sem saída. E, se *essa* era sua grande teoria, tudo o que tinha sobre a Becca, eu tinha razão. Era eu quem precisava descobrir aonde ela foi.

— Impossível. — Cedi e peguei um lenço. — Ela não tem *nada* a ver com ele.

Sharpe ficou em silêncio por um instante e então falou:

— Tudo bem. Obrigado pela sua atenção.

A sala não tinha janelas, mas eu fiquei ali sentada, piscando, como se tivesse acabado de olhar para o sol.

— Só isso? Não precisa mais de mim?

— A menos que tenha algo a mais para nos contar.

Balancei a cabeça. Depois...

— Espera. — Eles esperaram. Me senti ridícula, então disse: — E Logan Kilkenny?

A expressão da oficial Sharpe não mudou, exceto por semicerrar levemente os olhos. Não sabia se isso queria dizer que já estava pensando nele ou tentando se lembrar de quem ele era.

— Logan Kilkenny desapareceu no meio dos anos 1990 — disse ela com calma. — É um caso completamente diferente.

Não consegui pensar em mais nada a dizer além de "Mas eu tive um sonho bizarro com ele", então assenti. Eles se levantaram. O oficial Kohn checou seu celular, e Sharpe me agradeceu mais uma vez antes de me dispensar.

— Vamos precisar da sala de novo em dez minutos — disse ela ao sr. Pike. — Tudo bem por você?

Pike concordou. Quando os policiais se foram, ele me lançou um sorriso empático e tímido.

— Podemos marcar uma conversa entre nós, Eleanor? Acho que seria bom.

Respondi do jeito mais educado possível:

— Cansei de conversar.

Corri até o banheiro mais próximo para lavar o rosto. Em seguida, voltei por onde vim e fiquei tão longe quanto possível da porta do sr. Pike, mas sem perdê-la de vista. Minha recompensa veio alguns minutos depois, quando os policiais chegaram com a próxima pessoa: Madison Velez. Sua cabeça estava baixa, mas consegui ver os olhos inchados.

Assim que a porta fechou, fui em direção à saída.

CAPÍTULO VINTE E UM

Depois, ouvi a história de como o sr. Tate desapareceu.

A primeira pessoa a reportar o ocorrido foi uma mulher passeando com seus cachorros. Era manhã de domingo, e ela andava pelos campos de futebol no Gorse com várias guias nas mãos. Em toda aquela grande quadra não era permitido estacionar, mas um carro estava parado ali mesmo assim, encostado no meio-fio. Um Kia Soul verde. Não havia ninguém dentro dele, mas o motor estava ligado. Ela conseguia ouvir música tocando pelas janelas fechadas.

A mulher percebeu isso, mas não levou muito a sério até passar pelo carro de novo uma hora depois. Ainda ligado, ainda vazio, ainda tocando a mesma música.

Moradores do subúrbio são enxeridos. Eles reparam quando as coisas parecem fora do comum, quando alguém não está seguindo suas regras, reais ou imaginárias. O que quer que estivesse acontecendo com aquele carro vazio, o dono não estava sendo um bom vizinho. Então ela ligou para a polícia.

Era o carro do sr. Tate. Trancado. A chave estava na ignição, e seu celular, no banco. O rádio tocava uma música de rock independente com uma batida suave em um loop infinito.

Esse era um detalhe que realmente chamava a atenção, que fazia você rir ou estremecer de vergonha. Antes do que quer que tenha acontecido com o sr. Tate de fato acontecer, ele estava ouvindo sua própria música. A música da sua banda, no caso. A única música famosa deles.

CAPÍTULO VINTE E DOIS

Entrei no carro da minha mãe e comecei a dirigir. Primeiro, sem rumo, passando por propriedades aleatórias atrás da escola e por áreas residenciais no centro de Palmetto. As casas tinham cor de amêndoa confeitada, organizadas, repetitivas. Subi a colina e dei a volta no cemitério, olhando na direção do Anjo.

Durante toda a viagem, meu cérebro estava processando o que tinha descoberto, tentando entender o que diabos estava acontecendo aqui. Não eram três pessoas desaparecidas. Eram quatro.

Meus pensamentos pareciam manchas de tinta, e eu estava *faminta*. O dia até agora tinha sido apenas café e notícias ruins. Quando vi as luzes rosa e verde da placa da lanchonete Pine à direita, tive visões tão intensas de cafés da manhã que parecia estar delirando. Waffles cobertos de açúcar de confeiteiro com gotinhas de chocolate derretendo em panquecas afogadas por calda, grãos de açúcar misturados com borra de café e...

Então joguei o carro em direção ao local sem desacelerar. O carro bateu com força no desnível entre a estrada e o estacionamento.

Havia um espaço em branco na minha mente. Um pequeno buraco, como se algo — tempo, pensamento — tivesse vazado para fora. Não desacelerei porque não *virei*. Não de forma consciente. Não me lembrava de ter decidido parar na lanchonete.

Estacionei em uma vaga livre, desliguei o carro e fiquei sentada, sem fôlego. Meu sangue pulsava em cada membro do corpo. Estava com fome, só isso. Estava *me lembrando*, era isso, de quando eu e Becca éramos como formiguinhas. Saí do carro.

A Palm era um marco local. O tipo de lugar onde você podia pagar sete dólares e noventa e cinco por uma porção de ovos, torrada e refil de café. Havia um balcão que estava sempre grudando, um jukebox estragado cheio de sucessos de anos atrás, e tinha cheiro de água suja e xarope de bordo. Lá fora, o mundo estava sem graça e cinza, mas a lanchonete tinha as mesmas cores de sempre: os bancos cor de vinho, a lateral das cabines verde-esmeralda, os ladrilhos verde e vinho. O único sinal de que o tempo estava passando era a árvore de Natal falsa que ainda estava ali, semanas depois da virada do ano, com decorações baratas. Parei ao lado da árvore e inspirei o cheiro de café queimado no ar.

— Pode se sentar, querida — disse a garçonete, que trabalhava ali desde sempre.

Dei uma olhada no espaço. Havia mães com crianças entediadas, homens velhos com jornais dobrados, um casal de meia-idade mexendo na comida. Havia um grupo de seis operários de construção sentados na mesa circular. Me lembrei de quando eu e Becca tínhamos sete anos, sentadas naquela mesa com nossos quatro pais, depois do nosso recital de dança de fim de ano. Eles nos deixaram ficar com a nossa maquiagem exagerada, nossas fantasias de pirulito em forma de bengala debaixo das parcas. Comemos sanduíches e milk-shakes com refrigerantes e nos sentimos como celebridades.

Me sentei na mesa de costas para o jukebox quebrado. Uma garçonete em gestação já avançada veio anotar meu pedido. Quando se afastou, joguei um pacote de açúcar demerara em uma colher e comecei a comer aos pouquinhos. Depois de mastigar o último grão, virei a colher e olhei para o meu reflexo distorcido.

Dei um sorriso, pensando no meu rosto no espelho embaçado de manhã. E em como me senti no velho banheiro verde, quando olhei para mim mesma e não me reconheci. Não conseguia ignorar isso. Essa estranheza, como se a menina no vidro fosse outra pessoa.

Me sentia estranha desde quando acordei. Na verdade, não me sentia bem desde quando acordei no quintal de Becca naquela manhã de domingo, morrendo de frio e sem saber quanto o mundo tinha mudado. Bati minhas mãos abertas na mesa, depois bati de novo, mais forte. Então bati os pés no chão. Só para me sentir dentro do meu corpo. Eu só precisava dormir, devia ser isso. Ou talvez precisasse acordar.

Para minha sorte, a comida chegou. Meu waffle estava brilhando, coberto de geleia de morango, um tom de rosa impressionante e tão doce que me fez arrepiar. Por alguns segundos maravilhosos, parei de pensar. Quando voltei a mim, meu prato era apenas uma mancha vermelha e vazia.

Pisquei e vi outra coisa. Azulejos brancos, sangue vermelho. Vidro quebrado e uma bebida translúcida no chão da cozinha dos Sebranek. Empurrei o prato para longe, porque meu estômago embrulhou, mesmo que parte de mim quisesse lambê-lo. Quando a garçonete se aproximou, pedi uma porção de panquecas.

A comida não ajudou tanto quanto eu queria. Ainda sentia estar flutuando e precisava de algo para me *ancorar*. Sacudi as mãos e alonguei o pescoço enquanto pensava. Em seguida, vasculhei a mochila, pegando algo que não devia estar carregando de um lado para o outro.

O peso do canivete que encontrei no armário de Becca era satisfatório, como se tivesse acabado de colher uma fruta madura.

Olhei ao redor. Ninguém prestava atenção em mim. A garçonete grávida estava do outro lado do salão, entregando uma bandeja de omeletes. Com cuidado, abri o canivete. A lâmina era curvada. Parecia mais um acessório do que uma ferramenta de verdade. Pressionei-a na ponta do meu dedo indicador.

Não senti nada. Porque estava afiada demais ou porque eu estava tão desconectada do meu corpo? Pressionei com mais força.

Nada. Olhei ao redor mais uma vez, como se alguém fosse retornar o olhar por pena. Era estranho, não era? Isso era estranho. Uma vibração baixa começou a subir pelo meu peito. Uma necessidade de me concentrar, *me sentir*, me livrar desse sentimento de desconexão. Pressionei mais, forçando a camada superior da minha pele.

Assim que ela se rompeu, senti *alguma coisa*. No meu estômago, nas minhas costelas e na parte superior das costas. Foi uma espécie de reação interna, diferente da surpresa intensa da dor — finalmente — no meu dedo.

— Eca!

Olhei para cima e vi a garçonete ao meu lado com a jarra de café em mãos. Abaixei o olhar para ver o que ela estava vendo.

Um canivete em uma das mãos. A outra com a palma para cima, manchada de vermelho pelo sangue que escorria do topo. O sangue pingou na mesa quando virei a mão para esconder.

— Não — falei. — Eu não...

— Aqui é um *restaurante* — respondeu ela com um tom de nojo na voz. — Vá fazer suas magias com sangue em casa.

— Desculpe. Me desculpe.

Coloquei a lâmina de volta na bolsa, manchando o cabo de sangue. Apertei um guardanapo contra o corte, para estancar, e usei a outra mão para entregar uma nota de vinte à garçonete.

Ainda sem me sentir como eu mesma, peguei meu casaco e saí apressada. Corri até a esquina e continuei, atravessando um sinal que estava fechado para mim. Carros buzinaram, e senti de novo: um puxão no meio da minha caixa torácica. Do outro lado da rua, havia um posto de gasolina. Entrei pela porta suja porque eles vendiam doces ali, e eu nunca iria receber minhas panquecas. Provavelmente nunca mais poderia ir à lanchonete Palm.

Com uma das mãos, peguei um pacote de M&M's de amendoim e um chocolate Milky Way, e decidi pegar também uma caixa de balas de alcaçuz.

A pessoa no caixa estava jogando xadrez em um tabuleiro posicionado em uma janelinha. O oponente era uma menina de moletom e calça jeans manchada de tinta.

— Só um instante — disse elu, mexendo em um peão.

Reconheci Aster da escola. Aster alguma coisa era veterane quando eu estava no segundo ano. Publicamos parte do seu quadrinho não terminado na revista literária no ano passado.

— Ah, oi — disse, trêmula. — Amei a coisa na... coisa. Na revista da escola.

Aster levantou o olhar, seu rosto brilhando. Em seguida, a expressão mudou.

— Merda. Você está sangrando.

Olhei para baixo. O guardanapo que estava apertando estava cheio de manchas vermelhas.

Aster deu alguns passos para trás e desviou o olhar.

— Eca. Argh. É sangue. Você precisa ficar longe de mim.

— Se controla, Az.

A menina de moletom levantou o queixo e olhou para a minha mão, curiosa. Ela tinha cabelos loiros, sobrancelhas pretas arqueadas, um punhado de sardas cor de canela. Prendi a respiração, nervosa: era Sierra Blake, a menina que a polícia mencionou. Estava matando aula, como eu.

— Mas é de fato muito sangue — observou ela. — Vem, vamos ver se você precisa levar pontos.

— Que bela enfermeira voluntária — comentou Aster, sorrindo. Elu parecia melhor depois que me afastei.

Segui Sierra até o banheiro do tamanho de um armário e fedendo a mofo. Ela abriu a torneira e gesticulou para eu colocar a mão debaixo da água gelada.

— Corte limpo — disse, se aproximando. — É profundo, mas curto.

— Você é Sierra Blake.

Ela me lançou um olhar preocupado ao desligar a água de uma vez.

— Deixe a mão erguida, assim. Aqui, seque bem o corte. Nossa, onde conseguiram esse kit de primeiros socorros, em uma loja de antiguidades? Parece ser de 1972. Foda-se, a gaze parece limpa. Dá a mão, por favor.

— Eu sou a melhor amiga da Rebecca Cross — disse para o topo da sua cabeça. — Você sabe quem...

— Sim. — Ela enfaixou meu dedo com cuidado. — Pronto, assim está bom. Mantenha pressionado por dez minutos. Vou cronometrar, é mais tempo do que parece.

Apertei o corte no meu dedo.

— Tudo bem, dá pra ver que você não quer conversar, mas... a polícia falou comigo hoje. Eles me perguntaram sobre o sr. Tate. — Sorri de um jeito empático. — Depois me perguntaram de você.

Sierra suspirou e passou as mãos pelo rosto. Assim como as minhas, estavam ressecadas por causa do inverno, as unhas curtas.

— Bom, que decepcionante. Espero que você não seja o tipo de filha da puta que sai por aí contando isso pra todo mundo.

Balancei a cabeça.

— Prometo que sou outro tipo de filha da puta.

Um sorriso fraco apareceu.

— Sinto muito pela sua amiga.

— Escuta, não quero te incomodar. Mas... Por favor.

Ela fez um som indecifrável e seus olhos se desviaram para a porta.

Apontei com o polegar nessa direção.

— Quer conversar lá fora?

— Não, só estava pensando que Aster vai destruir você se achar que está tentando arrancar isso de mim. Metaforicamente, claro. Elu não aguenta nem ficar perto de sangue. Beleza, vamos acabar logo com isso. Qual o seu nome?

— Nora.

— Tudo bem, Nora. Vou te contar o que aconteceu. E quando as pessoas te contarem alguma versão bizarra dessa história, quero que você as corrija. Combinado?

— Sim. Eu prometo.

— Ótimo. Então, sim. O Tate é um predador sexual.

Senti meu coração se contrair. Já imaginava, mas se contraiu mesmo assim.

— Eu sou esperta — explicou. — Não levo desaforo pra casa. Mas caras como ele... Ele é esperto. Eu faço parte do clube de artes desde o primeiro ano e sempre achei que ele fosse de boa. Inofensivo. — Sierra revirou os olhos. — Meio patético, sempre mencionava a banda ridícula dele, queria que a gente achasse que ele era descolado. É engraçado como consigo ver melhor agora, tipo, o jeito como ele falava com outras meninas. E o jeito como ele meio que me... *priorizava*, sempre. Me trazia livros que eu podia pegar emprestado, falava sobre pintores que tinha supostamente conhecido, exposições às quais eu devia ir. Encostando em mim de um jeito meio casual... — Ela gesticulou como se estivesse me tocando no cotovelo, nas costas, e depois estremeceu. — Enfim. Já passou. Então, o Tate estudou no Instituto Pratt. E mês passado eu fui aceita lá. Ele disse que a gente tinha que brindar para comemorar. Me convidou para ir à sua casa no domingo, umas duas semanas atrás, às duas da tarde. Eu pensei que tudo bem. A esposa e filha dele estariam lá também, e iria beber um pouco de vinho barato. Mas, quando eu cheguei, a família dele não estava em casa. Tate botou um álbum do Shins pra tocar e começou a fazer drinques pra gente com uma coqueteleira. — Ela parou e deu uma risada incrédula. — Ainda fico pensando por que não fui embora naquela hora.

— Ele é um professor — falei, baixinho. — Somos treinadas, né? A fazer o que eles dizem.

Sierra pareceu refletir por um segundo. Quando ela parava de falar é que eu conseguia perceber suas olheiras escuras, o rosto cabisbaixo.

— É. Talvez seja isso. Bom, sei lá por que eu fiquei. Tate serviu os drinques e nos sentamos na cozinha. E ele disse... — Sua voz ficou embargada. Sierra balançou a cabeça como se tivesse sido um erro. — Disse que eu tinha muito talento. Que eu ia sair daqui e ter uma vida incrível, cheia de arte, viagens e *amantes*. — Ela pronunciou a última palavra com desgosto. — E disse que se sentiria honrado de ser o meu primeiro. Disse que sua primeira foi uma mulher mais velha, uma musicista também. Que artistas tinham sempre que aprender uns com os outros. — Por uma fração de segundo, seus olhos encontraram os meus. — Ele disse que eu podia aprender muito com ele.

O barulho da ventilação do banheiro irritava a minha pele. Tate era um *adulto*. Com o braço peludo, rugas nos olhos e uma aliança de casamento no dedo.

— Que babaca — respondi quase cuspindo.

— Meu *primeiro* — repetiu ela, rindo. — Que tarado. Enfim, eu saí correndo de lá. E só... Eu não quero ouvir a sua opinião sobre isso, mas não denunciei logo que aconteceu. Acho que fiquei meio em choque. Aí, na semana passada, ele agiu como se nada tivesse acontecido. Foi todo educado. Meio distante. E então comecei a pensar: aquilo aconteceu mesmo, não foi? E quando eu for *contar* pra alguém, será que ele vai tentar fingir que não aconteceu? Aí na sexta-feira passada, na aula, eu estava contando pra alguém que minha mãe e meu padrasto iam passar o fim de semana fora de casa. E acho que o Tate ouviu, porque sábado à noite eu estava em casa, sozinha, de pijama, e ouvi alguém bater na porta.

Meu estômago ficou mais apertado.

— Minha porta da frente tem uma janela. Olhei e lá estava ele, vestindo jaqueta de couro e camiseta de banda, *da banda dele,* carregando um pack de Smirnoff Ice. Se *eu* ainda estiver bebendo Smirnoff Ice quando estiver *velha*, por favor, me mate. Digitei 190 no meu celular e mostrei pela janela com um dedo sobre o botão de ligar. Ele gritou umas merdas pela porta e foi pra casa. Ao menos achei que tinha ido. — Ela ergueu uma sobrancelha, com um olhar frio e certeiro. — Acho que aconteceu alguma coisa no meio do caminho.

— O que a polícia disse quando você ligou?

— Eu não liguei. Ontem eles apareceram lá em casa.

Fiz uma careta, confusa.

— Mas... Como eles sabiam que você tinha algo para falar?

Agora, pela primeira vez, Sierra parecia estar mais triste do que irritada.

— A esposa dele. Parece que recebeu um e-mail anônimo há um tempo. Tate perdeu o celular, e quem o achou encontrou um monte de coisas incriminadoras e mandou pra ela: conversas antigas, fotos que ele guardou das meninas do clube de artes. Incluindo, tipo, *fotos*. E tinha algumas minhas que ele tirou na escola quando eu não estava olhando. Todos os meus perfis são privados, mas ele conseguiu umas fotos minhas de perfis de outras pessoas. — Sierra soltou um suspiro longo e cansado. — A mulher dele pegou a filha e se mudou, mas não tinha dito nada para a escola ainda. Entendo que ela não quisesse que ele perdesse o emprego, mas... É, ela fez merda. Ela se sentiu tão mal com isso que ligou pra minha mãe pra pedir desculpa. Foi assim que eu soube de tudo.

Minha mão estava latejando, assim como minha cabeça.

— Alguém encontrou o celular dele, ou alguém *pegou* o celular?

Ela estalou a língua.

— Né?

Estava tão tensa que conseguia ouvir a minha respiração.

— Parece uma grande coincidência alguém encontrar um celular e decidir ver o que tem ali. A polícia está tentando descobrir quem foi?

— Acho que a polícia está tentando descobrir muita coisa. E *tudo* parece mesmo uma grande coincidência.

— Você acha que ele teve alguma coisa a ver com o aconteceu? Com a Becca e os outros?

Sierra pensou por um segundo, se apoiando de braços cruzados contra a porta suja do banheiro. Mesmo quando estava parada, tinha uma inquietude estimulante que me fez pensar que o sr. Tate tinha razão sobre uma coisa: ela parecia destinada a levar uma vida incrível. E ele tentou roubar um pedaço disso para si.

— Essa não é minha história para contar — respondeu —, então só vou dizer uma coisa: eu entrei em contato com algumas meninas que já se formaram, depois que essa história do Tate começou. E, Nora, o cara devia estar preso. Quando esse covarde do caralho aparecer de novo em Palmetto, vamos providenciar para que isso aconteça. Então ele deve estar sendo esperto e se escondeu em algum lugar. Mas eu tenho uma teoria. Ou talvez seja mais uma fantasia. Nela, uma das meninas que ele machucou voltou para a cidade sábado à noite. Adulta. Ela encontrou o sr. Tate. E ele aprendeu muito *com ela*.

CAPÍTULO VINTE E TRÊS

Quando Becca e eu tínhamos oito anos, uma das meninas da nossa aula de balé saía escondida para roubar coisas das nossas bolsas quando estávamos na barra. Doce, gloss, meu chaveiro de coruja de vidro. Ela parou depois que, um dia, Becca saiu escondida da aula para escrever LADRA com corretivo líquido na bolsa, casaco e bota de gente rica da menina.

Uma vez, estávamos no cinema, e um trio de adolescentes bêbados se sentou na nossa frente. Eles passaram o filme inteiro gritando "pênis" e jogando chiclete nas pessoas. No meio do filme, Becca saiu para comprar o maior copo de refrigerante disponível e o virou na cabeça deles.

Eu já a vi arranhar uma infinidade de carros — inúmeros — que pertenciam a pessoas que deixavam seus cachorros presos lá dentro em dias quentes. Ela não fazia isso com raiva, mas movida por certo senso de justiça.

Eu gostava disso nela. Aprendi que você não precisa aceitar o mundo como ele é. Você pode ser o voto dissidente. *Você* pode ser o juiz, júri e executor, desde que esteja pronto para correr de adolescentes pegajosos e adultos furiosos.

E aí a mãe dela foi morta. E aquela coisa na Becca, aquele cristal brilhante de convicção moral, mudou de cor.

Havia um menino, alguns anos mais velho, que sempre víamos no parquinho. Ele era uma daquelas crianças misteriosas que sempre estava ali, sem pais por perto, queimando sob o sol do verão e passando frio no inverno, sempre forçando outros a brincarem de jogos agressivos e, às vezes, violentos. Ele tinha um rosto fino e selvagem e um cabelo brilhante que ia quase até a cintura, o que resultou num consenso de que ele era filho de hippies, de fanáticos religiosos ou de ninguém. Mas havia uma chama dentro dele que, com frequência, se transformava em empurrões, lábios cortados e sangue nos brinquedos. Ninguém nunca zoava dele duas vezes, pelo cabelo ou nenhum outro motivo.

Nós o evitávamos sempre que possível. Brincávamos com ele quando não tínhamos opção. Quando tínhamos doze anos, a energia de criança malvada se tornou outro tipo de veneno. A puberdade moldou seu rosto, tornando-o magro e malicioso. Ele usava o cabelo penteado para trás, preso em um rabo de cavalo baixo, como um soldado em um livro de História. Começou a se encontrar com meninas no parquinho, bonitas, desleixadas e só um pouco mais velhas do que nós. Elas o seguiam por um caminho floresta adentro. Às vezes, outro menino os seguia. O jeito como cercavam a menina, como a espreitavam, fazia meu estômago revirar como se tivesse bebido leite azedo.

Cinco meses depois da morte da sra. Cross, pouco antes de começarmos o nono ano, Becca e eu estávamos deitadas no gira-gira sob o sol poente, nos movendo em um ritmo preguiçoso. Ouvimos o barulho sorrateiro de passos e, de repente, o gira-gira acelerou. O menino e dois amigos estavam empurrando cada vez mais rápido, rindo quando puxamos nossas pernas e nos seguramos.

— Parem — gritou Becca. — Parem agora!

A bile subiu pela minha garganta, e eu sabia que estava prestes a vomitar. Nessa hora, o menino disse:

— É, parem.

E nos parou de repente.

Eu estava tonta demais para me levantar. Ele bloqueou meu caminho antes que eu pudesse tentar, me olhando de cima, o sol descendo atrás de si.

— O preço pra sair é um beliscão no peito.

Ele não estava rindo. Seus olhos estavam semicerrados como os de um tubarão e ele tinha espinhas ao redor da boca. Um dos meninos que o seguia disse "aí sim!" e começou a rir. Eu o encarei, e a humilhação fez meu rosto arder. Me senti envergonhada de ser um alvo fácil. Envergonhada de não saber o que dizer. Envergonhada de ter peitos, de ser uma menina.

— Vem — disse Becca, passando o braço pelo meu e me puxando com força do gira-gira. Quando passamos, ele esticou a mão, agarrou meu peito de menina de treze anos e o torceu.

A dor foi leve, mas a vergonha foi intensa, e eu fiquei em silêncio.

— Vai se ferrar! — gritou Becca por cima do ombro. Até isso foi agonizante, o fato de ela ter usado um xingamento de criança.

Eu devia ter imaginado que ela não ia deixar barato.

Era o fim do verão, a última onda de calor. O ar estava denso como piche, grudento e difícil de respirar. Passamos o dia seguinte inteiro na piscina de Becca, respirando apenas o suficiente para manter o corpo flutuando. Às seis, o sol forte tinha se escondido detrás das árvores, e uma luz dourada passava pelos galhos. Fechei os olhos e esperei o calor cessar. Meu peito ainda estava doendo.

Estava meio encostada numa boia, pernas balançando na água. Minha mão espalmada no plástico, dedos fechados. Tinha uma imagem em mente de estar segurando algo brilhante e quente, algo feroz. Quando abri os dedos, aquilo disparou de mim, certeiro como uma flecha. A dor no meu peito diminuiu.

Abri os olhos e o sol havia baixado mais. Becca tinha sumido. Olhei para o fundo do quintal e, onde antes estavam duas bicicletas, agora havia apenas uma.

Num piscar de olhos, saí da piscina e peguei minha bicicleta. Fui pedalando com os chinelos escorregando dos pedais, vestindo apenas meu maiô vermelho molhado e com o cabelo secando ao vento. O parquinho estava cheio de famílias se movendo devagar, que finalmente saíram de casa com o pôr do sol. Passei por elas até onde estava a bicicleta de Becca, jogada em um arbusto próximo à entrada da floresta. Larguei a minha ao lado da dela e fui até a nossa clareira.

O menino estava com ela. Becca nunca me contou como o fez segui-la até a floresta.

Nenhum dos dois me viu. Estavam frente a frente, em lados opostos do círculo de grama. Na mão dela estava o canivete do pai. Sua voz estava rouca como se tivesse passado o dia gritando, embora tivéssemos ficado juntas o dia inteiro, praticamente sem falar.

— Abaixe-se — disse ela. — Fique de joelhos.

O menino riu, meio chocado.

— Até parece. — Sua língua empurrou a bochecha em um gesto malicioso.

— Fica *você* de joelhos.

— Agora.

Ele podia ter xingado e ido embora. Saído correndo por um dos caminhos, e pronto. Mas era arrogante demais. Ele se jogou nela.

O menino sempre pareceu tão esperto, tão perigoso e veloz. Foi nessa hora que percebi que tinha a inteligência limitada de um animal. Sem raciocínio, só desejo: queria machucá-la, pegar aquele canivete. Só que ela estava preparada e esticou o braço; então, ao tentar agarrá-la, seus dedos pegaram a lâmina.

Ele puxou a mão de volta, levando-a ao peito, como um pássaro com uma asa quebrada.

— Merda. Sua *vaca*.

— De joelhos. Agora, de joelhos. — Sua voz era dominante. Como se estivesse acalmando um cavalo antes de marcá-lo.

— Vou te matar — respondeu ele com uma calma assustadora. — Você já era, eu juro. *Já era*. — Mas, quando ela avançou em sua direção, guiando a faca para sua barriga, ele gritou e se agachou.

Com a cabeça baixa, ele segurou a mão ensanguentada e continuou a fazer mais promessas vis. Becca o ignorou, dando a volta ao seu redor até ficar atrás dele. O corpo do menino enrijeceu, obviamente com medo por tê-la perdido de vista.

— Nora — disse Becca.

Ela não tinha olhado na minha direção, mas sabia que eu estava lá. Me aproximei, me abaixando para pegar uma pedra lamacenta no caminho. A sensação da pedra na minha mão era confortável. O menino me encarou com ódio puro quando acenei com a mão sem a pedra. A vergonha estava me consumindo como álcool em chamas.

— Olha ele — disse Becca, e nunca a amei tanto. Naquele momento, eu a amava com a mesma veemência de um súdito idolatrando uma rainha. Ou um acólito adorando sua deusa.

Becca virou atrás dele e ergueu o canivete no ar. Em seguida, trouxe-o para baixo e começou a cortar. O menino fechou os olhos e ficou em silêncio enquanto ela serrava de um lado para o outro, até o cabelo se soltar em sua mão. Ela o cortou rente à cabeça.

Minha melhor amiga analisou o rabo de cavalo por um instante, manchado pelo sangue dos dedos que ficou na lâmina. Depois, o ergueu para o alto.

— Para a deusa. — Ela largou a mecha dourada no chão, onde tínhamos feito nosso altar para a deusa da vingança.

Algo se libertou dentro de mim. Porque as deusas sempre fomos nós, apenas nós duas. Criá-las não era mágico, era um jeito de nos lembrarmos de que, juntas, éramos o bastante. Finalmente, podia me livrar da minha culpa persistente pela morte de Christine Weaver. Podia tentar.

Por fim, Becca olhou para mim. Vi em seus olhos que ela sempre faria qualquer coisa por mim. O que quer que eu pedisse, ou até o que não pedisse.

— Tudo bem?

Ergui meu queixo. Tinha seis anos de novo, era mais nova, estava de volta a um tempo anterior à vergonha.

— Tudo.

Não corremos. Saímos andando juntas, lado a lado, o canivete quente na sua mão.

A teoria da oficial Sharpe de que Becca era a vítima e o sr. Tate o predador fazia sentido. Era uma história que se repetia de novo e de novo no mundo inteiro.
Mas não estava *certa*.
E se eu a invertesse? O sr. Tate era a vítima. Becca não seria uma predadora, e sim um anjo vingativo. Tentando mais uma vez, como sempre, reparar os erros como podia. Roubando o celular dele, encontrando provas. Partindo dali.
Não conseguia imaginar como teria acontecido. Mas o jeito como pareceu se encaixar, mais naturalmente do que pensei, fez o cabelo na minha nuca se arrepiar. Quando ela deixou o canivete para mim no armário, talvez não estivesse me lembrando de que já foi minha heroína. A mensagem podia ser algo mais direto.
Mais de uma vez já havia me perguntado do que minha melhor amiga — implacável, intensa, extremamente talentosa — era capaz. Pela primeira vez, me perguntei o que ela teria *feito*.

CAPÍTULO VINTE E QUATRO

MEU DEDO NÃO ESTAVA MAIS sangrando. Não precisei de pontos, mas minha mãe iria perguntar sobre a gaze, então parei na Target para comprar uma caixa de curativos.

Passei um tempo perambulando pelos corredores. Tocando camisetas que não queria, pegando garrafas de limpadores faciais para encarar as palavras atrás do rótulo sem ler. Havia uma menina de cabelo comprido no corredor de maquiagem testando esmaltes de um jeito sorrateiro. Por uma fração de segundo, ela era Becca.

Foi desconcertante ser questionada pela polícia. Me sentir tão manipulada, indo da preocupação para a raiva tão rápido, tentando me agarrar à normalidade enquanto era arrastada para uma versão alternativa da minha vida. *Quem não iria olhar para o espelho e ver uma pessoa estranha? Quem não se sentiria dormente dos pés à cabeça?*

O calor da faca queimava pelo tecido da minha mochila, pelo jeans da minha calça. O que foi aquilo que senti quando a ponta rompeu minha pele? Nunca tinha sentido antes. Era...

— Com *licença*.

O susto me tirou do meu devaneio, e me vi no corredor de cereais. Um homem me encarou quando passou com duas crianças pequenas na parte inferior do carrinho como se fossem cachorros. Quando foram embora, olhei para a caixa de Lucky Charms na minha mão. Balancei-a um pouco e lambi os dentes. Havia comido metade da caixa sem perceber.

Paguei pelo cereal e pela garrafa de água que bebi a caminho do carro. Enquanto o carro aquecia, peguei meu celular e vi duas mensagens de Ruth.

Para de fugir no almoço, estamos com saudade
Soube do Tate?

Meus dedos pairaram sobre a tela. *Fiquei sabendo*

Ela respondeu logo em seguida. *A polícia te interrogou, né?*

Claro que a notícia correu. Todo mundo sabe de tudo.

Sim, mas eles já sabiam de tudo que eu disse

Precisa conversar?, foi sua resposta.

Ruth. Ardilosa e sempre atrás de uma fofoca. Comi mais um pouco do cereal enquanto pensava. Mesmo se ela estivesse tentando ser amigável, o que eu achava ser genuíno, Ruth estava interessada demais.

Valeu, respondi. *Te aviso*

Era com James que eu queria falar, mas não tinha seu número. Não parava de pensar em como ele ficou na defensiva quando o magoei no banheiro verde. E eu o magoei, por mais que não queira admitir. Se pudesse lhe enviar uma mensagem, diria o seguinte:

Me desculpa

Queria que uma coisa na vida fosse simples.

Não comentei com minha mãe sobre minha conversa com a polícia. Ela ficaria com raiva quando inevitavelmente descobrisse, mas isso era um problema para o futuro.

Em vez disso, fui direto para o meu quarto. Primeiro, abri um portal de notícias e procurei pelo nome dos desaparecidos — nada ainda. Em seguida, passei uma cansativa meia hora tentando descobrir mais sobre a menina que talvez tenha morrido na PHS, sessenta ou oitenta anos atrás, de overdose, possivelmente. Uma dessas histórias poderia ser a história de origem do jogo da deusa, quem sabe?

Na hora, fiquei com raiva de mim mesma por ter sido tão inocente, por ter acreditado que iria encontrar algo. Havia muitas mortes mais recentes listadas. Algumas das quais eu tinha ouvido falar e outras não, tanto de alunos quanto de ex-alunos. Atletas, artistas, membros da Simulação da ONU, acidentes, overdoses de verdade e condições médicas. Com os olhos ardendo e o cérebro sobrecarregado pelas perdas de outras pessoas, fechei o laptop com força.

Eu só estava me distraindo. Apesar da possível conexão dessa morte de anos atrás com o jogo da deusa, apesar do meu sonho estranhamente lúcido com Logan Kilkenny, ainda não achava que esses casos antigos eram importantes.

Becca era importante. Sua raiva, seus avisos, sua visão de si mesma como vingadora dos erros do mundo.

Como pode ter acontecido? Encarei o vazio, e um filme mental começou a surgir como gelo se acumulando na janela. Começou com aquela noite em que fui buscar Becca no estacionamento ao lado da floresta. O que aconteceu antes de eu chegar? Vamos dizer que ela tenha visto Kurt Huffman fazendo algo horrível e tenha se machucado enquanto fugia. Depois, quando as aulas voltaram, ela descobriu sobre o sr. Tate. Esses dois fatos acabaram com o que restou da sua fé na humanidade e a levaram de volta para a nossa mitologia imaginária na qual tínhamos um grande poder.

Mas a teoria só se sustenta até aí. Porque não importa em que Becca acreditasse, deusas *não eram* reais, nem aquelas para as quais crianças cantavam quando pulavam corda, nem as que criamos. E não havia nada que Becca pudesse ter feito sozinha, fisicamente, com Kurt ou sr. Tate. Não sem deixar rastros. Não em uma noite só.

Havia também Chloe Park, cujo desaparecimento não se encaixava com nenhuma das minhas teorias assustadoras. Treze anos, pequena como a bailarina de uma caixinha de música. Amiga de *Piper*, que uma vez eu vi chorar de compaixão ao ver uma borboleta nascer. Que se ofereceu para cuidar de graça dos animais de todos os vizinhos por puro amor aos bichos. O que uma amiga de Piper poderia ter feito de errado?

Em busca de provas, abri o contato de Piper. Não éramos exatamente amigas, mas eu fui sua babá algumas vezes. E, em um verão anos atrás, ambas corremos atrás do caminhão de sorvete e comemos Choco Tacos à sombra de um salgueiro na esquina. Pensei em mandar uma mensagem gentil, mas mudei de ideia e liguei para ela.

— Nora?

Sua voz estava embargada, triste. Será que liguei justo quando ela chorava, ou estava exagerando? Era um pensamento nada caridoso e me fez responder com um tom sincero demais para compensar.

— Piper, oi. Faz tempo que eu queria saber como você está.

— É mesmo?

Seu tom não era simpático; na verdade, parecia estar dizendo "mentira". Mudei o tom e apelei para a manipulação emocional.

— Sinto muito por não ter ligado antes, mas tem sido difícil pra mim também. Por causa da Becca.

Consegui ouvi-la se lembrando, praticamente a vi levar uma mão à bochecha.

— Ah. Nossa, é claro. *Eu* que sinto muito, eu devia ter ligado. Como você está? Teve notícias?

— Ainda não. Estou bem.

— Que bom — disse ela, empolgada. Nossa conexão pela tragédia parecia ter aberto portas. — Estou bem também. Eu acho. Estamos em um Airbnb na cidade. Meus pais ficam me observando o dia todo pra ver se estou traumatizada. Minha mãe tirou duas semanas de férias pra ficar cuidando de mim o dia todo. Eu estou literalmente escondida no banheiro agora. Nem sei se vão me deixar voltar pra escola.

— Que droga — respondi em um tom empático. — E você deve estar muito preocupada com a sua amiga Chloe.

Seu silêncio foi a minha primeira confirmação. Em seguida, sua voz saiu coberta de repulsa.

— Chloe Park não é minha amiga.

Senti um pavor tão forte que me levantei e coloquei os pés no chão, pressionando os dedos contra o carpete.

Há tanta gente ruim por aí.

Era a voz de Becca de novo, sua *voz* tão forte no meu ouvido, que senti meus nervos vibrando. Estremeci, tentando controlar minha respiração.

Piper continuou falando:

— Você sabe o que a polícia encontrou no celular da Chloe? A última mensagem que ela recebeu? Era uma foto que a Ashley, minha amiga, mandou depois da meia-noite. Só que a *Chloe* mandou pra si mesma. — Ela parecia estar falando mais perto do telefone. — A Ashley está nua da cintura pra cima na foto.

Meu estômago revirou ao imaginar a cena. Nessa realidade, Chloe Park desapareceu. Em outra, ela saiu da casa da Piper na manhã de domingo com um nude roubado no celular. Não era difícil imaginar o que ela poderia fazer com aquilo.

— Quanto você conhece a Chloe?

— Nem um pouco. Minha mãe trabalha com a mãe dela e me fez convidá-la. Por isso que ela se sente tão culpada. Se eu ficar traumatizada, é culpa dela.

Ela deu uma risada nada característica.

— Você conhece alguém que *é* amigo dela?

— Não — disse ela, entediada. — Chloe Park não tem amigos, e não porque é tímida. Sabia que ela mora lá em Woodgate? Foi transferida pra Palmetto no começo do ano. Os pais dela perdem trinta minutos todo dia pra levá-la pra escola. Ela pede um carro de aplicativo pra voltar. Por que não estuda em Woodgate? O que diabos aconteceu lá?

Woodgate era uma escola preparatória para gente rica no norte de Palmetto. Reza a lenda que eles têm até estábulos. Deve ser mentira, mas eles *poderiam* ter.

Por via de regra, alunos da PHS odiavam alunos da Woodgate. Até eu, mesmo não me importando nem um pouco com rivalidades estudantis. Eles que se fodam.

— Você sabe?

Dessa vez, sua pausa foi mais longa. Dava para ouvir o barulho de água corrente no fundo, como se ela tivesse ligado a torneira para não ser ouvida.

— Eu *realmente* não posso contar isso pra ninguém.

Não tentei convencê-la. Esperei que ela mesma fizesse isso.

— Mas eu sei que posso confiar em você — disse depois de alguns instantes.

Eu estremeci porque... Enfim.

— Meu pai tem certeza de que os pais da Chloe vão tentar nos processar, mesmo com a minha mãe dizendo que eles não têm base pra isso. Aí tiveram uma briga gigante, porque ele disse algo grosseiro sobre ela ser *só* uma advogada de propriedade intelectual, e aí ela disse... Aff, esquece. Desculpa. O que eu ia dizer é que finalmente minha mãe ligou pra um amigo que trabalha nessa área, e esse amigo disse...

O barulho da torneira ficou mais forte, trovejando pelo telefone como uma cachoeira. O que os pais dela deviam achar que ela estava fazendo ali?

Ela falou com a voz mais baixa ainda:

— Não sei se ele podia falar isso pra minha mãe, então você não pode contar isso pra ninguém, *de jeito nenhum*. Mas aconteceu uma coisa na antiga escola da Chloe. Não quero falar muito, mas há *boletins de ocorrência*. Chloe fazia bullying, do tipo que vira tema de série da Netflix. E sabe de uma coisa? Não me surpreende. Ela é tão bonita e tem roupas tão boas, mas quando estou perto dela fico com uma sensação esquisita, sabe? Tipo, não sei explicar, mas... tá, fui eu quem acordou no meio da noite e viu que ela tinha sumido. Ouvi um barulho na cozinha. Mas, antes de descer, a *primeira* coisa que fiz foi ir ao quarto dos meus pais. Só que não foi pra contar a eles, sabe? Foi porque eu precisava ver se estavam bem.

— Caramba — falei, baixinho. — Sinto muito.

— Valeu. Não conta isso pra ninguém.

— Não vou contar. E... Espero mesmo que seus pais deixem você voltar logo pra casa. Temos uma chave extra em algum lugar, se quiser que eu mande algo pra você. Ou posso levar até aí.

— Isso é muito legal da sua parte, Nora — respondeu em um tom sincero. — Mas estou bem. Meus pais ficam comprando roupas, livros e um monte de coisas pra mim porque não me deram tempo de fazer uma mala. E porque se sentem culpados. Na verdade, está ficando meio estranho como eles dizem "sim" pra tudo. Espero que a gente volte logo pra casa. Mas até que tem sido bom ficar lendo e fazendo nada por uns dias.

Foi reconfortante ouvir sua positividade de sempre ressoar em tempo real. Fiz uma nota mental de convidá-la para tomarmos café juntas ou algo assim quando ela voltar. Não que Piper beba café.

— Bom. Fico feliz que você esteja praticamente bem. E seus pais também. Você pode me ligar se quiser conversar.

— Posso mesmo? — Ela parecia tão feliz que me senti culpada. — Vou ligar, então. Com certeza. Tchau, Nora.

— Tchau, Piper.

Desliguei e me inclinei para trás, esfregando minhas têmporas com a ponta dos dedos.

— Estava falando com Piper Sebranek?

Minha irmã estava em pé na abertura entre a porta e batente, embora a escuridão ocultasse seu rosto.

— *Que droga*, Cat! — Liguei a luminária presa na cabeceira da minha cama. — Há quanto tempo está aí?

Então me calei porque, por incrível que pareça, seus olhos estavam marejados.

— Ei... então. Acho que a Beatrice contou pra algumas pessoas sobre a Becca. — Sua voz falhou. — Tipo, sobre ela ter desaparecido. Acho que foi assim que a notícia se espalhou.

Suspirei.

— Não brinca.

Ela deu mais um passo à frente, enxugando as lágrimas nos olhos.

— Sinto muito. Não menti quando disse que só contei pra Bea. Ela que postou no grupo do time de mergulho.

Não sabia o que fazer. Minha irmã caçula nunca chorava, nunca se desesperava, nunca ficava tão chateada. Ela era como um daqueles brinquedos de criança que não caem, não importa o quanto você empurre.

Cat fazia parte de uma equipe de garotas que sempre cheiravam a cloro, que acordavam às quatro da manhã por escolha própria e gostavam de realizar proezas sobre-humanas, como virar de cabeça para baixo e fazer dez flexões. Ela saía para o treino às cinco da manhã e só voltava depois da hora do jantar, e metade das vezes já tinha comido uma salada Ceasar pequena no carro de alguém.

Tudo isso para dizer que a gente se conhecia: sabíamos os piores pesadelos de infância uma da outra, as primeiras palavras e como nos tirar do sério em uma longa viagem de carro. Ao mesmo tempo, não nos conhecíamos de verdade. Estava sentindo a distância naquele momento, incerta se deveria ignorá-la ou confortá-la. E, se fosse confortá-la, não sabia como fazer isso.

Dei de ombros.

— Ia se espalhar mesmo. Agora que a polícia está envolvida.

— Então a Becca está desaparecida *de verdade*? — disse ela, triste.

— Ninguém sabe onde ela está, então...

Cat xingou e olhou para baixo.

— Eu juro que achei que ela ia voltar, tipo, no dia seguinte. Achei que ela só estava tentando te assustar pra vocês serem amigas de novo.

Eu nem sabia que ela tinha percebido que eu e Becca estávamos brigadas.

— Ei — falei. — Consegue guardar um segredo? De verdade.

Seu rosto se iluminou.

— Claro que sim.

Ainda assim, hesitei. Nossa mãe era uma fofoqueira nata, e Cat era mais parecida com ela do que gostava de admitir. Olhei para sua expressão empolgada e pensei que o que eu ia dizer a seguir ia parar no grupo do time de mergulho e depois se espalhar para o resto do mundo.

E eu não disse a coisa perigosa que estava morrendo de vontade de colocar em palavras. Não perguntei para ela: E se a Becca não for só parte disso? E se for a *causa* disso?

— Becca deixou coisas pra mim — foi o que decidi dizer. — Tipo, pistas. Um bilhete, uma foto e um rolo de filme.

Cat atravessou meu quarto e se sentou, tímida, na minha cama.

— Caramba. A polícia procurando por ela, e ela brincando de caça ao tesouro.

— Cat.

Ela suspirou.

— Acho que isso é bom. Pelo menos você sabe que ela não foi sequestrada ou algo assim. Mas é difícil de acreditar que ela escolheria te deixar, tipo, sozinha.

Senti um frio na barriga.

— É um jeito estranho de descrever a situação. Ela basicamente me deixou *sozinha* pelos últimos três meses.

— Hum, não deixou, não. Ela sempre passa de carro pela casa. Ou de bicicleta. Ou anda pela ciclovia na floresta. Você não sabia?

— Não — respondi baixinho. — É sério? Alguém devia ter me dito isso.

Cat mexeu na unha do polegar, e seu pescoço começou a ficar vermelho.

— Não é possível que você esteja tão surpresa assim. Você sabe que a Becca acha que é sua dona. Se ela não ficasse rondando você o tempo todo, talvez a gente virasse amiga.

— A gente? — Olhei para ela, surpresa. — Tipo, você e eu?

— É.

Ela não retribuiu o meu olhar.

— Isso... Cat, isso é ridículo. Você é minha irmã.

— Exato. Sou a maior rival dela.

Abri a boca, procurando uma desculpa que não veio. Cat ficou parada, esperando que eu absorvesse o que disse.

— A Becca é difícil — conclui, finalmente.

— Isso é um eufemismo.

— Ela passou por *muita coisa*. Isso também é um eufemismo.

— Eu sei — respondeu ela.

Eu estava encostada na cabeceira da cama, encarando seu perfil. Ela estava sentada na ponta da cama, com os pés apoiados no chão.

— Desculpa — falei.

— Tudo bem.

Havia mais a ser dito; tanto que fiquei em silêncio diante da dimensão daquilo. Mas ela não foi embora. Então falei algo que eu *tinha* coragem de dizer:

— Você já jogou o jogo da deusa?

Seu rosto fez uma coisa estranha, uma expressão de surpresa.

— De onde veio isso?

— Eu sei, é meio aleatório.

— Não, é que eu estava falando disso mais cedo. Um monte de gente no treino, na verdade.

— Sério? O que vocês conversaram?

Ela olhou para o teto, pensativa.

— Não lembro como o assunto surgiu. Naomi, do terceiro ano, estava falando sobre duas meninas que brincaram na piscina do hotel, na reunião do ano passado. Acabou numa briga enorme, uma das meninas acusando a outra de tentar matá-la. Estávamos comentando que é um milagre que ninguém tenha morrido jogando isso.

Um som involuntário saiu de mim.

Ela semicerrou os olhos.

— O quê?

— Não sei — falei com a voz rouca. — Eu só... Estou arrasada, Cat. — Quando levantei uma das mãos para tirar o cabelo do rosto, estava tremendo. — Pode olhar pra mim?

Endireitei os ombros.

— Eu pareço estranha pra você?

Suas pupilas se mexeram, me analisando. Nossos rostos eram parecidos, só que ela herdou os olhos azuis do meu pai, seu queixo quadrado. E ela tinha uma espécie de calma interior que nem mesmo a minha crise conseguia abalar.

Ela piscou algumas vezes e disse:

— Você parece cansada. — Em seguida, se inclinou para a frente e me abraçou. O ângulo era estranho, e o abraço foi meio duro. Não tínhamos muita prática. — Ei — disse minha irmã no meu ouvido. — Você sabe que eu não gosto muito da Becca. Mas não acho que ela esteja fazendo isso pra manipular você. Ou deixar você preocupada. Tem alguma coisa acontecendo.

Meu coração parecia lampejar no meu peito, livre.

— Tipo o quê?

— Não sei. — Ela estava quase sussurrando. Não um sussurro de fofoca. Era o som de alguém realmente com medo do que tinha a dizer. — Mas acho que é algo que ninguém considerou ainda. Algo que ninguém está comentando.

Eu assenti, com o queixo apoiado em seu ombro.

— Eu também acho.

Ficamos em silêncio por um tempo, cada uma imaginando sua própria versão de algo estranho e grande demais para ser dito em voz alta. Algo que explicaria quatro pessoas praticamente estranhas sumindo da face da Terra.

CAPÍTULO VINTE E CINCO

NÃO FALEI MUITO DURANTE O jantar. Geralmente minha mãe ficava feliz de ter as duas filhas à mesa e conversava bastante, mas hoje ela também estava quieta. Em certo momento, meu pai disse: "Alguma notícia da Becca?", e minha mãe respondeu com: "Acho que ela nos diria, Paul." E foi isso.

— Como está a coluna? — perguntei quando minha mãe se levantou para tirar a mesa.

— Melhor — respondeu, sem olhar diretamente para mim. E estava mesmo, dava para ver pelo jeito como ela se movia. Em seguida, ela gesticulou com a cabeça para o meu prato. — Greve de fome?

Olhei para baixo também. Frango com molho branco sobre arroz amarelo e cenouras cozidas. Mexi no prato, cortei o frango em pedacinhos. As poucas mordidas que dei me deixaram enjoada.

— Desculpa.

Quando a cozinha estava limpa e todos foram para o próprio canto, eu continuei ali. Uma sensação estranha se espalhou pelo meu corpo inteiro e depois se acumulou no meu estômago. Era tão intensa que levei um segundo para entender que era fome.

Fiquei em pé ao lado do balcão, enfiando uma colher na manteiga de amendoim, depois no mel, então lambendo, e continuando a sequência nada higiênica. Quando o mel acabou, comi metade de um pacote velho de biscoito wafer de chocolate. Não foi o suficiente.

Você parece cansada, foi o que minha irmã disse. Mas havia algo diferente no seu olhar? Os olhos dela arregalaram discretamente. E minha mãe. Ela chegou a olhar para mim, de verdade?

Minha barriga fez um barulho que nunca tinha feito antes. Fiquei parada em frente à despensa. Na prateleira de baixo, havia ingredientes para bolo:

açúcar refinado, açúcar mascavo, uma lata de leite condensado. Observei cada um com uma sensação de tristeza.

Então fechei a porta da despensa com força, fui até a pia e enchi um copo de água. Bebi e enchi de novo. Continuei bebendo água até meu estômago doer, até eu ouvir o líquido em mim, até não ter espaço para mais nada.

Quando voltei para o meu quarto, vi que tinha outra mensagem de Ruth. Era um link para uma matéria no *Chicago Tribune*, postada há uma hora.

Quatro pessoas desaparecem em subúrbio no noroeste

A matéria era curta. Continha os nomes, as idades, a linha do tempo dos desaparecimentos. Dizia que três eram alunos na Palmetto High School e um era professor. Minha respiração ficou ofegante enquanto eu lia, e seu nome chamou minha atenção como um anzol: *Rebecca Horner Cross, 17 anos.*

O texto era bem direto, sem pudor nem especulação. Mas era inegável. Relatava os fatos, sem rodeios. Uma cidade, uma noite. Quatro pessoas desaparecidas.

CAPÍTULO VINTE E SEIS

Tomei outro banho antes de dormir. O curativo saiu do meu dedo e o corte abriu como uma boca branca e ondulada. Nojento. *Mais quente*, pensei. *Mais quente*. Abri mais a torneira e fechei os olhos, respirando o vapor. Quando olhei para baixo, minha pele estava vermelha como uma queimadura de sol, e eu conseguia ver de leve um hematoma no meu peito.

Inclinei a cabeça para ver melhor, como alguém faz quando está tentando fechar um colar. Então percebi que não era um hematoma: eram quatro, começando no meu peito esquerdo e descendo. Pequenas manchas pretas como se eu tivesse batido com força em alguma coisa. Mas em quê?

Mais quente.

As palavras dançaram na minha cabeça. A água estava quente o suficiente; eu mal conseguia respirar. Quanto mais eu ficava ali, mais esse pensamento parecia uma barata que havia rastejado para dentro do ouvido e estava dentro de mim, mas não era parte de *mim*.

Rapidamente, virei a torneira para a água gelada. Abri a água fria no máximo, depressa. Ela caiu sobre minha pele, e juro que nem me arrepiei. Eu mal conseguia sentir. Entretanto, dentro de mim, um pequeno elástico se rompeu.

Fechei a água, saí do boxe e não olhei para o espelho.

Me deitei na cama ciente de que teria um pesadelo. Com Becca ou Kurt ou Logan Kilkenny, algum sonho ultrarrealista.

De certa forma, tinha razão. Meu sonho não era com ninguém que eu conhecia ou que já havia visto. Mas parecia tão real como se estivesse andando pelo meu próprio quarto.

Nele, eu estava parada em um bar iluminado por lâmpadas fracas e uma placa de neon vermelha e azul da marca Strongbow. Havia menos de uma dúzia de pessoas bebendo, espalhadas nas mesas, no bar e ao redor da mesa de sinuca. Todas pareciam ter acabado de sair de uma daquelas festas horrorosas em ônibus.

Andei entre elas, estudando seus rostos. Algumas retribuíram o olhar, irritadas e cautelosas. Outras me evitaram. Não sabia o que estava procurando até encontrar no rosto do sétimo homem.

Uma sombra, assim como vi em Logan Kilkenny. Não era completamente visível, mas estava ali, como uma estrela que você só vê com a visão periférica. Em seu olhar duro, vi um desafio; e na curva dos seus lábios, um convite. Mas não consegui processar todas as suas características de uma só vez.

O sonho se desfez, e então o homem estava do lado de fora. Uma luz fraca, duas caçambas de lixo encostadas em uma parede de tijolos e seu corpo magro entre elas. A sombra em seu rosto se destacava ainda mais no escuro.

Até aquele momento, eu não havia conseguido sentir meu corpo no sonho. Contudo, descobri que tinha pés para me colocar na frente dele. Tinha mãos para agarrar sua camiseta manchada de suor. Tinha uma boca que senti formar um sorriso.

Algo na sensação de sorrir, tão pequena no panorama do sono, me deu a certeza de que estava sonhando. Me contorci contra o jugo, lutando para me livrar dele. E, com um solavanco, acordei.

Estava sentada. Meus pés firmes no chão, minha mão segurando algo duro e fino. Ainda estava escuro, e eu não estava na cama. Tudo estava silencioso, mas um som ecoava nos meus ouvidos.

Por alguns segundos, estremeci e pisquei, curvada e assustada como um animal. Em seguida, comecei a digerir o mundo real.

Estava ao lado da mesa da cozinha. Um luar fraco entrava pelas janelas abertas. A coisa na minha mão era uma caneta, e nosso velho porta-guardanapos de cerâmica estava em pedaços no chão. Eu o derrubei da mesa. O barulho deve ter me ajudado a acordar.

Gemi. O som me fez voltar à realidade.

Não estava machucada. Estava bem, estava segura em casa. Nunca andei dormindo antes, mas isso acontecia, né? Era algo que as pessoas faziam? Percebi, então, que havia um pedaço de papel com algo rabiscado em tinta preta.

Palavras. Estava escuro demais para ler. Era mais assustador do que se eu tivesse uma faca nas mãos. Entendi que tinha escrito aquilo antes de acordar e joguei a caneta para longe. Ela saiu rolando e parou no chão.

Com dois dedos, levantei o papel, uma folha de um bloco de notas do hotel Marriott. Eu o virei para a janela até conseguir ler as palavras.

joga jg dsa lmbr

As letras eram todas minúsculas, e não era a minha caligrafia. Não era a caligrafia de ninguém. Era muito irregular. Meu coração batia tão forte que conseguia ouvi-lo, uma batida melódica e doentia. Eu era destra, mas estava segurando a caneta com a mão esquerda. Como *ela* fazia. Olhei para o escuro.

— Becca? — sussurrei.

Eu estava sozinha.

CINCO MESES ATRÁS

Desde que se lembrava, Becca sempre soube que havia outro mundo, vasto e secreto, além daquele que todos conhecem. Um mundo que se comunicava através de luz e sombra, com pontos de energia que ela quase conseguia traçar com o dedo.

Mas ela não sabia como explicar isso em palavras. Quando olhou pela primeira vez pela lente de uma câmera, se sentiu como um alienígena que finalmente achara um tradutor.

Então ela e Nora criaram a deusa da vingança. E Becca descobriu uma *terceira* camada no mundo. Uma que, como suspeitava, quase ninguém conseguia ver.

Elas fizeram algo magnífico, criaram uma força vingativa com um pouco de filme fotográfico e fúria. A deusa que acabou com a vida da assassina da sua mãe. Mas Nora tinha tanto medo do que criaram que, para protegê-la, Becca a deixou acreditar que foi uma *coincidência*.

Talvez essa fosse a coisa mais intransponível do mundo. Juntas, elas criaram algo que devia ter mudado a natureza de suas almas. Mas, ao ignorar a verdade, Nora manteve a sua inalterada.

Becca, com a alma transformada, conseguiu aceitar que o que viu na floresta não era maligno. Não era profano. Era apenas *muita coisa para lidar*. A partir daí, ela passou a entender tudo no ritmo certo.

Toda noite ela visitava a cabana azul na orla da floresta. Toda noite ela ouvia outro capítulo da história que estava sempre mudando de gênero: amor para terror para vingança e amor de novo.

Esse conto impossível, e todas as descobertas que vinham com ele, apareceram na sua mente como a marca de um novo país ainda não mapeado. Mas isso também pesava muito nela. Às vezes, parecia uma coisa sorrateira, de rosto oculto e com patas que deixavam marcas escuras e úmidas em sua vida.

A questão com essa história era que precisava de uma nova protagonista. Alguém com a alma transformada, um olho para luz e sombra, e tantos hematomas que ela tinha aprendido a se anestesiar.

CAPÍTULO VINTE E SETE

Pela manhã, o papel estava na minha mesa, onde o deixei. Como um olho roxo, parecia pior sob a luz do dia.

joga jg dsa lmbr

Jogamos o jogo da deusa lembra.

Uma espécie de resposta para o bilhete que Becca me deixou. Mas o que isso queria dizer?

Melhor ainda: o que estava acontecendo comigo? Por que eu estava escrevendo bilhetes para mim mesma à noite, e por que, quando acordei na cozinha, senti a presença de Becca tão intensamente? Mesmo de manhã, ainda conseguia quase sentir o aroma de jasmim do seu xampu.

Meu apetite alterado, meu rosto estranho no espelho. Esses pesadelos, tão reais que faziam minhas horas acordadas parecerem mais sombrias. Como eu poderia falar sobre tudo isso em voz alta? E quem iria acreditar em mim? Meus pais, não. Eles estavam com aquela expressão sofrida, aquela expressão de "Nora está mentindo de novo".

Não. Não era verdade. Eles iriam me confortar, se preocupar comigo. Mas não poderiam me *ajudar*. Precisava ver James. Nós precisávamos revelar aquele filme. Não tinha seu número, então precisaria encontrá-lo ao vivo.

Me vesti. Estava a caminho da escola quando percebi que não tinha feito muito além disso. Não lavei o rosto, não escovei os dentes. No estacionamento, mexi no porta-luvas e fiz o melhor que pude com os lenços umedecidos e um pouco de batom cor-de-rosa. Havia um pacote de barrinhas de chocolate lá dentro e as comi, rápida e eficientemente.

Fui para a aula com meus pensamentos enevoados, sem ver o que estava diante de mim, até alguém aparecer na minha frente e dizer:

— Você é amiga da Rebecca Cross, né?

Era uma menina mais nova do que eu, com um sorriso malicioso e cabelo preto liso preso atrás da orelha. Atrás dela estavam mais meninas em um pequeno grupo, nos observando. Eu a encarei sem falar nada, até sua coragem se transformar em incerteza e ela desviar o olhar.

— Espero que ela esteja bem — murmurou e se afastou.

Depois disso, não parei para ninguém.

A sra. Sharra não estava na sala quando cheguei à aula de química. Três meninos estavam parados ao lado do quadro branco. Ignorei seus comentários, mas o que estava segurando um pincel disse:

— Alienígenas, culto de sexo, assassino em série... O que mais?

— O Blip, tipo nos *Vingadores* — disse Opal Shaun.

O menino riu e se virou para o quadro. Seu nome era Kiefer e seu braço estava cheio de pulseiras finas e coloridas. Aparentemente, tinham algo a ver com as pessoas que você pegava e o que fez com cada uma, mas eu não sabia os detalhes. Ele provavelmente inventou tudo.

Opal pegou seu celular.

— Não, minha aposta é em culto de sexo. Até te dou o dinheiro agora.

Nessa hora consegui ver as palavras no quadro.

Assassino em série. Culto de sexo do sr. Tate. O Mundo Invertido. Abdução alienígena. O Blip. Ao lado de cada item havia um nome ou dois. Culto de sexo tinha cinco.

Era um bolão de apostas. Estavam apostando no que tinha acontecido, ou no que estava acontecendo, com os desaparecidos.

Perdi a noção do tempo. Só um pouco. Em um segundo estava na minha mesa e, de repente, estava em pé ao lado de Kiefer. Ele usava uma touca por cima do cabelo loiro-escuro, e eu a puxei com força suficiente para ele gritar:

— Ei, que *porra* é essa?

Então tomei consciência de que alguns fios de cabelo tinham sido arrancados. Esfreguei a touca no quadro, apagando o bolão, depois a joguei na cara dele.

— Você não sabe de nada — rosnei em resposta.

A sala estava cheia de *uuuuuhs* e risos. Então ficou em silêncio. Kiefer piscou para mim com uma expressão que parecia realmente preocupada.

Pisquei várias vezes porque havia acontecido alguma coisa com a minha visão.

Vi o queixo fino de Kiefer e seus olhos cor de mel, vermelhos como os de quem estava chapado. Vi seu cabelo bagunçado e o vinco no seu lábio inferior, que fazia tantas pessoas quererem beijá-lo. Mas havia algo em seu rosto. Algo diferente.

Agarrei o pulso dele. Achei que fosse para me estabilizar, mas não era verdade. Naquele momento, foi instinto: sabia que tocá-lo me ajudaria a entender melhor o que era inominável.

Não era como as sombras nos meus sonhos, cobrindo o rosto do homem magro. Era fluido, apavorante, uma mistura de realidades reluzindo. A fraqueza de Kiefer estava lá, assim como sua vaidade, o que, juntas, faziam com que fosse facilmente guiado. Vi seu medo e orgulho pelas coisas erradas. Vi a futilidade que poderia desenvolver, e a avareza que nasceu do fato de ele ter menos do que fingia ter.

E vi a vergonha. A proporção certa de vergonha, balanceada nos seus pecados. Entendi que isso funcionava como um fogo purificador, queimando o pecado.

Eu não estava procurando por vergonha. Estava procurando por quem não a tinha.

O pensamento me atingiu como uma pontada. Fez minha cabeça doer de verdade. Soltei o pulso de Kiefer e coloquei uma das mãos onde a dor surgiu e sumiu. Ele estava me encarando e, pelo silêncio, soube que todo mundo estava fazendo o mesmo.

Bem baixinho, ele disse:

— O que aconteceu?

Minha visão estava ofuscada, como se eu tivesse olhado para uma luz forte. Ao pressionar as palmas das mãos nos olhos, tudo mudou de cor no escuro. Alguém colocou um braço sobre meus ombros, e achei que fosse Kiefer, até ela falar:

— Por que vocês estão parados aí? — gritou a sra. Sharra enquanto me guiava até a porta. — Opal, pegue as coisas dela.

Ela parou no corredor, me deixando respirar e piscar até a palpitação parar. Opal estava ao nosso lado com minha bolsa na mão.

— Bom. Ótimo. — A sra. Sharra colocou uma das mãos, leve como uma pena, entre minhas omoplatas. Quando ficou satisfeita, se virou para Opal: — Leve-a para a enfermaria e depois volte para a sala.

Quando Sharra se foi, Opal esticou minha bolsa para mim, sem falar nada. Eu a peguei. No trajeto, ela ficou me lançando olhares curiosos até eu perguntar:

— *O quê?*

Opal estava com uma expressão estranha no rosto. Estudávamos na mesma escola desde os cinco anos; mas, naquele momento, parecia que ela nunca tinha me visto antes.

— O que foi *aquilo*? — perguntou. — Quando você o agarrou, o que você...

— O que eu o quê?

Devo ter parecido muito ansiosa.

— Deixa pra lá — murmurou ela. — Vem.

— Não, me fale.

— Eu disse *deixa pra lá*.

— Opal, só...

Tentei pegar no seu braço para fazer com que olhasse para mim. Ela se retraiu tão rápido que tropeçou no nada e caiu com tudo no chão.

Por um segundo, ficou sentada ali, em choque.

— Você está bem? — Estiquei a mão. — Precisa de ajuda?

— Não de você.

Ela tentou se levantar sem olhar para mim e saiu correndo. Eu a observei até que chegasse ao fim do corredor e sumisse do meu campo de visão.

Opal Shaun era imprevisível. Uma daquelas pessoas que faria qualquer coisa para ser popular. Ela passaria com um ônibus por cima de quem até semana passada era sua melhor amiga se esse fosse o caminho mais rápido para um lugar em uma mesa melhor no refeitório. Quem era desinformado ou tolo o suficiente para se aproximar dela vivia com medo. Mas, quando tentei tocá-la, foi a vez dela de ficar com medo. E eu gostei.

A enfermeira me deu um copo de água com gosto de papel e dois comprimidos, depois desapareceu. Eu os engoli e me deitei.

Senti meu pulso se mover com uma repetição lenta e fluida, como suco saindo de uma garrafa. Senti o cheiro de poeira queimada de um carburador velho. Por trás da cortina impecável, a enfermeira estava lendo, e consegui ouvir o barulho das páginas passando. Mas nada parecia real. O que era real eram as sombras aparecendo no rosto de Kiefer, que faziam todo o resto parecer raso. O medo de Opal, tão saboroso e tangível quanto um pedaço de laranja, era real.

E meu próprio medo. De que o que aconteceu com Kiefer fosse um reflexo do que aconteceu no sonho da noite passada. Dos pensamentos passando pela minha mente que não pareciam ser meus. Isso também era real.

Meu plano era mentir por alguns minutos e depois sair escondida, mas quase não tinha dormido desde que acordei às três da manhã. Acabei pegando no sono.

Quando acordei, James Saito estava deitado na maca ao lado. Seus pés estavam cruzados na altura dos tornozelos, as mãos atrás da cabeça. Ele estava olhando para o teto, tão curioso e relaxado que eu meio que esperei ver nuvens quando também voltei minha atenção para lá.

Pouco depois, ele se virou e olhou para mim. Quando viu que eu estava acordada, se levantou, encheu meu copo de papel de novo e me entregou. Eu bebi tudo.

— Fiquei sabendo que você estava aqui — falou.

O que ele ouviu? "Soube da menina desaparecida? Não, a outra. A melhor amiga bizarra dela deu uma de *O exorcista* na aula de química."

Minha língua parecia pesada. A aspirina que tomei mais cedo tinha dado uma aliviada na dor, mas sentia que logo isso iria acabar.

— Eu não sei — comecei a falar — o que está acontecendo comigo.

Era muita coisa para explicar. James não forçou a barra. Ele só assentiu e disse:

— Vamos descobrir o que tem naquele filme.

CAPÍTULO VINTE E OITO

LEVAMOS O FILME PARA UM daqueles lugares de revelação em uma hora. A srta. Khakpour não estava na escola, e o laboratório de fotografia estava trancado. Eu não conseguia mais esperar.

A caminhonete de James tinha cheiro de coisas macias, pétalas de flores e amaciante. Havia um tecido com um bordado verde e rosa no espaço atrás do freio de mão e um andador dobrável no banco traseiro. Havia um par de tênis Keds femininos pequenos, com estampa de margaridas, cutucando meus calcanhares, enfiados embaixo do banco do passageiro. Não era difícil de adivinhar que esse carro era da avó dele.

No Walmart, deixamos o filme com um cara rabugento de vinte e poucos anos no balcão de revelação fotográfica. Girei, dei alguns passos e me sentei no chão de linóleo. James ficou parado perto de mim, confuso.

— Então... aqui?

Me inclinei para a frente a fim de ver algo atrás dele. O cara mal-humorado estava fazendo alguma coisa atrás do balcão, onde eu não conseguia ver.

— Não quero deixar o filme desacompanhado.

James se sentou ao meu lado na mesma hora que uma música dos Beatles começou a tocar nos alto-falantes. Fechei os olhos e pude visualizar o sr. Cross posicionando a agulha do toca-discos. Becca estava cantando para si mesma sobre o King of Marigold enquanto andava na minha frente no corredor.

Puxei as pernas contra o peito e apoiei a bochecha ali. Não havia ninguém além de James perto o bastante para me ouvir, mas ainda assim sussurrei:

— É ela, James. Tudo se conecta com ela. Ela sabia coisas sobre o Kurt, e o sr. Tate, e acho que até sobre a Chloe. Coisas ruins. E estou com uma sensação horrível, tipo, de que ela *fez* alguma coisa.

Abri os olhos e o vi observando um quadrado no chão gasto. Ele parecia confuso e concentrado, mas não surpreso.

— Tipo o quê?

— Não sei. Mas... — Hesitei por um instante. — Ontem eu andei durante o sono. Nunca tinha feito isso antes. Cheguei até a cozinha, onde me sentei e escrevi uma mensagem. Quando acordei, por um segundo, tive certeza de que a Becca estava ali.

Seus dedos estavam tamborilando no joelho, como uma tatuagem rítmica.

— Qual era a mensagem?

— Era como o bilhete que ela te deu. "Jogamos o jogo da deusa lembra."

— Hum — respondeu ele. — Você estava sonhando com o jogo antes de acordar?

Estremeci. Vi o bar vagabundo com sua mesa de sinuca e a placa da Strongbow, o estranho com o rosto feio.

— Acho que não.

— Você tentou voltar a dormir, pra ver se escrevia mais alguma coisa?

— Não consegui voltar a dormir.

— Hoje, coloca um papel e uma caneta ao lado da cama. Assim, se acontecer de novo, você não vai precisar se levantar.

Suas instruções tranquilas eram como um bote salva-vidas em uma tempestade.

— É... uma boa ideia. Obrigada.

Duas idosas passaram caminhando por nós com os braços balançando. Até isso me lembrava de Becca. Eu estava tensa, esperando que James me perguntasse o que aconteceu na aula, tentando imaginar como iria explicar. Mas ele não perguntou, e eu fui relaxando aos poucos, até finalmente me sentir calma o bastante para dizer:

— Se importa se eu conferir uma coisa?

Ele olhou para mim, ansioso.

— Posso tocar no seu pulso rapidinho?

Sem hesitar, ele esticou a mão esquerda com a palma virada para cima. Não havia tocado nele, conscientemente, desde quando segurei seu braço na segunda-feira e praticamente implorei que me ajudasse. Agora, segurava-o com cuidado, observando seu rosto enquanto envolvia seu pulso com meus dedos.

Minha mão estava gelada, e seu braço, quente. Seus dedos fechados roçaram na minha pele, e senti um arrepio até o ombro. Não havia poeira mística nem sombras. Nenhuma onda de informações que eram impossíveis, mas pareciam reais. Quando olhei para seu rosto, só vi ele mesmo. Uma postura relaxada, boca com uma leve curva para cima. Os olhos dele fizeram aquela coisa de focar, se intensificando de um jeito invisível, como a água que acaba de sair da fervura.

— Obrigada — murmurei ao tirar minha mão dele.

James me lançou um sorriso fraco.

— Conseguiu o que precisa?

— Não sei do que preciso. — Em seguida, ri um pouco ao perceber o quanto parecia ridícula. — Desculpa, eu... O que eu preciso é falar com alguém sobre isso. Pelo menos até as fotos ficarem prontas.

Gesticulei para o Rabugento, que agora estava apoiado contra o balcão, olhando na nossa direção. Fiz uma careta e me voltei de novo para James.

— Ontem você disse... disse que iria me mostrar seu projeto favorito. Algum dia. — Arqueei as sobrancelhas para ele. — Que tal agora?

— Ah. — A mão no seu bolso se mexeu e suas bochechas ficaram coradas. — Claro, posso te mostrar, sim. — Mas ele não pegou o celular.

— Você quer... me contar sobre ele primeiro?

James assentiu.

— Claro. Então, hum. Eu sou fotógrafo.

Mordi o lábio.

— Eu sei.

— Sim, claro. Bom, sempre gostei mais de tirar fotos de pessoas. Quero trabalhar como fotojornalista um dia. Mas alguns anos atrás me mudei para Reykjavík. — Ele parou de falar por um instante. — Conhece?

Para *Reykjavík*? Não consigo imaginar outro nome de lugar que parecesse tão longe quanto esse. Tentei imaginá-lo e a imagem que me veio à cabeça foi Björk sentada num iceberg. Ah, espera aí, não era na Groenlândia que fazia muito frio?

— Ainda não — respondi.

— Passei mais ou menos um ano lá, logo antes de me mudar para Palmetto. A cidade é...

Ele olhou para cima como se estivesse se concentrando. Então pensei: *Eu gosto de vê-lo pensar. Gosto de vê-lo encontrar as palavras certas.* A maioria das pessoas, inclusive eu, gastava as palavras como se fossem dinheiro sujo. James, não. Suas palavras eram selecionadas.

— Parece uma colônia na Lua — disse ele. — Onde quer que esteja, você consegue sentir um vento forte soprando, como se a cidade nem estivesse ali. — Ele demonstrou com a mão, passando-a pelo ar em um movimento rápido.

— É como se fosse uma ilusão de ótica. Nunca me senti tão sozinho quanto me senti em Reykjavík. Nem aqui.

Ele era solitário? Por que isso me surpreenderia? Já havia percebido que ele não era como eu o imaginava.

— O que fez a sua família se mudar pra cá?

— Somos só eu e a minha mãe. Fomos morar com a namorada dela. Agora esposa. Minha mãe era uma artista em Nova York. Na Islândia, ela era dona de casa. O que é bom, se é o que você quer, mas... — Ele deu de ombros. — Tudo bem. E a minha madrasta é legal. Completamente desvirtuada pela riqueza da família, mas tudo bem.

— Parece bom — murmurei. Ele disse Nova York. *Sabia* que ele era de uma cidade grande.

Ele sorriu, tímido. E então pegou o celular.

— Eu vivi dentro da minha própria cabeça pelo ano inteiro que passei na Islândia. Eu lia, passava um bom tempo dirigindo, só vendo a paisagem, tipo cachoeiras aleatórias. E tirava *muitas* fotos. Passei meses depois de que voltei de lá sem conseguir vê-las, mas, quando finalmente fiz isso, fiquei orgulhoso. Não por serem boas, mas por serem *certas*. Elas mostram exatamente como eu me senti quando morava lá. Aqui, olha.

Ambos estávamos nervosos quando ele abriu a pasta de fotos no celular e me entregou. Eu queria tanto gostar do que ele estava prestes a me mostrar... Olhei para a primeira foto e suspirei.

Ele era um fotógrafo de verdade. Como Becca. Enquanto as fotos dela eram cheias de informação, as de James eram composições simples tiradas no ângulo perfeito. Cada uma estava enquadrada como o primeiro parágrafo de uma história. Um pedaço de janela de um azul puro, pendurada como um quadro na parede de um cômodo escuro. Uma faixa de sol sobre uma pedra, bem-definida em uma extremidade e se derretendo em prismas na outra. O canto de uma cama, um livro aberto nos lençóis brancos e macios.

As imagens exalavam petricor, sal e aquele cheiro neutro de tecidos secando ao sol. Nenhuma dava uma dica concreta da sua localização — não havia paisagem, placa de rua ou pontos de referência específicos. Cada uma estava repleta de solidão.

Enquanto eu passava as fotos lentamente, ele me observava com uma expressão de quem tinha aberto o peito e exposto o coração. Eu podia ter chorado naquela hora, mas não saberia por quem estava chorando. Por Becca ou por mim, pelo James do presente ou pela pessoa que ele era quando enquadrou o mundo naquelas fotos solitárias.

— São muito boas — falei baixinho.

Seu cabelo conseguia ficar liso e encaracolado ao mesmo tempo, de um jeito que me fazia querer passar os dedos por ele. James o afastou dos olhos.

— Obrigado.

Passei por uma foto de areia escura, um quadrado inteiro de areia marcado por ondas. Na parte inferior da foto havia uma leve sombra, indicando que alguém estava próximo, mas fora do campo de visão.

A próxima foto era de uma mulher idosa. Ela estava usando um chapéu azul elegante em cima do cabelo grisalho curto. Seu sorriso era brilhante, e o queixo estava erguido de uma forma que dizia que ela gostava de ser fotografada. Quando olhei para James, seus olhos estavam suaves. Até seus ombros pareciam mais relaxados.

— Minha avó — disse ele. — Eu estava na Islândia há quase um ano quando ela apareceu na casa da minha madrasta. Parecia que eu estava alucinando. Ela e minha mãe tiveram uma briga feia, então eu não a via há três anos. Ela não pegava um voo há quarenta. Ela tem dificuldade de locomoção e medo de cidades, e pra ela a Islândia era *praticamente* a Lua. Mas a gente vinha se falando por telefone, e ela ficou preocupada comigo. Acho que sabia que eu não estava indo à escola. Então foi atrás de mim, me tirou de lá e me trouxe a Palmetto.

Havia muito nas lacunas entre suas palavras, grandes trechos de história caindo como areia entre as tábuas do assoalho. Comparei o que ele havia me dito com o que eu pensava dele antes dessa semana: que ele parecia uma pessoa em transição para algo melhor, andando pela Palmetto High School como se não pertencesse àquele lugar.

Senti uma dor real ao entender que não era arrogância. Talvez ele não sentisse que *pudesse* pertencer àquele lugar. E eu era a esnobe, que quase não fez o esforço de tentar conhecê-lo.

Antes que eu pudesse responder, ouvi algo que fez minha cabeça girar em direção ao balcão de fotos. Houve um guincho mecânico, então um sopro de calor fez com que eu me levantasse.

Atrás do balcão, a impressora fotográfica estava em chamas.

QUATRO MESES ATRÁS

BECCA ESTAVA SENTADA NA COZINHA da cabana azul. As janelas estavam abertas e o vento entrava, trazendo fumaça e o cheiro avinagrado das maçãs caídas.

Era final de setembro, e o tempo estava voando. Becca se sentia como um fio de prumo conforme os dias se passavam. As manhãs chegavam ao fim em um piscar de olhos, as noites se misturavam com as tardes. Já eram mais de dez da noite, mas havia duas xícaras de café quente na mesa. A pessoa sentada do outro lado esperou Becca repousar a xícara para dizer:

— Já pensou em quem vai escolher?

O estômago de Becca se revirou. Ela já esperava a pergunta, mas ouvi-la em voz alta era diferente.

Sua companhia prosseguiu:

— Quando a escolha for sua, qual mal eliminará deste mundo? Não pense em políticos ou alguém que veja no jornal. Não é um experimento. Pense bem e, para esta primeira vez, pense em algo familiar.

E Becca percebeu que ela *tinha* uma resposta. Ou ao menos um lugar para começar. Um possível monstro, muito familiar.

Uma lembrança veio à sua mente.

Becca disse para o pai e Nora que não queria entrar no clube de arte da PHS porque não era o tipo de pessoa que participava de clubes. E, apesar de isso ser verdade, esse não era o motivo.

Quando tinha catorze anos, Becca era uma boa fotógrafa. Às vezes, se considerava *muito* boa. E, como os calouros não tinham acesso livre à sala escura a menos que se juntassem ao clube de arte... Por impulso, em uma quarta-feira qualquer, ela ficou matando tempo perto do seu armário depois do nono período. Então decidiu ir até o corredor de arte. Era dia de reunião do clube.

Vozes e música da banda Talking Heads saíam do ateliê de arte. Quando chegou à entrada, parou. A sala estava cheia de alunos mais velhos e intimidantes, sentados de pernas cruzadas nas mesas, espalhados pelo chão, encostados sobre mesas de desenho inclinadas. O ambiente estava quente, e a voz de David Byrne saía de um toca-fitas colorido.

— Precisa de alguma coisa? — perguntou uma menina no canto.

Becca olhou para ela e corou.

A menina vestia uma camiseta preta grande e um short jeans que abria na lateral das coxas. Estava montada em cima de um menino com cabelo loiro-claro, fazendo massagem nas costas dele. Suas pernas nuas estavam tensionadas nas laterais do corpo dele, macias e brilhantes como duas salsichas. O menino estava deitado em cima de uma mesa de desenho, mas, quando a menina falou, ele levantou a cabeça para ver quem era.

Becca ficou em choque ao ver seu rosto. Era a sensação de pegar uma fruta e descobrir que a parte de baixo estava cheia de mofo. Porque não era um garoto, era um homem. Era o sr. Tate.

— Ei, *chica* — disse ele em um tom casual. — Veio se juntar ao clube?

Becca nunca mais voltou. Tampouco contou para alguém o que viu, nem para Nora. Todos na aula de artes pareciam não se importar. Ela deve ter interpretado mal a situação — que professor faria algo tão errado em público?

Entretanto, ficou pensando na expressão no rosto do sr. Tate quando a viu. Era a expressão alerta de alguém que foi pego fazendo algo que não devia, seguida por alívio. Porque era só uma caloura na porta, vendo uma aluna menor de idade em cima da sua bunda adulta, e o que *ela* poderia fazer a respeito daquilo?

Por um bom tempo, a resposta foi nada. Mas, dois anos depois, ela estava em uma mesa tomando café e ouviu uma pergunta diferente. *Quem?*

Foi fácil roubar o celular de Tate depois de observá-lo vezes o bastante para descobrir o código. A foto de fundo era uma capa da revista Spin, de vinte anos atrás, dele e de sua banda. Ela quase sentiu pena de Benjamin Tate.

Até ver o que havia no celular.

CAPÍTULO VINTE E NOVE

Encarei a máquina por alguns segundos, completamente em choque. O cara mal-humorado atrás do balcão deu um pulo e gritou:

— Puta m... Fogo!

Ele se jogou por cima do balcão com uma facilidade impressionante. O maquinário atrás dele estava completamente em chamas.

— Fogo! — gritou ele de novo, passando correndo pelos calçados infantis.

— Cac... — disse James. Acho que ficou em choque demais para terminar o xingamento.

Estávamos em pé, assistindo enquanto as chamas saíam da boca da máquina. Elas subiam devagar, ameaçando chegar ao teto. De repente, cessaram. Sumiram.

James conseguiu falar de novo.

— Fogo não faz isso! — gritou em um estado de choque que nunca vi antes.

Uma mulher mais velha vestindo um uniforme do Walmart e tênis confortáveis estava vindo na nossa direção com um extintor de incêndio. Quando chegou perto do balcão, desacelerou, olhou ao redor e então para a máquina.

— O que diabos... — falou.

Não havia nem fumaça. Não havia cheiro de plástico queimado ou falha mecânica. Nada parecia errado.

— Minhas fotos estão bem? — perguntei, desesperada.

— Suas fotos botaram fogo na máquina.

Era o Rabugento. Ele se aproximou por trás de mim. Uma multidão de homens mais velhos e mães com seus filhos começou a se formar.

A mulher lançou um olhar severo para o Rabugento.

— Sinto muito — disse para mim. — Não vamos cobrar pela revelação.

— Não, não. Você não entendeu. — Minha voz falhou. — Essas fotos eram importantes. Eu *preciso* delas. Por favor, pode checar? Se o negativo ainda estiver inteiro, pode revelar de novo?

— O que tem ali, fotos da formatura? — falou uma mulher atrás de mim.

— Não é época de formatura — disse outra e então baixou a voz até um sussurro alto: — Devem ser fotos para o namorado.

A primeira mulher fez um som de desaprovação.

— Eles fazem *isso* com o celular.

A funcionária mais velha pairou a mão sobre a máquina como se fosse um fogão esfriando. Em seguida soltou um "hum". Ela se aproximou. Um grunhido e um puxão depois, ela veio vitoriosa com uma foto em cada mão.

— Duas imprimiram antes do, hum... — Ela pensou um pouco e disse: — São de graça.

Eu as peguei, irritada, e fui embora.

— Nora. — James correu atrás de mim. — *Nora*. Pare. Quero vê-las também.

Estava tão chateada que mal conseguia olhar para ele.

— Quase não tem *o que* ver.

— Eu sei. Sinto muito.

Dei uma volta e gesticulei para os provadores, vazios no meio do dia.

— Tudo bem. Vamos nos sentar.

Escolhemos a primeira cabine. O banco era pequeno demais para caber nós dois, então nos sentamos no chão com nossos ombros se tocando. James estava tão perto que só conseguia vê-lo em partes. Suas mãos bonitas, aquele pedaço de pele macia entre o queixo e a orelha...

Apertei as duas míseras fotos contra o peito. Elas estavam quase quentes, cheias de potencial. Quando as afastei, estava me preparando para ver seu rosto, sua luz, aquela quantidade específica de humor que ela colocava nas fotografias. Mas a primeira foto não tinha nada disso.

Era como uma cena de um filme. Um filme de terror de baixo orçamento.

Eram as árvores que chamavam a atenção primeiro. Cobertas pelo verão, surgindo da escuridão em um diorama de pesadelo. Mais ao fundo, não totalmente em foco, havia duas figuras. Uma delas estava de costas para a câmera. Uma jaqueta com capuz a cobria, misturando-se à escuridão ao redor. A segunda figura estava mais visível, de frente para onde Becca devia estar se escondendo: um homem com cerca de trinta anos usando camiseta e boné. Apesar de o rosto estar desfocado, dava para ver que estava com raiva, a boca congelada em um discurso furioso.

— Você... — perguntou James.

— Não faço ideia. E você?

Ele balançou a cabeça. Meu corpo se encheu de frustração e confusão. Tentei tirar algo daquela imagem de dois estranhos discutindo no meio da floresta. O que fez Becca parar para espiá-los?

Passei para a segunda foto e inspirei fundo.

Ela tinha se aproximado. O enquadramento mudou — agora as duas figuras estavam de perfil. O capuz da primeira pessoa estava puxado demais para ver seu rosto, mas era possível ver o homem por inteiro.

A boca dele estava aberta, e a cabeça, jogada para trás. Seus braços se moviam de uma maneira que lembrava um corpo debaixo de água. Quase dava para ouvir o grito.

Seu rosto transformado era aterrorizante, mas não era a coisa mais estranha na foto. Olhando da esquerda para a direita era possível ver a floresta atrás das costas curvadas do homem, saindo e entrando em foco. O homem. Uma pessoa com cerca de um metro e meio e capuz. Atrás deles, até a extremidade direita da foto... nada. Uma grossa faixa preta vertical, levemente deformada, se alinhando exatamente com as costas da pessoa encapuzada.

— Exposição? — arriscou James.

— Não.

Passei o dedo pela mancha preta, mostrando que seguia o formato de um corpo. E havia texturas ali. Uma ondulação estranha e brilhante. Não parecia ser um erro na impressão, parecia algo físico, presente na foto. Parecia...

Afastei a cabeça e fiz careta. Parecia que estava saindo da figura encapuzada. Como uma capa ondulante ou um movimento de grandes asas pretas. Não existia na primeira foto, apenas na segunda. O que haveria na terceira? Com grande pesar, desejei ver o resto da sequência.

Segurei as duas fotos lado a lado. A julgar pela exuberância das árvores e o comprimento das mangas da camisa do homem, foram tiradas no verão. Imaginei Becca do outro lado da câmera, vestindo seu look clássico da estação: vestido curto de algodão e tênis sujo.

Então percebi que eu a estava imaginando como estava naquela noite de julho passado, quando a busquei no estacionamento da Fox Road. O brilho noturno em seus olhos quando foi iluminada pelos faróis do meu carro. A câmera no pescoço, sangue escorrendo pela perna até o tornozelo.

Ela estava fugindo de algo naquela noite. No meio da floresta. Ela machucou o joelho, mas continuou. Aposto que estava correndo *disso*. O que quer seja isso nas fotos. Um desconhecido gritando, um rosto coberto e essa faixa preta estranha. Como se a pessoa encapuzada estivesse no limite de outro mundo.

Por que ela não me contou isso naquela hora? Por que esperar seis meses para me contar *assim*? Ela podia ter me dito tudo naquela noite.

E eu podia ter perguntado. Mas havia muitas coisas que eu não perguntei. O que aconteceu naquela noite. O que ela tinha contra Kurt Huffman. E a pergunta mais importante de todas, a que era a raiz do meu afastamento: se Becca realmente acreditava que nossas deusas existiam para além de nós. Se acreditava que elas podiam usar o seu poder no mundo. Causar danos reais.

Antes da deusa da vingança, acreditávamos em magia. *Praticávamos* magia juntas. Depois disso, fechei a porta. Eu a tranquei bem trancada e me recusei a ouvir qualquer chamado que viesse de trás dela. Porque, se a magia fosse real, isso não significava que eu era cúmplice na morte violenta de Christine Weaver?

Não se faz de idiota. Becca disse isso para mim quando brigamos. *Você está perguntando, mas quer mesmo saber a verdade?*

Eu enfim estava pronta para saber. E, quando parei de negar o impossível, as dicas que ela deixou para mim se encaixaram perfeitamente. A rima para invocar uma lenda local, a verdadeira mãe do nosso projeto das deusas. O canivete que derrotou um valentão, cortando seu cabelo como Sansão. Imagens de duas deusas que fizemos para seus pais quando acreditávamos que éramos capazes de tudo.

E esse rolo de filme, que capturou algo tão imenso e sobrenatural, que pegou fogo em vez de deixar transparecer seu conteúdo.

Agora eu entendia. Não a *resposta* para a pergunta de como quatro pessoas desapareceram sem deixar rastros, mas a essência da situação. Um problema impossível só podia ter uma solução impossível.

— O que achamos que é isso? — James ainda estava curvado sobre as fotos, alheio às minhas descobertas. — Não quero fazer parecer que estamos em um filme, mas e se Becca tiver *testemunhado* algo? — Ele apontou para a figura encapuzada. — E se eles tivessem percebido que ela os observava?

— Ou... — Apontei para a faixa escura. Um padrão damasco e preto delicado, com detalhes impossíveis de ver bordados dentro de si. — E se o que quer que *isso* seja não quisesse ser fotografado?

Ele me olhou com uma expressão pensativa.

— Não quisesse.

— Como você disse, aquilo não foi um fogo normal.

— Certo. — Ele balançou a cabeça. — Foi estranho mesmo. Mas... Talvez seja assim que fotos ficam quando queimam.

— Te garanto que não é — falei, irritada.

— Ou *aparelhos* fotográficos, sei lá. Só estou dizendo que deve haver alguma explicação.

— Ou *não*. — Eu tinha que fazê-lo ver o que eu estava vendo. — Pense nisto: há alguma coisa aqui que possa ser explicada?

— Provavelmente. Né? — Ele me lançou um olhar de súplica. — Eu quero te ajudar. Quero descobrir o que *pode* estar acontecendo aqui. Tipo, o que pode estar *realmente* acontecendo.

— Eu sei o que você quer dizer! — Me levantei rápido demais, então fiquei tonta e tive que me apoiar no espelho. Isso só me deixou mais irritada. Mas com quem? Não parei para pensar nisso. — Você diz que quer me ajudar, mas não está ouvindo o que estou dizendo. O fogo não foi normal. O que está acontecendo nessa foto não é normal. Nada do que está acontecendo tem uma explicação racional. Meu deus. — Bati o punho no vidro. — Por que a Becca se daria o trabalho de te envolver nisso se você não está disposto a ver o que ela está tentando nos mostrar?

Não consegui decifrar sua expressão.

— Você realmente acha que foi por isso que ela nos juntou? Que é *esse* o motivo?

— O quê? — Fiz uma careta para ele. — O que mais poderia ser?

James permaneceu sentado no chão. Ele parecia hiper-realista na penumbra do vestiário.

— Ela não me deu apenas um rolo de filme: me deu um bilhete basicamente me ordenando a ir falar com você.

— Ordenando você. — Sabia que minha voz ia tremer se eu deixasse, então a mantive firme. — Nossa, sinto muito. Não sabia que era uma tarefa tão impossível.

— É sério isso? — Ele estava me olhando como se nunca tivesse me visto antes. — Você...

— O quê?

— Está passando por algo difícil — concluiu ele ao se levantar. — Tem mais alguma tarefa para mim? Ou podemos voltar?

Fui tomada por uma sensação de tristeza que me recusei a admitir.

— Não tenho mais nenhuma tarefa.

— Ótimo. Vamos.

CAPÍTULO TRINTA

Depois da escuridão das fotos, o estacionamento iluminado parecia um sonho. Pilhas de neve suja e carrinhos de supermercado abandonados, o brilho desolado do letreiro de uma loja de artigos de festa.

Não falamos nada, nem no estacionamento, nem no carro. Enfiei as fotos na bolsa quando nos juntamos ao tráfego. Não precisava olhar para elas de novo, estavam marcadas na minha mente. Quando voltamos para a escola, James estacionou, desligou o carro e disse:

— Ei.

Me virei um pouco.

Ele olhou para o estacionamento enquanto falava.

— Não quis dizer que não vou continuar ajudando você. Eu disse que iria ajudar. Eu *quero* ajudar.

Assenti, mas não falei nada. Passei a viagem inteira repassando nossa conversa mentalmente. *Você realmente acha que foi por isso que ela nos juntou? Que é esse o motivo?* O que ele quis dizer com isso? Tentar entender isso me deixou vibrando de ansiedade.

— O que você... — falei, mas ele me interrompeu.

— Preciso pensar. Por favor.

Ele continuou sem olhar para mim.

— Certo — respondi rápido e saí do carro.

Quando voltei para a escola, estava no meio do meu horário do almoço. Parecia ter passado dias longe dali. Nada havia sido decidido com as duas fotos que conseguimos revelar, nada fora consertado. Quando pensei em James sentado em seu carro, *pensando*, tive uma forte sensação de perda prematura. Por algo que eu nem tinha.

E, quando pensava em Becca, me sentia perdida. O momento de clareza que tive no Walmart se transformou em nada. A única coisa que entendi era que tudo era maior e pior do que eu temia.

Mas não podia fazer nada a respeito disso nesse momento. Fui até o refeitório.

Ao largar minha bandeja na mesa — iogurte de cereja, chá gelado, um pacote de biscoitos, um daqueles muffins pré-embalados que eram sempre surpreendentemente macios —, Ruth e Amanda me olharam com a mesma expressão. Amanda sorriu com a boca fechada.

— Nora. Como você está?

Assustada. Triste. Lidando com a destruição da minha realidade.

— Bem. — Mordi um biscoito e falei de boca cheia: — Oi, Ruth. Oi, Sloane.

Ruth ergueu uma das sobrancelhas. Sua namorada bonita e monossilábica, Sloane, acenou discretamente com a cabeça. Ela tinha um metro e oitenta de altura, tocava violoncelo, parecia Joey Ramone e, com base nas poucas vezes que a ouvi falar, seu cérebro era tão grande e selvagem quanto uma nebulosa. O difícil era fazê-la falar.

— A gente soube o que aconteceu na aula — disse Ruth.

Engoli em seco.

— O que você ouviu?

— Que você disse pro babaca do Kiefer se foder e depois perdeu a cabeça.

— Hum. Foi quase isso.

Tirei o plástico do muffin nojento e viciante.

Elas continuaram me encarando. Amanda balançou a cabeça e riu um pouco.

— É? — disse ela para Ruth, que assentiu.

— É.

Ruth corrigiu a postura e me encarou de um jeito intenso. Ela estava vestindo uma camisa social abotoada até o pescoço, o colarinho tão engomado que dava para lixar as unhas nele. Sua franja longa estava penteada para trás, estilo Pompadour.

— Posso dizer uma coisa?

— Tenho como te impedir?

Ruth franziu os lábios e começou seu discurso.

— Você é *parte* disso, Nora. Dessa história toda. Todo mundo sabe que a polícia te interrogou por causa da Becca. Todo mundo sabe que você teve um... — Ela parou e pensou. — Incidente bizarro na aula. Todo mundo está falando da Becca, e estão falando de você também. E a Sierra, e a Madison, e todo mundo naquela festa do pijama em que a Chloe Park estava. Todo mundo sabe agora. Tipo, o país inteiro. Tem uma... — Ela parecia estar pedindo desculpa. — Tem uma *hashtag* por aí.

— Tem?

— Aff — bufou Sloane.

Ruth continuou falando:

— Vai piorar antes de melhorar. Você não pode continuar passando por isso sozinha. Precisa começar a pedir a ajuda das suas amigas. Deixe a gente *ajudar* você. Ficar do seu lado. — Ela se aproximou. — Vamos partilhar informações.

— Você vai escrever algo sobre isso, não vai?

Ruth deu de ombros, sem um pingo de vergonha.

— Em algum momento. Você não vai? Foi errado da minha parte zombar dos nossos colegas de classe por levarem isso tão a sério. É realmente sério. O que está *acontecendo*? — Seu rosto estava brilhando, ela praticamente esfregava as mãos como uma vilã de filme. — Sendo prática, nenhuma das teorias até agora faz sentido. Alguém realmente acredita que o *sr. Tate* conseguiria atrair três pessoas de três lugares diferentes e os levar para fora da cidade? Acreditam mesmo que ele tinha o carisma pra criar um culto de sexo?

— Ruthie — disse Sloane.

Ruth olhou para ela e recomeçou, apagando o brilho faminto no seu olhar.

— A resposta não é óbvia, mas existe. E não acho que a polícia ou algum jornal vá descobri-la. Mas aposto que a gente conseguiria. A gente estuda aqui, a gente *conhece* essas pessoas.

— Será mesmo? — falei. — Eu conheço apenas uma das quatro.

— Eu tive aula de Introdução à Arte com o Tate — disse ela, na defensiva.

— Tá bom, Sherlock. — Amanda estava nos encarando enquanto comia chips com homus. Em seguida, sorriu para mim, gentil, mas firme. — Qualquer que seja a verdade, você está andando por aí como se alguém tivesse soltado fogos de artifício na sua cara. Está faltando às aulas, gritando com o merda do Kiefer e se lamentando como se fosse Hamlet.

— Estou me *lamentando*?

— Sim. Você não é invisível. Sei que não somos a Becca, mas deixa a gente te ajudar, mesmo assim. — Ela cutucou Ruth. — Mesmo que não queira compartilhar tudo com a J. J. Hunsecker aqui. Mesmo que seja pra andar com você de uma aula pra outra, caso as pessoas comecem a te encher o saco. Beleza?

Bebi metade da lata de chá gelado de uma vez. O gosto doce e sem graça fez meus molares pulsarem, e quando terminei ainda estava com vontade de chorar. Elas me deixavam almoçar com elas, mas, até aquele momento, não sabia se Ruth e Amanda eram minhas amigas de verdade.

— Certo, obrigada.

Os olhos de Ruth estavam brilhando.

— Que bom. Então, eu estava pesquisando. Você sabia que um aluno da PHS desapareceu nos anos 1990?

— Logan Kilkenny — respondi.

Ela pareceu levemente surpresa.

— Isso. Bom, e o professor nos anos 1960?

— Desapareceu também? Só um professor?

— *Só* um professor?

Eu dei de ombros.

— Tipo, a pessoa pode ter... se mudado pra Califórnia ou algo assim. Deixado a esposa, ou marido. Aposto que era fácil desaparecer naquela época.

Ruth refletiu por alguns instantes.

— Verdade. Mas quem está vivo sempre aparece em algum momento.

Se estiver vivo. Batuquei a unha na bandeja. Talvez eu estivesse errada em abordar essa questão de um jeito tão pessoal. E se a chave para desvendar tudo isso não estivesse nas pistas que Becca deixou? E se Ruth estivesse no caminho certo, olhando de fora, como uma jornalista?

— E a menina que morreu aqui? — perguntei.

Amanda fez uma careta.

— Aqui, tipo, *na escola?*

— Que brutal — comentou Sloane, e Ruth começou a brilhar de novo com uma curiosidade doentia. — Conte mais.

Contei o que soube por meio de James.

— Mas não sei qual o nome dela. Ou se é verdade.

— Então se descobrirmos o nome dela, descobriremos se é verdade.

— É possível que essa menina tenha alguma coisa a ver com o jogo da deusa — falei.

As sobrancelhas de Ruth subiram na hora, como se tivessem sido puxadas.

— Tenha a ver. Tipo, ela *é* a origem do jogo?

Amanda apoiou os cotovelos na mesa, o rosto sério.

— Tem uma menina de verdade nessa história?

— Não tenho certeza.

Ela gesticulou para Ruth com a cabeça.

— Olha pra ela. Quer sair correndo até a biblioteca mais próxima e começar a investigar os arquivos.

Amanda tinha razão: Ruth parecia ansiosa.

— Ei — disse Sloane ao colocar uma das mãos no joelho da namorada. — Coma.

Por instinto, Ruth pegou a mão de Sloane.

— Não, mas pense só: pessoas morrem. Às vezes de um jeito horrível, às vezes jovens. Tragédias acontecem todo dia no mundo inteiro. Mas há uma morte na história da nossa cidade que, por algum motivo, tornou-se lendária. Literalmente. Talvez tenha começado com essa garota de quem você ouviu falar, talvez não. Mas, se ela for real, vale a pena descobrir. Meu deus, por que eu não pensei nisso antes? — Ela ergueu a cabeça em um movimento rápido. — Anuários.

— Anuários? — repetiu Amanda.

— Na biblioteca da escola. Tem anuários até os anos 1950, eu acho. Lembra quando a gente estava no primeiro ano, e aquela menina morreu de overdose? Fizeram uma página memorial no anuário. Talvez a gente encontre outros memoriais mais antigos ou pelo menos consiga alguns nomes para investigar.

Ela pegou um pedaço de pimenta-jalapenho no resto dos nachos da namorada e se levantou.

— Vou agora mesmo pra biblioteca mais próxima. Bom te ver, Amanda. Nora, você vem?

Sloane balançou a cabeça com afeto.

— Cão de caça.

Então me levantei, me sentindo abalada. Era como se eu tivesse um "tipo" para amigas. Segui Ruth através das portas do refeitório.

CAPÍTULO TRINTA E UM

— TEORICAMENTE — DISSE RUTH —, o que *você* acha que aconteceu sábado à noite?

Eu tinha acabado de virar meio saco de biscoitos na boca e engoli com dificuldade antes de responder:

— Estou tentando descobrir. Me lamentando por aí.

Pegamos o caminho mais longo até a biblioteca para evitar o monitor no balcão de segurança.

— Deusa, deusa — sussurrou. — Isso está sempre aparecendo, não é? Esse jogo idiota. A propósito, você mentiu, sua mentirosa profissional. Você já jogou, sim.

Coloquei as mãos no ar como se dissesse: "Você me pegou."

— O que você esperava? Sou Nora Powell, a mentirosa compulsiva da Palmetto Elementary.

— Bom, *eu* não estou na sua série — retrucou ela em um tom seco. — Você não consegue me enganar. O que aconteceu quando você jogou, alguém se machucou?

Eu ri.

— Joguei duas vezes. Na primeira, precisei levar pontos na cabeça. Na segunda, acho que quase morri.

— Você *acha*. Talvez não deva jogar uma terceira.

Ela me cutucou com o cotovelo.

— E você? Disse que já jogou uma vez.

— Eu disse, né?

Faltavam dez minutos para o fim da aula e os corredores estavam vazios. Mas ela baixou a voz o suficiente para que eu tivesse que me aproximar.

— Antes da Sloane, eu namorava uma menina que fazia a linha prove-que-me-ama. Grandes gestos, muito drama. Era *linda*, claro. Seus pais eram divorciados, e o pai dela morava em um barco horroroso. Usava um corte de cabelo mullet e era viciado em apostas, mas isso não tem nada a ver com a história. Um dia, ele nos deixou passar a noite no barco, só nós duas, e minha ex criou uma briga gigante. Vai saber como começou, mas acabou com ela se trancando no banheiro minúsculo. Eu ia embora, mas foi depois do último trem da noite, então fiquei. Dormi em um sofá embutido estranho, usando um colete salva-vidas como travesseiro. A gente estava muito bêbada, então eu apaguei. Aí ela me acordou no meio da noite. Estava tudo escuro, exceto por uma faixa de luzes, e ela estava segurando uma pistola. Daí disse algo como: "Acho que você não me ama do jeito que eu te amo, mas vou deixar você provar que estou errada. Vamos jogar o jogo da deusa."

Meu corpo inteiro se arrepiou.

— Ela apontou a arma para a própria cabeça. Disse "Eu te amo" e puxou o gatilho. Fez um som de um clique solitário, assim como nos filmes. Depois me entregou a arma como se eu fosse fazer a mesma coisa. Mas eu só *passei correndo* por ela até o deque e joguei a arma no lago Michigan. Eu teria saído do barco, mas ela o tinha levado para o meio da água enquanto eu estava dormindo. A cidade estava linda. As estrelas, então... Depois que a arma sumiu, eu consegui reparar em tudo isso. Nessa hora, ela já estava chorando e dizendo que sentia muito, que a arma não estava carregada e que o pai dela ia ficar furioso por ela a ter perdido e tal. Me senti como um pilar de sal encarando as estrelas, nem aí pro que ela tinha a dizer. Por fim, ela ficou sóbria e nos levou de volta para a terra, eu desembarquei na hora e fui direto para a estação de trem.

Já estávamos do lado de fora da biblioteca, encostadas na parede, assim ela podia falar sem ter que olhar para mim. Parecia aquele tipo de história.

— O que partiu meu coração foi que essa menina era minha amiga antes, bem antes de nós duas nos assumirmos. Eu costumava, tipo, bater corda pra ela pular. Fomos escoteiras juntas. Mas não sei, não. Os pais dela são dois merdas, e ela tem problemas com afeto. Enfim — concluiu Ruth. — A vida já é difícil o bastante. Todos nos machucamos sem querer. E essa foi a primeira e última vez que joguei o jogo da deusa. — Ela me lançou um olhar irônico. — Agora vamos nos deprimir fuçando um monte de anuários em busca de gente morta.

Os anuários da PHS estavam em uma prateleira na parede dos fundos, em frente a uma janela. Estavam desbotados pelo sol e eram horrorosos, encadernados em um material sintético marrom fingindo ser couro. Eram exatamente assim, bregas, desde 1951.

— Vou começar com os anos 1950 — disparou Ruth, com pressa. — Você começa nos anos 1960. E vamos seguindo.

No começo foi divertido. Os penteados, as roupas, o jeito curioso como meninas da época pareciam mulheres mais velhas com uma pele macia, e todos os meninos pareciam ter nove anos, embora estivessem vestidos como vendedores. As coisas começaram a ficar mais tranquilas por volta de 1963. Os cabelos ficaram mais longos; os sorrisos, mais naturais. Até ali tinham aparecido duas páginas de memoriais: uma para um menino usando óculos grossos, que parecia um programador, e outra para uma professora com um penteado enorme.

Minhas mãos estavam sujas, e minha garganta, seca. Depois de 1964, eu precisei fazer uma pausa. Mexi os ombros, fiz umas contas e peguei os livros da época em que minha mãe estava na escola.

A primeira vez que a encontrei foi em 1992, uma caloura adorável com um brilho no olhar. Um ano depois, era uma aluna taciturna usando gola alta e camisa de flanela aberta. No terceiro ano, estava com o cabelo preso em dois coques altos, usando macacão e batom escuro. No último ano, minha avó deve ter interferido, porque ela estava usando argolas e um vestido com o decote em forma de coração. Na época ela era Laura Mason. Ajustei meu celular para enquadrar seu sorriso e me lembrei: seu último ano foi assombrado pelo desaparecimento de Logan Kilkenny.

Pus o celular de lado e procurei os sobrenomes com K, mas claro que ele já tinha desaparecido quando tiraram as fotos para o anuário. A foto que vi no jornal foi do ano anterior. Voltei para a frente do livro e lá estava: duas páginas sobre ele.

Não sabia como funcionava com desaparecimentos, se e quando você era declarado oficialmente morto. Mas não era bem um memorial. O nome de Logan estava escrito em uma fonte rebuscada no meio das páginas, e algumas letras se perderam na costura. Embaixo do nome estava escrito: "E todo aquele que vive, e crê em mim, nunca morrerá. — João 11:26." Ao redor do texto estava uma montagem de Logan em várias idades diferentes. Ele ainda bebê deitado em um cobertor azul, uma criança sorrindo com um boné dos Cubs. Um garoto magro com sua família, provavelmente: dois pais altos e bronzeados e dois irmãos mais novos igualmente bonitos. Gêmeos, pensei. Ele adolescente pulando para pegar um *frisbee*, relaxando em um teleférico, pulando de mãos dadas de um deque com uma menina de biquíni vermelho, o cabelo loiro formando uma nuvem ao seu redor. Me perguntei se a menina, com tanta pele exposta e o cabelo voando, tinha dado permissão para usarem essa foto.

Dei uma olhada no índice para checar se ele aparecia em outras fotos. Uma sequência imensa de números aparecia ao lado do seu nome; a equipe do anuário deve ter usado tudo que tinha. De acordo com as legendas, algumas fotos eram de anos anteriores. Folheei e vi Logan com um taco de beisebol; vestindo um terno grande demais e jogando dados como Sky Masterson no musical *Garotos e garotas*; sentado na grama usando uma camiseta do Phish com seu braço ao redor de uma menina loira, sorrindo para a câmera.

A sensação de reconhecimento bateu tão forte e certeira que olhei depressa para Ruth, como se ela também pudesse ter sentido. Ela estava virando as páginas, metódica, de cabeça baixa, ainda se debruçando sobre os penteados e as gravatas-borboleta da Palmetto dos anos 1950.

Olhei de novo para a garota na foto. Logan estava sorrindo, mas ela estava pensativa. Eu a conhecia. Ela estava no sonho que tive com Logan, dançando ao seu lado, fazendo "não" com a cabeça quando ele fez o gesto de que ia fumar. Nunca a vira antes, *sabia* que não, nunca. Apenas no meu sonho. Se eu tivesse pensado a respeito dele antes, teria achado que a inventei.

Abaixo da foto, havia um pequeno texto: *Logan Kilkenny e Emily O'Brien aproveitando o sol.*

Emily O'Brien. De acordo com o índice, ela aparece em duas outras fotos, mas aposto que também era a menina no biquíni vermelho.

Vi sua foto individual primeiro. Em algum momento entre aproveitar o sol e tirar aquela foto, ela cortou o cabelo comprido. O corte era marcante, preciso. Sua expressão também era sombria.

Fazia sentido. Se ela era a namorada de Logan, teria passado o resto do ano sendo tratada como uma viúva famosa. Algumas pessoas gostariam da atenção. Aposto que Emily não era uma delas. Depois de analisar a foto o bastante, fui ver a última em que ela aparece. Meu coração acelerou. Estava olhando para uma fotografia da equipe da revista literária.

A equipe era maior na época, seis pessoas. E, na lateral, estava a srta. Ekstrom, parecendo ao mesmo tempo maravilhosamente jovem e sem ter mudado nada.

Há trinta anos, seu cabelo de cantora de folk era castanho. Estava até usando uma calça boca de sino e um colete por cima da blusa, com óculos maiores e mais quadrados do que os que usava agora. O look devia ser considerado bobo na época, mas ela parecia legal. Não estava olhando para a câmera, e sim para a equipe, cheia de orgulho no olhar.

Analisei cada rosto ali. Poderiam ter sido meus amigos se eu tivesse nascido em outra época. Uma garota meio assustadora com óculos redondos, um menino parecendo Kurt Cobain, cabelos loiros compridos e um vestido florido. Um garoto sorridente com um bigode fino de adolescente e uma garota com o cabelo solto e os braços para cima, imitando um boxeador, mostrando um X desenhado nas costas de cada mão, um símbolo da sobriedade radical. Um rapaz relaxado com uma camiseta branca fazendo uma imitação superconsciente de James Dean, e aposto cem dólares que devia ser um poeta. E Emily O'Brien, tão diferente que estava praticamente irreconhecível.

Nessa foto, Emily estava *brilhando*. Exibindo-se para a câmera: um sorriso de boca aberta, dando um high-five no ar com o menino de bigode. Seu outro braço estava jogado sobre os ombros da menina da sobriedade radical.

Com uma nova perspectiva, voltei para a foto dela com Logan. Seu rosto estava virado para ele, mas o resto do corpo estava virado para o lado oposto: os joelhos dobrados e caídos na grama, um braço passando sobre o próprio corpo, de um jeito protetor, as mãos firmemente entrelaçadas.

Você podia vê-los e pensar: um menino feliz com o braço em volta de sua namorada bonita e tímida. Ou você podia ver o que eu vi: um garoto que irradiava arrogância e desenvoltura, usando um braço musculoso para manter no lugar uma garota cujo corpo inteiro estava lutando para se afastar.

De volta à foto da equipe da revista. Ekstrom, orgulhosa como uma mãe vendo sua prole. Emily, cercada de pessoas que a deixavam confiante.

No meu sonho, vi Logan dançar com Emily, depois cruzar uma multidão e sair em direção a um destino incerto. Uma sombra sobre seu rosto, como o efeito de um flash.

Era a mesma sombra que vi quando sonhei com um estranho em um bar desconhecido. A mesma podridão que procurei no rosto de Kiefer e não encontrei. A marca da ausência de vergonha. A marca, pensei com um medo gélido, de *pessoas ruins*.

O que eram esses sonhos tão vívidos que eu estava tendo? O que significavam e que diabos eu veria se não tivesse acordado?

Seus rostos sombrios se misturavam e desfocavam, se mesclando como tinta fresca. Havia algo que eu estava tentando encontrar, uma ideia que escapava por entre meus dedos como um peixe. Senti uma dormência subir pelos meus braços, descer pelas minhas pernas, até todo o meu corpo ficar pesado.

Minhas mãos formigaram e, quando eu as bati com força na mesa, não consegui senti-las. Fechei os olhos, apenas por um segundo. Adormeci.

— Ei. *Ei.*

Ruth estava ajoelhada na minha frente, segurando minhas mãos. O anuário estava jogado no chão, e eu estava sentada ao lado dele. Tinha caído na escuridão de novo.

— O que aconteceu? — perguntou ela, preocupada. — A pressão caiu?

Eu poderia ser sincera. Contar tudo a ela. Antes que pudesse decidir, ela soltou minhas mãos e respondeu à própria pergunta.

— Pressão caiu, né? Vou pegar algo pra você comer.

Quando ela saiu, eu me levantei devagar. Senti os limites do meu corpo, tracei-os de um jeito possessivo. Meu corpo, *meu*. Não iria deixá-lo sair do meu controle de novo.

Também tentei voltar à ideia que estava desenrolando e fui até a estante dos anuários. Não tinha certeza da data, então comecei em 1960. Dessa vez só olhei as fotos das turmas.

Encontrei-a em 1965. Rita Ekstrom. Mesmo quando era caloura, a srta. Ekstrom tinha aquele cabelo volumoso e repartido ao meio, mas na época usava as pontas viradas para fora e um corte acima dos ombros. Sua boca grande não estava sorrindo, e seus olhos azuis pequenos eram desafiadores, quase irritados. Como se o fotógrafo a tivesse contrariado.

Ruth voltou com vários lanches em mãos e largou tudo sobre a mesa.

— Obrigada — falei, grata.

Fiz uma lata de Coca-Cola parar de girar, a abri e bebi tudo. Depois peguei uma barra de chocolate Hershey's. Quando olhei para Ruth, ela estava me encarando com a boca entreaberta. Ela piscou algumas vezes e se inclinou sobre o livro aberto.

— O que você achou? Ah! — Sua voz ficou mais alta. — Olha a Ekstrom, que fofa. Ela não parece meio malvada? Amo. Ei, não terminei de ver.

Eu fechei o anuário. Deixei minha voz mais leve, como se estivesse apenas especulando, e não com absoluta certeza.

— E se a Ekstrom souber de alguma coisa? Ela mora aqui a vida inteira. A menina que estamos procurando pode ter estudado com ela.

O olhar de Ruth se intensificou e ficou clínico.

— Interessante — disse ela, quase para si mesma. — Na segunda-feira, ela disse que já tinha jogado o jogo da deusa. Então deve ter começado antes da época dela, né? A menos que...

Seus olhos encontraram os meus. Por um segundo, nenhuma de nós falou.

— Você olha o primeiro ano dela. Eu vou ver 1966.

Esses anuários mais antigos não tinham índice. Folheei o de 1965, página por página, analisando cada rosto. Ao acabar, meus olhos estavam ardendo, e Ekstrom não tinha aparecido de novo.

Ruth teve mais sorte com o livro do segundo ano. Ela colocou o dedo em uma página aberta e fez careta.

— Que diabos é um clube de escrita de cartas?

Arrastei minha cadeira para olhar de perto. Uma dúzia de meninas, todas brancas — como a maior parte dos alunos da PHS nos anos 1960 —, olhando timidamente para a câmera. Cada uma com uma caneta na mão direita como se dissessem: "Eu escrevo cartas e posso provar!" Isto era outra coisa estranha nessas fotos: as pessoas da época não tinham o costume de serem fotografadas quinhentas vezes por dia. Isso era óbvio.

— Todas essas meninas têm cabelo castanho — comentou Ruth. — *Seis* usam óculos. Que clube social antiquado. Você acha que todas as líderes de torcida são loiras?

— O cabelo dela não é castanho.

Ruth se aproximou.

— Hum. Tem razão. É difícil dizer quando está preso assim.

A única loira no clube de escrita de cartas era curvilínea e muito bonita. Ela segurava sua caneta de forma arrogante. Seu rosto sorridente contrastava com o rabugento de Ekstrom, que estava ao lado dela, vestindo uma saia e um suéter sobre uma camisa social branca, segurando a caneta como se pudesse usá-la para esfaquear quem quer que estivesse mandando-a posar para a foto.

— Que adolescente irritada — comentou Ruth.

— Para quem você acha que elas escreviam as cartas?

— Jackie Kennedy — disse com uma certeza na voz.

Olhamos o anuário de 1967 juntas.

— Vamos lá. — Ruth esfregou as mãos. — A era de óculos da Ekstrom começou.

As lentes marcavam ainda mais seus olhos. Ela estava bonita na foto do terceiro ano. Não sorria, mas havia uma certeza nela que não existia antes. Como se estivesse se tornando a pessoa que seria. Infelizmente, o Clube das Escritoras de Cartas não aparecia ali, mas Ekstrom surgiu como uma das duas únicas meninas em uma foto séria em grupo intitulada *Honrando a Excelência*

Acadêmica. Analisamos o restante das fotos de atividades extracurriculares, mas ela não aparecia mais. A srta. Ekstrom não era uma atleta.

No final do livro havia uma série de fotos espontâneas. Alunos tocando violão, sentados em círculos na grama, fazendo caretas para a câmera. Era de longe a melhor parte do livro, a seção em que pareciam pessoas de verdade. Como a gente.

— Ah. — Ruth suspirou e apontou para uma foto na página direita.

Era a srta. Ekstrom, com mais ou menos dezesseis anos, sentada em uma mesa da biblioteca. Suas pernas estavam cruzadas na altura dos tornozelos, a mão esquerda sobre a mesa, e o rosto virado para a menina ao lado. A postura da outra menina era igual à sua: tornozelos cruzados, mãos apoiadas. O canto do lábio dela estava preso por alguns dentes; sem dúvida estava flertando. Elas sorriam uma para a outra como se tivessem um segredo.

Ruth leu a legenda em voz alta:

— *Amigas do peito, Ruth Ekstrom e Patricia Dean, caçando um bom livro.* Amigas do peito! — Ela começou a rir. — Que belo eufemismo não intencional. O que acha que deve ser esse *bom livro*?

Ela tinha razão. Havia algo no ar entre elas, a srta. Ekstrom e essa menina chamada Patricia Dean. Era muito meigo e me fez sorrir, até eu me lembrar de que estavam presas em uma cidade pequena no ano de 1967.

— Sempre me perguntei se a Ekstrom tinha alguém — disse Ruth —, uma namorada ou esposa. Ou até um marido, quem sabe, mas tinha certeza de que não. Ela poderia, né? Ser casada com filhos crescidos e um monte de netos, e nem iríamos saber. Ela é tão reservada.

Presumi que Ruth sabia mais sobre a vida pessoal de Ekstrom do que eu, porque eu sabia praticamente nada. Antes que pudesse comentar isso, ela fez um som de surpresa.

— Espere! Patricia Dean é a loira bonitona do clube de cartas! A Ekstrom literalmente pegou a menina mais bonita do clube mais idiota. — Ela colocou as mãos juntas sobre o coração. — Você não faz ideia do quanto fico feliz com isso. Vamos ver o último ano delas.

Fui até a estante, mas o anuário de 1968 não estava lá. Virei a cabeça e analisei todos os anos. Alguns estavam no lugar errado, e os coloquei de volta. Ruth me ajudou a procurar, mas não encontramos nada.

— Vou perguntar pra bibliotecária — disse ela. — Aproveite minha ausência pra comer aquela caixa de biscoitos de chocolate Mallomar que você está encarando.

Mal sabia ela que eu odiava biscoitos Mallomar. Comi o Kit Kat. Meu estômago doeu, mas a pressão ansiosa que estava carregando aliviou um pouco. Estava bebendo água quando Ruth voltou com um olhar afiado como um anzol.

— Bom, quer ouvir uma coisa interessante?

Me abaixei até minha testa tocar na mesa.

— Ah, não. Cansei de coisas interessantes. Quero algo entediante.

— Controle-se, sente-se direito e escute. Aparentemente, não existe um anuário de 1968.

Levantei a cabeça e a vi me encarando, ansiosa.

— Sério? Por quê?

— A bibliotecária não sabe.

— Que estranho — falei, devagar, e semicerrei os olhos. — Consigo ouvir as engrenagens no seu cérebro se encaixando.

— Bom, eu consigo ouvir as suas também — respondeu, distraída. — Olha, continua com essa pesquisa dos memoriais. Quero checar outra coisa. Te ligo mais tarde, beleza? Vamos trocar anotações.

Quando fiquei sozinha, coloquei os anuários de volta nas prateleiras. De certa forma, sabia que não precisávamos mais deles, e que achamos o que estávamos procurando: algo aconteceu em 1968.

Eu poderia ter ido falar com Ekstrom na hora e perguntado. Mas fiquei pensando na conversa que tivemos na segunda-feira, depois da reunião da revista.

Ela não acreditou em mim quando eu disse que Becca havia fugido. Saí de lá toda presunçosa, com a certeza de que ela era apenas outro adulto que acreditava saber de algo que eu não sabia.

Agora tinha que me perguntar: e se soubesse *mesmo*?

TRÊS MESES ATRÁS

Elas seguiram até o ponto de descanso da rodovia, cerca de vinte minutos fora da cidade.

O que as pessoas viam quando olhavam para elas? Uma estava pegando grãos de açúcar e canela de um pretzel doce, e a outra segurava um copo de café puro. Uma menina e sua avó, Becca supôs. Pensar nisso lhe causou um aperto no coração.

— Ali — disse a mulher mais velha, sem se preocupar em manter o silêncio. — Ela.

Becca olhou. Uma mulher de meia-idade mexendo no celular com o dedo indicador. Tinha cabelo loiro-claro e curto e a expressão dura de uma gerente exigente e controladora. Era fácil imaginá-la em um vídeo trêmulo, atacando um funcionário mal remunerado.

— O que ela fez? — perguntou Becca.

Sua acompanhante fez um gesto de desdém.

— Não importa. As opções são muito limitadas... Só na TV monstros são elegantes e inteligentes. Na vida real, são apenas feios.

Becca pensou nisso. Nos últimos meses, suas piores opiniões sobre a humanidade haviam sido confirmadas. Pessoas como a mulher que atropelou sua mãe e depois a abandonou para morrer na estrada não eram uma exceção, apesar do que seu pai lhe dizia até o dia em que faleceu. O mal era comum e estava *por toda parte*.

Por isso estavam ali, tomando um café barato e comendo doces ruins em uma lanchonete de beira de estrada. Para Becca aprender como identificar pessoas ruins que se misturavam na multidão como arsênio no meio do açúcar.

— Alguma vez você... consegue *não* ver? Ou você se acostuma com isso?

A mulher mais velha refletiu por um instante. Em seguida, respondeu a uma outra pergunta.

— As pessoas têm muitas coisas na vida. Família, amigos, comunidade, hobbies, trabalho. As caixas idiotas que carregam nos bolsos, para as quais entregam metade das suas mentes. Eu tenho *duas* coisas na vida. Uma, claro, é isso. A outra é o meu trabalho, a única coisa que é apenas minha. Eu amo meu trabalho e preciso de dinheiro para viver. O que não posso ter são *pessoas*. Amigos fazem perguntas, e a família...

Ela estava brincando com um pacote de adoçante. Então o rasgou no meio, e o conteúdo voou.

— Vamos supor que eu tivesse um filho e olhasse para seu rosto e visse... — Ela parou de falar mais uma vez. — Eu escolhi esta vida. Mas a escolhi *no lugar* de outra. Você entende, não é?

Era uma pergunta retórica. Ela nem olhou para Becca a fim de ter a confirmação, só usou a cabeça para indicar um homem que tinha acabado de entrar com um menino no seu encalço.

— Ele — disse ela, despreocupada.

O homem tinha uma pança discreta e uma barba rala através da qual dava para ver manchas de rosácea. Apesar do frio, usava uma jaqueta jeans fina. Em contrapartida, o menino estava com um casaco mais grosso.

— Coitado do menino — sussurrou Becca.

O garoto devia ter uns dez anos, não era muito mais novo do que ela quando perdeu a mãe. Ao vê-lo, ela se lembrou do porquê de tudo aquilo.

— Coitado *do homem* — corrigiu a mulher. — Eu estava falando da criança.

Becca olhou de novo para o menino. Seu cabelo comprido estava tocando na gola da camiseta, e os tênis gastos se arrastavam atrás do homem com os olhos fixos em um tablet. Deve ter sentido o olhar dela, porque o retribuiu na mesma hora.

Em seguida, desviou o olhar e continuou o que estava fazendo. Becca ficou parada, congelada. Não porque tinha visto algo nele — um potencial maligno brilhando nas pupilas como duas chamas gêmeas —, e sim porque não viu nada ali. Parecia uma criança normal.

Um dia, em breve, ela iria olhar para ele e ver o estrago que iria fazer. Ela não poderia fazer nada para ajudar. E então teria que decidir: valeria a pena levá-lo?

Não foi a primeira vez que pensou nisso. Mas era a primeira vez que o pensamento a dominava com tanta força, sufocando-a.

E se eu não quiser decidir? E se eu não aguentar ver?

***

Naquela noite, ela dormiu na casa da Nora. Era a décima edição de um ritual anual: no primeiro sábado frio de outubro, o sr. Powell acendia o primeiro fogo da estação na velha lareira a gás e deixava Becca e Nora ouvirem a trilha sonora de *O estranho mundo de Jack* e assarem marshmallows.

O ritual tinha uma continuidade aconchegante que confortava Becca e, ao mesmo tempo, causava uma discordância cognitiva tão forte que era quase uma vertigem: nos dez anos desde que começaram essa tradição, sua vida tinha implodido completamente. Mas Nora continuou tão sólida quanto um diorama de museu.

Becca sabia que tinha agido de modo estranho a noite toda. Em resposta, Nora estava tensa e ofendida. Pela primeira vez desde o auge do verão, Becca não estava *tentando* se afastar da melhor amiga.

Antes de hoje, ela achou que tinha entendido o acordo que estava prestes a aceitar, tão permanente quanto um pacto de sangue. Em teoria, era algo muito nobre, muito simples. Até estar sentada em uma lanchonete de beira de estrada, cheia de gente cansada tentando ir de um lugar para outro, voltar para casa. E, mesmo com seus olhos humanos, a imagem deles a enchia de desespero.

Tenho duas coisas na minha vida, dissera sua tutora. *O que não posso ter são pessoas.*

Já estava tarde. Nora estava dormindo. Becca observou o fogo se apagar e deixou sua mente vagar para os lugares aos quais sempre ia quando sentia essa solidão profunda. As lembranças eram como uma fonte de luz em meio à escuridão.

Ela lembrou do dia em que pegou o cabelo daquele menino terrível e o cortou.

Então o jogo do Reino a atravessou com pressa, todas aquelas horas maravilhosas fazendo mágica na floresta.

Depois, as deusas que criaram apareceram para ela, uma de cada vez, como sempre, cada uma delas mais brilhante do que a outra.

E, diante delas, o jogo da deusa. Jogado uma vez e nunca esquecido. A fé que Nora teve na amiga naquele dia, tão forte e íntegra, foi como um farol em meio aos anos sombrios que vieram logo depois. O jogo havia se compactado na sua memória como uma estrela.

Sentada sob a luz fraca do fogo quase apagado, Becca foi tomada por uma necessidade frenética de sentir aquilo de novo: a fé, o amor e a total compreensão de Nora. Se ela pudesse se lembrar de como era estar presa à sua vida e a si mesma, não teria que seguir no caminho em que estava indo. Ela poderia contar tudo para Nora e achar outro jeito de seguir em frente.

— Acorda — sussurrou ela e assistiu às pálpebras de Nora tremerem e se fecharem com força. — Vamos jogar o jogo da deusa.

CAPÍTULO TRINTA E DOIS

— Nora? Venha aqui, por favor.

Minha mãe me chamou assim que entrei em casa. Pelo seu tom de voz, imaginei que ela soubesse o que eu havia confirmado recentemente: a história dos #DesaparecimentosPalmetto estava se espalhando como a peste bubônica.

Quando entrei na cozinha, ela virou o computador para me mostrar um artigo da CNN. *Desaparecimento de quatro pessoas em uma cidade em Illinois confunde polícia local.*

— Imagino que já tenha visto isso.

Me agarrei dos dois lados do batente da porta e me inclinei, jogando a cabeça para a frente.

— Não exatamente essa notícia, mas sim.

Me inclinei um pouco mais, aliviando a tensão nos ombros. Quando minha mãe não respondeu, ergui a cabeça.

Ela estava me encarando com uma expressão estranha. Um olhar distante, porém preocupado.

— Mãe? O que aconteceu?

Soltei o batente e dei dois passos adiante, com os braços esticados para abraçá-la.

Ela se encolheu na cadeira. Parei de supetão e olhei por cima do ombro. Quando me virei de volta, seus olhos estavam vidrados, alertas. Ela havia se retraído por *minha causa*.

— Mãe — falei baixinho.

Ela balançou a cabeça.

— Venha aqui — respondeu.

Senti um aperto no peito. Uma coceira. Apontei para trás de mim, para a escada.

— Tenho dever de casa pra fazer.

— Não. — Seus olhos percorreram meu rosto como se estivessem procurando algo. — Venha aqui e me diga o que está acontecendo.

— Tipo... Como assim?

— Não me venha com essa — respondeu ela com um tom sério. — Tem *alguma coisa* errada. — As palavras saíram todas ao mesmo tempo, como se minha mãe estivesse arrancando-as do nada. — Não é só a Becca, é você também. Fale comigo. O que foi?

Meu peito pulsou com uma dor repentina e aguda. Uma bola de luz explodiu acima do meu coração. Ao mesmo tempo, um pensamento se infiltrou como um verme no meu cérebro.

Não diga nada.

— Nora. — Minha mãe segurou a mesa com as duas mãos. — Me responda.

Eu hesitei, meus olhos se encheram de lágrimas. Ela as viu e suavizou o tom.

— Querida, senta aqui comigo. Me deixe olhar pra você.

Outro pensamento sorrateiro. *Não deixe.* Estremeci, juntando as mãos com força. Para ter certeza de que as sentia, para me centrar. Mas minha mãe deu um salto e piscou rápido, e eu percebi que a assustei, que o gesto foi estranho e a deixou mais preocupada ainda.

Eu tinha que sair da cozinha. Tinha que fazer isso antes que desmoronasse. Se minha mãe me visse assim, nunca mais iria me deixar ficar triste sozinha. Então falei algo que vinha daquele lugar raivoso que mal escondia meu medo.

— Você está sendo ridícula.

— O que disse?

— É muito insensível. Meu deus, mãe, claro que tem algo errado comigo. Minha melhor amiga sumiu. Eu tenho o direito de agir estranho.

Seu rosto ficou severo.

— Isso não é justo. Não é o que estou dizendo, e você sabe disso.

— Vou pro meu quarto. Por favor, me deixa em paz.

Ela deu uma risada irritada.

— Eu sou sua mãe, não é assim que funciona. *Ei.* Não saia andando quando estou falando com você.

Eu revidei com uma resposta:

— Que droga, mãe, me deixa *em paz*.

Seu rosto se cobriu de choque. Antes que ela pudesse se recuperar, saí correndo dali.

Já no quarto, atrás de uma porta trancada, desmoronei.

Caí na cama, enfiei o rosto no travesseiro e fiz um barulho horrível que nem sabia que conseguia fazer. Um grito de confusão, culpa e tristeza. O que minha mãe sentiu que a fez recuar ao meu toque?

Algo estava surgindo em mim como um sol alaranjado. Um entendimento terrível que era grande demais, assustador demais. Me encolhi, procurando refúgio em desculpas: estava sendo paranoica. Estava cansada demais. Estava triste, assustada e passando por muita coisa.

Mas...

Eu estava escrevendo notas para mim mesma enquanto dormia. Passando por uma dissociação intensa, tendo pensamentos que não eram meus.

Me forcei a me esticar e a ficar de pé. Calçando apenas meias, fui em direção ao espelho.

Uma menina de cabelo escuro estava parada ali com uma postura tensa. Olhei para ela, então me aproximei até só conseguir ver meu rosto.

Foi como olhar para um estranho através de um vidro. Como aquela fração de segundo em que você se vê em um espelho que não sabia que estava lá: um deslocamento momentâneo dando lugar ao reconhecimento. Só que o reconhecimento *nunca veio*.

O celular tocou no meu bolso traseiro, fazendo com que me afastasse do espelho. Ruth. Hesitei antes de atender.

— Oi.

— Olá. Você não parece animada com a minha ligação.

— Não, é que... — Coloquei uma das mãos sobre os olhos. — Desculpa. Estou...

— Está tudo bem? Posso ligar depois.

Me sentei na cama, afastando a sensação de pânico.

— Estou bem — respondi, firme. — O que foi?

— Encontrei uma coisa — disse ela, triste. — Algumas coisas. Então, sobre 1968, o ano que não teve anuário? Acho que descobri porque não fizeram um.

Aquilo parecia tão importante algumas horas atrás. Naquele momento, precisei de um segundo para me lembrar do que ela estava falando.

— Ah. Foi rápido.

Ouvi um barulho e soube que ela estava batendo uma caneta contra os dentes.

— Eu disse que uma professora da PHS tinha desaparecido nessa época, lembra? Eu me enganei, não era uma professora. Era a diretora: uma mulher chamada Helen Rusk. Ela desapareceu no dia 4 de abril de 1968. Até onde eu sei, nunca foi encontrada.

Franzi o cenho.

— E você acha que isso explica a falta de anuário?

— Bom... tem outra coisa. — Ela fez um som relutante antes de continuar: — Você sabe aquela menina loira? A menina da Ekstrom?

Suspirei.

— Ah, não.

— Pois é. — Sua voz estava derrotada. — Dei uma olhada nos obituários da *Palmetto Review*, só por precaução, e ela apareceu. Patricia Dean. Morreu em janeiro de 1968.

— O obituário disse a causa da morte?

— Só tinha as informações do funeral e a lista dos familiares ainda vivos. Ela tinha *muitos* irmãos. Nora. — Ruth parecia estranhamente hesitante. — Você acha que Patricia Dean é a menina morta?

— Não a chame assim — respondi na hora.

— Tem razão. Desculpa.

— Mas acho sim. Acho que é ela. Patty Dean.

— Patty — repetiu ela. — É. Também acho. Chame de instinto de jornalista. Além do mais... Se ela for *a* menina e tiver morrido na escola, e então a diretora desaparecendo poucos meses depois... Dá pra ver por que não quiseram fazer um anuário. Embora a diretora Helen Rusk *não* parecesse ser uma figura local muito querida.

— Ah, é? Por que não?

— O jornal escreveu uma longa matéria sobre ela um ano depois do desaparecimento. Como um obituário, mas não havia um corpo, então não era bem isso. E, *caramba*, tinha muita coisa pra contar.

Ruth limpou a garganta e leu com uma cadência de documentário da BBC:

— "Embora tenha optado pela vida familiar em vez de perseguir seu sonho de entrar para o convento, a srta. Rusk trouxe os princípios da obediência, pureza e rejeição da vaidade terrena para sua liderança do corpo estudantil da PHS. Embora a maioria da comunidade tenha apoiado seu mandato de cinco anos, ele não deixou de ser marcado por controvérsias."

Senti um nó se formar na minha garganta.

— *O convento*? Que tipo de controvérsia?

Ruth estalou a língua.

— Todas as merdas que você esperaria de uma aspirante a freira nascida em 1915. Meninas eram mandadas de volta para casa por usarem batom ou mostrarem os joelhos. Coisas bizarras no currículo. Teve um protesto em 1964, quando ela tentou implementar um pacto de pureza obrigatório.

— Que nojo. O que rolou, então? Sequestrada por adolescentes satânicos?

— O pânico satânico foi nos anos 1980. Sequestrada por hippies? Ou por um de seus vários inimigos. Só pelo fato de ter sido uma diretora mulher nos anos 1960, já dá pra imaginar que ela teve que ser durona.

— Mas ela teve um obituário completo. E a Patricia Dean, o que *ela* teve?

— Um anúncio de funeral. No St. Mary's.

— Não dá pra acreditar — falei, enfurecida. — Deveria ter sido uma grande notícia. Em uma cidade onde nada acontece, uma menina morre, *na escola*, e só publicam isso?

— É um jornal semanal suburbano, Nor, não o *Globe*. Eles deixam crianças mandarem resenhas de filmes. Tem uma coluna anual escrita pelo cachorro do editor.

Mas então me lembrei do que Becca disse a James sobre a morte na escola ter sido encoberta.

— Onde você achou tudo isso? Na internet?

— Em um diário secreto. Escondido atrás de um tijolo solto. Ora, na biblioteca pública, mulher.

— Você acha que tem alguma conexão entre elas? Helen Rusk e Patricia Dean?

Ruth parecia incomodada, pressionada. Seu estado de espírito favorito.

— Além da escola e do timing, acho que não. O timing nem bate *tanto*. Mas... talvez alguém tenha matado a Dean e ido atrás da diretora depois. Talvez a diretora tenha matado a Dean e fugido. Ou a Dean realmente morreu por overdose, e a diretora foi viver como hippie em São Francisco. Curtir o verão do amor.

— Claro — respondi com a garganta seca. — Freiras são muito paz e amor mesmo.

— Ha-ha. Enfim, vou continuar pesquisando.

— Ou a gente poderia simplesmente perguntar pra srta. Ekstrom.

Estava testando Ruth, queria ver se ela estava tão relutante a falar com a srta. Ekstrom quanto eu. E havia algo estranho na sua voz quando disse:

— Poderia.

— Então por que esse tom de voz?

— Ah. — Ruth riu, mas de um jeito sem graça. — Ela é reservada. Como eu disse. *Você sabe.*

— E...

— E... Tudo bem, isso é meio estranho. E provavelmente não tem nada a ver. Mas eu esbarrei com a Ekstrom uma vez no primeiro ano, e isso sempre me deixou meio desconfiada. — Ela suspirou. — Eu estava na cidade com meus pais pra vermos uma peça.

— Own.

— Foi muito "own" mesmo. Acho que minha mãe me fez usar um vestido de Páscoa e meia-calça. Saímos pra jantar depois e, quando estávamos voltando pro carro, eu vi a srta. Ekstrom. Ela estava vestindo... Foi engraçado, nenhuma de nós duas parecíamos nós mesmas. Eu estava parecendo uma criança religiosa, e ela parecia que estava indo para um show de rock de gente velha. Ela não é jovem, mas tem aquele cabelo comprido e estava, tipo, com uma camiseta dos Rolling Stones e botas. Parecia meio descolada, como uma Janis Joplin mais velha. E claro que eu, uma pequena caloura, era obcecada por ela, e fiquei toda: "Srta. Ekstrom! Sou eu, a Ruth!" Mas quando ela me viu, nossa. Seu corpo inteirou se sobressaltou. Seu rosto parecia quase em pânico. Como se eu a tivesse pegado no flagra roubando um carro.

— Ela estava com alguém? Estava bêbada?

— Certo, ninguém ia querer aparecer embriagada na frente dos pais de uma aluna, ou em um primeiro encontro, ou algo assim. Mas não e não. E foi mais do que isso. Tipo, a reação foi maior. Foi *muito* estranho. Ela meio que se recompôs e me cumprimentou. Nós a cumprimentamos de volta, e meus pais ficaram, tipo, vamos, Ruth. E foi isso.

— Ela agiu estranho na escola?

— Nem um pouco. Foi como se nada tivesse acontecido. Mas eu sempre me perguntei sobre isso. Com o que ela estava tão preocupada? Será que tem uma vida secreta interessante? Ou só é muito reservada sobre sua vida pessoal? — Ela parou por um instante. — Nor? Você está aí?

— Posso te contar uma coisa? — perguntei de repente.

Eu a imaginei se inclinando para a frente, toda interessada. Mas a resposta foi simples:

— Pode.

Ouvi o silêncio na ligação. Eu a imaginei do outro lado da linha, me perguntando para onde ela estaria olhando agora. Então disse:

— Os desaparecimentos. O que você diria se eu contasse a você que a Becca é o motivo de tudo isso estar acontecendo?

Sua voz saiu cuidadosa.

— O motivo, tipo, ela causou algo? Ou ela *fez* algo?

— Fez.

— Eu diria... — Ruth ficou em silêncio. Era um silêncio sibilante e agudo. — Com base no que a gente sabe: timing, localização, falta de pistas ou evidências que apontem para *alguma* coisa, a menos que a polícia esteja guardando tudo... Eu diria que isso não é plausível.

— Não foi pressão baixa na biblioteca — falei, rápido. — Tem alguma coisa acontecendo comigo. Alguma coisa me conectando com a Becca, com *tudo* isso, e eu não consigo... Às vezes sinto como se eu não fosse eu mesma. Como se meus pensamentos não fossem *meus*. Quando olho no espelho, é como se fosse outra pessoa, outra...

A dor no meu peito voltou enquanto eu falava. Parei, sem fôlego.

— Nora — disse Ruth. A palavra soou como um aviso.

— Mas... — Minha voz falhou. — Eu só devo estar cansada.

— Não, não é isso... Eu acho que você precisa de um pouco de companhia. A Sloane está aqui, mas ela está assistindo Bob Esponja, nem vai perceber se eu sair. Posso ir aí? Ou você quer me encontrar em algum lugar?

— Não. Eu estou bem. Só estou cansada, como disse. Te vejo amanhã, beleza?

Desliguei antes que ela pudesse responder. Eu estava com raiva de mim mesma, não dela. Ruth era uma pessoa muito racional, seu cérebro não processaria meus desabafos sem sentido.

Larguei o celular e me voltei para o espelho. A dor no meu peito era onde estavam os hematomas, o quarteto de manchas escuras que vi no banho. Em um só movimento, tirei a camisa.

A luz estava pesada, um cinza clássico do inverno que destacava ainda mais as manchas no meu peito. Elas deveriam estar se tornando amarelas; em vez disso, estavam escurecendo. Eu as contei. Um, dois, três, quatro.

Cinco. Havia uma quinta mancha que não vi no banho, logo acima das outras.

Com uma sensação onírica de presságio, levantei a mão direita e a coloquei sobre o peito, como se estivesse fazendo um juramento. Cada dedo se encaixou perfeitamente em um hematoma. Como se alguém tivesse pressionado uma mão cruel no meu peito, deixando sua marca.

CAPÍTULO TRINTA E TRÊS

NAQUELA NOITE, COLOQUEI UM PAPEL e uma caneta ao lado da minha cama.

Fiquei acordada por muito tempo. Dormia e acordava, com todos os meus pensamentos insistentes e aguçados servindo de apoio. Minha mente não conseguiria resistir para sempre. Por fim, pisquei por tempo demais e sonhei.

Estava em pé em um lugar iluminado e quente. Um lugar onde areia e sol forte trabalhavam juntos para transformar o mundo em um forno. Na minha frente, havia um grupo de pessoas usando roupas claras e botas de caminhada. Mais além, havia estruturas embaçadas que se erguiam na areia ondulada.

Era um grupo de turistas. Conversando uns com os outros, bebendo de garrafas reutilizáveis, segurando celulares para fotografarem a si mesmos naquela paisagem incrível. Para meus olhos perplexos, eles pareciam um único organismo, uma coisa multicolorida com muitos membros que se movia em cima da areia.

Uma mulher no grupo virou o rosto para falar com a menina ao seu lado. A jovem usava um rabo de cavalo loiro e tinha cerca de vinte anos. Parecia familiar de um jeito genérico. Poderia ser qualquer uma das centenas de pessoas que eu via promovendo produtos no meu celular.

Só que havia uma sombra no seu rosto. Uma escuridão que eu estava aprendendo a temer. Ela se virou para a frente de novo, dispensando a pessoa com quem estava falando. Eu a segui enquanto ela andava pela areia, enquadrando o mundo no próprio celular.

Eu a estava seguindo. Assim como segui Logan Kilkenny. Logan desapareceu; aposto que aconteceu o mesmo com essa mulher. Porque não eram sonhos. Eram *memórias*. Mas de quem?

De repente estávamos debaixo da sombra das grandes estruturas que vi de longe. Algum tipo de ruína lotada de turistas. A mulher que eu estava seguindo parecia irritada com sua amiga e decidiu tomar outro caminho. Sozinha.

Continuei a seguindo. A passagem que atravessamos era sombreada e fresca, embora eu estivesse perto o bastante para ver o suor no pescoço dela.

Não apenas fresca. *Fria*.

Eu estava com frio. A sensação não pertencia ao sonho sufocante; eu estava acordando. Fiquei em um breve purgatório: ainda não estava no mundo, mas não estava mais sonhando. Em seguida, acordei de vez com um terrível *splat*.

Era noite. Eu estava fora de casa, com os joelhos e as mãos na grama gelada. Meus olhos estavam marejados e minhas mãos, feridas até os pulsos.

Senti mais medo do que na noite anterior, quando acordei na cozinha. Mas também fui mais rápida. Assim que fiquei consciente, me localizei. Havia árvores ao meu redor, algumas nuvens aninhadas entre elas encobriam a lua. Estava na floresta, mas *onde*? O pânico pairava sobre mim como um saco preto cobrindo minha cabeça.

Vi primeiro a ciclovia ao meu lado. Depois, a brecha entre as árvores e, lá na frente, o brilho da clareira. A *nossa* clareira. Minha e de Becca. Tinha certeza de que era para lá que estava indo. Fiquei de pé com as pernas dormentes e cambaleei para a frente, pela grama escorregadia.

Bem na frente estava a nossa árvore, com seus braços abertos e um buraco amigável e protetor. Quando a vi, quase ri alto. Sabia por que estava ali. Como não tinha pensado antes em checar a nossa árvore? Escondíamos coisas ali desde quando tínhamos oito anos.

O vento ficou mais forte e o círculo de árvores se moveu em um ritmo acelerado. Nossa árvore estava iluminada por trás, e o buraco do tronco era preto e fosco. Com o coração acelerado, enfiei a mão na escuridão.

Nada. Movi a mão de um lado para o outro, coloquei os dois braços no tronco e tateei tudo, achando muitos resíduos, insetos mortos e sabe-se lá o que mais. Mas o buraco estava vazio. Eu havia me enganado.

Me encostei no tronco, olhos lacrimejando, sentindo os pedaços da casca pressionando meu rosto e minhas mãos. Atrás de mim, alguma criatura noturna fez um clique, como uma máquina. Não estava com tanto frio quanto deveria estar e soube que isso era perigoso.

Ali fora, era mais fácil deixar de lado minha negação. Suspirei contra a pele áspera da velha árvore e pensei: *alguma coisa está me assombrando*.

Mais do que assombrando. Estava me marcando, se infiltrando nos meus pensamentos. Fazendo com que me sentisse uma estranha para mim mesma e para minha própria mãe. Sussurrando com a voz de Becca. Mas *não era Becca*.

O que quer que fosse, dormia quando eu dormia. Eu sabia disso porque a coisa sonhava comigo, enchendo meu sono com lembranças que não me pertenciam. E, enquanto eu e esse parasita dormíamos, minha mão escreveu uma mensagem ecoando o bilhete que Becca deixou para mim. Meu corpo me levou até essa clareira, nosso lugar mais sagrado. Onde escondemos tesouros, fizemos altares e punimos nossos inimigos.

Invoquei a sensação que tive na cozinha na noite anterior, ao acordar com a caneta na mão. Becca parecia tão próxima, como se tivesse estado ali poucos instantes atrás. E se, de alguma forma, isso fosse verdade?

E se ela *estivesse* tentando falar comigo e só conseguisse fazer isso quando eu estava dormindo?

E se, pensei em desespero, eu pudesse acreditar em tudo isso? Se *alguma coisa* nisso tudo pudesse ser verdade? Então também poderia ser verdade que eu a veria mais uma vez, que ela ainda poderia voltar para mim.

Me apeguei a essa esperança tola porque a alternativa era impensável. Isso me tirou da floresta.

CAPÍTULO TRINTA E QUATRO

SE TINHA SONHADO DE NOVO nas últimas horas da noite, não me lembrava. Acordei por volta das sete, tremendo. Em segundos, o tremor se transformou em calafrios, e meu corpo se contraiu como um punho se fechando em volta das minhas costelas. Como se tivesse acabado de perceber a realidade do que havia decidido na floresta e a estivesse rejeitando igual a um transplante de órgãos que deu errado.

Talvez eu estivesse enganada. Ainda na cama, na escuridão do alvorecer, não mais isolada na atmosfera onírica da floresta, percebi que *tinha* de estar enganada.

Queria trancar minha porta, esperar isso passar sem ninguém me incomodar. Mas, quando fiquei em pé, tonta, a escuridão veio me encontrar.

— Nora. *Nora*. O que está acontecendo aí?

Suspirei. Estava parada em frente ao espelho, completamente vestida, com um batom em mãos. Um tom vinho escuro demais que achei na gaveta. Só meu lábio superior estava pintado. Eu parecia uma boneca.

A maçaneta foi girada.

— Nora!

A voz da minha mãe do outro lado da porta estava quase frenética. Ela devia estar me chamando há um tempo.

Me centrei o bastante para gritar:

— Estou bem!

Ela murmurou algo que não consegui entender. Em seguida disse:

— Que bom.

Achei que fosse vomitar e olhei ao redor, procurando um recipiente. Mas a vontade passou. O enjoo estava apenas na minha cabeça.

Limpei o batom da boca e joguei fora tanto o lenço quanto e o batom. Olhei para as minhas roupas e tentei me lembrar de quando as escolhi. Quando as vesti. Quando abotoei minha camisa, minha calça jeans, meu sutiã, *alguma coisa*.

Não conseguia. Perdi a noção do tempo de novo, mas não foram apenas alguns segundos. Quando olhei para o meu celular, ele marcava 7h16, então cerca de dez minutos tinham sumido da minha memória. Enquanto encarava a tela, pensando sobre isso, uma mensagem de Ruth chegou.

Que bom. Não deixa aqueles idiotas te abalarem

Fiz careta, tentando lembrar do que ela estava falando. Abri nossa janela de conversa para checar se havia perdido algo.

Ela me mandou uma mensagem às 7h10, bem quando estava perdida no tempo. *Como vc tá? Você vai pra escola hoje, né?*

Com um nó no estômago, vi que havia respondido. No meio do meu apagão, às 7h12: *Estou bem. Vou, sim*

Joguei meu celular para longe e olhei ao redor como se fosse encontrar um intruso ali. Mas, se havia alguém, estava usando o meu corpo.

Comecei a xingar. Uma palavra sussurrada enquanto tentava pensar que droga eu deveria fazer. Não aguentaria mais um dia de aula. Ficar sozinha com a minha mãe em casa era pior ainda. Andei de um lado para o outro do quarto, até ver pela janela que meu pai já tinha ido para o trabalho. Desci a escada correndo. As chaves do carro da minha mãe estavam no balcão da cozinha ao lado de um bilhete: *Reunião de família hoje às 19h. Tenha um bom dia, bjs.*

Reunião de família, claro. Amassei o bilhete e devorei três porções de aveia instantânea com um monte de açúcar mascavo. Enquanto comia, minha mente questionava tudo. O que eu poderia fazer, para onde poderia ir? Nossa, como o meu mundo era pequeno. Mal conseguia pensar em algo além do limite norte da cidade. Fugir não era uma opção, de toda forma. Meu problema viria comigo.

Mas eu tinha que ir a *algum* lugar. Peguei meu casaco. Enquanto caminhava até o carro, me perguntei de que eu precisava agora. Um exorcismo? Será que deveria *rezar*? A única igreja que já visitei realizava cultos laicos em um cinema barato, logo antes da matinê de domingo. Parte do tempo era dedicada a esquetes de comédia com temas de Deus e cantos. Não achei que o pastor Andy pudesse lidar com o que eu estava enfrentando.

Saí de carro. Podia comprar um tabuleiro Ouija. Podia andar pelo labirinto da Igreja Unitariana. Podia ir visitar o Anjo Sem Olhos ou a vidente da cidade. Estava prestes a pegar a autoestrada quando recebi uma mensagem de Amanda enviada para mim, Ruth e um número desconhecido que eu apostei pertencer a Chris.

Tem uma van de jornal na entrada dos fundos, venham pela frente

Imediatamente minha cabeça começou a latejar. Segui por mais um quarteirão e então mudei de rota.

Estava tudo conectado. Não podia fugir do que estava acontecendo comigo e não podia fugir do resto também. De Becca, dos desaparecimentos. Tinha que acreditar que tudo podia ser resolvido, e eu precisava estar em Palmetto para fazer isso.

Devem ter fechado o estacionamento na entrada dos fundos, porque a fila de carros esperando para virar na frente do prédio passava da esquina. Quando finalmente cheguei ao estacionamento, a área estava cheia de professores com expressões preocupadas e os casacos fechados. Alguns estavam redirecionando o trânsito, outros pediam que os alunos andassem mais rápido, não os deixando ficar parados.

Estacionei e me juntei ao fluxo de pessoas entrando no prédio. Todo mundo estava agitado, olhando uns para os outros com rostos surpresos. Palmetto era famosa agora, o mundo estava batendo à nossa porta. Devem ter sentido que estávamos no centro do mundo. Ruth tinha razão, pensei com desdém. *Isso era a coisa mais interessante que iria acontecer na vida de metade dessas pessoas.*

Ficou muito pior quando entrei. O ar estava carregado de fofocas, tenso, e as centenas de casacos molhados pelo inverno faziam a umidade subir. Eu era um dos protagonistas do drama, embora meu papel fosse pequeno, e hoje podia sentir isso. Passei por uma série de sussurros e olhares curiosos, minha pele pulsando com a exposição.

A sala de Sharra estava vazia. O quadro branco estava limpo — não desenharam o bolão de apostas de novo. Me sentei, aliviada. À medida que a sala começava a encher, tirei meu celular do bolso e evitei fazer contato visual. Agradeci a Amanda pelo aviso e então abri a conversa com a minha irmã. A última mensagem que mandei — *Esqueci minha chave, que horas chega em casa?* — foi há mais de um mês.

Cat devia estar no vestiário agora, se arrumando depois do treino de mergulho. Provavelmente já sabia de tudo, mas mandei uma mensagem mesmo assim.

Soube da van do jornal? Espero que esteja bem, bj

Com minha visão periférica, vi Kiefer e Opal Shaun entrarem. Nenhum dos dois se aproximou de mim, mas Opal me encarou. A sra. Sharra entrou na sala, e a aula começou normalmente. Eu estava absorta na sua lenta explicação da matéria, que ela tinha a obrigação de nos fazer entender, quando alguém à minha esquerda disse:

— Meu deus.

Me virei, em parte esperando ver caretas voltadas para mim. Mas a menina que falou estava olhando para o celular.

As pessoas ao redor se aproximaram para ver. Uma delas levou a mão à boca.

Sharra parou de falar quando todos na sala pegaram seus celulares. Quando fui pegar o meu, ele acendeu. Minha irmã me respondeu com um link para o *Tribune*.

Você viu isso??

Não. Não. Não. A palavra pulsou em mim acompanhando as batidas do meu coração. Levei alguns segundos para entender o que estava ao redor do grito forte na minha mente que me garantia que um corpo havia sido encontrado, o corpo de uma menina, com cabelos ruivos compridos e um olhar brilhante de artista e uma mão que usava as alianças de casamento de seus pais mortos e...

Soltei um soluço engasgado que ninguém ao meu redor pareceu perceber. Um choro de alívio porque o artigo não era sobre ela. Era sobre Kurt Huffman.

Era o prólogo de uma história de horror que já conhecíamos bem. Mas sempre acontecia em outro lugar. Só que agora estava ali, tão perto, que a sala inteira estava zumbindo junto.

O artigo detalhou o que encontraram no quarto de Kurt, embaixo da sua cama. As conversas no seu computador, as pesquisas incriminadoras no Google. E, num caderno na sua mochila, havia uma lista de nomes. Cada nome correspondia a um aluno da escola.

Há tanta gente ruim por aí.

O alto-falante emitiu estática e alguém gritou. Houve uma longa pausa. O ruído de uma transmissão interrompida. Em seguida, a voz do diretor:

— Alunos da Palmetto High School, aqui é o diretor Goshen. Tem sido uma semana difícil para a nossa família PHS, e quero falar sobre...

Mais silêncio.

Ele começou de novo:

— Todas as turmas, por favor, dirijam-se ao ginásio para um anúncio geral. Por favor, deixem mochilas e casacos para trás. Nenhum casaco ou mochila será permitido nos corredores ou ginásio. Por favor, andem com calma e de forma organizada.

O alto-falante ficou em silêncio.

Olhamos para Sharra. Ela ficou cabisbaixa por alguns longos segundos. Depois, balançou a cabeça e disse:

— Vocês ouviram.

Kiefer soltou um som incrédulo.

— O que o Goshen está tentando fazer, nos reunir como se fôssemos gado?

A julgar pelo zumbido que se espalhou pela sala, ele não era o único que pensava assim. Sharra parecia incomodada.

— O que você quer que eu diga, Kiefer? Estamos fazendo o melhor possível. Eu confio que nossos seguranças vão nos manter a salvo. Por favor, deixem suas coisas aqui e formem uma fila.

O corredor estava cheio e estranhamente silencioso. O único som ali era de passos e vozes sussurradas, sobretudo de pessoas mexendo no celular.

— Que palhaçada — alguém sussurrou. — Mandem a gente pra casa!

Concordei. O ar estava tão denso quanto um milk-shake. Não iria conseguir respirar no ginásio, no meio da multidão. Procurei Madison Velez, desejando ferozmente não a encontrar. Torcendo para que ela tivesse recebido as notícias sobre Kurt a tempo de voltar para casa.

Então pensei: *E se ela estivesse na lista?*

Ouvi alguém falar atrás de mim:

— Ei.

Não prestei atenção, ainda procurando Madison. A pessoa estava logo atrás de mim, tocando no meu ombro.

— Ei. Eleanor.

Me virei. Uma menina mais nova, pés firmes no chão, a pele cheia de sardas. Sua expressão não me disse nada sobre o que queria comigo.

— Ei — disse de novo. Tinha um tom casual, mas a boca dela estava tremendo. — Então, hum, o meu irmão, Evan. Evan Sewell? O nome dele está na lista do Kurt. E acho que só queria perguntar... A Rebecca Cross tem uma lista?

Eu a encarei. Levei um segundo para fazer a conexão entre *Rebecca* e *Becca*. O menino ao seu lado agarrou a faixa da sua mochila e a puxou.

— Meu deus, Kate — murmurou ele. — Rebecca Cross *também* deve estar na lista.

— Ela não está. Nenhum dos desaparecidos está. Acabei de falar com a minha mãe, ela *viu* a lista. Então — ela se aproximou —, a Rebecca tinha uma lista? Ou fizeram a lista do Kurt juntos?

Eu estava ofegante. Tudo parecia incrivelmente irreal. Quando abri a boca, não tinha certeza do que iria dizer, mas sabia que viria da *coisa* misteriosa e ardente em mim. A voz na minha cabeça, o fantasma na minha garganta. Sabia que as palavras iriam queimar, e que eu me arrependeria delas mais tarde. Mas não agora.

Então James parou ao meu lado. Não me tocou, mas estava tão perto que eu poderia ter apoiado minha cabeça em seu ombro. Suas mãos estavam nos bolsos e ele estava curvado, mas era uma falsa atitude despreocupada. Seu corpo inteiro zumbia, tenso.

— Dá o fora — disse ele para a garota, numa voz tranquila e com as sobrancelhas arqueadas. Depois, me tocou, a palma da mão no meu braço. — Vem comigo.

Comecei a segui-lo. Assim que me virei, a menina falou com uma voz trêmula:

— Aposto que já estão mortos. Os dois. Aposto que odiavam a si mesmos mais do que odiavam todos naquela lista.

A coisa no meu peito explodiu como fogos de artifício. A sensação queria me arrastar, mas eu não permitiria. Em vez disso, *segui* o fluxo daquele sentimento, me aproximei e segurei a cabeça da menina com as duas mãos para que meus dedos se encontrassem na parte traseira do seu crânio.

Eu os entrelacei. Ela estava assustada demais para se libertar. Coloquei minha boca no ouvido dela e sussurrei:

— Sua ingrata, ela tinha a *própria* lista. Kurt estava nela. Entendeu?

A menina tentou se soltar, mas não deixei.

— Espera. Você está dizendo...

— Estou dizendo que você deveria *agradecer* — falei mais alto, minha voz vibrando como um vespeiro e machucando minha garganta. — Todos vocês. Deveriam me agradecer de joelhos.

Ela piscou para mim com seus olhos pequenos.

— Você?

Estávamos no meio de um círculo de pessoas. Eu podia senti-los respirando juntos, ouvir seus sussurros. Eles pareciam tão semelhantes quanto pés de milho em um milharal. A garota cambaleou, como se realmente fosse cair de joelhos no chão, agradecida. Em um sussurro cristalino, um dos sem-noção disse:

— Ai, meu deus, ela vai...?

Em seguida, uma professora cruzou a multidão. Era a srta. Ekstrom, com o rosto marcado por batom e uma expressão maníaca. Ela olhou de mim para a menina, cuja cabeça eu ainda estava segurando com ambas as mãos, e então se virou para os observadores.

— Todos para o ginásio, agora! — disse ela em um tom mortal. — Você, você e você, todos que estão com um celular na mão: eu sei quem vocês são e não vou esquecer. Se *algum* vídeo de hoje for publicado, se eu *suspeitar* que está circulando, não farei perguntas. Cada um de vocês será expulso. Não me testem.

O círculo se desfez e todos se juntaram ao grupo que ia devagar em direção ao ginásio. Ekstrom os observou por um instante, com a mandíbula travada, antes de voltar seu olhar para mim.

Senti como se tivesse acabado de acordar. Por um segundo terrível, tive certeza de que tinha feito xixi na calça. Mas era apenas suor ensopando minhas roupas, como se estivesse me curando de uma febre. Uma série de luzes piscantes cobriu minha visão.

Ekstrom também parecia ter acabado de acordar.

— Nora — disse ela.

James estava do meu lado, tentando me manter em pé. Me afastei dele e me apoiei no armário. Uma onda de interesse tomou conta da multidão, desviando a atenção de Ekstrom. Ela bateu palmas como um treinador de animais.

— Pro ginásio, todo mundo! *Agora*!

Olhei para James, suplicante.

— Me tire daqui.

Ele me tirou. Avançamos depressa, indo contra o fluxo dos nossos colegas de classe, ignorando Ekstrom, que chamava meu nome, e os gritos dos professores, que monitoravam a multidão. Enfim nos libertamos, voltando para o frio.

CAPÍTULO TRINTA E CINCO

ME JOGUEI NO CARRO DE James, sentindo como se finalmente estivesse em casa. Ele se inclinou por cima de mim para mexer no porta-luvas, de onde pegou uma barra de granola, a abriu e me entregou.

— Coma isto.

Comi em duas mordidas e meia. Havia guardanapos no porta-luvas também, e eu peguei um monte para enxugar meu rosto e pescoço. Observei a paisagem congelada passar voando e pensei na srta. Ekstrom. O jeito como olhou para mim e como olhou para Patricia Dean quase sessenta anos atrás. *Você sabe onde ela está?*, ela me perguntou na segunda-feira. *As pessoas estão espalhando absurdos por aí.*

Talvez ela não estivesse perguntando sobre Becca porque queria saber. Talvez estivesse perguntando porque queria saber o que *eu* sabia.

Quando James falou, levei um susto:

— A Becca já sabia sobre o Kurt Huffman. — Não era uma pergunta. — Como você disse ontem. Sobre o Tate e a Chloe também. E ela fez alguma coisa a respeito.

Limpei a garganta.

— Sim.

— Era disso que você estava falando. Quando disse que aquela menina devia ser grata. — Ele fez uma pausa. — "Deveriam me agradecer de joelhos." Deveriam *me* agradecer. Foi o que você disse.

Três carros passaram por nós, indo na direção oposta, antes que eu pudesse responder.

— Sim.

Havia pouco trânsito. Contei mais cinco carros. Preto, preto, vermelho, preto, branco. As cores de um baralho.

— O que vimos naquela foto. — Ele dirige de forma errática enquanto falava, com os pés alternando freneticamente entre o acelerador e o freio. — *O que vimos naquela foto?*

Foi revigorante ver outra pessoa se sentindo mal. Isso permitiu que eu me recompusesse e respondesse:

— Vamos parar. Vamos parar em algum lugar.

— Preciso te levar pra casa.

— Não vou pra casa.

Ele olhou para mim.

— Você não quer...

— *Não*. Eu não... — Eu ri, e o som pareceu meio histérico. — Não sou eu mesma.

James virou à direita no centro comercial onde fica a loja de quadrinhos, dirigindo sem rumo.

— Tem alguma coisa acontecendo comigo — falei baixinho, como se tivesse algo por perto que eu não queria acordar. — Aconteceu *alguma coisa*. Eu estou...

Possuída. Essa era a palavra, não era? Mas não conseguia dizer. Ela pertencia a filmes de terror sobre alienígenas e bonecos assassinos. O sol estava a pino, e passamos pelo salão Sally Beauty.

— Assombrada — concluí. — Sei que você não quer ouvir isso, mas...

— Não, eu quero. — Ele apertou o volante. — Entrei em pânico ontem, sabe? É muita coisa. Tipo... sinceramente, o pânico ainda não passou. Mas... estou com você. Beleza?

Estou com você. As palavras arranharam minha pele como um fósforo sendo riscado.

— Beleza.

— Que bom — disse, resoluto. — Só me diz para onde vamos.

A luz brilhou sobre a neve densa e as estradas cheias de sal. Espalhou-se pelo gelo prismático que beirava o para-brisa e clareou os contornos do seu rosto. Ele parecia um ponto imóvel em um mundo em alta velocidade.

Fechei os olhos para não sentir uma onda de saudade, mas não encontrei qualquer alívio na minha cabeça.

— Vamos para a casa da Becca.

CAPÍTULO TRINTA E SEIS

JAMES ESTACIONOU A UM QUARTEIRÃO de distância. Eu estava contando que Miranda estivesse no trabalho, mas não custava nada tomar cuidado. Dei uma olhada na garagem — só havia o carro de Becca ali — e toquei a campainha algumas vezes. Então fomos para o quintal.

Ele era cercado por árvores altas e antigas, que deixavam a grama, o deque da piscina e um quadrado do pátio de concreto numa eterna penumbra que mantinha a água da piscina fresca durante quase todo o verão, exceto nas semanas mais quentes. Nem eu, nem James estávamos de casaco. Com exceção dos nossos celulares, deixamos tudo na escola. Seu braço se prendeu no meu ao atravessarmos o gramado, um toque quente em meio ao frio.

Juntos, fomos até o deque da piscina.

— Aqui — disse a ele. — Foi aqui que tudo começou, sábado à noite.

Tinha ido correndo para a casa de Becca. Havia pegado no sono ali mesmo e acordado transformada.

Contei tudo a ele; dessa vez, em detalhes. A mensagem de Becca, minha corrida pela floresta para chegar ali. Eu parada na frente da casa, sentindo o tempo e o mundo se desfazerem. Foi apenas o nervosismo que me fez ficar parada ali? Ou uma premonição? Se eu tivesse continuado a correr, as coisas seriam diferentes?

O arrependimento fez minha garganta queimar enquanto lhe contava o resto. A caneca e o celular, as cinzas no deque e o cheiro de algo queimado no ar. O fato de ter passado a noite ali e não ter sofrido consequência alguma. *Você podia ter morrido congelada*, foi o que a Miranda disse, e ela tinha razão.

— O que você acha que ela estava queimando? — perguntou James. — Fotos?

Era provável. Comecei a assentir, mas parei ao olhar a piscina. Sob a luz da manhã, a água estava com o verde-escuro de um pedaço de minério empoeirado, com a sua superfície cheia de detritos. E então me lembrei.

— Tem alguma coisa na piscina.

James ficou tenso, como se estivesse esperando um jacaré sair dali.

— O que quero dizer é que na manhã em que ela desapareceu, vi algo no fundo da piscina. Achei que podia ser um animal morto, mas... — Parei de falar, sem conseguir explicar com certeza. — Não é.

Ele estudou o deque. Encostada no pé de uma cadeira, havia uma rede apanha-folhas com uma vara comprida, e a parte superior do cabo estava colada à madeira por causa do gelo e da neve. James bateu nela com a ponta do sapato até a rede se soltar. Ele a segurou como um pescador e se inclinou sobre a superfície turva da piscina.

— Onde você viu?

Peguei a rede dele e a usei para retirar a camada de folhas congeladas. Quando a movi pela água, a água empurrou de volta com uma textura gelatinosa graças ao frio. A rede estava mole demais e pude senti-la envergando ao chegar no fundo da piscina. Eu a puxei para fora, a virei e tentei de novo com o outro lado.

Dessa vez, ela arranhou o fundo. Mexi até sentir uma resistência de algo que não conseguia ver. Firme, inorgânico. Não era um animal.

Com a ponta do cabo arrastei a coisa até a parede da piscina, mas não consegui erguê-la.

— Eu acho... — Tentei de novo, então senti a coisa deslizar um pouco e depois cair. — Acho que tenho que ir pegar.

— *Pegar*? — James estava com as mangas do moletom cobrindo as mãos. — A água está gelo puro. E se for só uma pedra enorme?

— Não é uma pedra.

— Eu vou pegar — disse ele. — Já fiz o Mergulho do Urso Polar em Coney Island.

Um sorriso surgiu, tão inesperado quanto um espirro.

— Você já fez o... Esquece. Depois a gente fala disso. Eu pego. Posso apanhar umas roupas secas na casa depois. Eu sei o código da porta da garagem.

Tirei as botas e as meias. Tirei a camisa de flanela e a blusa térmica por baixo, roupas que não me lembrava de ter vestido. De regata, calça jeans e descalça, me agachei do lado da piscina. O jeans molhado seria terrível, mas não tinha coragem de ficar de calcinha sob o sol da manhã.

Ia ser rápido, de qualquer forma. Assim que entrasse, a água ia bater na altura do meu esterno. Ia me apoiar na lateral e pegar a coisa com os pés.

— Que nojo — murmurei, olhando a água.

— Espera, deixa que eu vou — insistiu James, ansioso, mas eu já estava na água.

Houve um breve momento em que meus braços expostos e pés descalços pareceram estar em chamas, embora todas as partes vestidas estivessem estranhamente mornas. Em seguida, minhas roupas ficaram encharcadas, o calor se tornou frio e eu mergulhei.

Não queria ter feito isso. No entanto, assim que rompi a superfície, aquela coisa dentro de mim se fez presente, se encolhendo na minha barriga como uma mecha de cabelo queimado. Nauseada, de olhos fechados, usei minha mão na lateral para me empurrar para o fundo. Lá, tateei até encontrar a coisa misteriosa.

Era lisa e áspera, e eu soube na hora o que era. Eu *soube*, e era tão terrível que o choque me fez abrir os olhos. A água pressionou meus olhos como dedos verdes, e meu corpo estremeceu com outro soluço engasgado. Peguei o objeto, plantei meus pés no fundo e me impulsionei para cima.

Subi ofegante, tentando respirar, mas não conseguia. James estava bem ali, com os braços me agarrando ao redor das costelas e me arrastando para fora. Ele me colocou de joelhos e bateu nas minhas costas duas vezes com a palma da mão, e depois uma terceira vez. A água morna jorrou da minha boca.

— Respire. Não fale.

Sua mão estava fazendo alguma coisa super-reconfortante entre minhas omoplatas. Respirei fundo e olhei para o objeto que tirei da água. Senti quando ele viu o que era, e sua mão que me tocava parou.

CAPÍTULO TRINTA E SETE

ATÉ OS DEZ ANOS, BECCA usava a velha câmera digital do pai. Seus pais apoiavam sua intensa necessidade de documentar o mundo através da lente de uma câmera, mas não entendiam. Nenhum dos dois nunca ligou muito para arte.

Então o talento de Becca começou a emergir. Primeiro, foi surpreendente; depois, empolgante. Inegável.

Quando Becca completou dez anos, sua mãe fez um bolo de morango. O pai deixou o forno perigosamente alto e assou pizzas caseiras com o manjericão do jardim. Algumas crianças vieram de bicicleta para se juntar a nós em uma caça ao tesouro que fez com que todos saíssemos correndo pela vizinhança.

Depois que o bolo foi cortado e os convidados foram embora, dei para Becca uma pilha de livros da série *Os mundos de Crestomanci* e uma opala sintética em uma corrente. Ela abriu os presentes sob a luz da fogueira e sorriu enquanto prendia o colar debaixo do cabelo. Então foi a hora do presente dos pais.

Eu vi como eles se aproximaram um do outro quando ela colocou a caixa no colo. O rosto de sua mãe parecia tão empolgado que beirava o medo, e seu pai supercarismático fez algo raro: ficou em silêncio. Quando Becca arrancou o papel de presente, eles se deram as mãos.

Dentro do embrulho havia uma câmera. Impressionante e bonita, tão estranha para mim quanto uma nave espacial.

Mesmo naquela época, sabia que era caro demais para eles. Era algo para alguém mais velho. Um profissional. Eles deram para a filha uma câmera que não tinham condições de comprar, mas o verdadeiro presente foi a fé que tinham nela. Sabiam que ela era muito talentosa e que isso precisava ser reconhecido.

Por anos e anos, me senti como a segunda filha dos Cross, o quarto membro da família. Enquanto Becca abraçava sua câmera e olhava para os pais do outro lado da fogueira, ambos trêmulos com uma emoção grande demais para explicar, lembrei que não era. A família de Becca era, no fim das contas, formada por três pessoas.

Naquele momento, estava arfando e tremendo sob o sol de inverno, ao lado dos restos afogados daquela câmera. O fogo a mudou e derreteu, como uma peça de arte horrorosa. Parecia que tinha encontrado o corpo da minha melhor amiga.

James me carregou como se eu não estivesse molhada ou pesada. Subiu os degraus e cruzou o quintal até a porta de correr, que, por um milagre, estava destrancada. Seu cabelo estava perto da minha boca e cheirava a flores, café e produtos químicos de fotografia. O último dos meus delírios — o de que Becca podia estar perto, de que ainda podia ser encontrada — estourou como uma bomba.

Naquela hora, chorei de verdade. Finalmente. Chorei como se minha melhor amiga estivesse morta, porque eu não sabia mais como ter esperanças. Chorei porque James era como um farol e tinha medo do quanto precisava do conforto que ele me dava.

Ele tentou abrir algumas portas até achar o banheiro de Becca. Meu rosto estava enfiado em sua camisa, mas conseguia sentir o cheiro familiar de toalha molhada e fósforos de sândalo. James me colocou no chão devagar, de costas para a parede, e abriu a torneira. Eu o vi colocar a mão debaixo da água corrente, ajustar a temperatura e começar a encher a banheira.

Quando a banheira estava quase cheia, ele desligou a água e sem nenhum pudor disse:

— Precisa de ajuda pra entrar?

Ele quis dizer para tirar a roupa. Me levantei e tentei, mas meus dedos estavam duros demais para desabotoar a calça jeans. James se ajoelhou na minha frente e eu o observei mexer no botão com suas mãos de artista. Ele virou o rosto quando chutei a calça dos calcanhares e tirei a regata.

Entrei na banheira apenas de calcinha e sutiã. James ficou de costas para mim até ouvir o barulho da cortina fechando. A água quente parecia um grande e doloroso nada, mas meus calafrios foram diminuindo aos poucos até parar.

Me deitei contra a extremidade curva da banheira de cerâmica. James se sentou no chão, do outro lado, para nos vermos entre a brecha da cortina. Minha tristeza parecia um iceberg que nunca iria derreter completo, desprendendo pedaços de si pelo resto da minha vida, caso ela estivesse mesmo morta. Como poderia não estar?

Uma vez, Becca me disse que, antes de a gente se conhecer, ela se sentia como um alienígena. Como o Doutor de *Doctor Who* ou o Super-Homem, o último do seu povo. Agora eu era a última? Se ela tivesse mesmo morrido, todas as nossas piadas internas e o alfabeto que criamos na infância seriam uma língua morta. Uma que eu falaria sozinha.

Comecei a chorar de novo, de olhos fechados, o exaustor do banheiro zumbindo acima de mim. A água se movia em pequenas ondas sísmicas. Senti o cheiro forte do xampu de jasmim de Becca e, por um segundo, me perguntei se tinha pegado no sono. Mas era James segurando o frasco e perguntando:

— Posso limpar as folhas de você?

Assenti. Em seguida, com cuidado, suas mãos passaram o xampu no meu cabelo. Eu devia estar parecendo tão acabada que ele sentiu que precisava fazer isso. Mas era verdade que cada parte do meu corpo pesava uma tonelada, e o seu toque era o mais gentil que já senti na vida.

Abri os olhos e sua beleza élfica me atingiu como um tiro no estômago vazio. Meu colapso me trouxe uma desconfortável sensação de clareza. Todas as minhas ilusões foram destruídas. Pela primeira vez, me deixei pensar, de verdade, em beijá-lo. Se ele olhasse para mim, minha expressão me denunciaria. Mas ele só tirou o cabelo do meu rosto e murmurou, antes de se levantar para lavar as mãos na pia:

— Pronto.

Era melhor assim. Sabia que era melhor assim. Becca não merecia que eu ignorasse o luto dessa forma. James não merecia ser uma distração no dia mais merda da minha vida.

Me afundei na banheira até o cabelo flutuar ao meu redor. Meu coração doía quando eu respirava. Pressionei uma das mãos contra ele, sobre as manchas.

— Era a câmera dela, James.

— Eu sei — sussurrou ele.

— E ela a destruiu. Queimou como se fosse...

Como se fosse uma oferenda, era o que eu queria dizer. Mas era isso mesmo? A câmera era sua caixa de ferramentas, seus olhos, sua maior conexão com os pais. Será que ela a queimou como uma adoradora pedindo um favor? Ou como um acólito cortando suas conexões com o mundo?

Não queria sair da banheira. Do outro lado dela estava o resto da minha vida. Mas eu tinha coisas a fazer. Pressionei os dedos enrugados nos olhos inchados e disse:

— É melhor eu me vestir.

DOIS MESES ATRÁS

Depois da briga com Nora, Becca deixou de lado a tristeza e se recusou a se arrepender. Era melhor assim. Quando começasse sua vida nova, não teria ninguém para sentir sua falta. Não ia demorar muito para a deusa aparecer e lhe pedir um nome. E ela diria: *Benjamin Tate*.

Mas agora era difícil não prestar atenção em todo mundo que via e pensar: *E você? Que tal você? Seria um alvo melhor?*

O mundo inteiro parecia estar assombrado por maldade oculta.

Seu interesse em Chloe Park começou como uma coceira. Estavam na mesma aula de matemática — Chloe era avançada o suficiente para estar em Álgebra II, e Becca estava fazendo a matéria pela segunda vez.

Ela sabia algumas coisas sobre Chloe, daquele jeito que você sabe algumas coisas sobre as pessoas com quem estuda, mas não conversa. Chloe viera de Woodgate, pulara um ano, não falava com ninguém nem parecia querer que isso mudasse.

Mas não era tímida. Era *observadora*. Uma esponja que absorvia tudo. Não matemática, que ela parecia entender muito bem. Ela absorvia todo o resto. Becca sentiu o corpo gelar quando finalmente entendeu o que fazia sua pele se arrepiar quando olhava para a menina quieta.

Chloe era uma atriz. Ela observava as pessoas, aprendia seus hábitos e as imitava. Gestos, vícios de fala, maneirismos eram testados e depois adotados ou descartados.

Quem era a Chloe *por trás* de tudo isso?

A escola Woodgate não tinha uma boa segurança. Ninguém percebeu Becca parada ao lado dos ônibus no fim do dia. Ela só precisou usar sua história triste em algumas pessoas até alguém abrir o bico:

— Minha irmã mais nova tem uma amiga nova, Chloe Park, e eu não confio nela. Você a conhece? Eu tenho razão?

O mais assustador era que Chloe trabalhava sozinha. O que ela fez não tinha sido causado por pressão social, pensamento de manada ou essas merdas de panelinhas de amigas. Foi ela quem coletou aquelas informações e usou-as para aterrorizar as pessoas, até um processo de uma das famílias a obrigar a se transferir da Woodgate para a PHS, onde ela absorvia coisas novas.

Agora, Becca tinha dois nomes.

CAPÍTULO TRINTA E OITO

Quando James saiu, deixei a água escorrer. Me sequei com uma toalha que estava dobrada embaixo da pia e penteei o cabelo com os dedos, formando ondas úmidas. No armário havia uma das latas de gloss labial com sabor de romã de Becca. Passei um pouco dele e me enrolei com a toalha antes de espiar o lado de fora.

James estava em algum outro lugar da casa. Atravessei o corredor até o quarto de Becca.

Ao fechar a porta, tive uma sensação estranha de não estar no lugar certo. *Parecia* certo, mas a sensação estava errada. Como se a ausência de Becca o reduzisse ao cenário de um palco encoberto.

Havia poucos móveis: uma cama, uma mesa, uma cadeira e um espelho comprido atrás da porta. Toda a energia estranha do quarto vinha das paredes. Estavam cheias de flores secas, tranças de flores silvestres e sementinhas bonitas formando guirlandas. Essa natureza curada emoldurava as fotografias de Becca.

Acima da mesa, o rosto de um menino da vizinhança estava emoldurado pela auréola da chama de uma vela de faíscas, transformando-o em um santo renascentista, contra um plano de fundo completamente escuro. Ao lado da janela via-se a floresta no inverno, a luz do sol e o gelo transformando o riacho em um caminho de fadas. O canto da parede ao redor da cama estava cheio de fotos minhas, da gente, dos pais dela. Não queria olhar muito para nenhuma delas. Não naquele momento.

Me aproximei do armário, torcendo para encontrar algo que pudesse vestir. Mas a foto ao lado das portas me fez parar de repente.

James de pé diante de várias árvores enevoadas. Magro, empertigado e sorrindo de leve, seu olhar tão concentrado que podia sentir o calor subindo pelo meu rosto. Becca ajustou o contraste até que o plano de fundo inteiro ficasse resplandecente. Ele parecia a versão masculina do quadro *O nascimento de Vênus*, de pé sobre uma trilha de cascalho em vez de uma concha.

Eu quase esqueci que ela o conheceu primeiro. Pode até tê-lo beijado. Seu primeiro beijo. E, se aconteceu, ela nunca me contou.

Seu primeiro beijo. Seu *único* beijo. Esse pensamento pareceu tirar um pedaço de mim, como um pegador de sorvete. Aquela onda ridícula de ciúmes sumiu, deixando no lugar uma esperança efervescente de que ela *realmente* tivesse beijado James.

Porque havia tanta coisa que ela nunca fez. Nunca foi a Londres. Nunca foi estudar em uma faculdade de artes. Nunca andou pelo Museu da Fotografia de Estocolmo ou se deitou na grama do Palácio das Tulherias. Ela nunca nem viajou num maldito avião.

De repente, o mundo parecia tão cruel, tão aleatório. Abri o guarda-roupa com força demais e comecei a puxar as roupas dos cabides. Nada ia me servir direito. Eu deveria colocar as minhas coisas na secadora, mas não queria passar mais tempo naquela casa abandonada. Parei num vestido azul-escuro de veludo cotelê, manga comprida e cintura alta. Quando ela usou isso? Percebi, então, que não usou. *Eu* usei, em uma foto de uma deusa. Becca o encontrou em uma liquidação.

Vesti, me preparando mentalmente para ouvir o barulho da costura cedendo. Estava mais apertado do que alguns anos atrás, curto demais, mas consegui fechá-lo. Peguei uma meia-calça de lã preta e grossa na gaveta, e ela quase não chegou até minha cintura.

Olhei no espelho e gostei de me ver ali, cercada pelo reflexo de flores secas e fotos em preto e branco. Estava irreconhecível com o cabelo molhado, as olheiras escuras e o vestido incomum. Sentia que meu reflexo era uma desconhecida, e agora sua aparência também era estranha.

James estava na sala de estar, sentado no braço do sofá, folheando uma edição antiga da revista *Chicago*. Quando entrei na sala, ele levantou o olhar. Seus olhos pareciam mais escuros, e pude sentir o ar entrando em seus pulmões. Ele ia dizer algo, sua boca já estava quase formando o "você".

Eu falei primeiro:

— Pode pegar minhas botas lá no deque?

Ele apontou com a cabeça para a pilha de roupas dobradas com cuidado e as botas no chão.

— Peguei tudo.

— Ah. Obrigada.

Vesti tudo devagar, adiando o momento em que teria de deixá-lo. E sabia que precisava fazer isso. Porque, independentemente do que eu quisesse ou do que James estivesse disposto a fazer, eu estava sozinha. A coisa que eu carregava me isolava. O que quer que estivesse por vir, aonde quer que isso me levasse, eu teria de encarar sozinha.

Quando terminei de amarrar as botas, olhei o celular. A tela estava cheia de mensagens e ligações perdidas. Minha irmã, meus pais, Ruth, Amanda e até Chris, demonstrando uma sentimentalidade inesperada:

Cara vc tá bem?

Nunca pedi que minha irmã mentisse por mim, nossa relação não era assim. Mas talvez eu quisesse que fosse. E, de qualquer forma, precisava dela.

Pode falar pra mamãe e pro papai que tô resolvendo umas coisas da Becca e não posso atender o telefone por um tempo?

Pensei um pouco e mandei mais uma.

Não pediria se não fosse extremamente importante. Prometo que vou pra casa assim que puder

Ela respondeu na hora.

A mamãe tá lendo isso junto comigo. Ela disse que você não prometeu que vai tomar cuidado

Franzi os lábios.

Eu tô segura, juro

Pau que nasce torto nunca se endireita.

Olhei de novo para a última mensagem que recebi de Ruth. *Tenho uma ideia. Vem pra casa da Sloane.* A próxima mensagem continha um endereço e as palavras: *Traz bebida*

Sabia o que *deveria* estar fazendo: falando com Ekstrom, a única pessoa que podia me dar a informação de que eu precisava. Só estava adiando o inevitável. Mas, naquele momento, não me importava com isso.

Olhei para James.

— Quer vir conhecer meus amigos?

CAPÍTULO TRINTA E NOVE

O SOL ESTAVA FORTE, E a vizinhança, em silêncio. Estávamos a pé, já que não se deve dirigir se for beber. E eu estava decidida a beber. Achei uma garrafa de vodca de laranja no freezer de Becca e estávamos passando-a de mão em mão, o gosto de acetato ficando mais leve a cada gole. A bebida desfocou meus limites como um vapor dourado. Fez minha esperança renascer: a câmera *não era* um corpo. E havia coisas acontecendo com Becca que eu não entendia.

De acordo com as mensagens, que contavam a história em pedaços, a assembleia organizada às pressas do diretor terminou vinte minutos depois com um protesto. A anarquia tomou conta do corpo estudantil, uma espécie de fervor carnavalesco nervoso em resposta às circunstâncias sombrias. Toda pessoa que conseguiu escapar da supervisão dos pais estava agora na casa vazia de alguém, fazendo coisas que não deveria estar fazendo às onze e meia da manhã. Ainda não era nem meio-dia.

— Na última vez que fiquei bêbado — contou James —, roubei uma abobrinha de quase três quilos.

Eu ri, cuspindo uma névoa fina de vodca. Ele estava tentando me distrair, e eu estava deixando.

— Isso é... grande pra uma abobrinha?

— *Muito* grande. Era o maior orgulho de alguém. Roubei de uma horta comunitária e me senti péssimo na manhã seguinte, mas não podia devolver. Já tinha feito um pão com ela.

Apertei meu nariz, contendo a sensação de queimação das lágrimas. Precisava parar de chorar um pouco.

— Deixa eu ver se entendi. Você ficou bêbado.

— Podre de bêbado. De manhã eu estava me perguntando, tipo, de onde veio esse pão de abobrinha?

— Podre de bêbado. Você achou uma horta.

— Invadi. Pulei a cerca. Tenho fotos.

— Hum. Você encontrou e roubou uma abobrinha gigante.

— Do tamanho de um bebê. E também comi vários morangos.

— Claro. Aí você foi pra casa com a sua abobrinha gigante. — Óbvio que percebi as conotações sexuais do que tinha acabado de falar, mas parecia que a vida era muito curta para ficar nervosa. — Mas você *não* foi pra cama, nem bebeu mais, nem nada disso. Você foi pra cozinha e colocou um avental. E assou um belo pão de abobrinha.

Ele estava sorrindo. Nossos olhos continuavam se encontrando como uma conexão delicada.

— Eu gosto de fazer pães.

Mas será que você a beijou? Quanto mais bêbada ficava, mais difícil era não perguntar. Me forcei a mudar de assunto.

— Então, você estudava em uma escola de gente rica ou o quê?

Ele inclinou a cabeça.

— Escola de gente rica?

— É. Antes... — Mesmo bêbada, não conseguia falar *Reykjavík*. Com meu sotaque sem graça do centro-oeste, pareceria uma palavra inventada.

— Estudei em uma escola progressista pequena em Astoria, no Queens. Tinha apenas doze alunos por ano. Todo mundo tinha um nome tipo Zephyr ou Sway. Ou, sei lá, Susan, mas com vinte letras e um trema. Era uma coisa experimental, metade estudava de graça e a outra metade era de filhos de milionários que pagavam dobrado. — Ele me lançou um olhar severo. — Eu estava na primeira metade. Minha mãe vivia de bolsas de artes. Mas ela era famosa o bastante, para os padrões de Nova York, pelo menos, para me darem uma das vagas gratuitas. O diretor dormia com celebridades.

Ergui uma sobrancelha para ele.

— Você tem noção do quanto isso parece glamoroso, não? Relativamente falando.

Gesticulei para os quintais retos e casas sem graça, os montes de neve sujos e falhos. A coisa mais brilhante na região era a camada de sal no asfalto.

— Beleza, mas... Qual é a capital de Montana?

— Helena — respondi na hora.

— Legal — disse ele, simpático. — Eu não saberia dizer isso nem sob tortura. É tipo... Sabe como as crianças nos livros vão para a escola de magia e aprendem a levitar carros e outras coisas, mas não conseguem fazer contas de matemática básica? Ou encontrar o Canadá em um mapa? A minha escola era assim. Só que aprendemos mixagem de som, porque o pai de um garoto era um produtor famoso. Ou, tipo, gastronomia nórdica, porque o diretor da escola estava namorando uma chef norueguesa.

Assenti com uma expressão séria.

— Ah, sim. É como os pais da Ellen Culpepper, que são donos da Pepper's Pizza no centro da cidade, e uma vez por ano deixam as crianças da escola primária fazerem suas próprias pizzas. Então, sabe como é. Eu entendo totalmente.

Eu ri muito da minha própria piada. Uma risada descontrolada. Devia ser o melhor ou pior momento para estar bêbada.

James pareceu um pouco preocupado. Acho que estava tentando entender se a minha risada estava prestes a se transformar em choro. Quando isso não aconteceu, ele sorriu. Tímido, bobo e lindo, com direito a uma covinha na bochecha direita que eu não sabia que existia.

— Foi engraçado, né? Dá para ver porque você ainda está rindo.

Abanei o rosto, tentando respirar. Se eu risse mais, choraria, e só Deus sabia quando ia conseguir parar.

— Voltando ao assunto — falei, enxugando os olhos —, em que tipo de escola de magia você faz *carros levitarem*?

— Academia Jedi — disparou James, ainda sorrindo para mim. O sol iluminou seus olhos, deixando-os dois tons mais claros.

Não consegui evitar sorri de volta.

Viramos na esquina do quarteirão de Sloane. Sua casa, branca e em estilo colonial com venezianas pretas, era a terceira. Não havia carros na entrada, mas a garagem estava fechada. Imaginei que quem quer que estivesse lá tinha pegado carona ou estacionado lá dentro, o que foi a coisa certa a se fazer. Se houvesse algo suspeito na rua, os vizinhos dessa região não hesitariam em espiar pela janela.

Ao subirmos os degraus da frente, pude ouvir a música baixa. Quando olhei para James, seu calor e sua receptividade haviam sumido. Ele parecia como ficava na escola: completamente distante. Mas consegui notar o desconforto por baixo daquilo. Isto fazia minha garganta doer: perceber que, em vez de se achar superior ao resto de nós, ele só era *tímido*.

— Ei. — Me virei para ele. Mais uma vez, nossos olhos fizeram aquilo: encontros e disfarces. — Saúde. — Coloquei a mão em cima da dele, que segurava a garrafa. Mantive-a ali enquanto tomava um breve gole.

Ele colocou a outra mão por cima, deixando a minha no meio. O jeito como ele olhou para mim fez minha pele arder tanto quanto os goles de vodca. Com o olhar fixo no meu, ele levou a garrafa à boca.

Sloane abriu a porta.

Por um instante, eu e James só ficamos parados ali, como guaxinins pegos no flagra.

— Ei! — Soltei minha mão. — Hum, Sloane, esse é o James. Você... conhece o James?

— Oi. — Ele deu a garrafa para ela. — Aqui.

Sloane sorriu devagar para mim, um olhar indecifrável escondido pela franja bagunçada. Sua única resposta antes de se virar e nos guiar para dentro da casa foi:

— Saborizada. Chique.

A casa tinha a mesma estrutura que a minha, mas com um clima artístico desorganizado. Nós a seguimos até a sala de estar, onde Stevie Nicks cantava de um toca-discos e a equipe da revista literária da PHS estava bêbada.

— Ooi — disse Chris, alto demais e com uma sílaba sobrando. Estava deitado de costas na frente do toca-discos, vestindo uma camiseta do Minor Threat. — Por que você atacou aquela menina hoje?

— Não — disse Amanda em um tom seco. Ela estava se apoiando no sofá, segurando metade do que parecia ser um pão de fermentação natural. Havia vinho tinto em um pote de geleia equilibrado de maneira perigosa perto de um declive no carpete. — Ignore-o, Nor. Nor. Nor. — Ela riu.

— Essa galera... — Ruth parou ao lado de Sloane, fazendo uma pausa dramática. — Está bêbada. Caralho, Nora, você está uma gata. Deveria usar mais vestidos. E *você*. James Saito. Estou muito bêbada para fingir que não sei seu nome, embora a gente nunca tenha sido apresentado. Espero que não se importe.

— Ah. — Ele limpou a garganta. — Tudo bem. Você é a Ruth, né?

Eu estava tímida demais para olhar para ele desde quando entramos. Mas sua voz tranquila fez um nó se formar na minha garganta, e deixei as costas da minha mão tocarem na dele, como um pequeno sinal de apoio. Senti sua breve hesitação. Depois, entrelacei meus dedos nos seus.

Cada centímetro da minha mão se acendeu como as luzes de um pisca-pisca. Pulsavam no mesmo ritmo do meu coração e se entrelaçavam no ritmo de "Gold Dust Woman".

Tentei agir naturalmente. Será que ele conseguia sentir, pela minha mão, que eu não estava normal? Tentei segurar a mão dele como uma pessoa relaxada faria, ao mesmo tempo em que usava o poder da mente para evitar que minha mão suasse.

Ruth olhava para James e para mim, sorrindo como um gato faminto vendo um passarinho. Chris ergueu a cabeça e olhou duas vezes.

— O quêêê? Você e o James Bonitão...

Amanda jogou seu pão e o acertou no queixo.

— Christopher!

Ele mordeu um pedaço do pão e depois o colocou debaixo da cabeça, como se fosse um travesseiro.

James manteve sua mão firme na minha de maneira corajosa o tempo todo.

— Então, qual é o nome de todo mundo?

Houve uma série de apresentações que poderiam ter sido estranhas se estivéssemos todos completamente sóbrios. Ruth fez questão de servir a James o que sobrou do coquetel que tinha acabado de inventar. Sloane pegou a bebida quando ela não estava olhando, balançando a cabeça com firmeza e lhe dando vinho.

Olhei ao redor para os meus amigos, para James, e senti o luto e a gratidão. Se Becca estivesse aqui... Se ninguém tivesse desaparecido... Se o que quer que tenha acontecido comigo não estivesse acontecendo... Não seria ótimo?

Quando estávamos todos sentados ou deitados, Ruth disse:

— Pronta pra ouvir a minha ideia?

Sloane bagunçou seu cabelo.

— Minha ideia.

— Mas eu a melhorei.

— Você gritou "boa ideia" — disse Amanda — e então falou que ia chamar seu coquetel de Vovó Machadinha.

— É um ótimo nome para um coquetel! Pode pesquisar, é irônico.

James estava do meu lado no sofá, sua postura relaxada. Eu achava — esperava, na verdade — que ele estivesse feliz por eu tê-lo trazido. Eu estava meio alegrinha, mas firme, e me sentia como eu mesma.

— Me conte a ideia — falei, antes que a Ruth enrolasse demais.

— Certo. Bom, primeiro, não queria cortar você no telefone ontem. — Ela deu de ombros. — Sou uma mulher racional. Mas, depois desta manhã, comecei a achar que não é disso que você precisa. Então... Sloane?

Sloane assentiu e terminou sua bebida. Depois, se inclinou para a frente, tirando a franja do rosto. Sem ela, podia ver o tom verde frio e peculiar dos seus olhos.

— É, então. Meu pai é terapeuta. E algumas das práticas dele são bem espirituais, praticamente, hum...

— Charlatanismo — disse Ruth e então arrotou.

Sloane ignorou o comentário.

— Ruthie disse que você tem se sentido desconectada de si mesma.

Não foi exatamente isso que eu disse, mas concordei. Era empolgante ouvir Sloane falar tanto, então não queria estragar o momento.

— Eu posso te conduzir em uma das meditações guiadas do meu pai. Ela foi feita especificamente para suprimir — Sloane fez um gesto em volta da cabeça — seu ego. Seus pensamentos conscientes, sua racionalidade. Permite que você se aproxime do seu id e veja o que está lá.

— Eu não vou... achar que eu sou uma galinha ou algo assim, né?

— Não é hipnose. Você não vai ficar inconsciente, só vai se tornar consciente de outras coisas. Se funcionar.

— É uma boa ideia fazer isso quando estamos todos bêbados? — perguntou James.

— Desde que você não nos denuncie para o Conselho Médico de Illinois — respondeu Ruth, dando uma piscadela estranha para ele.

Todos estavam esperando minha resposta — Sloane, James, Ruth, Amanda. Chris estava comendo pão, fazendo muito barulho enquanto folheava uma monografia de Tom of Finland.

Tive o pensamento aterrorizante de que isso poderia ser exatamente o que eu precisava. Se conseguisse me afastar por um instante, talvez pudesse ver o que estava escondido lá embaixo.

Seria estupidez me arriscar a trazê-la mais para perto? Essa coisa oculta que já havia provado seu poder sobre mim? Talvez fosse. Mas, às vezes, eu mentia para mim mesma também.

—Vamos tentar.

CAPÍTULO QUARENTA

Sloane subiu a escada para preparar o escritório do pai. Ruth a acompanhou. Amanda olhou para James e para mim, franziu os lábios e disse:

— Estamos com fome. Vamos, Chris.

— Eu estou de boa — disse ele. — Comi pão.

— Puta m... — Amanda apertou a ponta do nariz. — Você está com fome.

Ela o puxou para ficar em pé e o arrastou para fora da sala. Então eu e James ficamos a sós.

Sloane tinha colocado um disco que nunca ouvi antes. A música estava grave, com uma cadência que eu sentia no estômago e nos joelhos. James ficou me observando com um ar tímido no rosto. E eu tive um momento de clareza, como um aceno do meu eu futuro, dizendo que jamais me esqueceria desse momento.

Claro que me lembraria de tudo isso, era a maior coisa que já tinha acontecido comigo. Quis dizer *aquele* momento: olhando para James a poucos metros de distância, meu corpo mole e pesado, como se tivesse nadado contra a correnteza por quilômetros a fio e acabasse de chegar à praia. Ele não abriu os braços exatamente, mas se mexeu de um jeito que significava a mesma coisa. Cada um deu um passo à frente e nossos corpos se encontraram.

Coloquei a bochecha contra o tecido macio da sua camisa, e ele colocou uma das mãos nas minhas costas, me amparando. A camisa cheirava a água de piscina e ar fresco. E, por baixo disso, o cheiro dele. Inspirei fundo. Totalmente bêbada, balançando errática em uma encruzilhada.

Poderia envolver sua cintura com os braços e segurá-lo ali. Eu sabia com uma certeza incontestável o que aconteceria se eu o fizesse. Seu outro braço me envolveria. Sob a luz fraca, em um dia fora do tempo. E quando a música acabasse, eu levantaria a cabeça e o veria esperando.

Seria o primeiro passo em direção a um lugar só nosso. Onde Becca não tinha nada a ver com o que ia acontecer em seguida. E eu queria isso. A vodca no meu sistema, a proximidade eletrizante, meu peito inchando com uma alegria feroz e quase desesperada, diferente de tudo que já senti — tudo isso me fez *querer aquilo*. Esse desejo fez meus olhos se encherem de lágrimas de novo. De tristeza e de culpa, por eu me atrever a ser feliz. De alívio, porque, por um momento, pude me sentir assim.

Então senti uma pontada de dor, fugaz e elétrica, onde meu coração pressionava a caixa torácica dele.

Com ela, veio uma onda repentina de náusea. Eu *não* estava no controle de mim mesma, e isso não estava nem perto de terminar. Se eu realmente tivesse perdido Becca, isso nunca aconteceria.

Dei um passo para trás e senti sua mão deslizar. Ele ergueu a outra como se fosse tirar o cabelo do meu rosto. Ainda estava úmido. Quando me afastei, ele agarrou a parte de trás do próprio pescoço e me deu um meio sorriso tenso.

Em seguida, murmurou um "foda-se" e deu um passo para a frente para segurar minhas mãos.

— A Becca e eu — disse em um tom urgente. — Somos amigos. *Só* amigos. Caso seja... Caso você precise saber. Nunca fomos nada além disso, nunca. Não *queríamos* ser.

Sua voz estava rouca, e eu a senti em cada curva do meu corpo. Ela deslizou como veludo sobre as partes afiadas da minha cabeça e cortou as últimas amarras do meu coração cauteloso. Ele era tímido e não tinha certeza do que eu diria, e mesmo assim estava fazendo isso, esperando minha resposta com uma intensidade tão gentil que fez meu sangue pulsar. Foi tão corajoso que pensei que iria parar de respirar.

E eu soube que não precisava falar nada. Estava tudo evidente. Ele conseguia ver o nevoeiro na minha mente, a dor no meu coração ansioso. Seus olhos ficaram mais calmos, se encheram de esperança. Mas eu fiz um gesto negativo com a cabeça.

— Não é... Eu *quero* que seja no momento certo — suspirei. — Sinto muito, eu queria...

Ele estava assentindo enquanto eu falava.

— Claro. Não, eu sei. Nossa, *eu* que sinto muito. E estou bêbado. E sinto muito.

— Não precisa ficar. Por nada. Eu só...

O chão rangeu e nós dois nos viramos. Sloane estava lá, com cara de desgosto, pega em flagrante tentando se retirar às pressas. Ela acenou de leve.

— Ei — falei. — Está pronta pra mim?

— Se você estiver.

Assenti. Antes de segui-la, olhei para James.

Ele sorriu e facilitou minha vida.

— Boa sorte.

O cômodo para o qual Sloane me levou era organizado e meio vazio, com paredes azuis e cortinas brancas finas que suavizavam a luz. Havia um sofá azul-claro encostado em uma parede e duas poltronas combinando. Parecia a sala de uma casa de praia. Estávamos sozinhas ali, apesar dos protestos de Ruth prometendo que ficaria bem quietinha se a deixássemos assistir.

— Preciso me deitar? Posso me deitar.

Mas não o fiz. Me sentei, desconfortável, na beira do sofá. Sloane ligou a máquina de ruído branco e se sentou em uma das poltronas.

— Tudo bem — disse ela. — Antes de começarmos, quer me contar o que está acontecendo?

Cruzei as pernas e descruzei logo em seguida.

— Eu preciso? Vai funcionar melhor se eu contar?

— Não. É uma meditação bem genérica. Mas eu lido melhor com coisas difíceis de explicar do que a Ruth. E, geralmente, falar sobre as coisas ajuda.

Ela fez careta, como se soubesse como era engraçado ouvir aquilo da sua boca. Isso me relaxou um pouco, e eu me encostei. O sofá era daqueles supermacios. Conseguia senti-lo se moldar ao meu corpo, como se eu estivesse deitada em um monte de neve. Uma bela moldura de gesso contornava o teto da sala.

— Acho que... Eu não quero falar. — Soltei o ar devagar, me acomodando mais no estofamento. — Como a gente começa?

— Você fecha os olhos e escuta.

Eu me orientei. Uma janela depois dos meus pés e outra atrás de Sloane, sentada com as mãos apoiadas de leve nos joelhos. Ela parecia uma pessoa que esperaria até eu estar pronta, mesmo que isso levasse mil anos.

Fechei os olhos.

— Estou pronta.

— Ótimo.

Ela inspirou, e eu falei:

— Espera.

Meus olhos ainda estavam fechados. Senti como se houvesse um holofote sobre mim, branco e ardente.

— Se você tiver a sensação de que a Becca está por perto... ou aqui comigo, de alguma forma... por favor, não faça ou diga nada que a faça ir embora.

Ela não demorou a responder:

— Tudo bem. Prometo.

Então começou a falar — frases simples e feitas para me ajudar a relaxar, as quais esqueci em seguida. Estava preocupada, pensando que acharia aquilo idiota e que não funcionaria. Mas meu estado de hiperatenção foi diminuindo, se acalmando, até cessar por completo. As imagens passavam pelas minhas pálpebras como nuvens. Estrelas sendo vistas da janela de um carro, neve caindo em uma noite escura. A luz da lua sobre mármore, vidro quebrado no chão.

A voz da Sloane sumiu. Me disseram que eu não ia ficar inconsciente, mas perdi a noção do tempo passando, de tudo que acontecia dentro ou fora do meu corpo. Quando abri meus olhos, as coisas haviam mudado.

— Ruth. *Ruth*. Venha aqui, por favor.

Sloane falava de algum lugar atrás de mim. Ela não parecia histérica ou nervosa. Parecia alguém falando em um sonho.

As paredes ainda estavam azuis. Eu estava em um estado de paralisia do sono: não conseguia me mexer. Não *queria* me mexer.

A porta se abriu atrás de mim.

— Amor, o que foi?

Era a voz de Ruth. Nunca a ouvi tão gentil assim.

— Olhe o peito dela — disse Sloane.

Ouvi o som de passos se aproximando, e então James falou em um rosnado grave:

— O que é *isto*? O que você fez com ela?

Ele estava ali, não tinha ido embora. Mas eu não conseguia me virar para vê-lo. A calma bizarra da meditação de Sloane estava passando aos poucos.

— Ela não fez nada — respondeu Ruth, irritada. Seu rosto apareceu no meu campo de visão como uma lua assustada. — Nora? O seu... Alguma coisa está doendo? Consegue falar comigo?

Não conseguia. Eu não conseguia falar, ou me mover, ou engolir. Meu corpo era como uma casa vazia. Só conseguia olhar para cima, para o rosto de Ruth.

E aí aconteceu de novo: um daqueles flashes perturbadores de *visão*.

Não era o selo da sombra condenatória que vi em Logan Kilkenny e nos outros com quem sonhei. Começou igual ao que houve com Kiefer na escola:

uma sensação de névoa e movimento passando sobre o rosto dela como uma tempestade em um mapa meteorológico.

Dessa vez, era diferente. Mais forte, perturbador, se transformando em uma visão viva e vibrante que fez o quarto azul e o rosto preocupado de Ruth tremerem. Em vez disso, eu a vi em algum lugar, beijando alguém, em um carro. Mais do que beijando. Seus corpos estavam sobre o painel do carro, suas mãos enfiadas no cabelo loiro de outra menina. Havia gelo nas janelas. Deve ter acontecido recentemente. Só conseguia assistir à cena como se fosse um filme, até se dissipar.

Quando terminou, senti meu corpo voltando para mim. Consegui me mexer, piscar e abrir a boca para dizer, sem pensar:

— Você está traindo a Sloane?

O rosto de Ruth mudou. Toda a preocupação e a cor sumiram, e ela ficou apática. Então me lembrei, de repente, de quão assustadora eu a achava antes de conhecê-la.

— Você contou pra ela? — perguntou Sloane.

— Não — respondeu Ruth, firme. — E eu não *estou* traindo. Eu *traí*. Uma vez. A Sloane sabe, é a única que sabe. Então como *você* sabe disso?

— Caramba, isso não importa agora! — James a empurrou para o lado para segurar minha mão, entrando no meu campo de visão. — Nora. Consegue se sentar?

Aconteceu de novo, muito rápido. James estava acima de mim, e de repente uma névoa.

Eu o vi em uma sala com teto alto. Ele estava mais jovem, com o rosto mais suave e manchado de lágrimas. A luz forte das janelas altas caía sobre um piso de concreto batido; paredes de tijolos e uma pilha de telas pintadas. Uma dúzia, pelo menos. James chorava enquanto sacudia o conteúdo de uma garrafa de cerveja Seagram's sobre as pinturas e acendia um fósforo.

Quando o fósforo caiu, eu gritei. A visão se dissipou.

— Todos vocês, fiquem *longe* de mim!

Tentei me levantar e acabei caindo no chão. Senti que se aproximavam e estiquei uma das mãos.

— Não me toquem. *Não*. Não quero ver seus rostos.

— Tudo bem, não olhe pra mim, só me deixe ajudar você. — James parecia estar implorando. — Aconteceu alguma coisa com o seu peito.

Olhei para baixo. Então puxei a gola do vestido para ver. As cinco manchas estavam mais escuras. Tinham *crescido*, se misturando para formar a marca de uma mão preto-azulada. Era como se eu tivesse manchado a mão de tinta e a colocado sobre o meu coração.

DUAS SEMANAS ATRÁS

Kurt Huffman foi um acidente.

Becca olhou por cima do ombro. Ele estava escondendo seu celular atrás de uma pilha de livros enquanto lia um daqueles fóruns absurdos com texto vermelho sobre um fundo preto. Becca o viu digitar alguma coisa horrível sobre uma subcelebridade. Uma mulher, claro.

Ela checou seu nome de usuário e desviou o olhar para o quadro.

Naquela noite, ela visitou o fórum horroroso e o procurou.

A inevitabilidade de encontrar as postagens foi frustrante. A ostentação, o planejamento, os detalhes. A moderação do fórum não era muito boa. Cada postagem se transformava em uma guerra de comentários, alguns dizendo "Você não devia brincar sobre essas coisas, cara, que pesado", e outros que respondiam com "Ele não tá brincando, presta atenção, alguém pode rastrear o endereço de IP dele?".

Algumas pessoas gostavam dele, claro. Ela não tinha como saber se achavam que era uma brincadeira ou se aquelas pessoas eram mesmo monstros. Nenhuma das duas possibilidades a surpreenderia. Parecia que nada mais poderia surpreendê-la.

Depois de devorar o veneno de Kurt, ela se sentiu doente. Tomou um banho e vomitou no ralo.

Aquilo não era os hábitos predatórios do sr. Tate, ou a crueldade traiçoeira e impune de Chloe. Kurt tinha um prazo: com a ironia de uma criança e a sutileza de um navio de guerra, ele escolheu 14 de fevereiro. Dali a pouco mais de um mês.

Se Becca tinha mais alguma dúvida, ela acabou naquele momento. Mesmo se não conseguisse fazer mais nada, apenas deter Kurt Huffman já faria tudo ter valido a pena.

O plano era esperar até o final de fevereiro, quando Becca completaria dezoito anos. Era mais fácil desaparecer aos dezoito. Mas aquilo mudava tudo. Ela se sentia elétrica, quase chegando a um estado divino. Estava na hora de parar de arrastar os pés. Ela tinha que *pular*.

No dia seguinte, quando viu Nora e Kurt juntos — não *juntos*, mas no mesmo trecho do corredor, respirando o mesmo ar, seu olhar enquadrando-os em um retrato duplo —, ela perdeu todo o senso de cuidado.

Nora nem levantou o olhar quando Becca parou no seu armário. Ela só ficou tensa. Ver sua antiga melhor amiga tão na defensiva doeu mais do que Becca imaginaria. Isso também lhe deu mais certeza da sua decisão: era hora de agir.

— Está vendo aquele menino? — falou, ignorando a dor. — Preciso que você fique longe dele.

CAPÍTULO QUARENTA E UM

A EXPLOSÃO DE MEDO QUE senti ao ver aquela marca de mão no meu peito queimou o último resquício de letargia. Fiquei em pé de um pulo e saí correndo da sala.

Amanda estava parada no pé da escada.

— Tudo bem aí em cima? Pensei que tinha ouvido um grito.

— Desculpa! — respondi, acertando seu ombro quando passei correndo e saí pela porta da frente.

Tudo estava tão ensolarado que parecia artificial. O sol estava a pino, e não havia sombras.

Eu não costumava correr por diversão. Muito menos para me exercitar, a menos que uma professora de educação física estivesse gritando por perto. Mas, pela terceira vez na mesma semana, eu estava correndo por Palmetto.

A escola ficava a menos de um quilômetro de distância. Fui em direção à porta da frente, esperando um protocolo de segurança mais intenso, mas só encontrei alguém quando já estava lá dentro: um dos seguranças de sempre, sentado atrás de uma proteção de plástico amassada.

Eu me curvei, arfando e evitando ver seu rosto.

— Deixei meu remédio na sala — falei. — Preciso pegar, já perdi uma dose e preciso tomar *agora*.

— Tem algum responsável para quem eu possa ligar a fim de confirmar essa informação? — Ele pousou a mão sobre o telefone. — Não posso deixar ninguém entrar hoje.

— *Por favor*. — Minhas lágrimas caíram com tanta força que ele deve ter se assustado. Em breve, o fato de eu me recusar a olhar para ele se tornaria suspeito. — Se eu demorar muito para tomar, o remédio não vai fazer efeito!

Ele baixou a mão.

— Que remédio é esse?

— John, ela pode passar. Eu vou acompanhá-la até a sala.

A voz de Ekstrom era firme e clara. Ela se aproximou de mim pela direita, crescendo na minha visão periférica até estar bem ali, tocando no meu braço. Fui até lá esperando encontrá-la, mas aquele toque fez meu estômago revirar.

— Oi, Nora — disse ela. — Vamos pegar o seu remédio.

Nenhuma de nós falou no caminho até sua sala. Eu continuei olhando para a frente enquanto ela destrancava a porta e acendia as luzes. O aroma familiar de livros e tangerina estava enjoativo hoje. Me sentei em uma carteira. Puxei a gola do vestido o mais alto que pude, mas a marca de mão ainda era visível. Podia sentir Ekstrom olhando para ela.

A professora pegou uma grande tigela de doces na mesa e colocou ao meu lado.

— Aqui. Aposto que você tem tido muita vontade de comer doces esses dias.

Minha mão já estava entrando na tigela quando refleti sobre o que ela disse e congelei.

— Aposto que também tem muitas perguntas.

— O quê? — sussurrei.

Sua voz estava calma e hipnótica.

— Para começar, posso lhe dizer que não vai sentir isso para sempre. O seu apetite vai ficar mais estável. Seus pensamentos e seu corpo vão voltar a ser seus. Ela só está se acostumando com você.

Meu cérebro estourou como um pedaço de metal em um micro-ondas. *Ela?*

— E você vai se acostumar com ela. Em breve não vai nem perceber que ela está aí. Até ela estar... — engoliu em seco antes de continuar — ... pronta.

Era difícil ficar com tanta raiva e não conseguir olhar para o rosto dela.

— Até *quem* estar pronta para *o quê*?

Uma pausa.

— Não era para ser assim — disse Ekstrom —, mas...

Levantei a cabeça, interrompendo-a.

— *O que* não era para...

Então parei. Porque eu olhei para o rosto dela.

Não vi uma sombra ou névoa. Não estava encoberto por uma visão cinematográfica da pior coisa que já fez. O que eu vi era algo muito mais difícil de processar.

O rosto da minha professora era um túnel de coisas *erradas*. Como se fosse um buraco que cruzava o mundo inteiro, e que me sugou para dentro, me prendeu ali e me mostrou os horrores escondidos.

Vi Logan Kilkenny, sua expressão tomada pelo medo. Vi a turista loira e bonita gritando; e o homem estranho no bar, com o rosto coberto de lágrimas.

Vi sobretudo pessoas estranhas. Uma mulher idosa em um posto de gasolina no meio do nada. Um empresário de terno, em outra época. Uma adolescente, mais nova do que eu, pouco além do alcance da luz de um poste em uma praia tropical. Eu sabia que estavam todos mortos, sabia o que ela tinha feito — e esse conhecimento estava me destruindo.

Então vi alguém que só tinha visto antes em uma foto, mas soube quem era na hora: o homem do negativo que Becca deixou para mim. A pessoa que ela espiou e fotografou na floresta, encarando a figura mascarada que agora eu sabia ser Ekstrom.

Ela matou aquele homem. Becca viu a cena e até a registrou.

O que você fez com ela?, tentei gritar as palavras. Mas o horror tomou conta de mim, e eu apaguei.

CAPÍTULO QUARENTA E DOIS

A PIOR PARTE ERA QUE, quando voltei a mim, sentada com uma caneca de café em mãos, sabia que estava acordada há um tempo. A bebida estava doce e pela metade.

A pior parte era que eu estava em um lugar *diferente*, uma mesa em uma cozinha que não conhecia, ao lado de uma janela com vista para um quintal que se estendia até uma fileira de árvores. Ekstrom não conseguiria ter me carregado até ali, o que significava que eu devia ter vindo andando.

Não. A *pior* parte era que Ekstrom estava sentada na minha frente como se tivesse aguardado o momento em que eu me transformaria naquela outra, aquela que vivia por trás de mim. Não conseguia mais ver a escuridão no seu rosto. Parecia cansada, mas alerta.

Ela não falou imediatamente, só tirou uma fatia de um bolo de café já pela metade e o colocou em um prato na minha frente. Lambi os dentes, me perguntando se eu é que tinha comido aquilo.

Sua cozinha era bonita. Havia panelas de cobre penduradas, uma chaleira esmaltada de azul, vasos de ervas e tijolos expostos. Me sentia assustada, e com raiva, e muitas outras coisas, e os sentimentos eram muito claros, mas muito distantes também, como se eu os visse por um telescópio.

— Não sou um monstro — disse ela para o nada.

Pensei em várias respostas. Por fim, respondi:

— Tudo bem.

Ela assentiu e alisou a mão direita sobre a mesa, ritmicamente. Nós duas observamos o movimento. Em seu dedo anelar, usava uma aliança de ouro com uma lasca de pedra verde que parecia peridoto.

A mão parou de se mexer, e ela a levantou no ar.

— Aliança de compromisso. Ela me deu quando eu tinha dezesseis anos. Na época, eu a usava no dedo indicador. Era mais fácil se ninguém suspeitasse.

A luz lá fora estava acabando, a sombra das árvores se prolongava pela grama. Me perguntei há quanto tempo já estava ali.

— O que isso tem a ver com a Becca?

— Por favor. Posso contar na ordem?

Ela ia se explicar, provavelmente com a intenção de ser absolvida. Dei de ombros.

— Tudo bem.

— Obrigada — respondeu ela, baixinho. — Quero começar com o dia em que aconteceu. A última vez que vi a minha Patty.

CAPÍTULO QUARENTA E TRÊS

JANEIRO DE 1968

A DIRETORA ERA UMA VACA e estava de olho em Patricia Dean.

Era quase impossível culpá-la. Patty Dean transbordava um ar de travessura como um acendedor de fogos de artifício pegando fogo.

Ela personificava tudo aquilo que a diretora Helen Rusk desaprovava. Sua boca suja, seus olhos curiosos. Seu corpo de uma grande gostosa fazendo até camiseta e calça jeans parecerem mais sugestivas do que uma lingerie.

Muitos diziam que ela iria acabar com a vida de seus pais, mas Patty era a última de oito filhos e, quando chegou, eles já estavam meio perdidos. Ela brilhava, xingava e contava piadas que nenhuma garota da igreja deveria contar. Era impossível acreditar que ela vinha daquelas pessoas murchas e infelizes.

No fim das contas, ninguém os culparia pelo que aconteceu com a filha mais nova. Não em voz alta. Pelo menos não quando estavam no mesmo ambiente. Mas, antes disso, ela era a pessoa mais viva do mundo. Todo dia, Rita Ekstrom ficava maravilhada com o fato de Patty ser sua.

Patty estava gripada. Não conseguia sentir cheiros.

— Olha isso — disse ela durante o almoço, enquanto comia seu pedaço de carne em menos de cinco garfadas. — Tem gosto de nada. Acho que isso é bom. Mas é difícil beijar quando não dá pra respirar pelo nariz.

As amigas riram. Patty beijava vários meninos, mas nunca o mesmo duas vezes. Rita sabia que era uma boa estratégia, uma distração necessária. Só que a referência fez com que cerrasse os punhos. Patty percebeu e esperou até Rita olhar para ela. Quando o fez, ela piscou. Rapidamente, quase uma piscadela normal, lembrando a Rita quem ela realmente queria beijar. Então, tímida, olhou para baixo, como uma freira nos Alpes suíços.

Só que ela nunca conseguiria chegar lá, naquela neve pura. Não com aquela boca, o jeito como ela seduzia e beijava, e as coisas que saíam dela. Não com aquele cabelo, aqueles seios, aqueles quadris e a cintura que se aninhava acima deles, formando duas curvas milagrosas onde as mãos de Rita se encaixavam tão perfeitamente que pareciam ter sido feitas uma para a outra. Um conjunto de duas peças.

— Ah, quase esqueci — disse Patty. — Tenho prova de física amanhã e estou perdida. Vamos estudar hoje, Ri?

— Posso ir às quatro — respondeu Rita. Ela passou metade da vida amando Patty, e essa menina ainda mexia com o seu coração. — Na minha casa?

Era quinta-feira. A mãe da Rita tinha reunião de estudos bíblicos às quintas.

— Melhor às seis. Tenho detenção com a Irmã Vaca.

Rita sentiu uma pontada de ansiedade.

— De novo?

Rita tinha medo da diretora Rusk, mais conhecida como Irmã Vaca: sua peruca seca, a voz baixa e o olhar fundamentalista e julgador. Dois anos depois, Rita veria as imagens de Charlie Manson sendo levado algemado para o tribunal, nem um pouco arrependido, e, sentindo o gosto de bile, pensaria: esses são os olhos de Helen Rusk.

— O que você fez desta vez, Patty? — disparou Jeannie. Ela era obcecada por Philip K. Dick, e Rita já suspeitava há muito tempo que estivesse apaixonada por Patty. "Que ciumenta", Patty a provocou quando Rita compartilhou a suspeita. "Minha menina é a mais ciumenta de todas."

Rita *era* ciumenta. E ansiosa, engraçada e esperta como ninguém. Todos os meninos que queriam ficar com Patty culpavam Rita por não conseguirem nada. A melhor amiga, a temível ameixa seca, fazendo cara feia para eles, de braços cruzados. Os meninos não estavam nem certos nem errados.

— Ah, vai saber — disse Patty. — Mais uma acusação inventada por um dos espiões dela.

Ela queria fazer todos rirem, e foi o que aconteceu. Só Rita ouvia a frustração na sua voz. Se não tivesse nenhum outro motivo, a diretora Rusk puniria Patty até por respirar. Mas Patty, teimosa como era, *sempre* lhe dava um motivo.

— Enfim...

Patty se levantou, um pouco devagar demais. Os jogadores de basquete na mesa ao lado a observavam, famintos como cães selvagens. Jeannie também. Mas ela fazia aquilo para Rita.

— Cuidem-se, senhoritas, para que a Boa Irmã não as faça escrever linhas comigo esta tarde. "Não terás nenhuma diversão." — Patty pegou a bandeja. — Vejo você às seis, Ri?

— Combinado — concordou Rita.

Patty ainda não tinha se virado. Ela não se virou. Talvez Rita não se lembrasse direito dessa parte, dos intermináveis segundos em que Patty ficou ali, e Rita poderia tê-la impedido. *Levante-se*, ela diz para a sua memória. *Corra.*

Sempre acontecia com ela, a todo momento: nadando na piscina comunitária, ou em frente a uma sala, ou ao sorrir para um bebê no supermercado. O mundo sumia e uma voz dizia: "Esta é a última vez que você vai vê-la."

E lá estava Patty de novo, se levantando. A bela e atraente Patricia Dean. A menina dos sonhos, a única menina. Talvez tivesse havido outras. Se elas tivessem se separado do jeito normal, com certeza haveria outras; mas não quando terminaram *daquele jeito*.

Sem falar no que aconteceu em seguida. Depois do fim.

No filme da memória de Rita Ekstrom, Patty pegou sua bandeja, colocou a cadeira no lugar com um movimento do quadril, se virou e saiu andando porta afora. Ela se foi.

CAPÍTULO QUARENTA E QUATRO

O RELÓGIO BATEU SEIS HORAS. Sete, oito, nove. Às nove e quarenta e cinco, a mãe de Rita voltou da sua reunião cheirando a gim e fofoca.

— Meninas em fase de crescimento precisam dormir — disse ela, cambaleando devagar.

— E mulheres adultas precisam comer algo antes de beber — rebateu Rita, irritada. Não devia ter feito isso, mas estava com medo. A sensação no estômago começou como pipoca estourando e logo se tornou uma certeza horrível: *Aconteceu alguma coisa com Patty.*

Sua mãe ficou parada ali por um instante, a boca aberta como a de um sapo.

— Não ignore os ensinamentos da sua mãe — disse ela antes de sair trocando as pernas pelo corredor.

Quando a mãe foi embora, Rita permitiu que sua imaginação contemplasse as piores coisas possíveis, a fim de se preparar: a Irmã Vaca fez Patty rezar até a meia-noite, ajoelhada em areia grossa. O sr. Dean finalmente reuniu a força necessária para lhe dar um tapa na boca e exigir que mantivesse sua existência pecaminosa em casa, como havia feito com suas três filhas mais velhas. As irmãs de Patty sempre a odiaram por sua vida fácil.

Por fim, a pior coisa possível: Patty em uma maca de hospital, de olhos fechados, rodeada por uma nebulosa de tubos e máquinas. Mas com certeza a sra. Dean ligaria se Patty tivesse se machucado, não é? A mãe de Patty gostava um pouco de Rita. Na época em que o sr. Dean tinha dois trabalhos, ela e as meninas ouviam discos do Johnny Mathis e faziam biscoitos amanteigados nas noites de sexta-feira. Mas isso foi há muito tempo.

Rita pegou no sono esperando uma ligação que nunca aconteceu.

Patty não se encontrou com Rita perto da fonte como de costume. Tinham uma aula juntas no terceiro período, e Patty também não estava lá. Jeannie, Doreen e o menino que Patty estava enrolando há semanas, cujo nome Rita não lembrava por nada no mundo, perguntaram onde ela estava.

Rita disse que ela estava em casa, gripada. Não sabia por que tinha feito isso. A luz brilhava mais forte, uma rapidez doentia na agitação normal do dia. A pressão na sua cabeça aumentou.

Depois do terceiro período, foi direto para as portas da frente. Um monitor a chamou, e ela respondeu com um "Estou passando mal" antes de sair e ficar sob a luz do sol.

A caminhada até a casa de Patty era curta, menos de um quilômetro, e ela já a fizera um milhão de vezes. Chegou no primeiro degrau e bateu à porta da frente. Patty iria abrir. Estaria de pijama, doente, rindo por Rita se preocupar tanto.

Foi a sra. Dean que abriu a porta, seu rosto parecendo uma pintura deixada na chuva. Até então, só tinha tocado em Rita pontualmente — um tapinha no ombro, um toque acidental na cozinha quando entregava um utensílio. Mas, naquele momento, ela disse "Ah, *Rita*" e deu um passo para a frente, fazendo com que se chocassem. Elas se seguraram, ambas chorando antes mesmo de Rita saber o que tinha acontecido.

Foi a última vez que se lamentaram juntas. Quando o corpo de Patricia Dean foi enterrado, oito dias depois, Rita odiava o sr. e a sra. Dean intensamente, beirando a loucura.

A única pessoa que ela odiava mais era a diretora Helen Rusk.

CAPÍTULO QUARENTA E CINCO

ACIDENTE CARDÍACO. FOI O QUE o pai de Patty disse quando encontrou Rita e a sra. Dean se abraçando na entrada de casa. As palavras eram ridículas na sua boca. Ele parecia um cachorro que aprendeu a falar. Mas Rita não disse isso. Ele era um homem velho, pequeno e odioso, mas também a perdera.

Acidente cardíaco. A mãe de Rita repetiu, baixinho, com a boca pressionada contra o telefone. A rede de fofoca de Palmetto estava fervilhando como uma panela esquecida no fogão.

Acidente cardíaco. Rita mudou o anel que Patty lhe deu do indicador para o anelar, onde sua mãe usava a própria aliança de casamento. Ela o girou de novo e de novo ao se lembrar do coração vigoroso de dezessete anos de Patty, batendo forte contra suas mãos e boca, então desacelerando aos poucos contra seu ouvido.

Patty, que sempre iluminava qualquer lugar. Como o refeitório na quinta-feira. *Tenho detenção com a Irmã Vaca.*

Rita saiu da cama.

A diretora Rusk não aceitou vê-la. Não o faria. Quando insistiu, Rusk delegou a tarefa de lidar com Rita para uma de suas funcionárias mais entusiasmadas.

— Sinto muito, querida — disse a sra. Coates em um tom paciente.

Ela era uma solteirona antiquada de cabelos grisalhos que ensinava economia doméstica. Faltava meia hora para o último sinal, e ela e Rita estavam sentadas do lado de fora da sala da diretora. Rusk podia estar ou não estar lá dentro.

A sra. Coates bateu nas costas da mão de Rita, seus dedos secos e leves como peças de vime.

— Perder alguém é sempre difícil. A diretora Rusk e eu achamos que é melhor conversar sobre isso com o seu pastor. — Ela se aproximou, fazendo algo com os olhos que Rita reconhecia como uma tentativa ridícula de dar uma *piscadela*. — E não seria tão ruim deixar seu namorado comprar um sorvete para você, não acha?

Rita puxou a mão sem tirar os olhos da idosa ao se recostar devagar. Ela cruzou os braços e abriu mais as pernas, assim como os meninos que fumavam maconha na mureta atrás da escola faziam quando as meninas passavam.

— Eu não tenho namorado, sra. Coates. Nunca tive.

— Entendi. — Os olhos velhos e turvos da mulher se arregalaram, e seu manto de doçura vaga se desfez. — Amizades entre meninas podem ser bem intensas. Ainda mais com uma menina como Patricia Dean. Algumas jovens vivem para se rebelar. É muito triste quando uma garota consegue exatamente o que estava pedindo. Mas, quando há drogas envolvidas, a tragédia é inevitável.

— Drogas? — disse Rita, baixinho. — Que drogas?

— Veja bem, eu não sou professora de inglês — disse a sra. Coates, com sua voz transbordando de falsa modéstia. — Mas, quando dizem coisas como *acidente cardíaco*, acredito que seja o que chamam de eufemismo.

Rita mal processou tudo o que Coates disse porque sua cabeça estava gritando.

— Patty não usava drogas.

— Não? — Os olhos de Coates estavam brilhando. — Uma pecadora sempre vai querer morder a maçã proibida de novo.

Como Rita acreditou que aquela mulher fosse inofensiva? Coates tinha a mesma energia maligna da diretora Rusk. Tinha sido um erro da sua parte ter sido tão arrogante.

— Que tipo de drogas? — ela se forçou a perguntar.

A sra. Coates fez um gesto forçado de simpatia.

— Não é bom ficar remoendo essas coisas. Em vez disso, que seja um alerta. Rezarei por você, srta. Ekstrom. Sua mãe não precisa de outro túmulo em que se lamentar.

Rita passaria anos sonhando com possíveis respostas para esse último comentário cruel. Mas, na hora, não encontrou palavras.

Rita foi até a recepção da delegacia de Palmetto e colocou dois dedos sobre o sino, mas não o tocou.

— Oi, Mary. Quem era o policial responsável no caso da Patricia Dean?

Mary Paulsen levantou o olhar vago de sua revista. Quando viu Rita, seus olhos se arregalaram e ficaram cheios de lágrimas.

— Ai, meu deus, *Rita*. Sinto muito. Ah, querida, é horrível. Sei que você e Patty eram como irmãs.

Rita analisou o rosto de Mary em busca de um duplo sentido ou desdém, mas não identificou nada.

— Obrigada. É horrível mesmo. Você poderia me dizer quem atendeu ao chamado sobre a Patty? Gostaria de falar com o responsável.

O pai de Mary era o chefe da polícia de Palmetto. Ela trabalhava na recepção desde os catorze anos. Antes de se formar na primavera passada, seus colegas de turma estavam sempre tentando, sem sucesso, conseguir informações por meio dela — o irmão de quem estava na cela dos bêbados, qual mãe apontou uma arma para o pai de quem. Ela era gentil demais para fofocar e tinha muito medo do pai para arriscar.

Sua cabeça foi da porta para o resto da delegacia, e Rita sabia que Mary estava pensando nele. Mas, quando voltou a olhar para Rita, sua expressão estava estranha.

— Por que você quer...

A porta se abriu e um policial saiu. Para o alívio das duas meninas, não era o chefe Paulsen. Esse homem parecia um Papai Noel de férias. Rita não sabia seu nome, mas já o vira acenando do alto do carro alegórico no desfile do Dia da Independência.

— Tem alguém para atender, Mary? — Ele sorriu para as duas.

— Quero falar com o policial responsável pelo caso de Patricia Dean — disse Rita, com a voz mais firme que conseguia.

O homem, cujo distintivo dizia OFICIAL KAMINSKI, suspirou.

— Mary, querida, você pediu o jantar de todo mundo? — Ele esperou o aceno positivo da menina e então guiou Rita até duas cadeiras dobráveis.

Quando se sentaram, a barriga de Kaminski se acomodou sobre o cinto. Ele lhe lançou mais um sorriso educado de policial.

— A srta. Dean era sua amiga?

— Sim.

— É algo terrível. Simplesmente terrível.

A dor estava apertando. Rita estava quase no seu limite.

— Foi você? Você a viu?

O policial tocou no joelho dela. Sua mão gorda era o oposto completo da mão de gravetos da sra. Coates.

— É muito ruim pensar nisso. O melhor que você pode fazer agora é ajudar a pobre mãe daquela garota. Ela sofreu muito com isso. As mães sempre sofrem.

Rita deu tudo de si para não desmoronar naquele momento. Tudo, até o policial na sua frente, parecia irreal.

— É que... Eu não entendo. Patricia tinha dezessete anos, era saudável, era... *Minha. Viva.*

— Não é nosso papel entender isso, não é? Deus escreve certo por linhas tortas.

Os olhos dele ficaram marejados, como quando pessoas sentimentais estão desfrutando dos próprios sentimentos. A mão dele ainda pousava em seu joelho. Rita queria rasgar sua garganta com os dentes.

Movida por raiva, ela disse:

— Patty não usava drogas. Como ela morreu *exatamente*, e como Helen Rusk explicou, *palavra por palavra*, a morte súbita de uma adolescente de dezessete anos que estava sob os *seus* cuidados em uma escola vazia?

Rita ouviu Mary suspirar. O oficial Kaminski retirou a mão. De repente ele começou a prestar atenção, olhando de verdade para a menina à sua frente. Rita o viu se recompor antes de responder:

— Escuta, querida. Estou fazendo um favor me sentando aqui para falar com você. E vou fazer mais um fingindo que não ouvi isso. — Ele começou uma nova frase e mudou de ideia diversas vezes, então balançou a cabeça. — Os pais da Patricia Dean não querem fazer alarde. Entendeu? Eles querem enterrar a filha e processar o luto em paz.

Rita congelou. Até seu couro cabeludo estava gelado. Porque ela entendia. Os pais de Patty não ligavam para como a filha morreu. Ela era teimosa e difícil, e estava morta. Talvez até acreditassem no que a sra. Coates disse e no que os vizinhos com certeza estavam falando: que ela estivera pedindo por aquilo.

Rita ficou sentada, imóvel como uma pedra, enquanto o homem lhe dava mais um tapinha e um sorriso empático. Ainda olhando para ela, o policial levantou a voz e disse:

— Mary, você pediu um hambúrguer duplo pra mim?

Silêncio.

— E ao ponto — respondeu Mary.

— Ótimo — murmurou. — Ótimo.

Ele deu um longo suspiro e se levantou.

— Cuide-se, está bem? Prometo que não vai se sentir assim para sempre. — Ele olhou de soslaio para as feições delicadas dela, seu cabelo curto, o drapeado nada elegante do suéter e do macacão. — Uma garota bonita como você deveria se concentrar apenas em ser feliz.

Mary Paulsen fez um barulho estranho. Quando o policial e Rita olharam em sua direção, ela estava com a cabeça baixa enquanto lia sua revista.

Kaminski assentiu uma última vez para Rita.

— Mais um café — disse para Mary e desapareceu pela porta.

Por cerca de um minuto, nenhuma das meninas falou. Então Mary começou:

— Agora você sabe por que eu não gosto de contar histórias fora da escola. — Ela falava assim, como se ainda estivesse nos anos 1950 e o movimento de libertação das mulheres nunca tivesse acontecido; mas, depois que você conhecia o pai dela, você a perdoava por isso. — Mas o que aquele homem faz com o encanamento... Me faz querer chamar um exorcista.

Aquilo fez Rita rir. Mas foi um sorriso amargo.

— Vem aqui — chamou Mary.

Rita se aproximou. A outra menina ficou meio em pé, se curvando sobre os braços cruzados e falando baixinho:

— O policial que atendeu ao chamado foi o oficial Jake Bunce. Ele não vai falar com você, pode acreditar. Mas ele fala bastante. Ele fica aqui flertando comigo assim que meu pai sai. Acho que ele gosta de eu não ter escolha além de escutá-lo. Ele não chegaria tão longe com uma garota que pudesse só ir embora.

Suas cabeças estavam quase se tocando sobre o balcão. Mary continuou falando, baixo e rápido:

— Ele recebeu um chamado na quinta-feira e chegou sexta de manhã com uma cara péssima. Quando comentei sobre isso, ele disse: você também estaria péssima se fosse eu. Naquela hora meu pai já tinha me contado sobre a coitada da Patty. Mas eu notei na hora que tinha mais coisa naquela história, e sabia que ele queria conversar. Então fiz uma xícara de café. E ele meio que se soltou e disse...

— Disse o quê? — perguntou Rita.

Mary olhou Rita nos olhos.

— Foi a diretora Rusk que ligou. Ela estava esperando do lado de fora da escola quando Bunce chegou, tranquila da vida. Disse que achou a Patty com uma espécie de substância em mãos, uma droga que ela não conhecia. Disse que a primeira coisa que fez foi jogar no vaso. E ele perguntou: "A *primeira* coisa? Antes de checar se a menina estava respirando?" Não sei o que ela respondeu; mas, quando ele entrou, encontrou a Patty exatamente como ela disse. De costas no chão do banheiro. O Bunce nunca tinha visto uma overdose antes.

A menos que conte as de álcool. Ele não sabia o que fazer, mas a examinou mesmo assim porque imaginou que era o certo.

A voz de Mary não passava de um sussurro agora. Ela continuou:

— Sua pele estava… Bom. Estava azulada. E havia marcas ao redor da boca. Recentes e vermelhas. Bunce achou que talvez ela tivesse arranhado a pele quando… quando estava no fim. Mas, por algum motivo, ele tocou nela e viu que a pele estava grudenta. Tipo, *muito*, como se estivesse melecada com alguma coisa. Ele se levantou rápido e olhou na lata de lixo: estava vazia, mas não conseguia se livrar daquela sensação. Ele me disse: "Mary, acho que a Helen Rusk tapou a boca daquela menina com fita adesiva."

Eu sabia.

As palavras não eram nem um pensamento, e sim uma sensação que tomou conta do corpo inteiro de Rita. Ela deveria estar horrorizada, furiosa. E *estava*. Mas, cinco minutos atrás, ela estava no seu limite; agora, tinha um propósito. Esse novo senso destruiu todo o resto e a fez sentir um tipo de calma.

A porta atrás de Mary se abriu de novo. Outro policial saiu dali. Sem perder tempo ou tirar o olhar de Rita, Mary disse:

— Uma torta. Em uma travessa de papel alumínio, por favor. Assim a sra. Dean não vai precisar se preocupar em devolver a fôrma. Você sabe se o funeral vai ser feito em casa?

— Mary? — chamou o homem. — Que horas o jantar chega?

Ele tinha cerca de vinte anos, mas sua pele era de um tom acinzentado de quem não se cuidava. Rita se perguntou se ele era Bunce. Ela não chegou a perguntar a Mary para quem mais ele contou sobre suas suspeitas, se a força policial inteira sabia que estavam encobrindo a verdade em nome de respeitar os desejos covardes dos pais de Patty.

— Obrigada — falou Rita, olhando nos olhos de Mary. — Acho que vou fazer algo com atum. *Obrigada.*

CAPÍTULO QUARENTA E SEIS

Rita nunca havia recebido um sermão da diretora Rusk, mas Patty já os havia descrito. A Irmã Vaca, movida por autonegação, pairando sobre ela como uma marionete, arrebatadora e barulhenta. Jezabel isso, mulher cristã aquilo. Patty até fazia uma imitação, para o deleite de seus amigos. É claro que ela fazia isso porque não tinha um pingo de autopreservação. Ela nunca conseguia ficar de boca *fechada*.

Então Rusk a fechou por ela. E Patty estava gripada. *É difícil beijar quando não dá pra respirar pelo nariz.*

Simples assim.

Rita não se lembrava de dirigir da delegacia para casa. Não se lembrava de tirar todas as roupas, deitar na cama e gritar até seus ouvidos zumbirem. Mas ali estava ela: nua, exceto pela aliança de compromisso, o rosto da sua mãe tão próximo do seu, aterrorizado. Rita estava pegando fogo e queria ter mais para tirar; removeria a pele se pudesse.

— Por favor, Rita. — Sua mãe estava soluçando. — Shhh, meu amor. *Por favor.*

Os pedidos de silêncio da sua mãe tocaram um instinto primal em Rita, então ela parou. Sua mãe se assustou com o silêncio repentino. Em meio a isso, Rita estendeu a mão para acariciar os cabelos castanhos e macios da mulher mais velha.

— Desculpa, mamãe. Parei.

Ela não choraria mais por Patty até que fizesse por merecer.

Rita voltou para a escola uma semana depois da morte de Patty, para trocar de ares. Suas amigas a abraçaram e ela retribuiu o abraço, tensa. Elas sussurraram que a diretora Rusk não disse uma palavra depois da morte de Patty. Nenhum discurso genérico, nenhuma assembleia. O funeral era no dia seguinte, e nada.

No sexto período, o alto-falante chiou de repente. Rita prestou atenção e sua pele arrepiou. Todos ficaram em silêncio, pois tinham certeza do que seria dito. A voz da diretora Rusk parecia mais esganiçada pelo sistema de som.

— Aqui é a diretora Helen Rusk com o lembrete de que não existe nem nunca existirá um fã-clube dos Beatles na Palmetto High School. Pedidos para a criação desse clube já foram negados múltiplas vezes. Isso inclui reuniões não oficiais dentro e fora do terreno da PHS. Qualquer tipo de reunião que *celebre* ou *promova* exemplos ofensivos para uma educação secular será punitiva com detenção ou suspensão.

Enquanto falava, sua voz ganhava potência. Dava para perceber que estava cuspindo.

— Obrigada, alunos e professores, pela sua cooperação — concluiu. — Tenham um dia abençoado.

O alto-falante ficou em silêncio.

Rita travou a mandíbula. Sentiu um gosto metálico na boca. Com a visão periférica, reparou nos olhares dos colegas de sala. A maioria parecia solidária. Todos sabiam que elas eram próximas e muitos iam ao funeral no dia seguinte. Ficariam chocados quando Rita não aparecesse. Ela preferiria morrer a aceitar as mentiras do sr. e da sra. Dean. Morreria de *bom grado*.

Ao lado do quadro de giz, o sr. Underhill parecia ter engolido uma barata. Tinha trinta e poucos anos, e seu cabelo mal passava da altura das orelhas. Apesar de não ter permissão para adicionar ou remover livros do plano de aula, toda sexta-feira ele lia poesia na sala. Allen Ginsberg, Anne Sexton, Gwendolyn Brooks. Com certeza, Rusk não sabia disso.

Depois de um tempo ele balançou a cabeça com uma expressão de desdém e disse:

— Se alguém estiver sob a influência nefasta de Ringo Starr, pisque duas vezes. — A turma riu, nervosa. — Alguém? Ninguém? Ótimo. Vamos continuar.

Pelo resto da aula, ele ficou com um ar de irritação. Mas Rita não estava com raiva. Ela ainda não sabia ao certo como iria destruir a diretora Rusk. Mas tinha acabado de imaginar um jeito de se comunicar com ela. De fazê-la saber que um acerto de contas viria em breve.

CAPÍTULO QUARENTA E SETE

RITA FOI À LOJA DE materiais de construção. Não aquela no centro, onde o sr. Gish ficava sentado ouvindo notícias esportivas pelo rádio, mas acompanhava cada movimento seu e prestava atenção em tudo que ela comprava. Em vez disso, dirigiu até Skokie e perguntou em um posto de gasolina como chegar à loja de ferragens mais próxima. O que comprou coube certinho na sua bolsa.

Naquela noite, pela primeira vez desde o dia em que perdeu Patty, Rita dormiu um sono profundo e acordou às oito da manhã em ponto. Era sábado, o dia do funeral. A mãe de Rita, trajando o mesmo vestido preto que usou para enterrar o marido seis anos atrás, tentou convencê-la de novo a ir à igreja.

— Para se despedir de Patty — disse ela, como se isso fosse comover a filha. Como se Rita *quisesse* deixar Patty ir.

Quando a mãe saiu, Rita tirou do esconderijo a bolsa que tinha preparado. Não viu ninguém no caminho até a escola e esperava que ninguém a visse. No bolso, levava a chave que Patty roubou no segundo ano como parte de um desafio e nunca usou. Com ela, Rita abriu a porta lateral da Palmetto High School.

A diretora Rusk era uma assassina, e ninguém além de Rita estava disposto a fazer alguma coisa a respeito disso. Ela poderia ter ido à igreja e gritado a verdade de cima do altar, o que teria causado vários olhares de pena e comentários sobre a filha problemática de Elin Ekstrom. Ela viveu a vida inteira ali, conhecia essas pessoas. Iriam jogar conversa fora enquanto o pai de alguém a arrastava pelo corredor.

Rita não podia contar aquilo a ninguém. Então falaria diretamente com a diretora Rusk. Como uma caçadora de bruxas de outrora, Rusk perseguiu e puniu Patty em nome de Deus. Rita criaria então uma devoção sombria, moldada na imagem de Patty e em seu nome. Algo feroz, pagão e sincero. Uma maneira de dizer a Rusk: "Estou de olho em você. Eu *sei*. E isso não vai acabar nunca."

Rita murmurou enquanto caminhava para o banheiro, depois cantou enquanto se preparava. "Lady Jane", "I'm So Glad" e "Girl from the North Country". As músicas favoritas de Patty. Colocou três velas vermelhas como sangue ao redor do batom favorito de Patty, seu doce preferido e um disco de vinil dos Beatles.

Quando o pequeno altar estava pronto, ela se ajoelhou.

Rita não costumava rezar. Não planejava rezar naquele momento. Ela acreditava em Deus — o Deus que seus pais lhe ensinaram, não a divindade falsa e cheia de ódio que existia no coração de pessoas cruéis como Helen Rusk —, mas não o queria naquele lugar. Ela só queria falar com Patty.

Rita disse que ela era amada. Que nunca seria esquecida. Que ela não iria descansar até Rusk pagar pelo que fez. No fim, era quase impossível dizer que não era uma reza.

Fazia uma semana que ela vinha se rendendo à ideia de que podia sentir Patty por perto. Um movimento de canto de olho, um calor que ela sentia, mas cuja fonte não conseguia tocar. A dor piorava quando se lembrava de que isso não era real.

No entanto, quando falou com Patty, praticamente rezando, Rita soube que havia uma presença ali. Estava atrás dela. Não era algo místico ou nebuloso, só estava *ali*. E estava tão concentrada em Rita que dava para senti-la como se fosse uma mão tocando nas suas costas.

Havia um gosto estranho nessa presença. Uma sensação intrusiva de algo *diferente*, observando-a de outro lugar. Rita captou isso sem dizer nada, só pela sensação na sua pele.

Finalmente, sua mente processou aquilo. E pensou: *Patty*.

Rita não se virou. Ela mal se atreveu a respirar. Patty estava *ali*. Atraída pela devoção de Rita.

Ou talvez tenha sido sua raiva que a atraiu. Seu compromisso inabalável de se vingar.

Com as mãos trêmulas, ela riscou um fósforo. Quando acendeu a primeira vela, ouviu seu nome.

Ouviu mesmo? Foi um sussurro que parecia o sibilar de um aquecedor velho. Talvez ela só tenha *desejado* ouvi-lo.

Rita seguiu para a próxima vela. Quando a acendeu, sentiu um cheiro sinistro de frutas cítricas artificiais. O perfume de limão de Patty. Ficou tão surpresa que deixou o fósforo queimar o dedo e o derrubou no chão. Pegou outro fósforo e o riscou, nervosa.

Quando ele acendeu, Rita esticou o braço lentamente para a terceira vela, que pegou fogo com um estalo.

Não aconteceu nada. Em seguida, sentiu uma leve brisa na bochecha esquerda. Rita esperou, trêmula. E, então, a pressão de um beijo. Inconfundível.

Rita fechou os olhos e viu o trio de chamas dançando em tons de roxo e preto. A boca de Patty pressionou de leve cada pálpebra.

Ela ficou assim o máximo de tempo que pôde. As lembranças surgiam em seus olhos, seu corpo radiante com a bênção de Patty. Então se levantou e pegou a tinta spray. Planejava escrever algo ameaçador na parede, mas não tinha certeza do que seria. Enquanto estava ali, com os pés plantados no lugar onde o corpo de Patty estivera, Rita sentiu o toque frio de palavras que vinham de fora dela. Escrevê-las aliviou, por um breve momento, o martelar em sua cabeça.

A DEUSA DO JUÍZO FINAL SE APROXIMA

Ela pichou a mesma mensagem na porta do escritório da diretora Rusk. No estacionamento, pegou a lata de tinta spray mais uma vez, sacudiu e escreveu a mensagem com grandes letras no asfalto gelado.

Era arriscado fazer isso ao ar livre, mas Rita sabia que ninguém a veria. Não com o fantasma de Patty ao seu lado, pairando ali. Ela estava tão *leve*. Se caísse, cairia para cima, pegaria a mão de Patty e sairia voando.

CAPÍTULO QUARENTA E OITO

Na segunda-feira, a parede do banheiro onde Rita deixou sua mensagem estava recém-pintada. A porta do escritório de Rusk, antes de madeira crua, tinha recebido uma camada de tinta azul-clara.

A diretora deveria ter feito alguém pintar a mensagem no estacionamento e pronto. Em vez disso, um zelador com luvas grossas esfregava o chão enquanto o estacionamento se enchia. Alunos curiosos passavam por ele, sentindo o cheiro de solvente e olhando curiosos para as palavras que sumiam graças ao seu esforço físico. *A DEUSA DO JUÍZO FINAL SE APROXIMA*. As pessoas viram essas palavras, bem como a nova pintura do banheiro e da porta. E se perguntaram o que isso significava.

Rita passou o dia inteiro esperando ser chamada na diretoria. Ela queria encarar sua inimiga, ver a verdade estampada em seu rosto anêmico. O convite nunca veio, mas sua pele estava zumbindo com a atenção dos colegas. Eles estavam juntando as peças: a pichação no estacionamento, as pinturas recentes na escola. A ausência notável de Rita em um funeral em que ela deveria estar na primeira fila.

Poderia a estudiosa e sarcástica Rita Ekstrom estar por trás desse estranho ato de vandalismo? Decidiram que sim. Sua posição de pessoa mais afetada pelo luto lhe deu um status glamoroso entre seus colegas de escola. A morte de Patty foi o golpe que a separou do resto da humanidade.

Mas por que ela pintaria *aquelas* palavras? E o que faria a seguir?

Ninguém chegou a ver o primeiro altar, que foi desmontado e jogado no lixo antes da aula. Rita montou outros. Ela teve sorte de conseguir fazer isso sem ser pega. Patty era o sussurro oco em seu ouvido que a guiava para lugares onde não haveria ninguém por tempo o bastante.

Ela foi ficando mais corajosa. Junto aos discos e batons, ela deixava garrafas de gim vazias que a mãe escondia no lixo, bem como fotos sensuais de Twiggy, Mick Jagger e Penelope Tree em revistas. Tudo para irritar a diretora Rusk, para forçá-la a revidar.

Seus colegas não entendiam. Alguns riam, outros ficavam confusos, uma confusão que poderia rapidamente se transformar em destruição. Os altares nunca duravam muito. Várias pessoas ignoravam Rita e seu projeto bizarro.

No entanto, outras pareciam entender o que ela estava fazendo. Como se elas também sentissem a presença de Patty, sua relutância a ir embora.

Desde quando Rita se ajoelhou na escola vazia e invocou Patty, ancorando-a ali com amor e promessas, Patty caminhava ao seu lado. Efêmera, mas inquestionável. Acompanhando-a, mas nunca se aproximando demais. Era uma sombra no chão fora da porta do quarto de Rita. Uma presença no canto do quarto, observando-a enquanto dormia.

Claro que Rita se perguntou se estava doente. Por causa do luto, do coração partido, ou talvez estivesse perdendo o juízo. Se sim, era uma insanidade benevolente. Ela preferia isso à fria alternativa de total sanidade. Continuou com sua devoção solitária, esperando que isso mantivesse Patty por perto. Esperava que Rusk cedesse e que o fim indeterminado da sua vingança se revelasse. O que mais poderia fazer?

Duas semanas depois do funeral, no meio de uma aula de matemática, Rita empurrou um caderno para o lado e viu palavras entalhadas na mesa de madeira.

A Deusa do Juízo Final Conhece Seus Pecados

Ela traçou as letras com um dedo trêmulo. Foi *ela* quem fez aquilo? Não se lembrava de ter feito. Mas também sabia que, quando montava um altar, entrava em uma espécie de transe suave, como se Patty ajudasse a guiar sua mão. Não poderia garantir que não era obra dela.

No dia seguinte, quando Rita chegou à escola, uma multidão estava aglomerada em frente às portas principais. Não conseguiu ver o que estavam encarando até se aproximar. Uma mensagem com letras gigantes na parede da escola: A DEUSA SE APROXIMA.

Não foram as palavras que atraíram a multidão, e sim o fato de que pareciam ter sido pintadas com sangue.

Os colegas de Rita abriram caminho para ela se aproximar da parede. Chegou o mais perto possível, até sentir o cheiro do ferro e ver a marca inconfundível de sangue oxidado nos tijolos claros. Isso acendeu algo nela. O espírito de Patty brilhou sobre ela como um segundo sol.

O culto de Patricia Dean, deusa do juízo final, havia crescido.

Depois, Rita se perguntaria por que a obsessão pela deusa se espalhou tão rápida e ferozmente.

A escola devia estar pronta para a rebelião, cheia de tensões de um corpo estudantil mal controlado por uma diretora cruel e rígida. E era o começo de 1968, o ar estava propício a transformações perigosas.

Ou talvez seus colegas de classe estivessem reagindo às circunstâncias assustadoras que levaram Patty Dean, uma garota popular e cheia de vida, a desaparecer, e como seus pais, a polícia e a escola conspiraram para fingir que ela nunca existiu.

Contudo, desde o começo, a deusa que Rita criou com o espírito e a memória de Patty tinha seu próprio poder. Uma chama de vela que começou a ganhar vida nos dedos de Rita. Passando de mão em mão, até se transformar em uma fogueira. Como qualquer divindade, a deusa começou como uma realidade comum. E, como qualquer boa história contada quando as luzes estão acesas, seu poder crescia quando ninguém estava olhando. No escuro.

Altares surgiram por toda parte, resultado do trabalho de dezenas de mãos invisíveis. No canto de uma escada ou à sombra fria de um batente, com palavras rabiscadas com caneta permanente ou giz. *A Deusa do Juízo Final Está Observando*.

A atmosfera claustrofóbica da PHS se abriu, reluzindo com uma ousadia sem limites. Patty estava orgulhosa. Sempre presente, sempre inalcançável, o sopro ácido de destruição que agitava a sala.

Sua influência cresceu de um sopro para uma ventania rebelde que deixou a prudência para trás. As meninas usavam saias mais curtas, colocavam argolas nas orelhas. Pintavam a boca para ficarem brancas como ossos ou vermelhas como sangue e deixavam a franja chegar aos olhos, como a de Grace Slick. Havia certa tensão em cada conversa, uma sensação caótica de possibilidades vindo à tona. Todas pareciam estar terminando seus namoros.

E a diretora Rusk não era vista em lugar nenhum. Apesar de ser uma presença constante, Rusk não saía muito de seu escritório. Na maioria das vezes, era uma voz no alto-falante, uma figura sombria virando a esquina logo à frente.

Uma aranha preta fazendo seu pronunciamento semestral para o corpo discente, com as mãos e o rosto pálidos parecendo coisas que ficaram tempo demais no escuro. Então ela se fechou completamente. Um rei prestes a ser destronado.
Então um boato horrível começou a se espalhar.

Rita nunca disse nada a ninguém. Deve ter sido alguém da delegacia. A esposa de um policial levando uma confissão conjugal para seu grupo de fofocas. Não tardou para que a notícia se espalhasse por todos os cantos, dita em sussurros emocionados e horrorizados: as marcas suspeitas ao redor da boca de Patty, a alegação não comprovada de que drogas foram jogadas no vaso sanitário. O fato incontestável de que havia apenas uma pessoa na escola quando Patricia Dean morreu de forma tão repentina: a diretora Helen Rusk.

É verdade que Patty era rebelde, mas ainda era a filha de alguém da comunidade. Passou a vida toda indo à igreja. Meninas dos subúrbios cometiam erros, mas não sabiam *onde* comprar drogas.

Os burgueses de Palmetto começaram a questionar. Um a um, em conversas no supermercado, reuniões de donas de casa e ligações antes do jantar, as pessoas descobriram que nunca confiaram de verdade na diretora Rusk. Sua devoção era suspeita, seu reinado ia chegando ao fim que merecia.

Entretanto, em voz alta, ninguém a acusou do pior. Eles mal se permitiam pensar nisso. Helen Rusk seria exonerada do cargo em uma reunião de emergência e iria para outra escola, para sua próxima monstruosidade. E pronto.

A vingança de Rita tinha se tornado uma moda e uma febre que fez metade da escola participar de uma rebelião em nome de Patty. E parte do que ela queria se realizou: todo mundo sabia, ou ao menos suspeitava, que Rusk tinha matado Patty. Mas nenhum deles, *ninguém*, se importava o bastante para fazer algo a respeito.

Sua raiva se transformou em repulsa, uma doença na alma que beirava o delírio. O que ela poderia fazer, sozinha, para punir uma mulher que se recusava a dar as caras?

No chuveiro, Rita ergueu o rosto e ficou embaixo da água, deixando a espuma do xampu correr pelos olhos fechados. Disse a si mesma: *Sinto muito, Patty. Eu tentei.*

Teve a sensação peculiar e contida que lhe dizia que Patty estava por perto, sua presença afastando tudo o que não era ela. Então, bem na sua frente, veio um sussurro:

Abra os olhos.

Os olhos da Rita se abriram de repente e, bem ali, entre a água e a parede, estava uma figura enevoada.

Ela gritou. Sabão entrou no seu olho, ardendo, e, quando conseguiu ver de novo, a figura tinha sumido. Patty. Sumiu.

Naquela noite, quando estava prestes a dormir, Patty veio outra vez.

Abra os olhos.

Rita obedeceu e se viu sentada em um café em uma típica rua europeia. Das lindas cadeiras de vime até o toldo verde, era a visão que Rita tinha de como deveria ser a vida dela e de Patty depois da formatura. Duas garotas americanas em Paris, vivendo a vida de escritoras morando fora.

Patty estava sentada à sua frente. Rita olhava e amava aquele rosto desde os oito anos, mas ao longo das semanas após a morte de Patty ela esqueceu alguns detalhes. Um dia, tudo iria sumir.

O que você está esperando?, perguntou Patty baixinho. Rita ouviu as palavras não com os ouvidos, e sim dentro de sua cabeça. Era como uma coceira em um lugar que nunca conseguiria alcançar. *Você sabe o que tem que fazer.*

Patty era boa nisto: simplificar as coisas. Rita complicava demais. Fazia joguinhos mentais com uma oponente escondida, criava uma confusão que poderia ter sido bem mais simples.

Agora tinha total clareza de como seria o final. Suspirou e esticou a mão para tocar em Patty. Em seguida, acordou no escuro com a mão esticada para o vazio.

CAPÍTULO QUARENTA E NOVE

Rita ia matar Helen Rusk.

A clareza da decisão lhe tirou o fôlego. Era o final de março, o inverno estava perdendo força, mas Rita não queria ver a primavera sem Patty. O fato de o mundo ter a *audácia* de renascer enquanto Patty não podia fazer o mesmo a fazia querer matar Helen Rusk duas vezes.

Mas ela só podia fazer isso uma vez. Não elaborou um grande plano. Não passou dias pensando em como fazer tudo certo, como não ser pega. O que fez foi quebrar a maçaneta da porta da diretoria com um tijolo. Só precisou de dois golpes.

Era pouco depois das cinco da tarde, e a escola estava vazia. A porta era feita de um MDF barato, tão frágil que ela provavelmente poderia tê-la arrombado com um chute se precisasse de um plano B. A porta abriu para dentro, revelando Helen Rusk ali.

A assassina de Patty não se parecia com o monstro que Rita tinha em mente. Rusk estava na casa dos cinquenta anos, e seu corpo era um exemplo das consequências de privação. Parecia feita de ossos de pássaros e quase sem carne no rosto.

Rita imaginou que Rusk iria ouvir o barulho do tijolo e correr para o telefone, mas não foi o que aconteceu. Ela estava em pé, à esquerda da mesa, encarando Rita e segurando um taco de beisebol com as duas mãos.

É por isso que você não deve fazer planos. Planos mudam e você perde tempo tentando se ajustar. Rita não tinha um plano, então só precisou de uma fração de segundo para absorver a cena e avançou para cima da Irmã Vaca.

Rusk reagiu rápido. Seu taco atingiu Rita no estômago, um movimento contido e parcial. Se tivesse sido mais alto e mais forte, Rita teria caído no chão com algumas costelas quebradas. Ela deixou a dor alimentar seu impulso e continuou seu ataque, e as duas caíram no carpete, com Rita por cima.

O tijolo e o taco estavam esmagados entre elas. Ambas soltaram um grunhido de dor. Rita ficaria com hematomas depois, além de dois dedos torcidos e arranhões em lugares que não faziam sentido. Mas isso seria depois. Nesse momento, Rusk estava debaixo dela, se debatendo como um gato selvagem preso em um saco preto. Como um gato, ela cuspiu.

Sua saliva atingiu a bochecha esquerda de Rita como um respingo ácido. Essa mulher não entendia a situação? Ela não viu quem estava por cima, prendendo seus braços no chão, com um tijolo sujo ainda na mão? Rita levantou o tijolo e o bateu no ombro de Rusk.

A mulher gritou. Até então, nenhuma das duas tinha dito nada. Mas, quando Rita ergueu o tijolo de novo, Rusk gritou:

— Não fui eu!

Rita parou. Ela não estava nem aí para o que Rusk tinha a dizer em sua defesa, mas tinha perguntas. Ela drogou Patty primeiro? Amarrou suas mãos antes de colocar fita na boca da menina? Como aconteceu de verdade?

— *O quê?*

— Ela teve um ataque. — Helen Rusk não parecia estar intimidada. — A menina praticamente me desafiou a amordaçá-la. Ela riu de mim até eu imobilizá-la e cobrir sua boca imunda, e então ela teve um ataque. O demônio estava dentro dela, e eu não ousei me aproximar. — Mesmo deitada de costas, ofegando de dor, Rusk parecia estar falando para uma congregação. — O demônio *é* uma droga. A pior que existe.

Rita não chorava desde a noite em que conversou com Mary Paulsen. Ela preferia morrer a chorar na frente de Helen Rusk. Mas seus olhos ficaram marejados. Sua voz saiu baixinha.

— O que ela fez, zombou de você? Patty nunca iria se calar. Aquilo não era um ataque, era pânico. Ela não conseguia respirar, e você a assistiu morrer sofrendo porque preferiu acreditar no diabo a levantar um dedo para corrigir o seu pecado. O *seu* pecado, sua assassina.

Rusk piscou. Parecia querer falar, então Rita pressionou o antebraço com força contra a boca da mulher.

— "Eu não sabia" — disse ela em uma voz imitando a diretora. — "Só queria que ela calasse a boca. Não estava tentando matá-la." — Em seguida, voltou a usar a sua voz: — Não estou nem aí. E vou te matar.

O mundo estremeceu como uma criatura recuperando o fôlego. A pele de Rita doía. Ela piscou e estava na cama, gripada, sentindo dores no corpo inteiro, seu pai fazia um elefante de brinquedo dançar sobre os cobertores. Ela piscou mais uma vez e viu uma garotinha com tranças castanhas e um rosto tão bonito quanto uma flor silvestre. A menina cresceu e, juntas, elas aprenderam o que era o amor.

Em que momento estava? O mundo parecia confuso agora. Era ridículo e aleatório, uma coisa quebrada que uma criança tentava consertar. Sem pensar, Rita se deixou acreditar que matar Rusk traria Patty de volta: uma vida por outra. Ela sabia agora que isso não ia acontecer. Talvez ela devesse ir até Patty.

O que quer que fosse fazer em seguida, Rita não queria fazer com um tijolo. Ela o jogou para longe junto com o taco, fora do alcance, para que Rusk não os pegasse mesmo se pudesse. Mas Rusk sentiu a fraqueza no movimento e esticou os dedos do braço que não estava machucado naquela direção.

Rita lhe deu um soco na cara. Rusk emitiu um som horrível de lamento, e Rita sacudiu a mão dolorida como via homens fazerem em filmes. Isso *era* um filme? Havia um cheiro de ferro e amônia no ar; os ossos de Rusk se moveram debaixo do seu corpo, e ela soube que não era. Essa certeza lhe deu vontade de chorar. Ela esticou uma das mãos para pegar a faca que tinha prendido no meio das costas.

Quando Rusk viu a faca, começou a gritar. Ela levantou o quadril com tanta força que Rita foi jogada para o lado, soltando o braço esquerdo da diretora. Na hora, Rusk usou a mão livre para lhe dar um soco na têmpora, um golpe tão fraco e patético que Rita quase começou a rir. Em vez disso, pegou a fita que tinha arrancado das costas ao libertar a faca e pressionou contra a boca da mulher, mas a cola não grudava.

— Para com isso — disse ela enquanto Helen Rusk gritava. — *Cala a boca!*

Ela procurou a parte que poderia cortar ou esmagar para fazer aquele barulho parar, e a única resposta era a óbvia: a pele fina e os tendões roliços do pescoço de Helen Rusk.

O que aconteceria com ela depois disso? Rita sentiu o toque da mão de sua mãe, macia e molhada. Ouviu o som grave da voz do falecido pai. Viu Patty rindo, Patty com os olhos baixos, Patty no refeitório naquele último dia, virando-se com um sorriso secreto nos lábios. Rita ergueu a faca. Suada e dolorida, com a visão pulsando na mesma batida do seu coração.

Então se curvou e segurou a faca contra o peito ao gritar:

— Não consigo!

E Patty, que estava ali com ela o tempo todo, falou com Rita com tanta clareza quanto no sonho:

Mas eu consigo.

A mão direita de Rita, a que estava segurando a faca, ficou dourada. Não como uma barra de ouro. Dourada como um leão sob o sol.

Rusk parou de gritar. As duas observaram Rita girar o punho de um lado para o outro. Elas prenderam a respiração, observando a luz flutuar, brilhar e se transformar em dedos que se entrelaçarem nos dela.

Ah. Rita tinha esperança, mas nunca acreditou de verdade que iria sentir isso de novo. A mão que segurava a dela era uma luz amarela e cálida, mas era *a mão de Patty*, o mesmo toque e textura.

Helen Rusk estava balbuciando.

— Senhor, me proteja. Deus, me ajude.

De novo e de novo. E não ficou claro se ela estava se arrependendo ou buscando Sua proteção.

Eu posso te ajudar, sussurrou Patty. *Rita, meu amor, você pode descansar. Se me deixar entrar. Me deixe entrar.*

Por algum motivo, Rita sabia o que fazer. Ela ergueu a mão direita, ainda segurando a mão dourada de Patty, e a colocou no coração. Ela deu o último suspiro sozinha em seu corpo e então recebeu Patty.

Passou-se apenas uma fração de segundo entre aquele suspiro e o próximo, quando era tarde demais para mudar de ideia. Naquele instante, a presença que ela chamava de Patty era um estilhaço, com pontas afiadas, e não se parecia com nada que conhecia. A sensação a lembrou do dia em que rezou para Patty no banheiro da PHS e sentiu que algo a observava.

Algo paciente e inteligente, atraído pelo perfume encantador de uma fúria vingativa e uma oração desesperada. Uma presença que Rita, em meio ao luto, decidiu que era Patty.

Então o pensamento se foi, como se nunca tivesse existido. Banido de sua mente.

Com as mãos unidas pressionando com força seu coração, Patty se fundiu de um jeito impossível ao corpo de Rita. Era parte dela. *Habitava* nela. Eram uma só.

Rita se sentiu encharcada pelo sol forte. Inundada por ele, do couro cabeludo aos dedos dos pés, com o interior coberto de ouro líquido. Patty olhou por seus olhos, percorreu sua mente e flexionou os dedos da mão direita, afastando-a do peito. Rita viu que a pele ali estava com a marca impecável, preta e azul, de uma mão. Aquilo mostrava onde Patty, a deusa do juízo final, abriu o corpo de Rita como uma porta.

Em algum momento, Helen Rusk parou de rezar. Quando Rita olhou para ela de novo, havia algo de errado em seu rosto. Havia uma sombra ali. Parecia algo ruim surgindo no meio de água limpa.

A voz de Patty era como arame farpado aveludado, macia e perigosa, uma dor incessante e adorável. *Pronta, Rita?*

A sensação de plenitude se expandiu até se tornar esmagadora. Não havia *espaço* para ela, estava pressionada contra o limite da própria pele. Até aquilo finalmente se abrir e libertá-la. Ela caiu como chuva em uma escuridão longa e constante e, quando acabou, estava deitada de costas sob um salgueiro.

Rita ficou deitada enquanto o mundo voltava em fragmentos: galhos do salgueiro tocando de leve em sua calça jeans. O vento frio e com aroma de terra e neve. Um passarinho cantando, sua voz parecida com o som de uma dobradiça sem óleo. E a dor, tomando conta do seu corpo, pouco a pouco, assim que saiu da escuridão.

Levantar-se doía, ficar em pé era *horrível*. O chão cedeu e Rita caiu, sua mão pegando a coisa apoiada aos pés da árvore, coberta de terra como se nunca tivesse saído dali. Um tijolo.

Olhou ao redor, mas não viu a faca. Checou as próprias mãos e viu que a pele machucada tinha sido limpa. Havia um curativo na palma da mão direita. Quando a levou para perto do nariz, sentiu o cheiro forte de antisséptico e material de limpeza pesada. Alguém a limpou e cuidou de seus ferimentos — levando consigo um pedaço de sua memória.

Rita queria gritar. Mas sua garganta já estava ferida demais.

CAPÍTULO CINQUENTA

A COZINHA DA SRTA. EKSTROM não parecia mais aconchegante. Parecia uma estação estrangeira na lua. Enquanto contava a história, sua voz foi ficando mais neutra, e sua expressão, vaga. No fim, ambas estavam completamente vazias.

— Mas... — Balancei a cabeça, saindo das profundezas da sua narrativa. — O que aconteceu? O que você fez?

— A deusa prometeu um juízo final. Ele veio.

— E ninguém...

— O quê? Me prendeu? — Ela fungou. — Depois que a Rusk desapareceu, a febre passou. Todo mundo só queria esquecer daquilo. Não só da Rusk, mas da Patty também, porque eles sabiam o que tinha acontecido com ela e não fizeram nada. Ainda assim, muita gente se lembrava. Quem fez parte daquilo se lembrava. E contou para suas irmãs mais novas e depois para suas filhas. Apesar de acharem que era uma brincadeira ou um delírio coletivo; mesmo que as novas versões tenham transformado a deusa em uma história de terror, uma realizadora de desejos, um *jogo*... Tudo isso a manteve viva. Ela se incorporou à essência deste lugar. Patty *nunca* irá embora. Eu nunca vou me esquecer da primeira vez que ouvi as garotinhas cantando enquanto pulavam corda. — Sua voz se demorou nas palavras e havia um tom de triunfo ali. — *Deusa, deusa, continue a contar.*

Pela manhã, quem é que vai sobrar? Os pelos do meu braço se arrepiaram. A rima, a brincadeira perigosa e todas as suas variações: eram uma homenagem a quão longe Ekstrom tinha ido para garantir que a garota que ela amava não fosse esquecida.

E os sonhos que eu estava tendo eram lembranças — lembranças de Ekstrom. Todas as férias e fins de semana prolongados, ela viajava para longe. Agora eu sabia o motivo.

— Todos esses anos — falei. — Todos esses anos, você tem... oferecido pessoas à deusa. A sua vida *inteira*?

— Tem sido uma vida digna.

A cozinha estava praticamente escura agora. A pouca luz ali se acomodava em seu rosto de um jeito inquietante. Me lembrei das coisas terríveis que vi nele, eclipsando seu lado humano.

— Mas o que você faz com elas? O que elas fazem para você decidir que merecem isso?

— Você acha que elas merecem remorso? — perguntou. — Desde os dezessete anos, eu vivo em um mundo repleto de monstros. Eles estão por *toda parte*. Com a deusa, vi o que eles fizeram, o que fariam. E pude escolher. Era um *privilégio* escolher. Juntas, tiramos dezenas de monstros da face da Terra. Salvamos inúmeras vítimas.

Ela colocou os cotovelos sobre a mesa e se apoiou, e o jeito que seus olhos começaram a estudar meu rosto me deu um nó no estômago.

— Você acha que faria diferente? Andaria por uma multidão e veria vários tipos de maldade, uma dúzia de bombas-relógio, e não faria nada? A parte mais difícil vai ser saber que não pode fazer *o suficiente*. E aprender a fazer tudo direito. Evitar voltar para os mesmos lugares, não criar padrões. Nunca deixar a deusa ficar com fome demais.

Minha cabeça parecia uma catedral, gigante e ecoando o som do meu sangue pulsando.

— Fome.

— De maldade.

Eu a encarei e disse:

— Logan Kilkenny. Chloe Park. Tate, Kurt, aquele homem no bar, seja lá quem for. *Todos* eles.

— Houve muitos homens. Muitos bares. Todos mereciam o que estava por vir. Você é muito criança para conseguir entender isso?

— Chloe Park era uma criança — falei, baixinho.

— Ela era uma aberração. Todos eram. — Uma expressão desesperada tomou conta do seu rosto. — Você entende quanto isso é importante? Se eu não estivesse velha demais para continuar... mas a fome. As viagens, e o próprio ato de *levá-los*. Até mesmo carregar esse fardo, o peso de fazer o que precisa ser feito. É tão... cansativo. Patty. — Sua voz falhou. — Ela precisa de alguém que não esteja tão cansada.

— Ela precisa... — Levo a mão à boca. — Ah. Meu deus. Becca. Você estava *recrutando* a Becca.

E me doeu muito perceber quão *pronta* Becca estava para isso. Ela esteve se preparando para esse tipo de poder desde quando tínhamos dez anos. Deve ter parecido coisa do destino. Como se ela tivesse sido escolhida por uma criatura irmã da nossa própria deusa da vingança.

Uma parte mais calma em mim entendeu que poderia ser mais do que uma missão para ela. Trabalhar para a deusa, se tornar o que Ekstrom se tornou — talvez fosse uma válvula de escape.

Ekstrom estava balançando a cabeça.

— Recrutando — disse ela com desdém. — A Becca me viu. Na floresta, no verão passado, ela viu a deusa levar alguém. Esperei para ver o que ela faria, se contaria para alguém. Mas a deusa sabia que a Becca iria me substituir. E, como esperado, ela veio. *Ela* me procurou.

— Não — falei, incrédula. — Você isolou uma menina sem família e tentou lhe passar um *parasita*. Essa coisa em mim? Não é Patty. Não é humana e nunca foi.

A srta. Ekstrom olhou para seus punhos cerrados.

— Ela não entende ainda — murmurou —, mas vai entender. — Demorei um segundo para entender que ela estava falando *sobre* mim, não comigo. — Eu prometo, vou ensinar a ela também. — Em seguida, voltou a falar comigo: — Vou ajudar você a entender por que vale a pena assumir essa responsabilidade. Lamento que tenha acontecido assim. Mas, mesmo que você não fosse o plano inicial, tudo aconteceu como deveria. A deusa nunca erra.

— É mesmo? Porque, pra mim, isto aqui parece um erro.

Puxei a gola do meu vestido para mostrar a marca de mão.

Ekstrom fez um muxoxo.

— Eu esperava mais de você, Nora. — Pela primeira vez desde quando abri meus olhos ali, ela parecia a minha professora. — Você não tem *um pingo* de respeito pelo que pode fazer? Mesmo agora, sabendo o que sabe sobre Kurt Huffman, sabendo que Becca escolheu isso... Nada?

Eu a encarei.

— Se tudo isso foi mesmo escolha dela. Se a deusa não erra. Então *cadê a Becca*?

Minha voz estava mais grossa e agitada. Vi uma faísca de simpatia surgir em seu rosto e desaparecer logo em seguida, como a faísca fraca de um isqueiro quase vazio.

— Ela se foi.

— Se foi — repeti. — Foi para onde? A sua deusa...

A *devorou*, era o que eu ia dizer, mas não consegui ser tão direta.

— Acho que não. — Sua voz era praticamente um sussurro. — Não sei. Sinto muito.

Fiquei de pé. Eu não sabia de tudo, mas já tinha ouvido o bastante. Sentia mais pena do que raiva de Ekstrom. Ela era o único membro de um culto que adorava a morte, a primeira vítima verdadeira da deusa.

De um jeito bizarro, ela me inspirava. Ela nunca, jamais, desistiu de Patricia Dean, mesmo quando devia. E eu não estava pronta para desistir de Becca.

Ekstrom e eu éramos mais parecidas do que eu queria admitir. Ela seguiu Patty para além do véu da morte e foi fisgada por algo lá. Eu estava pronta para fazer o mesmo; assim como a Rita adolescente, eu era a *única* disposta a fazer isso.

Becca era minha, eu era dela, e não havia espaço para saber se isso era bom ou ruim. Mas *era assim*. Nós nutríamos e atrofiávamos uma à outra. Crescemos em direção e ao redor da outra, nos alimentávamos de amor e perda, ressentimento e dependência.

E a morte já estava em mim. Roubando minha visão, correndo contra o tempo rumo a uma fome inconcebível. Então, o que eu tinha a perder?

— Você não pode ir ainda. — A voz de Ekstrom tinha um ar frenético. — Sei que não queria isso, mas você precisa saber mais. A deusa vai exigir *muito* de você.

Olhei para ela uma última vez. Debilitada na penumbra, curvada sob o peso de tudo o que carregava.

— Sinto muito — falei, e fui sincera. — Tenho que ir jogar o jogo da deusa.

Saí pela porta aberta nos fundos e me perdi na noite.

CAPÍTULO CINQUENTA E UM

ACHEI QUE O BILHETE QUE tinha escrito para mim mesma fosse uma pergunta: *Joga jg dsa lmbr*. Jogamos o jogo da deusa, lembra? Mas passei a me perguntar: E se fosse uma promessa? Jogue o jogo da deusa e vai se lembrar.

Eu sabia que, enquanto eu dormia no quintal de Becca no sábado passado, a deusa de Ekstrom tinha dado um jeito de entrar na minha pele. Mas eu queria saber *como*. Se descobrisse, talvez conseguisse entender o que aconteceu com Becca.

Enquanto conversava com Ekstrom, ouvindo sua confissão, a noite caiu. Alguns flocos cortavam a escuridão. *Pó de diamante*. Não tinha mais noção de tempo, podiam ser oito horas, meia-noite ou duas da manhã. Corri pelo seu quintal até a floresta.

Era uma daquelas noites limpas e geladas em que você consegue ver os ossos do mundo. Galhos sem folhas, terra mexida e um céu tão vazio que você quase conseguia ver uma curva da Via Láctea. Eu pisei forte pela terra, escorregando em lama e blocos de gelo, pisando em poças que se quebravam como vidro, encharcando minhas botas. O resto do mundo estava silencioso como um globo de neve.

Cheguei à nossa clareira, e Becca estava em tudo ao meu redor. Preparando seu tripé, pegando doces da nossa árvore oca, abrindo o mapa do Reino. Com a boca cheia de raspadinha azul, curativos nos joelhos e coroas de flores murchando sobre as orelhas. Andei pelo círculo de meninas imaginárias e parei no centro da clareira, tirei minha camisa dos ombros e a transformei em uma faixa. Amarrei o tecido sobre os olhos.

O silêncio estava tão diferente de como era no verão... Não havia folhas para suavizar o barulho solitário do vento, nenhum sol para aquecê-lo. A coisa dentro de mim que a srta. Ekstrom chamava de *deusa* estava completamente imóvel. Eu tinha muitas perguntas, mas apenas uma importava naquele momento: se, de alguma forma, Becca estava comigo. Se não tinha ido embora para sempre.

Eu iria jogar o jogo da deusa. Se estivesse certa e ela estivesse por perto, eu passaria ilesa pelas árvores. Eu iria jogar o jogo e me lembrar.

Primeiro, busquei na memória. A mente magnífica da minha melhor amiga, seu talento impressionante e suas tolices brilhantes. Suas sardas de sol, seus olhos brilhantes e aquele cabelo selvagem de outono, maçãs, fogueira e balas de caramelo. Levei tanto tempo para *ouvi-la*, mas agora estava ouvindo. Me agarrei à sua imagem como se fosse um raio de luz cálida e, quando fiquei confiante de que a tinha comigo, comecei.

No caminho até ali, eu escorreguei e caí. Agora, andava tranquilamente pelas árvores. Sob minhas botas havia grama e gelo, terra e neve. Continuei firme, e sabia que tinha seguido perfeitamente o caminho que havia feito sete verões atrás. Parei, estiquei a mão e senti o tronco grosso da árvore de bordo. Agarrei o galho logo acima de mim e me puxei para cima.

Escalei. A venda jogava o som da minha respiração nervosa nos meus ouvidos. A casca da árvore arranhava minhas pernas. Quando subi alto o bastante, procurei aquele galho grosso e o encontrei; depois, subi nele de barriga para baixo. Eu estava mais pesada do que aos dez anos. Minha caixa torácica pressionava com força o galho, que ameaçava se quebrar. Então deixei meu corpo cair.

CAPÍTULO CINQUENTA E DOIS

Assim que atingi a água, senti a invasora em mim se espalhar, me entorpecendo. Lembrei de como fiquei a noite inteira no quintal congelante de Becca e não tive nem uma queimadura por causa do frio. Ela estava me *protegendo*, naquele momento e agora de novo. Protegendo seu hospedeiro. Fiquei submersa em água gelada e não senti nada.

Então um novo propósito se apresentou: se eu ficasse por tempo o bastante no frio, talvez conseguisse *forçar* esse parasita a sair de mim.

Dá o fora, pensei.

Meu peito se contraiu com o ar frio. Meu coração batia lenta e profundamente como o pulso de um animal em hibernação.

Dá o fora.

Eu poderia me afogar. Se isso não funcionasse, ou talvez até se funcionasse, eu iria me afogar. Não tinha forças para sentir pena ou medo nem para ver minha vida passar diante dos meus olhos como um filme melancólico. Os pensamentos que eu tinha vinham em flashes vazios, sincronizados com as batidas do meu coração.

Dá o fora, eu disse. *Dá o fora. Dá o fora. Dá o...*

Não.

A coisa respondeu com a voz de Becca. Não conseguia mais sentir meu corpo, mas minha fúria parecia algo físico.

Para. Eu sei que você não é ela. Quem é você?

Sua voz de novo, comum e um pouco impaciente.

Eu sou a sua melhor amiga, Nor.

Não. Quem é você?

Seu discurso mudou completamente, agora mais rouco, suave e um pouco irônico.

Sou Patty Dean.

Não, não é. Quem é você?

Agora a voz era composta de várias vozes, sincronizadas e vibrando detrás dos meus dentes.

Eu sou a Deusa do Juízo Final.

Não tem nenhuma deusa. Ela não existe.

Depois de um longo silêncio, saiu uma voz áspera, grossa e lenta. Não era uma coisa na escuridão, e sim a própria escuridão.

Ela existiu, disse a coisa. *Eu era ela. Sempre sou o que você acreditar que eu seja.*

Eu acredito que você é nada.

Nada? A voz não estava com raiva, nem impaciente, nem brincalhona. *Eu já fui deusa e monstro. Devoradora de pecados a serviço dos humanos, e um diabo que leva embora os perdidos. Já rezaram para mim e se protegeram de mim, embora meu apetite pela maldade tenha sido sempre o mesmo. Mas nunca fui Nada.*

Eu processei tudo aquilo. O pouco que consegui entender.

O que você quer? Por que está aqui?

Se você fosse banida, faminta, para uma escuridão infinita... e encontrasse uma porta aberta de volta ao mundo brilhante e uma forma de se alimentar de novo do seu alimento preferido... não atravessaria essa porta?

Com certeza. Mas essa porta já era, e estou fechando esta aqui. Se eu pudesse me mexer, teria colocado a mão na marca no meu peito. *Dá o fora.*

Não.

Então vou matar você de fome. Vai demorar mais, mas você vai acabar indo embora.

Não vai, não, e eu também não vou embora. Conseguia ver sua pouca paciência acabando. Ela estava fazendo o que podia para me manter viva, mas em breve meu corpo precisaria de ar. *Eu vou me alimentar.*

Não, pensei com toda a força que tinha. *Dá o fora, eu não quero você. Dá o fora. Você acha que eu vou desistir, mas não vou. Se não conseguir te matar de fome, vou morrer para te* forçar *a ir embora, e você vai voltar para a escuridão. Eu nunca vou deixar você se alimentar de ninguém.*

Que menina tola. Você já deixou.

Dentro de mim havia uma criatura escondida que se chamava de *deusa*. Nas suas mãos, ela carregava um pedaço do último sábado à noite que estava escondendo de mim. Não era muito, cerca de uma hora.

Ela abriu as mãos e deixou a hora voltar.

SÁBADO À NOITE

NORA

A MENSAGEM DELA CHEGOU POUCO antes da meia-noite.

Eu te amo

Só isso. Eu li com os olhos arregalados em meio à escuridão. Respondi numa pressa ansiosa:

Oi

Também te amo

Tá, tentei te ligar. Me avisa se vc tá bem

Becca??

Tô indo aí

Tive que ir a pé. Em pleno inverno, à noite. Enquanto caminhava, meu humor alternava entre o medo e a fúria. A mensagem era estranha, mas também era muito a cara de Becca jogar um verde para ver se eu caía.

Atravessei a floresta, e ela não parecia nada amigável, a noite ao redor era uma vala profunda. Eu estava desejando o tapa de alívio imediato que viria quando eu visse o rosto de Becca pela janela do quarto, com uma expressão de "O que você está fazendo aqui?".

Andei mais rápido até seu quarteirão, até a frente da casa. Havia um cheiro de neve no ar, mas ela não havia caído ainda. Tudo — eu, o clima e o mundo — parecia estar à beira de um precipício, prestes a passar por uma grande mudança.

Corri pela entrada da garagem e fui para a lateral da casa. Passei pelo portão dos fundos.

E entrei em um pesadelo.

BECCA

BECCA SABIA QUE NÃO PODERIA se despedir. Depois daquela noite, ela iria simplesmente sumir da vida que levava e começar outra. Ela tinha uma passagem de avião, um celular descartável e alguns meses de aluguel em um pequeno apartamento em uma cidade desconhecida a vinte minutos de uma cidade que conhecia. A srta. Ekstrom que preparou tudo. Becca teria que arranjar trabalho quando chegasse lá — o dinheiro que a mulher lhe dera não duraria muito.

Ekstrom mencionou várias vezes que ela não podia contar nada a ninguém. Deu a entender que a transferência não daria certo se contasse, por causa dos caprichos da deusa. Mas Becca duvidava disso. Ela sabia que Ekstrom e a deusa precisavam dela tanto quanto Becca precisava do que elas tinham a oferecer: não era apenas uma vida com um propósito inabalável, mas uma mudança tão transformadora que a arrancaria da sua história e cauterizaria a ferida.

A transferência aconteceria à meia-noite, algo que ela não sabia se era de fato crucial ou completamente arbitrário. Ela devia vestir branco, como uma virgem casta ou um sacrifício, claro. Achava que Ekstrom estava improvisando os detalhes.

Mas Becca sempre teve um respeito pelo teatro. E tudo era arbitrário, até que você lhe desse um propósito. Uma vez, pegou a própria tragédia e a transformou em uma deusa da vingança, queimando fotos insubstituíveis de sua falecida mãe para provocar o sobrenatural. Naquela noite, colocaria nas chamas seus últimos elos com esta vida: uma foto de acampamento de verão dela e de Nora em uma moldura de madeira pintada à mão e a linda câmera presenteada por seus pais, que serviu como sua tradutora nos últimos oito anos.

Às seis, para se acalmar, Becca tomou uma dose da ridícula vodca sabor laranja de Miranda. Às sete, já tinha tomado três. Então trocou para café, senão acabaria dormindo. Quando Miranda a viu passando café às oito da noite, ela considerou dizer algo incisivo e misterioso para a madrasta pensar depois que desaparecesse. Em vez disso, murmurou uma resposta:

— Só um instante e já saio da sua frente.

Sua madrasta não era tão ruim assim. Ela só teve muito azar.

Às onze, Miranda estava, como sempre, dormindo profundamente, com os tampões de ouvido, a máscara de dormir e a TV ligada passando episódios antigos de *Friends* a noite toda, episódios que ela não veria nem ouviria, mas que preencheriam a sala com um movimento agradável. Além disso, ela tomava um Zolpidem genérico que Becca raramente usava. Miranda não iria incomodar ninguém.

Às onze e meia, Ekstrom lhe mandou uma mensagem, *Estou a caminho,* que fez Becca refletir por alguns instantes se o "a" do texto precisava de crase ou não, mas a professora devia saber, né?

Às 23h35, Becca estava tão nervosa e agitada que precisou se lembrar de que não estaria morta no dia seguinte, apenas diferente e longe dali. Ainda reconheceria sua vida. Ainda poderia ler livros, ver filmes, tirar fotos e beber chá. Mas não Earl Grey. Ekstrom a fez detestar esse sabor.

Às 23h40, ela saiu de casa com o celular, a câmera e uma xícara de café com um pouco de vodca. Debaixo do casaco, como foi instruída, estava usando um vestido branco. No seu bolso havia três nomes escritos em um Post-it. Ekstrom pediu um, mas quem mandava agora era Becca, não era? Além do mais, ela e a deusa nunca mais voltariam para Palmetto. Sairiam com estilo e levariam três pecadores.

Quatro. Ela também seria parte da história. Esperava ter deixado o suficiente para Nora entender que havia algo bem maior acontecendo, e que ela não tinha *sumido* de verdade. O suficiente para que um dia fosse capaz de perdoar Becca, talvez, quando ela aparecesse de surpresa para Nora em um café ou auditório. Àquela altura, quem sabe, ela já teria tatuagens e cabelo curto cor-de-rosa. E sangue nas mãos, invisível, mas indelével e por toda parte.

Talvez ela fosse surpreender Nora, no fim das contas. Mas o sonho — a mentira — era mais fácil do que ficar sentada, esperando. Pela lente das câmeras, as estrelas estavam da cor de gelo-seco, borbulhando no espaço como pequenas reações químicas. Tirou uma foto que nunca revelaria e cantarolou uma parte da velha rima.

Deusa, deusa, continue a contar
Vai me escolher se eu me comportar?

Por várias semanas, disse a si mesma que já tinha perdido tudo de que estava abrindo mão, porém, naquele momento, tudo que deixaria para trás parecia brilhar mais forte. A mistura de sensações na floresta em cada estação do ano, a casinha onde viveu e foi feliz por tantos anos de sua vida. A sala escura da PHS, silenciosa e cheia de possibilidades, a chegada inesperada de James à sua vida, um amigo de verdade que a entendia, ou pelo menos a ouvia com atenção suficiente para entender.

Desde o começo, por instinto, pensou nele e em Nora como um bom par. Perguntou-se como seu plano de fazê-los se conhecerem se desenrolaria e quis muito ver isso pessoalmente.

Deixou a onda de desejo tomar conta de si. Quando a onda recuou o suficiente para que conseguisse respirar, eram 23h48 e ela tinha recebido outra mensagem de Ekstrom.

Estou indo encontrar você agora.

Becca deixou a cabeça cair e exalou como se estivesse em um comercial da Nike. Deletou todas as mensagens para Ekstrom e as retirou da pasta Deletadas Recentemente. Depois, sem pensar duas vezes, mandou uma mensagem para Nora.

Sentiu que não podia deixar de se despedir. Não tinha planejado nada, não sabia quais eram as palavras certas, só digitou a coisa mais sincera em que conseguiu pensar e apertou "enviar".

Eu te amo

Naquela hora, Ekstrom abriu o portão barulhento. Becca largou o celular, o empurrou para debaixo de uma espreguiçadeira e esperou a próxima parte começar.

NORA

ERA 00H14, NÃO FAZIA NEM meia hora que Becca tinha me mandado aquela mensagem. Fiquei parada no seu portão dos fundos, sem entender o que estava vendo.

Becca estava em pé no deque da piscina, descalça e usando um vestido branco, iluminada pela lua. Braços abertos, a palma da mão direita para a frente e pés firmes. O cabelo estava penteado para trás e preso em um coque, expondo seu rosto neutro.

Na frente dela, com a mão direita igual à sua, estava uma pessoa que não devia estar ali. Nesse quintal, nessa cena. Alguém que fazia parte da *minha* vida e que, até onde eu sabia, Becca nem conhecia. A srta. Ekstrom. Ela também estava de branco, também estava descalça. Elas pareciam dançarinas em uma peça experimental.

Entre elas estava uma chama laranja bruxuleante. Havia um cheiro horrível de plástico queimado e ozônio, o cheiro elétrico do mundo se rachando.

Eu gritei quando as vi? Não sei; mas, se gritei, elas não me ouviram. Não me viram, não pareciam nem existir no mesmo mundo que eu. O vestido de Becca era de um tecido leve e ondulava na altura de suas pernas. As roupas de Ekstrom também se moviam com um vento que eu não sentia. Seu rosto estava manchado de lágrimas e alaranjado, graças à chama.

Não corri até elas. Não *conseguia*. Andei devagar, me abraçando, lutando contra o desejo de fugir do que estava acontecendo ali. *O que* estava acontecendo ali?

Estava perto, a poucos passos do deque, olhando para seus rostos, quando começou.

Parecia uma névoa, saindo de Ekstrom como fumaça em mar aberto.

Não. Era uma cota de malha preta saindo do seu peito. Um enxame brilhante se desprendendo do seu tórax.

Chuva preta. Tinta preta. Uma nuvem de dados de impossibilidade, um fenômeno que não existia, que não *deveria* existir.

O que quer que fosse, meus olhos não foram feitos para ver aquilo. Meu cérebro não conseguia processar a situação. Todas as possibilidades se resumiam a isto: uma fita escura e ondulante de fumaça cinza comprimida saindo do peito da minha professora como sangue após um tiro fatal.

Sua cabeça pendeu para o lado enquanto a fumaça se desenrolava. Ela parecia fraca, mas não caiu. Algo a mantinha de pé. A mesma coisa que mantinha Becca tão imóvel.

A coisa de fumaça se libertou do peito de Ekstrom com um estalo forte. Ficou no ar, entre elas, ondulando como uma bandeira ao vento. Pisquei e, por uma fração de segundo, eu *vi*: uma vastidão complexa com um rosto de mulher e um brilho de metal, cujas bordas se transformavam em vapor no ar.

Uma explosão de dor atrás dos meus olhos me fez fechá-los com força. E, ao fazer isso, pensei: *Não posso ficar aqui*. A coisa que saiu de Ekstrom estava confortável antes, dentro dela. Não iria durar muito no ar.

Ah.

Atravessei os últimos metros de grama. Estava me içando para o deque quando a coisa se comprimiu, enrolando-se como dedos curiosos ao redor da mão estendida de Becca. Com um movimento vigoroso, ela puxou a mão e a pressionou contra o peito.

A cabeça dela caiu para trás. Seus membros ficaram rígidos e arqueados. *Horrível*. O cabelo se eriçou, formando uma auréola crepitante, e o som que saiu de sua boca não era humano. Não era um som de agonia ou terror. Era mais profundo e pior: um suspiro de satisfação.

Ela caiu de joelhos, fazendo um barulho de estalo. Ekstrom caiu mais, até se deitar, arfando e relaxando as mãos enquanto tentava respirar. Ver aquilo me fez congelar, sugou toda a energia de mim. Não conseguia mais me erguer no deque. Em vez disso, fui até a escada e subi.

Sentia como se estivesse em um sonho. Ekstrom estava deitada de lado, tentando se mover. O fogo que estava ali se apagou. Agora podia ver o que estava em chamas: a câmera de Becca. O que restava da câmera. Absorvi a informação e continuei. Fui até Becca. Ela levantou a cabeça na hora que me abaixei ao seu lado, nossos rostos a poucos centímetros de distância.

O impacto incomum daquele olhar me atingiu como gelo e um raio. Não era Becca que estava olhando para mim.

Os olhos eram de Becca, o tom de verde único da grama antes do nascer do sol. O rosto sério era dela, emoldurado por mechas de cabelo Pré-Rafaelita. Era o rosto, o cabelo e o corpo de Becca. Alguém a estava usando.

Estávamos ajoelhadas tão perto que eu podia segurar a bochecha emprestada da criatura. A ideia de tocar naquilo — ou de aquilo me tocar — me causou tanta repulsa que senti o gosto de bile. Mas aquilo não *precisava* me tocar. Eu estava completamente destruída pelo seu olhar.

A coisa sorriu. Era um sorriso pesado, *benevolente,* diferente de qualquer expressão que Becca já fez. Isso me tirou do transe. Caí aterrissando no meu cóccix e deslizei para trás. Borrei as cinzas e acabei derrubando a câmera na piscina. A criatura que vestia minha melhor amiga disse:

— Pare.

Parei. A palavra era uma ordem tão forte quanto a gravidade de um planeta. A voz parecia metálica e distante, como se a coisa ainda estivesse aprendendo a usar a voz de Becca.

Atrás de mim, Ekstrom xingou.

— Não. Não, não. Ela não, Patty. *Ela não.*

A coisa se levantou até ficar em pé, me observando, impassível, com os olhos de Becca.

— Sinto muito — disse ela, com carinho.

Estremeci e não consegui falar.

— Sinto muito — repetiu, dando um passo para a frente. Sua voz ficou mais grossa. Meus ouvidos estavam zumbindo, minhas mãos formigavam. Então a coisa sibilou: — Pecadora.

Balancei a cabeça, e meus pensamento foram substituídos por ruído branco. Deu mais um passo.

— Inconstante.

Mais um, ficando sobre mim.

— *Mentirosa*.

— Ela, não. — Ekstrom tentou ficar em pé. — Sua mão direita já escolheu. Essa menina é *comum*, não vale a pena levá-la, a Becca não iria querer que você...

Nada do que ela falava fazia sentido. Mesmo se fizesse, minha mente estava congelada de medo, causando uma dissociação. Então aconteceu uma coisa que me tirou do transe.

A mão lenta de Becca foi até o peito, e ela a passou ali com força, abrindo a pele em quatro linhas brilhantes. Sua boca tremeu para formar uma sílaba e depois outra.

— Nor — disse. — Uh.

Ekstrom falou com um tom firme:

— Não resista. Becca, *não*, você só vai pio...

O corpo de Becca se dobrou para o lado em um ângulo impossível, seus pés se aproximando da piscina.

— Quieta — disse a voz da minha melhor amiga, resistindo.

A mão que a arranhou subiu vacilante até a garganta, mas não havia mais vigor ali. Sua outra mão a puxou com tanta força que seu ombro estalou, o corpo perdeu o equilíbrio e caiu no deque.

Fosse qual fosse o tipo de possessão que eu estava testemunhando — porque era isso que estava acontecendo, e eu tinha que reescrever meu senso de realidade para que se encaixasse ali —, Becca estava resistindo. Vi isso no tremor dos seus lábios e no movimento da sua cabeça. Então, como se tivesse reunido todas as suas forças para se libertar, sua própria voz disparou:

— A Nora, não — disse ela, e jogou seu corpo na piscina.

A água não se moveu. Becca deslizou pela camada gosmenta e sumiu.

Gritei, me arrastando até a beira da água. Não era funda, mas estava escura, turva e perigosamente gelada. Joguei minhas pernas para o lado, pronta para pular atrás dela. Mas Ekstrom me agarrou pelas axilas e me puxou para trás.

— A deusa vai vencer — disse ela, sem fôlego. — Ela vai manter a Becca viva.

— *Quem?* — perguntei, estridente.

— Olha — respondeu, impaciente.

Becca apareceu no meio da piscina. Seu corpo estava arqueado, lutando contra a água gelada, mas não estava tentando voltar para a superfície. Ela estava tentando ficar *no fundo*. O coque tinha se soltado, e parecia tanto que Becca estava se afogando que tentei, mais uma vez, me soltar das mãos de Ekstrom. Entretanto, ela me segurou de tal forma que qualquer movimento lançava uma pontada de dor nos meus ombros. Como ela sabia fazer isso?

Então senti uma explosão de triunfo feroz, porque Ekstrom estava errada. A escuridão — aquilo que ela chamava de *deusa* — não estava vencendo. Ela estava deixando Becca, saindo de seu peito em uma dupla hélice pixelada, brilhando em prata e preto.

O aperto de Ekstrom se afrouxou.

— Me solta! — exclamei. — *Por favor*, ela vai se afogar, ela...

Parei de falar. Porque, com um estalo quase audível, a coisa se achatou em uma folha que parecia piche derramado e se dobrou ao redor do corpo de Becca. De repente, ela sumiu de vista.

Antes que eu pudesse gritar, a coisa que segurava minha melhor amiga se desprendeu da água com uma rapidez acrobática. A deusa ficou suspensa no ar, imensa, brilhante e *impossível*, como uma janela para um mundo de pesadelos.

Pouco antes de vir na minha direção.

Me preparei para o ataque, mas a deusa só pegou a minha mão. E seu toque não foi frio, estranho ou terrível. Era quente e encheu minha cabeça de luz. Ela parecia — que Deus me ajude — a própria *Becca*.

Cadê ela? O que você fez com ela? Eu sabia que a deusa podia me ouvir, mesmo sem eu falar.

Estou aqui. Era a voz de Becca. *Nora, me deixa entrar.*

— Deixar você... entrar?

Agora eu estava falando em voz alta em meio às lágrimas. Ekstrom estava do meu lado, de olhos arregalados e em silêncio.

Por favor, Nora. Sua voz estava nervosa. Distorcida como um erro em um vídeo. Mas ainda era ela. Becca. Não era?

Vou morrer se não me deixar entrar. Estou morrendo. É o único jeito. Por favor, Nora.

Dedos fantasmagóricos se curvaram ao redor da minha mão, macios e feitos de luz. Um milhão de crepúsculos de verão escorreram por mim, nadando com vaga-lumes iluminados dessa mesma cor. Levantei minha mão direita, tremendo.

— Eu te amo — disse, e coloquei a mão no coração.

A deusa passou pela carne e pelo osso. Ela abriu meu peito como uma porta.

E, quando estava lá dentro, me colocou em um lugar seguro e pequeno porque não precisava de mim.

O que aconteceu em seguida teve como trilha sonora o movimento da água no meu corpo. Parecia um oceano aqui dentro. Estalos de sonar e o fluxo quente e vermelho do meu sangue, minha respiração como uma maré. Os pensamentos conscientes passaram por mim como peixes fluorescentes, inalcançáveis.

Eu estava afundado em meu próprio corpo enquanto a deusa me usava. Eu poderia olhar, se quisesse, e ver: Chloe Park escorregando sobre cacos de vidro em uma cozinha moderna, vinagre e aço até o fim. O sr. Tate no banco da frente de um carro pequeno, suspirando em um tom assustadoramente parecido com alívio. Kurt no cemitério, chorando como se seu coração estivesse se partindo. A deusa levou todos eles.

Corremos de um lugar para o outro por corredores pretos que não eram deste mundo nem eram passagens usadas por humanos. Mas ela me manteve segura lá dentro, assim como eu a mantive segura no meu mundo. Quando seu banquete acabou e a deusa me tirou do meu esconderijo, falei com ela:

Você não é a Becca. Onde ela está? Não sinto a presença dela em lugar nenhum.

A deusa não respondeu.

O que você fez? O que você me obrigou fazer? Não consigo viver assim. Não consigo viver sabendo que fiz isso.

E a deusa me respondeu.

Tudo bem.

Uma deusa benevolente. Ela me levou de volta para o começo, deixou meu corpo na frente da casa de Becca. Como uma costureira, recortou tudo que eu vi no quintal de Becca e o massacre depois. Costurou a borda irregular da minha primeira chegada, pouco depois da meia-noite, com o momento a seguir, por volta de uma e meia da manhã. Depois, se enrolou dentro de mim para digerir o que havia tomado.

Pisquei e recobrei a consciência, meio tonta, em frente à casa de Becca, toda escura.

O tempo parecia passar diferente, a noite dava a impressão de ser infinita. Estava parada ali há um tempo, mas não muito. Vim correndo logo depois de receber sua mensagem.

Me livrei da sensação e fui andando até o quintal.

Perto do final, as lembranças começaram a falhar. Eu estava ao mesmo tempo nelas e no riacho, indo e vindo enquanto a deusa perdia seu controle. Acho que ela estava usando a maior parte de si mesma apenas para me manter viva.

Não sentia a minha boca, meus pulmões. Mas podia ver que ela usara a voz de Becca para me enganar, e entendia como era se esconder igual a um molusco enquanto ela usava meu corpo para matar. *Eu* também podia usar meu corpo como uma arma. Com minha memória muscular e o que restava das minhas forças, inspirei a água escura. Estava gelada e suja, uma bênção que me varreu de dentro para fora.

Dá. O. Fora.

Não achei que ela iria embora. Podia sentir a fúria acumulada nela, indignada por eu ter levado as coisas a esse ponto. Me perguntei o que aconteceria se ela estivesse dentro do meu corpo quando eu morresse.

Então a deusa-criatura falou comigo uma última vez, uma palavra grosseira e furiosa em uma língua de outro mundo. Ela saiu do meu corpo lutando como um morcego desesperado e desapareceu. Banida, eu esperava, para um lugar inalcançável, de volta à escuridão eterna.

Ouvi com muita clareza a voz de Becca no meu ouvido.

— Nora — sussurrou ela. — Sinto muito, Nora.

Queria responder, mas estava com tanto frio... Minha mandíbula travou, meus pulmões eram como flores mortas, e pensei: *Não vá embora; de novo não; não me deixe, Becca, por favor...*

Então fiquei sozinha, me afogando.

Só que não estava, porque alguém estava me segurando. Me tirando da água até a margem congelada. Deitando seu corpo ao lado do meu para me esquentar, pressionando a água do meu peito, colocando a boca perto do meu ouvido e dizendo de novo, com a voz falhando e soluçando: *Eu nunca deixaria você morrer.*

Becca. Em seguida, lanternas e vozes vindo das árvores. Uma luz balançando sobre nós, uma pessoa gritando.

Perdi a consciência, sem saber se eles e Becca eram alucinações. Se eram reais ou o desejo de uma mente moribunda.

CAPÍTULO CINQUENTA E TRÊS

POUCO DEPOIS QUE SAÍ CORRENDO da casa de Sloane — deixando meus amigos em pânico e fazendo-os beber muita água e pesquisar "como ficar sóbrio rápido" —, minha mãe me ligou. Meu celular tinha ficado ao lado do toca-discos de Sloane. Ruth decidiu atender e contar tudo, até a marca da mão no meu peito.

Juntos, procuraram por mim. Quando a noite caiu, meus pais falaram com a polícia, que, por incrível que pareça, estava excepcionalmente preparada para levá-los a sério, considerando o que aconteceu, minha má reputação e o fato de eu ser a melhor amiga de uma das quatro pessoas desaparecidas.

A equipe de buscas encontrou a mim e Becca na segunda busca pela floresta. Foi Cat que nos viu primeiro e correu pela ciclovia com meu pai, James e três lanternas.

Eu fui liberada do hospital menos de trinta e seis horas depois, onde cuidaram da minha hipotermia, dos vários cortes e das três queimaduras de frio.

Depois de quatro dias, Becca foi transferida para um centro de tratamento de longo prazo. Quando James a carregou para fora da floresta, seu corpo estava igual ao de uma pessoa acamada há muito mais tempo do que o período que ela estivera desaparecida. Seus músculos mostravam sinais de atrofiamento e ela estava com escaras nos quadris. O fato de ter conseguido arrastar meu corpo para fora da água naquele estado era improvável e, assim como uma mãe que levantaria um carro para salvar um bebê, só aconteceu graças à adrenalina.

Pior ainda eram as cicatrizes em seus pulmões, que ninguém conseguia explicar em uma jovem de dezessete anos que antes era saudável. Mas ela estava se recuperando, pouco a pouco.

Havia coisas estranhas também, menos explicáveis, marcas de um aprisionamento indescritível que ficariam com ela pelo resto da vida.

CAPÍTULO CINQUENTA E QUATRO

Para onde ela foi?

Becca ouviu essa pergunta um milhão de vezes na semana após o nosso resgate na floresta. Dos policiais, da equipe do hospital, de advogados e de um jornalista ambicioso que conseguiu entrar no seu quarto ao vestir um jaleco e andar por aí com um soro fisiológico que deve ter comprado na internet.

Ela respondeu a mesma coisa para todos: *Não me lembro.*

No começo, ninguém podia visitá-la. Eu já tinha sido tratada e recebido alta, e passei um dia inteiro em casa — cochilando e assistindo a filmes antigos na cama dos meus pais, evitando meu celular por mil motivos — quando soubemos que ela tinha sido liberada para receber visitas.

Entrei no seu quarto no hospital e a encontrei sentada, olhando pela janela com uma câmera Canon em mãos. Pedi ao meu pai que a comprasse com o resto do dinheiro do meu emprego de verão e a deixasse lá no dia anterior, com instruções para colocá-la ao lado da cama.

Foi assim que a vi pela primeira vez: atrás de uma câmera. Focando, sorrindo e tirando uma foto minha como já fizera tantas vezes.

Mas, quando abaixou a Canon, ela parecia preocupada. Também me sentia tímida. Ainda com a câmera em mãos, ela disse:

— Nem sempre sei se estou acordada. Mas aí eu olho por isso aqui e tenho certeza.

A sua voz — *sua* voz, não na minha cabeça, e sim no mundo — estava baixa e rouca, indescritivelmente gentil. Cruzei o quarto e fiz o que me disseram para não fazer: subi na cama ao seu lado. Mal cabíamos as duas ali.

Seu hálito era de gelatina verde. Ela estava usando um moletom da banda Bikini Kill que Miranda deve ter trazido de casa. Se não fossem pelas máquinas ao redor, pareceria que tínhamos nove anos de novo, nos espremendo em um saco de dormir.

— Vou te contar tudo — sussurrou ela —, mas não agora.

***

Entramos em uma rotina. Eu a visitava todos os dias, menos às segundas-feiras: era dia de reunião da revista literária. Estávamos sem orientador, mas Ruth tinha conseguido acesso à caixa de entrada da revista. Nos últimos tempos, houve um grande influxo de submissões, todo mundo traduzindo em arte a merda pela qual a PHS havia passado — e ainda estava passando. Ou, como diria Chris, "arte".

Segunda era o dia de visita de James. Ele levava as fotos da semana anterior e filme novo, e pegava seus rolos completos para revelar. Ela estava tirando muitos retratos esses dias.

Não sei sobre o que eles conversavam nem quanto ela contou para ele. Mas sua história veio até mim em pedaços. Entre longos períodos de sono profundo, sessões de fisioterapia e coleta de sangue, consultas com especialistas, estudantes de medicina curiosos e o advogado contratado por Miranda em seu nome, Becca me contou o que eu havia perdido, começando pelo que ela viu na floresta. Sobre encontrar o endereço de Ekstrom e confrontá-la a respeito daquilo. Sobre ter sido atraída para a guerra solitária da professora.

Ex-professora. A srta. Ekstrom tinha se aposentado recentemente.

Em troca, contei a ela como era me lembrar do que fiz. Ter aquelas imagens vivendo em mim, saber que, ao mesmo tempo, fui eu e não fui *eu* quem fez tudo aquilo. Não a estava punindo, ela queria saber. Ouvia como uma penitente, cheia de culpa. Mas eu sabia que o que havia acontecido poderia nos aproximar ainda mais ou nos destruir de vez. E eu não podia perdê-la de novo. Ela era, literalmente, a única pessoa no mundo que poderia entender o que eu havia passado.

Becca completou dezoito anos um mês depois de voltar. Estavam planejando lhe dar alta poucos dias depois. Ela já conseguia andar e só precisava de oxigênio à noite. Seus pulmões continuavam a se recuperar milagrosamente.

Ela voltaria para a casa onde cresceu, que Miranda acabaria vendendo menos de um ano depois. Quando o verão chegasse, Becca teria seu próprio apartamento e um diploma de ensino médio, completado a distância. Não passaria mais um dia sequer na PHS.

Eu não a culpava: Becca era a Garota que Voltou. Haveria podcasts, ofertas de contratos de livros e reportagens do tipo "onde ela está agora" no futuro. Até mesmo uma série de prestígio que teria duas temporadas, de alguma forma contornando o buraco negro em seu centro: o fato de que as únicas pessoas que sabiam de onde Becca voltou e por que os outros nunca voltariam se recusavam a falar do assunto.

No seu aniversário, nos sentamos no seu quarto no hospital, comendo bolo de morango. Becca terminou o dela e tirou uma foto minha no parapeito da janela.

— Eu quero te contar pra onde fui — falou.

Ela riu quando viu a expressão que eu fiz. Tinha ganhado o peso que perdeu. Sua pele não estava mais com um aspecto plastificado, as costelas não apareciam quando respirava. Mas ela sofreu mudanças que não foram tão passageiras. Algumas mais perturbadoras do que outras.

— Tudo bem — respondi.

— Tudo bem — repetiu ela, sorrindo, mas estava nervosa. — Eu me lembro de tudo. A Ekstrom e a piscina... Me lembro da deusa gritando na minha cabeça.

Ainda a chamávamos — a coisa — de deusa. Isso nunca iria mudar.

— O que ela estava gritando? — perguntei.

— Uma palavra, várias vezes. Não era uma palavra que eu conhecia. Nem o idioma. Então vi as estrelas, fiquei com muito frio e ouvi você, sua voz, e aí...

Ela levantou a mão e tocou a marca em seu peito. A dela parecia uma irritação azul na pele, sem formato definido. A minha estava bem marcada, e sem dúvidas era a palma de uma mão. Tinha desbotado um pouco, mas nunca iria desaparecer por completo.

— Houve um estalo — disse ela. — Como um estalo no cérebro. Achei que tinha morrido. Fiquei apagada por um tempo e, quando abri os olhos, estava em uma casa.

Pisquei, confusa.

— Uma casa.

— Não era uma casa de verdade. Eu acho... acho que seja lá onde fosse que eu estava, e o que estava vendo, eu não tinha sido feita para aquilo. Quando eu estive com a deusa, ou *dentro* da deusa, era um lugar que nenhum humano deveria conhecer ou ver. Acho que meu cérebro estava me protegendo. E a forma como conseguiu isso foi me fazendo acreditar que eu estava andando em uma casa. Mas não havia escadas, corredores ou caminhos, apenas uma sequência interminável de quartos. Alguns eram ornamentados e bonitos, outros pareciam normais, como quartos de hotel ou de uma casa comum. Alguns eu juro que reconheci de filmes ou fotografias.

"Todo quarto tinha duas portas, aquela pela qual eu entrei e outra, para sair. E nenhum deles tinha janelas. Nenhum. Parecia que eu estava andando pela casa há décadas quando, de repente, as luzes se apagaram e eu fiquei no breu total. A primeira vez que isso aconteceu, me sentei onde estava e esperei se acenderem. E aí voltei a andar. Mas, na segunda vez, estava em pé em um quarto antigo, meio vazio, como um quarto de empregados dos séculos passados. Sabia onde era a cama, e tentei ir naquela direção. Em vez disso, eu andei e andei, passando por onde deveriam ser as paredes. Foi quando realmente entendi que o que eu estava vendo não estava ali.

"Caminhei até encontrar uma porta. Dei de cara com ela e senti a maçaneta. Mas não a abri. Não sentia muita coisa naquela casa, emocionalmente falando, mas aquela porta me assustou. Em primeiro lugar, estava morna. Quase quente. E, no início, parecia ser de algum tipo de material sintético, muito macio; mas, quando pus a mão nela, comecei a senti-la quase viva. Como se fosse pele, logo acima do osso.

"As luzes acenderam de novo, e a porta sumiu. Passei mais um dia, eu acho, porque não tinha como ter certeza, só vagando. Quanto mais tempo ficava em um cômodo, quanto mais olhava ao redor, mais detalhes pareciam existir. Prateleiras cheias de livros e paredes com arandelas ou papéis de parede complexos e, se eu abrisse uma gaveta, sempre havia pequenas coisas dentro dela: moedas, chaves, dados e miçangas, essas coisas que a gente joga na nossa gaveta da bagunça. Mas eu juro que quase conseguia ver tudo se *transformando* diante dos meus olhos.

"Talvez uma parede parecesse vazia; mas, se eu olhasse, havia um quadro ali. E era um quadro com algumas árvores no pôr do sol, mas achei que as árvores fossem pessoas, e cada uma tinha um rosto detalhado, e achei que estivessem em pé na grama, só que era uma água verde, e no fundo dava para ver o leito cheio de tesouros, e assim por diante, até eu quase me deixar levar; mais uma camada profunda em um quadro ou um livro que eu mesma escrevia enquanto lia, ou um baralho de cartas que peguei em uma gaveta e embaralhei. E sabia que, se isso acontecesse, já era para mim. Não iria mais nem saber o meu nome por muito tempo.

"Depois de um bom tempo assim, as luzes se apagaram de novo. Dessa vez, eu estava pronta. Comecei a andar no escuro mesmo. Demorei um tempo pra achar a porta e, quando achei, não esperei. Abri e passei direto."

— E aí?

Ela baixou o queixo, quase tímida. Na raiz do seu cabelo estava uma faixa branca de alguns centímetros. Desde quando voltou, ele estava crescendo sem cor. Um dia, pareceria uma crina de unicórnio.

— Aí eu era você — disse ela. — Eu atravessei a porta e, quando abri os olhos, os seus olhos, estava na sua cama. Porque a deusa estava em *você*, e eu estava em algum lugar dentro da deusa. Acho que quando ficava escuro era quando você e a deusa dormiam. Fiquei pensando... Lembra quando a Mary Poppins tira aquele outro abajur grande da bolsinha? Acho que eu era como aquele abajur, escondida no nada. Em um lugar que poderia ter destruído a minha mente. Mas eu o moldei como uma casa com uma porta secreta que eu só podia achar quando as luzes estavam apagadas e se ignorasse tudo ao redor.

"Pensei rápido. Não tinha tempo a perder. Não consegui achar uma caneta no seu quarto, então desci. Tinha que ir com cuidado para você não acordar. Não tinha muito controle do veículo."

— Você quer dizer do meu *corpo*.

Era mais difícil do que eu pensei que seria, ouvi-la narrando isso do outro lado. Senti que estava no limite da histeria.

— É — disse, sem aparentar remorso. — E te deixei aquele bilhete estranho porque era uma luta escrever cada letra e só ficava pensando que você ia acordar.

— Mas eu entendi. — Respirei fundo. — Jogue o jogo da deusa e lembre.

Ela semicerrou os olhos.

— Eu estava tentando fazer você... Depois de tudo isso, não parece uma boa ideia. Mas sabia que, se você se colocasse em perigo, a deusa iria reagir. Iria *embora*, com sorte, como aconteceu comigo e a piscina. E foi exatamente isso que acabou acontecendo.

Uma enfermeira entrou. Uma das mais jovens, com tênis brancos impecáveis e um jaleco rosa com estampa de onça. Ela checou os sinais vitais de Becca e então se aproximou com um abaixador de língua.

— Deixa eu dar uma olhada nessa garganta — disse com um tom empolgado.

Becca lhe deu um sorriso esperto.

— Você quer ver os dentes.

Ela se afastou e abriu a boca. Abriu *bastante*.

Levou quase uma semana para descobrirem que estava crescendo um par de dentes novos em Becca, escondidos atrás dos molares superiores, em um lugar onde não se cresciam dentes. Ela disse que não doíam e me mostrou quando pedi para ver. Eram mais finos do que incisivos e tinham um tom branco-azulado.

A enfermeira deu uma olhada rápida e logo saiu.

Quando ficamos a sós de novo, falei:

— Naquela noite, quando acordei ao lado da clareira, por que eu estava lá se você não estava tentando me fazer jogar o jogo?

— Eu estava tentando chegar à casa da Ekstrom. Meu plano era arrombar a entrada e me esconder lá. E aí, quando você acordasse na banheira, no armário ou algo assim, ela seria obrigada a contar tudo.

— Ah, sim, porque *isso* não seria assustador pra mim. Acordar na banheira de um estranho, de boa.

Ela me encarou. Absorta e um pouco distante, uma mancha de morango em seus lábios. Às vezes, parecia que ela estava tendo duas conversas: uma comigo e outra consigo mesma. Às vezes, ela parecia perder o fio da que estava tendo comigo. Depois de um tempo, eu disse com cuidado:

— Como foi no final? Quando a deusa deixou você ir?

— Ela não me *deixou* ir, você me puxou das garras dela. Fui daquela casa para a água e demorou um minuto, talvez dois, antes de começar a sentir meu corpo, mesmo acabado e fraco. Eu estava administrando aquelas compressões torácicas fajutas da TV em você quando comecei a sentir tudo. O frio e *tudo* mais.

Por um instante, ela pareceu exausta.

— Depois disso, em todos os meus sonhos, estou na casa de novo. Eu realmente não sei o que fazer quanto a isso.

Ficamos em silêncio por um tempo. Então ela disse:

— Nora.

— Becca.

— Você gostou do que eu deixei pra você?

Eu ri um pouco e enxuguei as lágrimas.

— Ah, sim. Quem não ama um canivete. Um filme fotográfico sobrenatural tão fodido que coloca fogo no Walmart. — Então vi sua expressão. — Ai, meu deus. — Cobri meu rosto vermelho com as mãos. — Você está falando do James, não está?

Por um segundo, seu sorriso voltou a ser o que era: pura luz.

— Eu sou uma casamenteira — disse ela. — Sou especialista em formar casais. Com uma taxa de sucesso de cem por cento. Agora fale você um pouco, quero recuperar o fôlego.

***

Com o coração acelerado, saí do hospital e fui para o centro. Arcos com luzes rosa e vermelhas ainda estavam piscando na rua principal, apesar de o Dia dos Namorados já ter passado. O Palm Towers tinha algumas vagas para visitantes, e era lá que James estava me esperando.

Eu tinha a mesma sensação toda vez que o via. Uma sensação de descrença de que ele estava ali para *mim*. Mesmo então, vendo sua postura mudar e seu rosto suavizar quando ele olhava para mim, eu precisava me forçar a acreditar.

Com Becca, eu conseguia aceitar o quanto fui afetada pelo que passei. Com James, quase conseguia esquecer. Às vezes, ir de um para o outro me deixava um pouco tonta.

Saí do carro e fui na sua direção. Às vezes, essa era minha parte favorita: quando nada tinha acontecido ainda, mas estava prestes a acontecer. Então, quando eu chegava até ele, era ainda melhor. Ele me deu um sorriso preguiçoso que nunca o vi usar com mais ninguém.

— Pronta?

Eu ri porque nós dois estávamos fingindo que não era nada de mais. Era só eu indo até seu apartamento pela primeira vez, para jantar a comida preparada por sua avó, que colocava James no centro do seu universo e que tinha suas ressalvas sobre mim: a namorada nova que vinha com uma bagagem bizarra. Claro que meus pais conheciam e amavam James desde a noite da equipe de buscas, uma vantagem desleal.

— Estou. Eu acho.

— Ela vai gostar de você — disse ele, confiante, e então franziu a sobrancelha. — Suas mãos.

Estavam sem luvas. Dobrei os dedos para dentro, constrangida com a vermelhidão. Com o mesmo ritmo tranquilo com que fazia tudo, James pegou minhas mãos e as desdobrou. Levou-as à boca e respirou lenta e calorosamente nas palmas.

— Melhor? — Ele deixou a palavra pairar no ar entre nós.

Olhei para o topo da sua cabeça e disse:

— Sim.

Às vezes, eu me sentia esperançosa. Se todas as coisas difíceis da minha vida — a culpa, os pesadelos, meus medos por mim mesma e pela minha Becca, que mudou radicalmente — fossem estruturas em uma cidade que se aproximava, eram momentos como esse que me faziam sentir como se estivesse vendo, no final de uma estrada estreita, o brilho do mar aberto. Movendo-se sob o sol, lançando faíscas de pura luz. Eu chegaria lá. E, por enquanto, podia pelo menos vislumbrá-lo. Sentir o cheiro do sal.

Juntos, entramos no local onde nossas respirações se encontraram em uma fumaça branca no ar. Ele passou as mãos pelos meus braços e as ergueu, soltando meu cabelo da gola do casaco. Eu não tinha visto que estava preso ali; mas, depois que ele o soltou, tive uma sensação de leveza tão forte que parecia estar levitando. Eu estava sorrindo quando ele segurou meu rosto com as mãos e me beijou.

AGRADECIMENTOS

Obrigada, Sarah Barley, por ser editora, líder de torcida e amiga. Nós nos aventuramos por alguns lugares muito esquisitos e sou grata por isso. Um grande obrigado a minha sábia e imperturbável agente, Faye Bender.

Equipe Flatiron, obrigada por tudo! Sarah (de novo), Bob Miller, Megan Lynch, Malati Chavali, Cat Kenney, Erin Kibby, Sydney Jeon, Nancy Trypuc, Marlena Bittner, Erin Gordon, Kelly Gatesman, Louis Grilli, Jennifer Gonzalez, Jennifer Edwards, Holly Ruck, Sofrina Hinton, Emily Walters, Melanie Sanders e Cassie Gitkin. E obrigada novamente à equipe dos sonhos: Keith Hayes e Jim Tierney, por uma capa que praticamente irradia intenções sinistras.

Agradeço a Alexa Wejko pela crucial leitura antecipada, a Kamilla Benko por salvar minha vida com uma ligação de última hora, e a Tara Sonin e Sarah Jane Abbott por encontros de escrita que ajudaram a romper o meu bloqueio criativo.

Obrigada aos meus colegas de equipe na revista *Slant of Light,* da Libertyville High School (e por *Tilted Darkness,* nossa publicação sombria que durou pouco, mas ainda assim se revelou imortal), e a Karen LeMaistre e Meredith Tarczynski, conselheiras da *SoL.* Eu me diverti muito inventando coisas para a revista literária deste livro (nenhum de vocês é o Chris).

Agradeço a Miles, meu fã de livro favorito. Ler para você e com você continua sendo a melhor coisa do mundo. Obrigada, Michael, por me fazer rir por dezessete anos e além. Só mais quatro anos!... e repete. Agradeço aos meus pais, Diane e Steve Albert. Eu amo muito vocês e sou grata pela segurança e proteção que vocês me deram, o que me permitiu ser uma criança tímida e uma leitora ávida pelo tempo que precisei (foi bastante).

E obrigada a você que leu *O mal entre nós*. A cada leitor, livreiro, bibliotecário, professor e pai cujo filho encontra meus livros: eu precisaria de tantas palavras quanto já escrevi aqui para expressar devidamente a minha gratidão, então vou apenas dizer mais uma vez: obrigada!

Impressão e Acabamento:
GRÁFICA GRAFILAR